사람은 무엇으로 사는가

Чем люди живы

세계문학전집 472

사람은 무엇으로 사는가

Чем люди живы

레프 톨스토이

연진희 옮김

민음사

일러두기

1 번역 대본으로는 『L. N. 톨스토이 선집』(전 22권, 모스크바; 예술문학출판사, 1978~1985년) 중 10권, 12권을 사용했다.

2 러시아어 고유 명사와 도량형 표기는 국립국어원의 외래어 표기법을 따르는 것을 원칙으로 하되 구개음화([d] 음과 [t] 음 뒤에 [ya], [yo], [yu], [i], [i´] 모음이 따를 경우 각각 [z]와 [ts]로 자음의 음가가 변경되는 현상)가 일어나는 경우는 현지의 발음에 가깝게 예외로 했다.(예: 페댜→페쟈, 미탸→미챠)

3 원문에서 강조를 위해 이탤릭체로 표시한 부분은 고딕체로 표시했다. 원문에서 부연 설명을 위해 괄호 표시를 사용한 것은 그대로 따랐다.

4 작품에 인용된 성경 구절은 대한성서공회가 간행한 『성서』(공동 번역 개정판, 1999)에서 인용했다.

5 톨스토이가 직접 주석을 남긴 부분에는 [톨스토이 주]라고 별도로 표시했다. 그 외 모든 주석은 옮긴이의 주다.

차례

사람은 무엇으로 사는가

우리는 우리의 형제들을 사랑하기 때문에 이미 죽음을 벗어나서 생명의 나라에 들어와 있는 것이 분명합니다. 형제를 사랑하지 않는 사람은 그대로 죽음에 머물러 있는 것입니다.(『요한 1서』, 3장 14절)

누구든지 세상의 제물을 가지고 있으면서 자기의 형제가 궁핍한 것을 보고도 마음의 문을 닫고 그를 동정하지 않는다면 어떻게 그에게 하느님을 사랑하는 마음이 있다고 하겠습니까?(『요한 1서』, 3장 17절)

사랑하는 자녀들이여, 우리는 말로나 혀끝으로 사랑하지 말고 행동으로 진실하게 사랑합시다.(『요한 1서』, 3장 18절)

사랑은 하느님께로부터 오는 것입니다. 사랑하는 사람은 누구나 하느님께로부터 났으며 하느님을 압니다.(『요한 1서』, 4장 7절)

사랑하지 않는 사람은 하느님을 알지 못합니다. 하느님은 사랑이시기 때문입니다.(『요한 1서』, 4장 8절)

아직까지 하느님을 본 사람은 없습니다. 그러나 우리가 서로 사랑한다면 하느님께서는 우리 안에 계시고 또 하느님의 사랑이 우리 안에서 이미 완성되어 있는 것입니다.(『요한 1서』, 4장 12절)

하느님은 사랑이십니다. 사랑 안에 있는 사람은 하느님 안에 있으며 하느님께서는 그 사람 안에 계십니다.(『요한 1서』, 4장 16절)

하느님을 사랑한다고 하면서 자기의 형제를 미워하는 사람은 거짓말쟁이입니다. 눈에 보이는 형제를 사랑하지 않는 자가 어떻게 보이지 않는 하느님을 사랑할 수 있겠습니까?(『요한 1서』, 4장 20절)

1

구두장이가 아내와 자식들을 데리고 어느 농부의 셋집에 살고 있었다. 그는 제 집도 제 땅도 없이 구두장이 일로 가족을 부양했다. 빵값은 비싸고 노동의 값은 쌌다. 그래서 그가 일해서 번 돈은 전부 식비로 나갔다. 구두장이에게는 아내와 함께 입는 털외투 한 벌이 있었는데 그마저도 다 해어져 누더기가 됐다. 그리고 구두장이가 새 털외투를 위한 양가죽을 사야겠다고 결심한 지도 이 년째에 접어들었다.

가을 즈음 구두장이에게 약간의 돈이 모였다. 3루블짜리 지폐가 아내의 상자 안에 있었고, 마을의 농부들에게서 받을 돈도 5루블 20코페이카[1] 있었다.

---

1) 러시아의 화폐 단위. 1루블은 100코페이카다.

그래서 구두장이는 털외투를 마련하기 위해 아침부터 마을에 갈 채비를 했다. 루바시카[2] 위에 아내의 솜을 넣은 난징 무명[3] 재킷을 입고 그 위에 모직 카프탄[4]을 걸치고 주머니에 3루블짜리 지폐를 넣고 지팡이로 쓸 나뭇가지를 꺾은 뒤 아침 식사를 하고 길을 떠났다. 그는 생각했다. '농부들에게서 5루블을 받고 내가 가진 3루블을 더하면 털외투를 지을 양가죽을 살 수 있을 거야.'

구두장이는 마을에 도착해 한 농부의 집을 찾아갔다. 농부는 집에 없었다. 그의 아내는 이번 주 안에 남편에게 돈을 들려 보내겠다고 약속만 하고 돈을 주지 않았다. 다른 농부를 찾아갔다. 농부는 돈이 없다며 하느님을 걸고 맹세하고는 부츠 수선비로 겨우 20코페이카를 건넸다. 구두장이는 양가죽을 외상으로 가져가려고 생각했다. 하지만 양가죽을 파는 상인이 외상을 주지 않았다.

"돈을 가져와."[5] 그가 말한다. "그러고 나서 마음에 드는 걸

---

2) 품이 넓고 엉덩이를 덮을 정도로 긴 러시아식 남자용 셔츠.

3) 중국 난징에서 생산된 노란색 면직물.

4) 아시아 복식에 기원을 둔 남자 코트의 일종으로 소매가 좁고 옷자락이 길다. 귀족부터 도시의 소시민과 농민에 이르기까지 외출복으로 많이 이용한 겉옷이다. 19세기에 이르러 귀족들이 외출복으로 카프탄 대신 프록코트를 주로 입으면서 카프탄은 농민 외투로 여겨지게 됐다.

5) 러시아어에서는 상대방에게 존중과 복종을 표현할 경우 'вы'(당신)라는 존칭을, 친밀감을 표현할 경우 'ты'(너, 자네)라는 평칭을 사용하고, 2인칭 주어가 존칭이냐 평칭이냐에 따라 동사의 어미도 달라진다. 러시아 농민의 삶을 소재로 많이 다룬 투르게네프나 톨스토이의 작품들을 보면 지주 귀족의 집에서 하인이나 하녀로 일하는 농노, 영지와 농노를 관리하는 관리인,

골라. 빚을 받아 내는 게 어떤 건지 피차 잘 알잖아."

그래서 구두장이는 일을 하나도 처리하지 못했다. 그저 수선비 20코페이카를 받았고, 어느 농부에게서 가죽을 덧대어 꿰매 주기로 한 낡은 펠트 부츠 한 켤레만 받았을 뿐이다.

구두장이는 낙심해서 보드카값으로 20코페이카를 전부 써 버리고 털외투 없이 집으로 향했다. 아침에는 추워서 몸이 얼 것 같았는데 술을 마시고 나자 털외투 없이도 몸이 따뜻했다. 구두장이는 길을 걸어간다. 한 손으로는 얼어붙은 단단한 흙덩이를 지팡이로 툭툭 치고 다른 손으로는 펠트 부츠를 흔들며 스스로와 대화를 나눈다.

"나는 털외투가 없어도 따뜻해." 그가 말한다. "보드카 한 잔을 마셨더니 그게 온 핏줄 속에서 뛰노네. 모피 외투는 없어도 돼. 나는 슬픔을 잊고 걸어가지. 그게 바로 나라는 인간이야! 나한테 뭐가 필요하겠어? 난 털외투 없이 살 수 있어. 나

귀족을 상대하는 상인이나 장인 외에 존댓말을 사용하는 농민은 거의 없다. 부락을 이루어 농사를 짓는 농민들은 하느님에게 기도하거나 지주와 얼굴을 맞대고 대화할 때조차 지극히 공손한 태도를 보이면서도 존칭을 사용하지 않는다. 이 책에 수록된 「항아리 알료샤」를 보면 알료샤가 교육을 받지 못해 모든 사람을 '너'라고 불렀다는 대목이 있다. 대부분의 평범한 농민이 존댓말을 쓰지 않는 것은 글과 문법을 배우지 못해서인 듯하다. 하지만 집단 안에서 이러한 화법이 일반적으로 사용될 때 그 구성원들 사이에 계급이나 성이나 지위의 차이가 흐려지는 효과가 발생한다. 귀족 출신인 투르게네프나 톨스토이는 언어로 위계를 표현할 수 있는 귀족 사회의 화법과 다른 이 화법에 신선함을 느꼈는지 이를 작품에 생생히 담으려고 애썼다. 이 책에서도 평칭을 사용한 것이 뚜렷할 경우 그 어감을 그대로 살려 번역하고자 노력했다.

한테는 털외투가 전혀 필요하지 않아. 다만 마누라는 아쉬워하겠지. 정말 화가 나긴 해. 그자를 위해 일해 주고도 그자에게 휘둘리기나 하다니. 기다려. 돈을 가져오지 않으면 네놈의 모자를 벗겨 버릴 테다, 하느님을 걸고 반드시 벗겨 버리겠어. 도대체 이게 뭐람? 20코페이카씩 주다니! 20코페이카로 뭘 하겠어? 술이나 마실 뿐. 형편이 어렵다고 말하지. 넌 어렵고 난 어렵지 않냐? 너한테는 집도 있고 가축도 있고 모든 게 다 있잖아. 하지만 난 그저 여기에 있을 뿐, 그게 다야. 너한테는 직접 재배한 곡물이 있지만 나는 사야 해. 어디에서 사든 일주일에 곡물에만 3루블을 써야 하지. 집에 가면 빵도 다 떨어졌을 거야. 난 다시 1루블 50코페이카를 내놓아야 한다고. 그러니까 너도 내 돈을 갚아."

구두장이는 그렇게 길모퉁이의 작은 예배당 쪽으로 다가가다가 예배당 뒤에 있는 희끄무레한 무언가를 본다. 날은 이미 어둑해지고 있었다. 구두장이는 주의 깊게 살펴보지만 그것이 무엇인지 분간하지 못한다. '여기에 저런 돌은 없었는데.' 그는 생각한다. '가축인가? 가축 같지는 않아. 머리는 사람이랑 비슷하고, 어째서인지 엄청 하얀걸. 하지만 사람이 도대체 왜 이런 곳에 있겠어?'

좀 더 가까이 다가갔다. 그러자 아주 뚜렷하게 보였다. 이 얼마나 놀라운 일인가? 분명 남자였다. 살았는지 죽었는지 모르지만 예배당에 알몸으로 기대앉은 채 꼼짝도 하지 않는다. 구두장이는 무서워졌다. 그는 속으로 생각한다. '어떤 놈들이 사람을 죽인 뒤에 옷을 벗겨 여기에 내버렸구나. 괜히 다가갔

다가 나중에 벗어나지 못할 수도 있어.'

그래서 구두장이는 계속 갔다. 예배당을 지나쳤다. 남자는 더 이상 보이지 않았다. 예배당을 지나치고 나서 뒤를 돌아보니 남자가 예배당에서 몸을 떼고 이쪽을 살펴보기라도 하듯 꿈지럭거리는 게 보인다. 구두장이는 한층 더 겁을 내며 속으로 생각한다. '가까이 가 볼까, 아니면 그냥 지나칠까? 가까이 갔다가 나쁜 일을 겪지는 않을까? 저 남자가 어떤 사람인지 누가 알겠어? 좋은 일로 이런 데 온 건 아닐 테지. 가까이 가면 벌떡 일어나 목을 조를지도 몰라. 그러면 도망갈 수도 없어. 목이 졸리지 않는다 해도 저 남자한테 말려들 게 분명해. 저 남자한테, 저 벌거숭이에게 내가 뭘 해 줄 수 있겠어? 내 마지막 남은 옷을 벗어서 줄 수는 없잖아. 하느님, 날 이곳에서 벗어나게만 해 주시오!'

그러고 나서 구두장이는 걸음을 재촉했다. 그가 예배당을 지나치려 할 때 양심이 그를 비난했다.

그래서 구두장이는 길 위에서 걸음을 멈추었다.

"너, 도대체 이게 무슨 짓이야, 세묜?" 그가 스스로에게 말한다. "곤경에 처한 남자가 죽어 가고 있는데 너는 겁에 질려 지나치고 있어. 큰 부자라도 된 거야? 네 재물을 강탈당할까 봐 두려워? 아, 쇼마,[6] 이건 나쁜 짓이야!"

세묜은 돌아서서 남자에게로 갔다.

------

6) 세묜의 애칭.

2

세묜은 남자에게로 다가가서 그를 유심히 살펴본다. 남자는 젊은 데다 기운을 잃지도 않았고 구타를 당한 것 같지도 않다. 다만 몸이 꽁꽁 얼고 몹시 놀란 듯 보인다. 그는 벽에 기대앉아 세묜에게 눈길도 주지 않는다. 쇠약해서 눈을 들 수조차 없는 것 같다. 세묜이 바싹 다가가자 불현듯 남자가 정신을 차린 듯 고개를 돌리더니 눈을 뜨고 세묜을 쳐다보았다. 그리고 세묜은 그 시선 때문에 남자를 좋아하게 됐다. 그는 펠트 부츠를 땅바닥에 던지고는 허리띠를 풀어 부츠 위에 놓고 카프탄을 벗었다.

"말 따위는 안 해도 돼!" 그가 말한다. "입는 게 어때! 자!"

세묜은 남자의 팔꿈치를 잡아 일으켰다. 남자가 일어섰다. 그러자 세묜의 눈에 늘씬하고 깨끗한 몸과 상하지 않은 손발과 사랑스러운 얼굴이 들어온다. 세묜은 그의 어깨에 카프탄을 걸쳐 주었다. 하지만 남자가 소매를 찾지 못한다. 세묜은 그의 두 팔을 소매에 밀어 넣어 팽팽하게 당겨 주고 카프탄의 앞섶을 여며 주고 허리띠를 조여 주었다.

세묜은 챙 없는 해어진 모자를 벗어 벌거벗은 남자에게 씌워 주려 했지만 머리가 차가워지자 생각에 잠겼다. '내 머리는 다 벗어졌지만 저 남자의 관자놀이는 긴 곱슬머리로 덮여 있잖아.' 그는 다시 모자를 썼다. '저 남자에게는 차라리 부츠를 신기자.'

세묜은 남자를 앉히고 펠트 부츠를 신겼다.

구두장이는 그에게 옷을 다 입힌 후 말한다.

"그렇지, 형제. 자, 움직여서 몸을 덥혀 봐. 이 모든 문제는 우리 없이도 해결될 거야. 걸을 수 있겠어?"

남자가 일어서서 부드러운 눈길로 세묜을 바라보지만 한마디도 하지 못한다.

"왜 말을 안 해? 여기에서 겨울을 날 수는 없잖아. 집으로 가야 해. 자, 기운이 없으면 여기 내 지팡이를 잡아. 이제 움직여 봐!"

그러자 남자가 걷기 시작했다. 게다가 뒤처지지 않고 쉽게 걸었다.

그들은 길을 따라 걷는다. 세묜이 묻는다.

"그러니까 어느 지방에서 온 거야?"

"나는 이곳 사람이 아니야."

"이곳 사람들이야 내가 다 알지. 그러니까 어쩌다 여기 예배당 근처까지 오게 된 건데?"

"말할 수 없어."

"사람들이 괴롭혔나 보군?"

"아무도 날 괴롭히지 않았어. 하느님께서 날 벌하셨지."

"물론 모든 게 하느님의 뜻이야. 그런데 어디에든 정착해야지. 어디로 가나?"

"나에게는 어디든 마찬가지야."

세묜은 놀랐다. 불한당처럼 보이지도 않고 말투도 부드러운데 자신에 대해서는 말하지 않는다. 그래서 세묜은 생각한다. '무슨 일이든 일어날 수 있지.' 그러고는 남자에게 말한다.

"어때, 그럼 우리 집으로 같이 가. 자네의 여정에서 조금 벗어나더라도 말이야."

세묜이 걸어가고, 방랑자도 뒤처지지 않으며 나란히 걸어간다. 바람이 일어 세묜의 루바시카 밑으로 파고들자 술기운이 가시며 몸이 얼기 시작했다. 길을 걷던 그가 코를 훌쩍이며 몸에 걸친 아내의 재킷 앞섶을 여민다. 그는 생각한다. '그건 그렇고 털외투는 어쩐담. 털외투를 장만하러 갔다가 카프탄도 없이 벌거벗은 사내까지 데려가고 있잖아. 마트료나가 칭찬을 하지는 않을 텐데!' 그렇게 마트료나에 대해 생각하자 세묜은 마음이 울적해진다. 하지만 방랑자를 바라본 순간 그가 예배당 뒤에서 자기를 쳐다보던 모습이 떠오르며 심장이 기쁨으로 뛴다.

3

세묜의 아내는 집안일을 일찌감치 끝냈다. 장작을 패고 물을 길어 오고 아이들에게 저녁을 먹이고 나서 자기도 간단히 끼니를 때우고는 생각에 잠겼다. 빵을 언제 만들까? 오늘, 아니면 내일? 아직 큰 조각이 하나 남아 있잖아.

'세묜이 거기에서 점심을 먹어 저녁을 많이 먹지 않으면…….' 그녀는 생각한다. '내일 몫의 빵은 충분해.'

마트료나는 빵 조각을 돌리고 또 돌리며 생각에 잠긴다. '오늘은 빵을 만들지 말자. 밀가루도 고작 빵 한 번 구울 만큼 남

왔잖아. 금요일까지는 더 버틸 수 있을 거야.'

마트료나는 빵을 치우고 남편의 루바시카에 헝겊을 덧대어 꿰매기 위해 식탁 앞에 앉았다. 마트료나는 바느질을 하면서 남편에 대해, 그가 털외투를 위한 양가죽을 어떻게 구매할지에 대해 생각한다.

'양가죽 상인이 남편을 속이지 말아야 할 텐데. 남편은 너무 순진해. 자기는 아무도 속이지 않으면서 어린애한테도 속지. 8루블이면 적은 돈이 아니잖아. 좋은 털외투를 장만할 수 있을 거야. 무두질한 가죽이 아니라도 털외투는 털외투지. 우리가 지난겨울에 털외투 없이 얼마나 덜덜 떨었어! 개울에도 못 나가고 아무 데도 못 가. 남편이 우리가 가진 옷을 전부 걸쳐 입고 외출이라도 하면 난 입을 게 하나도 없어. 그이가 그렇게 일찍 나가진 않았지. 그래도 올 때가 됐는데. 술 마시고 노느라 정신없는 것 아냐?'

마트료나가 이런 생각을 하자마자 현관 계단이 삐걱거리고 누군가가 안으로 들어왔다. 마트료나는 바늘을 찔러 넣고 문간방으로 나갔다. 두 사람이 들어온 게 보인다. 모자는 쓰지 않고 펠트 부츠를 신은 어떤 농부를 세묜이 데려왔다.

마트료나는 곧 남편에게서 술 냄새를 맡았다. 그녀는 생각한다. '이런, 정말 술판에서 놀다 왔잖아.' 그리고 그가 카프탄도 없이 모자만 쓴 데다 빈손으로 말없이 움츠리고 있는 것을 보자 마트료나는 심장이 찢어지는 것 같았다. '그 돈을 술 마시는 데 다 써 버렸군.' 그녀는 생각한다. '어떤 놈팡이랑 정신없이 술을 퍼마시다가 집에까지 데려왔네.'

마트료나는 그들을 통나무집 안으로 들이고 자기도 들어왔다. 젊고 야윈 낯선 남자가 그들의 카프탄을 입은 게 보인다. 카프탄 안에 루바시카도 보이지 않고 모자도 없다. 집 안에 들어온 그는 그 자리에 그대로 서서 꼼짝도 하지 않고 눈을 들지도 않는다. 그래서 마트료나는 생각한다. 이 나쁜 놈이 겁을 먹었군.

마트료나는 얼굴을 찌푸리고 페치카[7]로 물러나 그들이 뭘 하는지 지켜본다.

세묜은 모자를 벗고 호인인 양 긴 의자에 앉는다.

"뭐 해, 마트료나." 그가 말한다. "저녁을 준비해야지!"

마트료나는 혼잣말로 뭐라고 툴툴거렸다. 그녀는 페치카 옆에 서서 꼼짝도 하지 않는다. 두 사람을 번갈아 쳐다보며 고개를 저을 뿐이다. 세묜은 아내의 기분이 좋지 않은 것을 알지만 그로서도 어쩔 도리가 없다. 그는 못 본 척하고 방랑자의 손을 잡는다.

"앉아, 형제." 그가 말한다. "같이 저녁이나 먹지."

방랑자는 긴 의자에 앉았다.

"뭐야, 만들어 둔 음식 없어?"

마트료나는 화가 치밀었다.

"만들었지. 하지만 당신을 위해서는 아냐. 정신머리를 팔아서 술을 처마셨나 봐. 털외투를 마련하러 갔다가 카프탄도 없

---

7) 조리와 난방을 위해 방의 한쪽 벽에 돌이나 벽돌을 붙여 만든 러시아식 난로. 농가에서는 페치카 위쪽의 평평한 부분을 잠자리로도 이용했다.

이 돌아오다니, 심지어 벌거벗은 부랑자를 데려오다니 말이야.
우리 집에 당신들 같은 술꾼들에게 줄 저녁은 없어."

"그만해, 마트료나, 쓸데없이 혀를 놀리지 마! 먼저 어떤 사
람인지 물어봐야……."

"돈을 어디에 썼는지 말해 봐."

세묜은 카프탄 속에 손을 집어넣어 지폐를 꺼내 펼쳤다.

"돈 여기 있어. 트리포노프는 안 갚았어. 내일 주겠다고 약
속하던걸."

마트료나는 한층 더 화가 치밀었다. 남편이 털외투는 장만
하지 않고 마지막 남은 카프탄을 누구인지도 모를 벌거숭이
에게 입혀 집까지 데려왔기 때문이다.

그녀는 식탁에서 지폐를 집어 숨기러 가다가 말한다.

"우리 집에 저녁은 없어. 모든 벌거숭이 술꾼을 먹여 살릴
수는 없어."

"거참, 마트료나, 입조심 좀 해. 먼저 남이 하는 말을 들
어……."

"술 취한 멍청이한테서 퍽이나 현명한 소리를 듣겠다. 당신
같은 술꾼이랑 결혼하고 싶지 않았던 데에는 다 까닭이 있었
어. 어머니가 나한테 아마포를 주셨는데 당신이 술 마시느라
다 날렸잖아. 그런데 털외투를 장만하러 가서도 술을 마시느
라 그 돈을 날리다니."

세묜은 자신이 술값으로 쓴 돈은 20코페이카밖에 안 된다
고 아내에게 해명하고 싶고, 남자를 어디에서 발견했는지 말
하고 싶다. 하지만 마트료나가 그에게 끼어들 틈을 주지 않는

다. 두 마디 할 때마다 느닷없이 아무 얘기나 꺼낸다. 그녀는
십 년 전에 있었던 일까지 전부 끄집어냈다.

마트료나는 말하고 또 말하다가 세묜에게 달려들어 그의
소매를 움켜잡았다.

"내 재킷 줘. 하나 남은 옷인데 그걸 나한테서 벗겨 입고 가
다니. 이리 가져와. 곰보 수캐 같으니, 풍이나 맞으라지!"

세묜은 재킷을 벗다가 소매를 뒤집었다. 아내가 잡아당기자
재킷의 솔기가 터졌다. 마트료나는 재킷을 움켜잡아 머리에
걸치고는 문을 잡았다. 그녀는 나가려다가 멈춰 섰다. 속이 부
글부글 끓었다. 그녀는 분을 터뜨리고도 싶고 남자가 어떤 사
람인지 알고도 싶었다.

4

마트료나가 멈춰 서서 말한다.

"좋은 사람이라면 그렇게 알몸으로 있지 않을걸. 그런데 이
남자는 루바시카도 안 입었어. 당신이 좋은 일로 간 곳이라면
이 멋쟁이를 어디에서 데려왔는지 말해 주겠지."

"그래서 당신한테 말하잖아. 길을 가는데 작은 예배당 옆
에 이 사람이 벌거벗고 완전히 꽁꽁 언 몸으로 앉아 있는 거
야. 여름도 아닌데 알몸으로 있다니. 하느님이 나를 이 사람에
게 인도하신 거야. 그러지 않았다면 이 사람은 죽었을걸. 그러
니 어쩌겠어? 세상에는 여러 일이 있잖아! 그래서 내가 거둬

서 옷을 입히고 이리로 데려온 거야. 화를 좀 가라앉혀 봐. 그건 죄야, 마트료나. 우리도 언젠가 죽어."

마트료나는 욕을 퍼붓고 싶었지만 방랑자를 쳐다보고는 입을 다물었다. 방랑자는 앉아 있다. 긴 의자 끄트머리에 앉았던 그대로 미동도 않는다. 두 손을 무릎 위에 올리고 고개를 가슴께로 떨구고는 무언가에 목이 졸리기라도 한 것처럼 눈을 감은 채 얼굴을 계속 찌푸리고 있다. 마트료나는 침묵했다. 세묜이 말한다.

"마트료나, 당신 안에는 하느님이 없는 거야?!"

마트료나는 이 말을 듣고 방랑자를 다시 흘깃 쳐다보았다. 그러자 갑자기 화가 풀렸다. 그녀는 문가에서 돌아와 페치카가 있는 구석으로 다가가 저녁을 내왔다. 식탁 위에 컵을 놓고, 크바스[8]를 따르고, 마지막 빵 조각을 꺼내 놓았다. 나이프와 숟가락을 내놓았다.

"먹지 그래." 그녀가 말한다.

세묜이 방랑자를 끌어당겼다.

"끼어, 젊은이." 그가 말한다.

세묜은 빵을 잘라 잘게 썰고 방랑자와 함께 저녁을 먹기 시작했다. 마트료나는 식탁 모서리 부근에 앉아 한 손으로 얼굴을 받치고 부랑자를 쳐다본다.

그러다가 마트료나는 방랑자에게 연민을 느끼고 그를 좋아하게 됐다. 그러자 갑자기 방랑자가 생기를 띠며 인상을 펴더

---

8) 엿기름, 보리, 호밀 등으로 만든 러시아 청량음료.

니 눈을 들어 마트료나를 보면서 빙그레 웃었다.

두 사람이 저녁 식사를 끝냈다. 아내는 식탁을 치운 후 방랑자에게 이것저것 묻기 시작했다.

"어디에서 왔어?"

"나는 이곳 사람이 아니야."

"그럼 어쩌다 길 위에 있게 됐는데?"

"말할 수 없어."

"누구한테 강도를 당한 거야?"

"하느님한테 벌을 받았어."

"그래서 알몸으로 누워 있었어?"

"계속 알몸으로 누워 있다가 얼어 죽을 뻔했어. 세묜이 날 보고 불쌍히 여겨 카프탄을 벗어 나에게 입히고 여기로 오자고 했지. 그런데 여기에서는 당신이 나에게 먹을 것과 마실 것을 주고 불쌍히 여겨 주었어. 하느님께서 당신들을 구원하실 거야."

마트료나는 일어나 아까 자신이 깁고 있던 세묜의 낡은 루바시카를 창가에서 가져와 방랑자에게 건넸다. 바지도 찾아와 건넸다.

"이런, 루바시카도 없는 것 같네. 이걸 입고 호리[9]든 페치카 위든 마음에 드는 곳에서 자."

방랑자는 카프탄을 벗고 루바시카와 바지를 입은 후 호리

____

9) 러시아 농가에서 저장 공간이나 잠자리로 활용하기 위해 실내의 높은 곳에 설치하던 선반이나 다락.

에 누웠다. 마트료나는 불을 끄고 나서 카프탄을 집어 들고 남편에게로 갔다.

마트료나는 카프탄 끝자락을 덮고 누웠지만 잠이 오지 않는다. 방랑자에 대한 생각이 머리에서 떠나지 않는다.

그가 마지막 빵 조각을 먹어 버려 내일 먹을 빵이 없다는 사실을 떠올리자, 그리고 자신이 그에게 루바시카와 바지를 건넨 일을 떠올리자 마음이 울적해진다. 하지만 그가 빙그레 웃던 모습을 떠올리자 마음이 기쁨으로 설렌다.

마트료나는 오랫동안 잠을 이룰 수 없었다. 세묜 역시 잠을 안 자고 카프탄을 자기 쪽으로 당기는 기척이 들린다.

"세묜!"

"어!"

"당신들이 마지막 남은 빵을 다 먹었는데 난 준비를 해 두지 않았어. 내일 어떻게 해야 할지 모르겠네. 말라니야 대모님한테 뭐라도 좀 부탁을 해야겠어."

"살아 있는 동안에는 어떻게든 배를 채우겠지."

아내는 누운 채 잠시 침묵했다.

"사람은 좋아 보이는데 자기에 대해서는 이야기를 안 하네."

"말 못 할 이유가 있겠지."

"숌!"[10]

"어!"

"우리는 남한테 베푸는데 왜 우리에게는 아무도 베풀어 주

---

10) 세묜의 애칭.

지 않을까?"

세묜은 무슨 말을 해야 할지 몰랐다. 그는 말한다. "다음에 이야기하자." 그는 돌아누워 잠들었다.

5

이튿날 아침 세묜이 눈을 떴다. 아이들은 자고 아내는 빵을 꾸러 이웃집에 갔다. 전날의 방랑자 혼자 낡은 바지와 루바시카 차림으로 긴 의자에 앉아 위를 바라보고 있었다. 그런데 그의 얼굴이 어제에 비해 더 밝았다.

그리고 세묜이 말한다.

"어때, 친구, 배는 빵을 구하고 벗은 몸뚱이는 옷을 구하는 법이지. 생계를 꾸려야 해. 뭘 할 줄 알아?"

"아무것도 할 줄 몰라."

세묜이 깜짝 놀라 말한다.

"하려는 마음만 있으면 돼. 사람은 뭐든지 배울 수 있어."

"사람들은 일을 하는군. 그러면 나도 일하겠어."

"이름이 뭐지?"

"미하일."

"어이, 미하일라,[11] 자신에 대해 말하고 싶지 않은 건 자네 사정이야. 하지만 먹고살아야지. 내가 시키는 일을 하면 내가

———————————

11) 미하일, 미하일라, 미하일로, 미헤이는 모두 같은 이름이다.

먹고살게 해 줄게."

"하느님께서 자네를 구원하시길. 배울게. 어떻게 하면 되는
지 가르쳐 줘."

세묜은 실을 집어 손가락에 감고 매듭을 짓기 시작했다.

"어려운 일은 아니야. 봐……."

미하일라는 잠시 지켜보다 똑같이 손가락에 실을 감더니
금방 따라 하며 매듭을 지었다. 세묜은 실에 밀랍을 먹이는 법
을 보여 주었다. 미하일라는 이번에도 금방 이해했다. 주인은
뻣뻣한 털을 꼬아 넣는 법과 꿰매는 법을 보여 주었다. 미하일
라는 이것도 역시 금방 이해했다. 세묜이 어떤 일을 가르치든
그는 모든 것을 금방 이해했고, 사흘째부터는 평생 구두를 지
어 온 사람처럼 일하기 시작했다. 그는 허리도 펴지 않고 일하
며 음식도 조금만 먹는다. 일이 중간에 끊어지면 그는 말없이
계속 위를 쳐다본다. 길에도 나가지 않고, 쓸데없는 말도 하지
않고, 농담도 하지 않고, 웃지도 않는다.

그들은 그저 마트료나가 저녁을 차린 첫날 저녁에 단 한 번
그의 미소를 보았을 뿐이다.

6

하루가 지나고, 일주일이 흐르고, 그렇게 한 해가 흘렀다.
미하일라는 예전과 다름없이 세묜의 집에서 지내며 일한다.
그리고 세묜의 일꾼에 대해서 세묜의 일꾼 미하일라만큼 깔

끔하고 튼튼하게 부츠를 짓는 사람도 없다는 소문이 퍼지자, 인근에서도 부츠를 지으러 세묜의 구둣방을 찾아오기 시작했고 세묜의 재산도 점차 불어났다.

어느 겨울날 세묜과 미하일이 앉아서 일을 하고 있는데 말 세 필이 끄는 썰매가 작은 방울들을 짤그랑거리며 통나무집으로 다가온다. 두 사람은 창문을 내다보았다. 썰매가 통나무집 맞은편에 멈춰 서고 젊은이가 마부대에서 뛰어내려 문을 열었다. 썰매에서 털외투를 입은 지주가 내린다. 그가 썰매에서 내려 세묜의 집으로 걸어와 현관 계단에 들어섰다. 마트료나가 뛰어나가 문을 활짝 열었다. 지주가 허리를 숙여 통나무집 안으로 들어와 몸을 똑바로 폈다. 머리는 거의 천장에 닿았고, 몸이 집 안을 꽉 채웠다.

세묜은 일어나 허리 굽혀 인사하고는 놀란 눈으로 지주를 쳐다보았다. 그런데 그는 그런 사람들을 본 적이 없었다. 세묜 자신은 수척하고 미하일라는 야위고 마트료나는 꼬챙이처럼 바싹 말랐는데 이 남자는 다른 세상에서 온 사람 같았다. 낯짝은 붉고 투실투실하며 황소 모가지 같은 목덜미는 완전히 쇠로 주조한 듯했다.

지주는 숨을 헐떡이며 털외투를 벗더니 긴 의자에 앉아서 말한다.

"누가 구둣방 주인인가?"

세묜이 나와 말한다.

"접니다, 나리."

지주가 자신의 종복에게 큰 소리로 말했다.

"어이, 페지카,[12] 가죽을 이리로 가져와."

종복이 꾸러미를 들고 뛰어 들어왔다. 지주는 꾸러미를 받아 탁자 위에 내려놓았다.

"끌러." 그가 말한다. 종복이 끌렀다.

지주가 부츠를 만들기 위한 가죽을 손가락으로 가리키며 세묜에게 말한다.

"어이, 이것 봐, 구두장이. 가죽이 보이나?"

"네, 나리." 세묜이 말한다.

"그럼 이게 어떤 가죽인지 알겠나?"

세묜은 가죽을 만져 보고 말한다.

"좋은 가죽이군요."

"정말 좋은 가죽이지! 멍청아, 넌 이런 물건을 본 적도 없을 거다. 독일제 가죽이야. 20루블을 치렀지."

세묜이 움츠러들며 말한다.

"저희가 어디에서 보겠습니까?"

"물론이지. 이 가죽으로 내 발에 맞는 부츠를 지어 줄 수 있겠나?"

"네, 할 수 있습니다, 나리."

지주가 그에게 소리쳤다.

"그러니까 '할 수 있다'는 말이지. 그럼 어떤 가죽으로 누구의 부츠를 지어야 하는지 잘 알아 둬. 날 위해 일 년이 지나도 모양이 틀어지거나 실밥이 터지지 않는 부츠를 만들어. 그렇

---

12) '표도르'라는 이름을 낮추어 부르는 비칭이다.

게 할 수 있으면 일을 맡아 가죽을 재단하고, 그렇게 못 할 것 같으면 아예 맡지도 말고 가죽을 자르지도 마. 미리 말해 두지. 일 년 안에 실밥이 터지거나 모양이 변하면 널 감옥에 처넣겠다. 하지만 일 년이 지나도 모양이 변하지 않고 실밥이 터지지 않으면 품삯으로 10루블을 주지.”

세묜은 겁에 질려 무슨 말을 해야 할지 모른다. 미하일라를 돌아보았다. 팔꿈치로 그를 치며 소곤거린다.

“맡을까?”

미하일라가 일을 맡으라며 고개를 끄덕인다.

세묜은 미하일라의 뜻에 따라 일 년이 지나도 모양이 변하지 않고 실밥이 터지지 않는 부츠를 만들기로 했다.

지주는 종복을 큰 소리로 불러 왼쪽 발에서 부츠를 벗기게 하고는 다리를 뻗었다.

“치수를 재!”

세묜은 종잇조각들을 꿰매어 10베르쇼크[13]가 되도록 이은 후 반듯하게 폈다. 그런 다음 무릎을 꿇고서 지주의 긴 양말을 더럽히지 않도록 한 손을 앞치마에 잘 닦고는 발 길이를 재기 시작했다. 세묜은 발바닥을 재고 발등을 쟀다. 그러고 나서 종아리를 재려는데 종이의 양 끝이 닿지 않았다. 장딴지가 통나무처럼 굵었다.

“조심해, 부츠 목을 너무 좁게 하지 마.”

세묜은 종이를 더 이어 붙이기 시작했다. 지주는 앉아서 긴

____

13) 제정 러시아의 길이 단위. 1베르쇼크는 약 4.5센티미터에 해당한다.

양말 속의 발가락들을 꼼지락거리며 집 안에 있는 사람들을 둘러본다. 미하일라를 발견했다.

"저 사람은 누구지?" 그가 말한다. "자네 구둣방에 있는 사람인가?"

"저 사람이 바로 제 구둣방에서 일하는 장인입니다. 저 사람이 구두를 지을 겁니다."

"조심해." 지주가 미하일라에게 말한다. "명심하란 말이야. 일 년을 버틸 수 있게 만들어."

세묜도 미하일라를 돌아보았다. 그가 보니 미하일라는 지주를 쳐다보지 않고 마치 누군가를 바라보듯 지주 뒤쪽의 한 구석을 응시한다. 미하일라는 계속 바라보다가 갑자기 빙그레 웃었고, 그의 얼굴이 환하게 밝아졌다.

"바보 같으니, 뭣 때문에 입을 헤벌리고 실실거려? 기한에 맞출 수 있도록 각별히 주의해."

그러자 미하일라가 말한다.

"때맞춰 준비될 거야."

"좋아."

지주는 부츠를 신고 털외투로 몸을 감싼 후 문으로 향했다. 그러다가 허리를 숙이는 것을 잊고 머리를 문의 인방에 부딪쳤다.

지주는 욕설을 뱉으며 머리를 문지르고는 썰매를 타고 떠났다.

지주가 떠나자 세묜이 말한다.

"정말 단단한 사람일세. 저렇게 세게 부딪쳐도 죽지 않아.

문설주를 머리로 부수고도 거의 고통을 느끼지 않는군."

마트료나도 말한다.

"그렇게 안락하게 사는데 어떻게 반지르르 윤이 나지 않겠어. 저런 쇠못 같은 사람은 죽음도 잡아가지 않을걸."

7

그러자 세묜이 미하일라에게 말한다.

"우리가 일을 맡긴 했지만 불행을 불러들이는 일은 없어야 할 텐데. 가죽은 비싸고 지주는 성질이 불같잖아. 실수를 하지 않도록 해. 어이, 자네가 눈도 더 좋은 데다 손도 나보다 더 숙련되었으니 치수대로 해 봐. 자네가 가죽을 마르면 내가 앞단이를 꿰맬게."

미하일라는 그가 말한 대로 하지 않고 지주의 가죽을 집어 탁자 위에 펼치더니 가죽을 두 겹으로 접어 칼을 쥐고 마르기 시작했다.

마트료나가 와서 미하일라의 마름질하는 모습을 지켜보다가 그가 뭘 하나 싶어 깜짝 놀란다. 마트료나도 부츠를 만드는 일에 익숙했다. 그런데 미하일라를 지켜보다가 그가 부츠 모양으로 가죽을 마르지 않고 둥글게 자르고 있다는 사실을 알아차린다.

마트료나는 말을 하고 싶지만 속으로 생각한다. '지주의 부츠를 어떻게 짓는지 내가 몰랐나 보네. 미하일라가 더 잘 알겠

지. 참견하지 말자.'

미하일라는 한 켤레를 만드는 데 필요한 마름질을 끝낸 후 가죽 끄트머리를 잡고 바느질을 시작했다. 그런데 부츠를 만드는 식으로 두 조각을 잇지 않고 슬리퍼를 짓듯이 한 조각으로만 만들었다.

마트료나는 이것을 보고도 놀랐지만 이번에도 역시 참견하지 않았다. 미하일라는 바느질을 계속한다. 세묜은 반나절을 보내고 일어났다가 미하일라가 지주의 가죽으로 슬리퍼를 지어 놓은 것을 본다.

세묜은 경악했다. '어떻게 된 거야?' 그는 생각한다. '미하일라가 우리 집에 꼬박 한 해를 살면서 어떤 실수도 한 적이 없는데 지금 같은 때 이런 끔찍한 짓을 저지르다니? 지주는 대다리를 두른 목 긴 부츠를 주문했는데 미하일라는 구두창이 없는 슬리퍼를 지어 가죽을 못쓰게 만들었어. 이제 지주를 어떻게 정리하지? 이런 가죽은 구하지도 못할 거야.'

그리고 그는 미하일라에게 말한다.

"이 친구야." 그가 말한다. "도대체 무슨 짓을 저지른 거야? 내가 자네 때문에 죽게 생겼어! 지주는 부츠를 주문했잖아. 그런데 자네는 무얼 만들어 놓은 거야?"

그가 미하일라를 나무라자마자 누군가가 문고리를 쾅쾅 두들겼다. 그들은 창문을 내다보았다. 누군가가 말을 타고 와서 말을 매고 있다. 그들은 문을 열었다. 지주와 함께 왔던 바로 그 종복이 들어온다.

"안녕하십니까?"

"잘 지냈나? 무슨 일이야?"

"마님께서 부츠 때문에 보내셨습니다."

"부츠 때문이라니?"

"네, 부츠 때문입니다. 나리에게 부츠가 필요 없게 됐습니다. 나리께서 세상을 떠나셨습니다."

"뭐라고!"

"이곳에서 나가 미처 집에 도착하기도 전에 썰매 안에서 돌아가셨습니다. 썰매가 집에 도착해 하인들이 나리가 내릴 수 있도록 도와드리러 나왔는데 나리가 가마니처럼 굴러떨어지는 겁니다. 이미 죽어서 몸이 뻣뻣하게 굳어 버린 바람에 사람들이 간신히 밖으로 꺼냈죠. 마님께서 저를 보내시며 이렇게 말씀하셨습니다. '구두장이에게 전해. 나리께서 당신네 구둣방을 찾아와 부츠를 주문하고 가죽을 두고 가셨습니다라고 말이야. 그리고 부츠는 필요 없으니 그 가죽으로 얼른 고인을 위한 슬리퍼를 지어 달라고 해. 그리고 슬리퍼를 다 지을 때까지 기다렸다가 가져와.' 그래서 이렇게 오게 된 겁니다."

미하일라는 탁자에서 가죽 자투리를 집어 원통형으로 말고 이미 준비해 둔 슬리퍼를 들어 두 짝을 서로 맞부딪치고는 앞치마로 닦아 종복에게 건넸다. 종복은 슬리퍼를 받아 들었다.

"안녕히 계세요, 점주님들! 잘 지내십시오!"

8

또다시 한 해, 그리고 두 해가 지나 미하일라도 어느새 세 묜의 집에서 육 년째 살고 있다. 예전처럼 산다. 어디에도 가지 않고 불필요한 말은 하지 않는다. 그 모든 세월 동안 그가 미소를 지은 것은 딱 두 번뿐이다. 한 번은 세묜의 아내가 그에게 저녁을 차려 주었을 때고, 또 한 번은 지주가 왔을 때였다. 세묜은 자신의 일꾼에게 더할 나위 없이 흡족해한다. 그래서 더 이상 그에게 어디에서 왔느냐고 묻지 않는다. 오직 한 가지, 미하일라가 그를 떠나지 않을까 걱정할 뿐이다.

언젠가 한번은 다들 집에 있었다. 안주인은 페치카 안에 솥을 놓고 아이들은 긴 의자들 위를 뛰어다니며 창밖을 내다본다. 세묜은 한쪽 창가에서 구두를 꿰매고 미하일라는 다른 쪽 창가에서 뒤축을 박는다.

사내아이가 긴 의자를 따라 미하일라에게로 달려와 그의 어깨에 기대어 창밖을 본다.

"미하일라 아저씨, 저것 봐, 부잣집 마님이 여자애들을 데리고 우리 집에 오는 것 같아. 여자애 하나는 다리를 절어."

사내아이가 이 말을 하자마자 미하일라는 일감을 던지고 창문을 돌아보더니 거리를 응시한다.

그래서 세묜은 놀랐다. 이제까지 미하일라는 한 번도 거리를 바라본 적이 없는데 지금은 창문에 매달려 무언가를 바라보고 있다. 세묜도 창밖을 쳐다보았다. 정말로 깔끔하게 차려입은 여자가 그의 안마당으로 걸어오는 게 보인다. 털외투에 두툼한 목도리를 두른 두 여자아이의 작은 손을 잡고 온다. 여자아이들을 구분하기가 어렵다. 다만 한 여자아이의 왼발이 온전하지 않다. 여자아이는 살짝 절면서 걷는다.

여자가 계단을 올라와 현관방으로 들어오더니 문을 더듬다가 문고리를 잡아당겨 열었다. 그녀는 두 여자아이를 먼저 들여보낸 후 자기도 집 안으로 들어왔다.

"안녕, 점주님들!"

"어서 와요. 무엇이 필요한가?"

여자는 탁자 곁에 앉았다. 여자아이들은 사람들을 보고 놀랐는지 그녀의 무릎에 달라붙었다.

"여기 이 아이들에게 봄에 신을 짧은 가죽 부츠를 지어 줄까 해."

"좋아, 만들 수 있어. 우리는 이렇게 작은 신발은 지어 본 적이 없지만 그래도 할 수 있어. 대다리를 댄 것도 만들 수 있고, 아마포를 안에 댄 것도 만들 수 있지. 여기에 있는 미하일라가 우리 구둣방 장인이야."

세묜은 미하일라를 돌아보다가 미하일라가 일감을 던지고 앉아 여자아이들에게서 눈을 떼지 못하는 것을 본다.

그리고 세묜은 미하일라의 모습에 깜짝 놀랐다. 그는 생각한다. 정말 예쁜 아이들이긴 해. 검은 눈동자, 포동포동한 얼굴, 발그레한 뺨, 좋은 외투와 목도리. 하지만 그가 그들을 마치 아는 아이들인 양 그렇게 유심히 쳐다보는 것을 세묜으로서는 여전히 이해할 수 없다.

세묜은 놀랐지만 여자와 이야기를 나누며 구둣값을 흥정하기 시작했다. 흥정을 마친 후 치수를 쟀다. 여자가 발을 저는 아이를 무릎에 앉히고 말한다.

"이 아이의 발로 본을 두 개 떠 줘. 굽은 발에 맞게 짧은 부츠 한 짝을 짓고, 곧은 발에 맞게 세 짝을 지어 줘. 아이들의 발 크기가 똑같아. 둘은 쌍둥이거든."

세묜은 본을 뜨고 나서 발을 저는 아이에 대해 말한다.

"어쩌다 아이에게 이런 일이 생겼어? 참 예쁜 아이인데. 날 때부터 그랬나?"

"아니, 엄마한테 깔렸어."

마트료나가 끼어들어 이 여자는 누구고 아이들은 누구의 자식인지 알고 싶어 한다. 그녀가 말한다.

"그럼 댁은 이 아이들의 엄마가 아니야?"

"나는 엄마도 친척도 아니야, 주인아줌마. 이 아이들은 완전히 남이지. 양녀들이야."

"자기 아이들도 아닌데 정말 귀여워하네!"

"어떻게 귀엽지 않겠어? 내가 두 아이 모두 내 젖으로 길렀는데. 내 아이도 있었지만 하느님이 데려갔지. 그 아이는 애들만큼 귀여워해 주지 못했어."

"그럼 애들은 누구의 아이들이야?"

9

여자는 열을 올리며 이야기를 하다가 사연을 들려주기 시작했다.

"여섯 해 전 일이야. 이 아이들은 기가 막히게도 일주일 만에 고아가 됐지. 화요일에 아버지의 장례식이 있었는데 금요일에 어머니가 죽은 거야. 이 아이들은 아버지가 죽고 나서 사흘 뒤에 태어났고, 어머니는 하루도 넘기지 못하고 죽었어. 그 무렵 나와 남편은 농사를 지으며 살았지. 우리는 그 집과 이웃 사이였어. 아이들의 아버지는 친지가 없는 외로운 남자로 숲에서 일했어. 그런데 어느 날 나무가 그 사람이 있는 쪽으로 쓰러져 몸을 덮치는 통에 내장이 전부 튀어나왔지 뭐야. 사람들이 집에 데려다 놓자 그 남자는 곧 하느님께 영혼을 바쳤고, 아내는 그 주에 쌍둥이를, 바로 이 아이들을 낳았지. 가난, 고독. 그 여자 곁에는 할머니든 여자애든 아무도 없었어. 혼자 출산했고, 혼자 죽었지.

이튿날 아침 내가 이웃집 여자를 찾아가 집 안으로 들어가 보니 가엾게도 이미 몸이 뻣뻣하게 굳어 있었어. 그런데 죽으면서 구르는 바람에 한 아이를 덮친 거야. 여기 이 아이는 엄마에게 눌려 한쪽 발이 돌아가고 말았지. 사람들이 모여서 주검을 씻겨 안치해 두었다가 관을 만들어 장례를 치러 주었어. 다들 좋은 사람들이었어. 딸아이들만 남았지. 이 아이들을 어디로 보내나? 그런데 마을 여자 중에 갓난아기가 딸린 사람은 나뿐이었어. 팔 주 된 첫아들을 키우고 있었거든. 당분간 내가 아이들을 맡기로 했지. 농부들은 모여서 아이들을 어디로 보낼지 생각하고 또 생각하다가 나에게 말했어. "마리야, 당분간 아이들을 당신 집에서 맡아. 우리가 아이들을 어떻게 할지 생각해 볼 테니 기다려 줘." 난 발이 성한 아이에게 젖을 한번 물려 보았어. 엄마에게 눌린 이 아이에게는 젖을 물리지 않았지. 이 아이가 살 거라고 기대하지도 않았어. 하지만 어째서 천사 같은 어린 영혼이 고통을 겪어야 하나 하는 생각이 들더라고. 아이가 가엾게 느껴졌어. 그래서 내 아이 한 명에 이 두 아이를 더해 세 명에게 젖을 먹여 기르기 시작했어! 난 젊었고 기운이 넘쳤지. 먹기도 잘 먹었고. 그리고 하느님이 내 양쪽 젖에 넘쳐흐를 정도로 젖을 줬어. 종종 두 아이에게 한꺼번에 젖을 물리기도 했어. 그러면 세 번째 아이는 기다렸지. 한 아이가 젖에서 입을 떼면 세 번째 아이를 안아 젖을 물렸어. 그렇게 하느님은 이 아이들을 기를 수 있도록 이끌었어. 하지만 내 아이는 두 살이 되기도 전에 땅에 묻었지. 그리고 하느님은 내게 자녀를 더 이상 주시지 않았어. 재산이 불어나기 시작했어. 이제 우리는 여기 상인의 방앗간에서 살아. 봉급도 많고 생활도 풍족해. 하지만 내 아이는 없어. 이 아이들이 없다면 나 혼자 어떻게 살아갈지! 그러니 내가 어떻게 이 아이들을 사랑하지 않을 수 있겠어! 나에게는 오로지 이 아이들이 양초의 밀랍이나 마찬가지야!"

여자는 발을 저는 여자아이를 한 팔로 꼭 끌어안고 다른 손으로 뺨에서 눈물을 닦기 시작했다.

그러자 마트료나가 한숨을 쉬며 말한다.

"아버지와 어머니 없이는 살아도 하느님 없이는 못 산다는 속담이 괜히 생긴 게 아닌가 봐."

그들은 그렇게 서로 잠시 이야기를 나누었다. 여자가 가려고 일어섰다. 주인 부부가 그녀를 배웅하며 미하일라를 돌아보았다. 그는 무릎 위에 두 손을 올려놓고 앉아 미소를 지으면서 위를 쳐다보고 있다.

10

세묜이 그에게 다가갔다. 그가 말한다. 미하일라, 무슨 일이야! 미하일라가 긴 의자에서 일어나 일감을 내려놓고 앞치마를 벗더니 주인 부부에게 허리 숙여 절하고 말한다.

"주인장 부부, 용서해 줘. 하느님께서 날 용서하셨어. 당신들도 용서해 줘."

그리고 주인들은 미하일라에게서 빛이 나는 것을 본다. 그래서 세묜은 자리에서 일어나 미하일라에게 허리 숙여 절하고 그에게 말했다.

"미하일라, 자네가 평범한 사람이 아니라는 걸 알아. 그래서 자네를 잡지도, 자네에게 물어보지도 못하겠어. 나에게 한 가지만 말해 줘. 내가 자네를 발견해 집으로 데려왔을 때는 침울해 보였는데, 아내가 자네에게 저녁을 내오자 아내를 보며 미소를 짓고 그 후로 점차 밝아졌지. 왜 그런 거야? 그 후에 지주가 부츠를 주문했을 때 자네는 또다시 미소를 지었고 그 후로 한층 더 밝아졌잖아? 그리고 방금 부인이 여자애들을 데려왔을 때 자네는 세 번째로 웃었고 온몸으로 빛을 발했지. 나한테 말해 줘, 미하일라, 자네한테서 왜 그런 빛이 나오는 거야? 그리고 왜 세 번 웃었지?"

그러자 미하일라가 말했다.

"내 몸에서 빛이 나는 것은 내가 벌을 받았는데 이제 하느님께서 날 용서하셨기 때문이야. 그리고 내가 세 번 웃은 것은 하느님의 세 가지 말씀을 깨달아야 했는데 그걸 깨달았기 때문이지. 자네 아내가 날 가엾게 여겨 주었을 때 한 가지 말씀을 깨달았어. 그래서 처음으로 웃었지. 부자가 부츠를 주문했을 때 두 번째 말씀을 깨달아서 또 한 번 웃었어. 그리고 지금 여자아이들을 보았을 때 마지막 세 번째 말씀을 깨달아서 세 번째로 웃은 거야."

그러자 세묜이 말했다.

"말해 줘, 미하일라, 왜 하느님께서 자네를 벌하셨지? 그리고 자네가 깨달아야 했던 하느님의 말씀이 뭐였어?"

그러자 미하일라가 말했다.

"하느님께서 날 벌하신 것은 내가 불순종했기 때문이야. 나는 천국의 천사였는데 하느님께 불순종했지.

나는 천국의 천사였고, 하느님이 한 여자의 육신에서 영혼을 꺼내 오라며 날 보내셨어. 난 지상으로 날아왔다가 여자 혼자 누워 있는 것을 보았지. 딸 쌍둥이를 낳은 병든 여자였어. 어머니 곁에서 아기들이 꼬물거렸지만 어머니는 아이들에게 젖을 물릴 수 없었지. 여자가 날 보더니 하느님께서 영혼을 가져오라고 날 보낸 것을 알고는 울면서 말했어. '하느님의 천사! 내 남편을 방금 매장했어. 숲에서 나무에 깔려 죽었거든. 나에게는 자매도, 친척 아주머니도, 할머니도 없기 때문에 고아가 된 내 아이들을 길러 줄 사람이 없어. 내 영혼을 앗아 가지 마! 내가 내 아이들에게 젖을 먹여 키울 수 있게, 아이들이 두 발로 서는 것을 볼 수 있게 해 줘! 아이들은 부모 없이 살아갈 수 없잖아!' 나는 어머니의 말을 듣고 나서 한 아기를 그녀의 가슴팍에 올려놓고 다른 아기는 품에 안긴 후 천국으로 주님을 뵈러 올라갔지. 주님께 날아올라 가 말했어. '산모의 육신에서 영혼을 꺼내지 못했습니다. 아버지는 나무에 깔려 죽고, 어머니는 쌍둥이를 낳았으니 자기 영혼을 앗아 가지 말아 달라고 애원합니다. 그녀는 아이들에게 젖을 먹여 키울 수 있게, 아이들이 두 발로 서는 것을 볼 수 있게 해 달라고 합니다. 저는 산모의 몸에서 영혼을 꺼내 올 수 없었습니다.' 그러자 주님이 말씀하셨지. '가서 산모의 몸에서 영혼을 꺼내 오고 세 가지 말을 깨닫도록 해라. 사람들 안에 무엇이 있는지, 사람들에게 무엇이 주어지지 않았는지, 사람들이 무엇으로 사는지 깨달아라. 세 가지 말을 깨달으면 천국으로 돌아오게 될 것이다.' 나는 지상으로 다시 날아가 산모의 육신에서 영혼을 꺼냈어.

젖먹이들이 가슴팍에서 떨어졌어. 시체가 침대 위에서 구르다 한 아이를 짓눌러 한쪽 발을 비틀어 놓았지. 나는 마을 위로 올라가 하느님께 영혼을 데려가려고 했는데 바람이 나를 휘감더군. 나는 날개가 축 늘어져 떨어지고 말았지. 영혼만 하느님께로 가고 나는 길가의 땅바닥에 쓰러진 거야."

그리하여 세묜과 마트료나는 자기들이 누구를 입히고 먹였는지, 자기들이 누구와 함께 살았는지 깨닫게 되어 두려움과 기쁨에 울음을 터뜨렸다.

그러자 천사가 말했다.

"난 벌거벗은 몸으로 혼자 들판에 남았어. 이전에는 인간에게 무엇이 필요한지 몰랐고, 추위도 배고픔도 몰랐지. 그런데 인간이 된 거야. 배가 고프고 몸은 얼어붙었지만 어떻게 해야 할지 몰랐어. 들판에 하느님을 위한 작은 예배당이 세워져 있는 것을 보고 하느님의 예배당으로 다가가 그 안에서 몸을 피하려 했지. 예배당의 문은 자물쇠로 잠겨 있어 안으로 들어갈 수 없었어. 그래서 바람을 피하기 위해 예배당 뒤에 앉았지. 저녁이 찾아왔어. 난 배가 고픈 데다 몸이 꽁꽁 얼어붙고 견딜 수 없이 아팠어. 갑자기 어떤 사람이 부츠를 들고 길을 걸어오면서 혼잣말로 중얼거리는 소리가 들리는 거야. 그리고 난 사람이 된 후 처음으로 죽음이 깃든 인간의 얼굴을 보게 됐지. 난 그 얼굴이 무서워 그에게서 고개를 돌렸어. 그런데 이 남자가 자신의 몸뚱이를 겨울 추위에서 어떻게 보호할지, 아내와 자식들을 어떻게 먹여 살릴지에 대해 혼잣말하는 소리가 들리는 거야. 그래서 난 생각했지. '난 추위와 배고픔으로 죽어가고 있는데, 어떻게 털외투 한 벌로 자신과 아내의 몸을 보호할지, 어떻게 가족을 부양할 빵을 구할지에 대해서만 생각하는 남자가 여기 지나가네. 저 사람은 날 도울 수 없겠지.' 남자는 날 보더니 얼굴을 찌푸리며 한층 더 험악해져서 내 옆을 지나쳤어. 그래서 난 절망했지. 문득 남자가 되돌아오는 소리가 들리더군. 난 눈을 들어 쳐다보면서도 아까 본 남자를 알아보지 못했어. 그의 얼굴에는 죽음이 있었는데 이제는 별안간 생기가 도는 거야. 난 그의 얼굴에서 하느님을 알아보았어. 그는 나에게 다가와 옷을 입히고는 날 데리고 자기 집으로 갔지. 그의 집에 갔더니 한 여자가 우리를 맞이하러 나와 말을 하기 시작했어. 여자는 남자보다 훨씬 더 무서웠어. 그녀의 입에서 죽은 혼이 나왔지. 난 죽음의 악취 때문에 숨을 쉴 수 없었어. 그녀는 날 추운 곳으로 내쫓고 싶어 했지. 난 그녀가 날 쫓아내면 죽게 되리라는 것을 알았어. 그런데 문득 남편이 하느님을 떠올리게 하자 갑자기 여자가 달라졌어. 그리고 그녀가 우리에게 저녁을 차려 주며 날 쳐다볼 때 나도 그녀를 흘깃 보았지. 그녀 안에는 더 이상 죽음이 없었어. 그녀는 살아 있었고, 난 그녀 안에서 하느님을 알아보았어.

그러자 '사람들 안에 무엇이 있는지 깨달아라.'라는 하느님의 첫 번째 말씀이 떠오르더군. 그렇게 해서 난 사람들 안에 사랑이 있다는 것을 깨달았지. 그리고 하느님께서 당신이 약속하신 것을 이미 나에게 드러내기 시작하셨다는 사실에 기뻐 처음으로 미소를 지었어. 하지만 난 아직 모든 것을 깨달을 수는 없었어. 사람들에게 무엇이 주어지지 않았는지, 사람들이 무엇으로 사는지 헤아릴 수 없었지.

난 당신들 집에서 살기 시작했고, 한 해를 보냈어. 그런데 한 남자가 찾아와서 일 년이 지나도 벌어지거나 틀어지지 않는 부츠를 주문했어. 난 그를 쳐다보다 별안간 그의 어깨 뒤에서 내 동료인 죽음의 천사를 보았지. 나 말고는 아무도 그 천사를 보지 못했어. 하지만 난 그를 알았고, 해가 지기 전에 부자의 영혼이 떠나리라는 것을 알았어. 그래서 난 생각했지. '저 남자는 한 해를 대비하려 하지만 저녁이 되기도 전에 죽는다는 것을 모르는구나.' 그러자 하느님의 또 다른 말씀이 떠올랐어. '사람에게 무엇이 주어지지 않았는지 깨달아라.'

사람들 안에 무엇이 있는지는 이미 알고 있었어. 이제는 사람들에게 무엇이 주어지지 않았는지 깨닫게 됐지. 사람들에게 허락되지 않은 것은 자기 육신을 위해 무엇이 필요한지 아는 것이었어. 그래서 난 또 한 번 미소를 지었지. 동료 천사를 보게 되고 하느님께서 나에게 두 번째 말씀을 깨닫게 해 주셔서 기뻤어.

하지만 내가 모든 것을 깨달은 건 아니었어. 난 아직 사람들이 무엇으로 사는지 깨닫지 못했지. 그래서 계속 살아가며 하느님께서 내게 마지막 말씀을 깨닫게 해 주실 때를 기다렸어. 그리고 여섯 번째 되는 해에 쌍둥이 여자아이들과 부인이 찾아왔지. 난 여자아이들을 알아보았고, 그 여자아이들이 어떻게 살아남았는지 알게 됐어. 난 그 사실을 알고 생각했지. '어머니가 자식들을 위해 애원했고, 난 어머니의 말을 믿었어. 아이들은 아버지와 어머니 없이 살아갈 수 없다고 생각한 거지. 그런데 친척도 아닌 여자가 아이들을 기르고 보살폈잖아.' 그리고 여자가 친자식도 아닌 아이들을 불쌍히 여기며 울음을 터뜨렸을 때 난 그녀 안에서 살아계신 하느님을 보았고 사람들이 무엇으로 사는지 깨달았어. 그래서 하느님께서 나에게 마지막 말씀을 깨닫게 해 주셨고 날 용서하셨음을 알게 되어 세 번째로 미소를 지은 거야."

12

그러더니 천사의 몸이 벌거숭이가 되고 맨눈으로 쳐다볼 수 없을 만큼 온통 빛에 휩싸였다. 그러자 그가 더 큰 소리로 말하기 시작했다. 그 목소리는 마치 그에게서 나오는 게 아니라 하늘에서 내려오는 것 같았다. 그리고 천사는 말했다.

"나는 어떤 인간이든 자신에 대한 염려가 아닌 사랑을 통해 살아 있는 존재가 된다는 것을 깨달았다.

어머니에게는 자기 자식들의 생을 위해 무엇이 필요한지 아는 게 허락되지 않았다. 부자에게는 그 자신에게 무엇이 필요한지 아는 게 허락되지 않았다. 그리고 저녁 무렵 자기한테 필요한 게 산 사람을 위한 부츠인지 죽은 사람을 위한 슬리퍼인지 아는 것은 어느 누구에게도 허락되지 않았다.

내가 인간이었을 때 살아남을 수 있었던 것은 나 자신이 스스로에 대해 깊이 생각해서가 아니라 지나가던 남자와 그의 아내 안에 사랑이 있었고 그들이 나를 불쌍히 여겨 사랑했기 때문이다. 고아들이 살아남았던 것은 다른 이들이 그 아이들에 대해 숙고해서가 아니라 생판 남인 여자의 마음속에 사랑이 있었고 그녀가 아이들을 불쌍히 여겨 사랑했기 때문이다. 그리고 모든 사람이 생을 유지하는 것은 그들 자신이 스스로에 대해 숙고해서가 아니라 사람들 안에 사랑이 있기 때문이다.

이전에 난 하느님께서 사람들에게 생명을 주셨으며 그들이 삶을 살아 내길 바라신다는 것을 알았다. 그런데 이제 한 가지를 더 깨달았다.

난 깨달았다. 하느님께서는 사람들이 서로 떨어져 살기를 바라지 않으셨기에 각 사람에게 스스로를 위해 무엇이 필요한지 드러내지 않으셨고, 사람들이 함께 사는 것을 원하셨기에 모든 사람에게 스스로를 위해, 그리고 모두를 위해 무엇이 필요한지 드러내셨다.

이제 난 깨달았다. 사람들에게는 자신이 그저 스스로에 대한 염려 덕에 살아 있는 것처럼 보이겠지만 그들이 살아 있는 것은 오직 사랑 때문이다. 사랑 안에 있는 사람은 하느님 안에 있는 자이며, 하느님께서는 그 사람 안에 계신다. 하느님은 사랑이시기 때문이다.[14]"

그리고 나서 천사가 하느님을 찬양하는 노래를 부르기 시작했고, 그의 목소리에 통나무집이 흔들리기 시작했다. 그러더니 천장이 갈라지고 땅에서 하늘까지 불기둥이 솟아올랐다. 그리고 세몬과 아내와 자식들이 땅바닥에 쓰러졌다. 그러자 천사의 등에서 날개가 펼쳐졌고, 천사는 하늘로 올라갔다.

---

14) 『요한 1서』 4장 16절을 참고. 『공동 번역 성서』에는 이렇게 번역되어 있다. "하느님은 사랑이십니다. 사랑 안에 있는 사람은 하느님 안에 있으며 하느님께서는 그 사람 안에 계십니다."

그리고 세묜이 정신을 차렸을 때 통나무집은 예전 그대로
였지만 집 안에는 이제 세묜의 가족 말고 아무도 없었다.

(1885년)

바보 이반

그의 두 형인 군인
세묜과 배불뚝이 타라스,
벙어리 여동생 말라니야,
그리고 늙은 악령과 세 작은
악마에 대한 이야기*

---

* 제목에서 '악령'으로 번역한 러시아어 'дьявол'은 다른 언어권에서 디아볼라, 사탄, 루시퍼 등의 이름으로 알려진 악한 영으로 그리스도교 하느님의 적대자들로 이루어진 마계에서 최고 지위를 점한다. 한편 '작은 악마'로 번역한 러시아어 'чёртенок'는 '악마'를 뜻하는 'чёрт'의 지소형이며, 러시아 민속 문화에서 'чёрт'는 인간의 형상에 뿔과 꼬리와 발굽이 있는 모습으로 묘사됐다.

1

어느 왕국에, 어느 나라에 부유한 농부가 살았다. 그리고 부유한 농부에게는 세 아들인 군인 세묜, 배불뚝이 타라스, 바보 이반과 벙어리 딸인 노처녀 말라니야가 있었다. 군인 세묜은 전쟁에 나가 차르[1]를 섬겼고, 배불뚝이 타라스는 도시의 상인을 찾아가 장사를 시작했고, 바보 이반과 누이는 집에 남아 일하며 열심히 살았다. 군인 세묜은 높은 관등과 세습 영지를 받고 귀족의 딸과 결혼했다. 녹봉도 많이 받고 세습 영지도 넓었지만 그는 여전히 생계를 유지할 수 없었다. 남편이

---

1) 러시아 군주를 일컫는 호칭으로 이반 4세가 처음 사용했다. 1721년에 표트르 대제가 '황제'를 뜻하는 프랑스어 'empereur'에서 차용한 'император(임페라토르)'라는 호칭을 사용하기 시작한 뒤 '차르'와 '황제' 모두 러시아 군주를 가리키는 호칭으로 자리 잡았다.

벌어들이는 수입을 귀족의 딸인 아내가 전부 탕진해 버려 늘 돈이 없었기 때문이다. 그래서 군인 세묜은 소득을 거두어들이기 위해 세습 영지로 갔다. 영지 관리인이 그에게 말한다.

"소득을 거두어들일 거리가 없습니다. 우리에게는 가축도, 농기구도, 말도, 암소도, 쟁기도, 써레도 없거든요. 모든 것을 장만해야 합니다. 그런 다음에야 소득이 생길 겁니다."

그래서 군인 세묜은 아버지에게로 갔다.

"아버지." 그가 말한다. "아버지는 부자면서 나한테는 아무것도 주지 않았잖아. 내 몫으로 3분의 1을 나눠 줘. 내 세습 영지로 옮길 테니까."

노인이 말한다.

"넌 내 집에 아무것도 내놓지 않았는데 뭣 때문에 너한테 3분의 1을 주겠냐? 이반과 누이가 화를 낼 거다."

하지만 세묜은 말한다.

"이반은 바보고 누이는 벙어리 노처녀잖아. 그 애들한테 뭐가 필요해?"

노인이 말한다.

"이반이 하자고 하는 대로 하겠다."

하지만 이반은 말한다.

"뭐, 좋아, 가져가라고 해."

군인 세묜은 집에서 자기 몫을 챙겨 자신의 세습 영지로 옮기고는 다시 차르를 섬기러 떠났다.

배불뚝이 타라스도 많은 재산을 모았다. 상인의 딸과 결혼도 했다. 하지만 그로서는 여전히 성에 차지 않았다. 그는 아버지를 찾아가 말했다.

"나한테 내 몫을 나눠 줘."

노인은 타라스에게도 몫을 주고 싶어 하지 않았다.

"너는⋯⋯." 그가 말한다. "우리에게 아무것도 주지 않았다. 집에 있는 것은 이반이 벌어들인 것이다. 이반과 누이를 화나게 할 수는 없다."

하지만 타라스는 말한다.

"이반한테 재산이 무슨 소용이 있어. 그 애는 바보인데. 결혼도 못 해. 아무도 그 애와 결혼하려 하지 않을걸. 벙어리 누이한테도 아무것도 필요 없어." 그가 말한다. "이반, 곡물의 절반을 내 몫으로 줘. 농기구는 가져가지 않고 가축 중에서 흰 바탕에 검은 털이 섞인 수말만 가져갈게. 그 말은 밭을 가는 데 필요 없잖아."

이반이 웃음을 터뜨렸다.

"뭐, 좋아." 그가 말한다. "가서 고삐를 맬게."

타라스도 제 몫을 받았다. 타라스는 곡물을 도시로 운반하고, 흰 바탕에 검은 털이 섞인 수말을 끌고 갔다. 이반은 옛날 방식으로 경작하는 데 쓸 늙은 암말 한 마리와 부양할 부모와 함께 남았다.

2

형제들이 재산 분배로 다투지 않고 화목하게 헤어지자 늙은 악령은 화가 났다. 그래서 그는 큰 소리로 작은 악마 셋을 불렀다.

"저기 봐라." 그가 말한다. "세 형제가 산다. 군인 세묜, 배불뚝이 타라스, 바보 이반이라고 한다. 그들이 서로 다투어야 하는데 평화롭게 살고 있다. 서로 사이좋게 환대하면서 말이지. 바보가 내 일을 전부 망쳐 놨다. 너희 셋이 가서 세 형제들을 맡아 서로 눈알을 찢도록 분란을 일으켜라. 그렇게 할 수 있겠나?"

"네." 작은 악마들이 말한다.

"어떻게 할 건가?"

"이렇게 하겠습니다." 그들이 말한다. "먼저 먹을 게 하나도 없도록 그자들을 쫄딱 망하게 한 뒤 한곳에 모으겠습니다. 그러면 그자들은 서로 주먹질을 할 겁니다."

"음, 좋아." 늙은 악령이 말한다. "너희가 임무를 잘 이해하고 있다는 것을 알겠다. 가서 세 형제 사이에 분란을 일으키기 전에는 나에게 돌아오지 마라. 그러지 않으면 셋 모두에게 호되게 채찍질을 해 줄 테다."

작은 악마들은 다 함께 늪으로 가서 어떻게 임무에 착수할지 고민하기 시작했다. 그들은 논쟁하고 또 논쟁했다. 저마다 더 쉬운 일을 하고 싶어 했기에 제비를 뽑아 누가 누구를 맡을지 결정했다. 그리고 누구든지 먼저 일을 끝내면 다른 악마들을 도우러 오기로 했다. 제비뽑기를 끝낸 후 작은 악마들은 누가 일을 끝냈고 누구를 도우러 가야 하는지 파악하기 위해 늪에서 다시 모일 날짜를 정했다.

기일이 되었고, 작은 악마들은 약속한 대로 늪에 모였다. 그들은 저마다 상황이 어떤지 말하기 시작했다. 군인 세묜에게 갔다가 돌아온 첫 번째 작은 악마가 입을 열었다.

"내가 맡은 일은 잘 풀리고 있어." 그가 말한다. "내일 나의 세묜이 아버지 집으로 올 거야."

동료들이 그에게 질문을 던지기 시작했다.

"어떻게 했는데?" 그들이 묻는다.

"내가 처음 한 일은……." 그가 말한다. "세묜에게 엄청난 용기를 불어넣어서 자신의 차르에게 온 세상을 정복하겠다고 약속하게 한 거야. 그래서 차르는 세묜을 사령관으로 임명해 인도 왕과 전쟁을 하도록 보냈지. 양쪽 군대가 전쟁을 치르기 위해 모였어. 그런데 내가 그날 밤 세묜의 군대에 있는 모든 화약을 축축하게 만들고, 인도 왕에게로 가서 밀짚으로 무수히 많은 병사를 만들어 주었지. 세묜의 병사들은 밀짚 병사들이 사방에서 자기들을 향해 오는 것을 보고 겁에 질렸어. 군인 세묜은 화포를 발사하라고 명령했어. 하지만 대포도 라이플총도 제대로 작동하지 않았지. 세묜의 병사들은 깜짝 놀라서 양처럼 달아났어. 그렇게 해서 인도 왕이 그들을 무찔렀지. 자신의 이름을 더럽힌 군인 세묜은 세습 영지를 박탈당했고 내일 처형될 거야. 하루 동안 나에게 남은 일은 그자가 집으로 도망갈 수 있도록 감옥에서 그자를 풀어 주는 것뿐이야. 내일 난 임무를 다 끝내게 될 거야. 그러니 둘 중에 누구를 도우러 가야 할지 말해 줘."

타라스에게 다녀온 두 번째 작은 악마가 자신의 임무에 대해 이야기하기 시작했다.

"나는 도움이 필요 없어." 그가 말한다. "내 임무도 순조롭게 진행됐고, 타라스는 일주일도 못 버틸 거야." 그가 말한다. "내가 처음에 한 일은 그자의 배를 키우고 질투심을 불어넣는 것이었어. 남의 재산에 대한 질투심이 어찌나 커졌던지 보는 것마다 다 사고 싶어 할 정도가 됐지. 그는 가진 돈을 몽땅 털어 숱하게 많은 것을 사들였고, 지금도 계속 사고 있어. 이제는 빌린 돈으로 사들이기 시작했지. 이미 목덜미에 많은 빚을 쌓아 놓아서 벗어날 수 없을 정도로 궁지에 몰렸어. 일주일 후 상환할 기한이 만료되면 난 그가 가진 모든 물자를 똥거름으로 만들어 버릴 거야. 그러면 빚을 갚지 못해 아버지 집으로 가겠지."

이반에게 다녀온 세 번째 작은 악마도 질문을 받았다.

"그런데 너의 임무는 어떻게 됐어?"

"그게 말이지." 그가 말한다. "내 임무는 순조롭지 않아. 내가 가장 먼저 한 일은 그자가 배탈이 나도록 크바스가 든 항아리에 침을 뱉는 것이었어. 그러고 나서 그자의 밭으로 가서 그자가 감당할 수 없도록 흙을 돌처럼 단단하게 다졌지. 난 그자가 밭갈이를 하지 않을 거라 생각했는데 그 멍청한 놈이 나무 쟁기를 들고 와서 흙덩이를 부수기 시작했어. 복통 때문에 신음하면서도 계속 밭을 가는 거야. 내가 그자의 나무 쟁기 하나를 부수었더니 그 바보가 집으로 가서 다른 나무 쟁기를 수리하고 접가지를 받치는 새 대목들을 동여매서 다시 밭갈이를 시작하더군. 난 땅속으로 기어들어 가서 쟁기 날을 붙잡았어. 그자는 도저히 버틸 수 없게 되자 나무 쟁기를 꽉 내리눌렀는데 날이 날카롭더군. 그래서 내 두 손이 전부 잘리고 말았지. 밭갈이는 거의 다 끝났고, 한 줄만 남았어." 그가 말한다. "형제들, 날 도우러 와 줘. 만약 우리가 그자 한 명을 물리치지 못하면 우리의 모든 노력은 허사가 될 거야. 그 바보가 남아서 농사를 지으면 그자들은 곤궁을 겪지 않고 그 바보가 두 형을 먹여 살릴걸."

군인 세푼에게 붙어 있던 작은 악마가 다음 날 도와주러 오겠다고 약속했고, 작은 악마들은 그 자리에서 헤어졌다.

3

이반은 휴경지를 한 줄만 남기고 다 갈았다. 그는 밭을 마저 갈러 왔다. 배가 아프지만 밭갈이는 해야 한다. 탈진한 그는 나무 쟁기의 방향을 바꾸어 밭갈이를 시작했다. 일단 돌고 나서 되돌아가는데 마치 무언가 뿌리에 걸린 듯해 가까스로 쟁기를 끌고 간다. 그것은 작은 악마가 두 다리로 쟁기를 감고 버티고 있었기 때문이다. '참 이상한 일이군!' 이반은 생각한다. '예전에는 여기에 뿌리가 없었는데 이것은 뿌리가 분명하단 말이야.' 이반이 고랑 속에 한 손을 찔러 넣자 부드러운 것이 만져졌다. 그는 무언가를 움켜쥐고 잡아당겼다. 뿌리처럼 검은 무언가가 뿌리 위에서 꿈틀거렸다. 가만히 보니 살아 있는 작은 악마였다.

"뭐야." 그가 말한다. "정말 역겹군!"

이반이 손을 쳐들어 그것을 쟁기 머리 위로 내리치려 하자 작은 악마가 우는소리로 사정하기 시작했다.

"날 죽이지 마!" 그가 말한다. "그러면 네가 원하는 대로 해 줄게."

"나한테 뭘 해 줄 수 있는데?"

"원하는 게 있으면 말만 해."

이반은 몸을 긁었다.

"배가 아파." 그가 말한다. "고칠 수 있겠어?"

"물론." 작은 악마가 말한다.

"그럼 고쳐 봐."

작은 악마는 고랑으로 허리를 숙여 손톱으로 헤집고 또 헤집다가 세 가닥으로 갈라진 뿌리 하나를 뽑아 이반에게 주었다.

"자." 그가 말한다. "뿌리 한 가닥을 삼키면 어떤 통증이든 다 사라질 거야."

이반은 뿌리를 받아 찢은 후 한 가닥을 삼켰다. 배앓이가 곧바로 사라졌다.

작은 악마가 다시 애원하기 시작했다.

"이제 날 놔줘." 그가 말한다. "땅속으로 들어가서 다시는 돌아다니지 않을게."

"뭐, 좋아." 그가 말한다. "하느님이 너와 함께하길!"

그리고 이반이 하느님이라는 말을 입에 올리자마자 작은 악마는 돌멩이가 물속에 빠지듯 순식간에 땅속으로 자취를 감추었고 구멍 하나만 남았다. 이반은 남은 뿌리 두 가닥을 모자 안에 쑤셔 넣고 밭을 마저 갈기 시작했다. 그는 고랑 한 줄을 끝까지 간 뒤 나무 쟁기의 방향을 바꾸어 놓고 집으로 갔다. 수레에서 말을 풀고 통나무집에 들어가자 맏형인 군인 세묜이 아내와 함께 앉아 저녁을 먹고 있다. 그는 세습 영지를 몰수당했다. 가까스로 탈옥한 그는 목숨을 부지하기 위해 아버지 집으로 도망쳐 왔다.

세묜이 이반을 보았다.

"네 집에서 지내려고 왔다." 그가 말한다. "새로운 자리가 생길 때까지 나와 아내를 부양해 다오."

"뭐, 좋아." 그가 말한다. "여기서 지내."

이반이 긴 의자에 막 앉으려는데 귀족 마님은 이반에게서 풍기는 냄새가 못마땅했다. 그녀가 남편에게 말한다.

"난 고약한 냄새가 나는 농부와 함께 저녁을 먹을 수 없어."

군인 세묜이 말한다.

"우리 마나님이 너한테서 나는 냄새가 싫다고 하는구나. 넌 현관방에서 먹는 게 좋겠다."

"뭐, 좋아." 이반이 말한다. "암말에게 꼴을 먹이러 야간 방목을 갈 시간이거든."

이반은 빵과 카프탄을 집어 들고 야간 방목을 하러 떠났다.

4

그날 밤 군인 세 몫을 맡았던 작은 악마가 임무를 끝내고서 약속대로 이반을 맡은 작은 악마를 찾으러 왔다. 그 악마가 바보를 괴롭히는 걸 돕기 위해서였다. 밭으로 갔다. 동료를 찾고 또 찾았지만 어디에도 없었다. 그저 구멍 하나만 발견했을 뿐이다. '음, 동료에게 곤란한 일이 생긴 모양이군.' 그는 생각한다. '그의 자리를 대신해야겠어. 밭갈이는 끝났으니 목초지에서 그 바보를 골려 줘야겠군.'

작은 악마는 풀밭으로 가서 이반의 목초지를 물에 잠기게 만들었다. 목초지 전체가 진흙으로 뒤덮였다. 이반은 동틀 녘에 야간 방목에서 돌아와 큰 낫의 날을 두들겨 바로잡고는 풀을 베러 갔다. 이반이 목초지에 도착해 풀을 베기 시작했다. 한 번 휘두르고 또 한 번 휘두르고 나자 낫이 무디어져 갈아야 했다. 이반은 안간힘을 썼다.

"아니야." 그가 말한다. "집에 가서 낫을 두들기고 큰 빵도 가져와야겠어. 일주일을 고생하더라도 풀을 다 벨 때까지 떠나지 않을 거야."

작은 악마는 그 말을 듣고 생각에 잠겼다.

"이 바보는 뻣뻣한 놈이라 꿈쩍도 안 해. 다른 장난으로 움직여야겠군."

이반이 와서 낫을 두들기고 풀을 베기 시작했다. 작은 악마는 풀 속에 숨어들어 낫자루의 목을 잡고 땅속으로 밀어넣기 시작했다. 이반은 힘들었지만 풀베기를 끝냈고 이제 습지에 한 구역만 남았다. 작은 악마는 늪으로 숨어들어 생각했다.

'내 손이 잘리는 한이 있더라도 그자가 풀을 베지 못하게 할 테다.'

이반은 습지로 갔다. 풀이 무성해 보이지 않는데도 낫들이 들지 않았다. 이반은 화가 나서 온 힘을 다해 낫을 휘둘렀다. 작은 악마는 점차 굴복하기 시작했다. 몸을 피할 겨를이 없었던 것이다. 상황이 좋아 보이지 않아 떨기나무 속에 숨었다. 이반은 팔을 쳐들어 떨기나무를 치다가 작은 악마의 꼬리를 반쯤 잘랐다. 이반은 풀베기를 끝내고 나서 누이에게 풀을 긁어모으도록 시킨 후 호밀을 베러 갔다.

큰 낫을 들고 나갔다. 꼬리를 잘린 작은 악마가 이미 그곳에서 호밀을 마구 헝클어뜨려 놓은 바람에 큰 낫을 휘두르며 움직이기가 힘들었다. 이반은 집으로 돌아가 작은 낫을 들고 와서 호밀을 베기 시작했고, 마침내 호밀을 전부 거두어들였다.

"음, 이제 귀리를 베야겠군." 그가 말한다.

꼬리가 잘린 작은 악마는 그 말을 듣고 생각한다. '호밀밭에서는 골려 주지 못했지만 귀리밭에서는 잔뜩 괴롭혀 줘야지. 아침이 오기만 기다려라.' 작은 악마가 아침에 귀리밭으로 달려와 보니 귀리 수확은 이미 끝난 상태였다. 땅에 떨어지는 낟알을 줄이기 위해 이반이 밤에 귀리를 전부 베어 버린 것이다. 작은 악마는 화가 났다.

"바보가 내 꼬리를 자르더니 죽도록 괴롭히기까지 하네." 그가 말한다. "하지만 전쟁터에서도 이런 끔찍한 꼴은 겪지 않았어! 빌어먹을, 잠도 안 자는 녀석이니 따라잡을 수가 없잖아!"
그가 말한다. "당장 낟가리 속으로 들어가서 전부 썩혀 버려
야겠다."

그러고 나서 작은 악마는 호밀 낟가리 속에 들어가 호밀
다발 사이로 기어들어 호밀을 썩혔다. 호밀 다발을 덥히다 보
니 자기 몸도 따뜻해져 꾸벅꾸벅 졸기 시작했다.

이반은 암말을 짐수레에 매고 누이와 함께 호밀을 운반하
러 갔다. 낟가리 근처에 이르자 그들은 호밀 다발을 짐수레에
던지기 시작했다. 두 다발을 던져 두고 갈퀴를 호밀 다발에 찔
러 넣었다. 갈퀴가 작은 악마의 엉덩이에 정통으로 찍혔다. 갈
퀴를 들어 올리자 살아 있는 작은 악마가, 심지어 꼬리를 잘
린 악마가 갈퀴에 찍힌 채 몸부림을 치고 얼굴을 찡그리면서
벗어나려는 게 보였다.

"뭐야." 그가 말한다. "정말 역겹군! 여기에도 온 거냐?"

"난 다른 악마야." 작은 악마가 말한다. "그 애는 내 형제였
어. 난 네 형 세묜에게 붙어 있었지."

"음." 그가 말한다. "네가 어떤 놈이건 상관없어. 너도 똑같
이 될 테니까!" 이반이 작은 악마를 밭이랑에 내리치려고 하
자 작은 악마가 그에게 애원하기 시작했다.

"놔줘." 그가 말한다. "더 이상 여기에 있지 않을게. 네가 원
하는 거라면 무엇이든 해 줄게."

"뭘 할 수 있는데?"

"네가 원하면 무엇으로든 병정을 만들어 줄 수 있어." 작은
악마가 말한다.

"병사들을 무엇에 쓰겠어?"

"무엇에 쓰다니." 그가 말한다. "원하는 대로 써먹어. 그 병사들은 뭐든지 할 수 있어."

"노랫가락을 연주할 수 있을까?"

"그럼."

"뭐, 좋아." 그가 말한다. "만들어 줘."

그러자 작은 악마가 말했다.

"호밀 다발을 여기에 가져와서 땅 위에서 흔들어. 그리고 이렇게만 말해. '나의 노예가 명하노니 곡물 다발은 없어지고 네가 쥔 지푸라기의 수만큼 병사가 될지어다.'"

이반은 다발을 잡고서 땅 위로 흔들며 작은 악마가 시킨 대로 말했다. 그러자 다발이 흩날리더니 병사들이 만들어졌고, 앞에서 북재비와 나팔수가 연주를 했다. 이반은 웃음을 터뜨렸다.

"뭐야." 그가 말한다. "정말 대단한데!" 그가 말한다. "좋은 걸. 마을 아가씨들을 즐겁게 해 줄 수 있겠어."

"자." 작은 악마가 말한다. "이제 놔줘."

"안 돼." 이반이 말한다. "난 탈곡하고 남은 지푸라기로 병사를 만들 거야. 그러지 않으면 아무 보람도 없이 알곡을 못 쓰게 되잖아. 병사를 다발로 되돌리는 법을 가르쳐 줘. 난 호밀 다발을 탈곡할 거야."

작은 악마가 말한다.

"이렇게 말해. '병사의 수만큼 지푸라기로. 나의 노예가 명하노라, 다시 다발이 되어라!'"

이반이 그렇게 말하자 병사들은 다시 다발이 되었다.

그리고 작은 악마는 다시 애원하기 시작했다.

"이제 놔줘!" 그가 말한다.

"뭐, 좋아!"

이반이 작은 악마를 밭이랑에 바짝 붙이고서 한 손으로 꽉 잡아 갈퀴에서 뽑아냈다.

"하느님과 함께하길!" 그가 말한다. 그렇게 그가 하느님이라는 단어를 입에 올리자마자 작은 악마는 돌멩이가 물속에 빠지듯 순식간에 땅속으로 자취를 감추었고 구멍 하나만 달랑 남았다.

이반이 집으로 돌아오자 집에는 작은형 타라스가 아내와 함께 앉아 저녁 식사를 하고 있다. 배불뚝이 타라스는 빚을 갚지 않고 도망쳐 아버지에게로 온 것이었다. 그가 이반을 보았다.

"음." 그가 말한다. "이반, 내가 장사를 해서 돈을 벌 때까지 네가 나와 내 아내를 먹여 살려야겠다."

"뭐, 좋아." 이반이 말한다. "여기에서 지내."

이반은 카프탄을 벗고 탁자 앞에 앉았다.

상인의 아내가 말한다.

"난 바보와 함께 식사할 수 없어." 그녀가 말한다. "그리고 이반에게서 고약한 냄새가 나."

배불뚝이 타라스가 말한다.

"이반, 너에게서 좋지 않은 냄새가 나는구나." 그가 말한다. "현관방에 가서 먹어라."

"뭐, 좋아." 이반이 말한다.

그는 빵을 집어 들고 밖으로 나갔다.

"마침 암말을 야간 방목장에 데려가서 꼴을 먹일 시간이 거든."

5

그날 밤, 타라스에게 붙어 있던 작은 악마가 임무를 끝내고 약속대로 동료들을 도우러, 즉 바보 이반을 괴롭히러 왔다. 그는 밭에 도착해 동료들을 찾고 또 찾았지만 그곳에는 아무도 없고 구멍 하나만 눈에 띌 뿐이었다. 풀밭으로 갔다가 습지에서 꼬리를 발견했고, 호밀을 베어 낸 자리에서 또 다른 구멍을 찾아냈다. '음, 동료들에게 곤란한 일이 생긴 모양이군.' 그는 생각한다. '동료들을 대신해서 바보를 손봐 줘야겠어.'

작은 악마는 이반을 찾으러 갔다. 이반은 이미 밭을 떠나 숲에서 나무를 베고 있다.

형제들이 함께 살기에는 집이 좁았다. 두 형은 바보에게 자기들이 살 통나무집을 위해 나무를 베어 와서 새 집을 지으라고 시켰다.

작은 악마는 숲으로 달려가 큰 가지들 틈에 숨어 이반이 나무들을 쓰러뜨리지 못하도록 방해했다. 이반은 나무가 빈터에 쓰러지도록 제대로 찍어 쓰러뜨리기 시작했다. 그런데 나무가 어이없게 엉뚱한 곳으로 쓰러져 나뭇가지들 사이에 걸렸다. 이반은 지렛대를 만들어 나무를 돌리기 시작했고, 마침내 겨우 쓰러뜨렸다. 이반은 다른 나무를 베기 시작했고, 다시 똑같은 일이 벌어졌다. 그는 안간힘을 써서 간신히 나무를 치웠다. 세 번째 나무를 베기 시작했다. 또 똑같은 일이 벌어졌다. 이반은 쉰 그루를 베어 낼 생각이었다. 그런데 열 그루를 베기도 전에 어느새 밤이 찾아왔다. 그리고 이반은 지쳤다. 숲에 안개가 끼듯 몸에서 김이 났지만 그는 여전히 그만두지 않았다. 나무를 한 그루 더 베고 나자 등이 아팠다. 그는 도끼를 박아 넣고 쪼그리고 앉아서 쉬었다. 작은 악마는 이반이 잠잠해진 것을 알고 기뻐했다. '음, 힘이 빠져서 그만뒀군.' 그는 생각한다. '이제 나도 쉬어야지.' 작은 악마는 나뭇가지 위에 말 탄 자세로 걸터앉아 기뻐한다. 그런데 이반이 일어나서 도끼를 뽑아 반대편에서 때리듯이 휘두르자 나무는 금세 빠지직 소리를 내며 쿵 하고 쓰러졌다. 작은 악마가 미처 정신을 차리고 다리를 빼기도 전에 나뭇가지가 꺾이며 작은 악마의 발을 내리찍었다. 이반은 나뭇가지를 치우다가 살아 있는 작은 악마를 보았다. 이반은 깜짝 놀랐다.

"뭐야." 그가 말한다. "정말 역겹군! 여기에도 온 거냐?"

"난 다른 악마야." 작은 악마가 말한다. "난 네 형 타라스에게 붙어 있었지."

"뭐, 네가 누구든 너도 똑같은 꼴을 당할 거다!"

이반이 도끼를 휘둘러 도끼 등으로 악마를 치려고 했다. 작은 악마가 간절히 애원하기 시작했다.

"날 죽이지 마." 그가 말한다. "네가 원하는 거라면 무엇이든 해 줄게."

"네가 뭘 할 수 있는데?"

"난 네가 원하는 만큼 돈을 만들어 줄 수 있어." 그가 말한다.

"뭐, 좋아." 이반이 말한다. "만들어 봐!"

그러자 작은 악마가 이반에게 설명했다.

"이 참나무에서 잎사귀를 뜯어 두 손으로 비벼. 땅바닥에 금이 떨어질 거야."

이반이 잎사귀들을 집어 비비자 금이 쏟아졌다.

"이건 잔치 자리에서 아이들과 놀아 줄 때 좋겠군." 그가 말한다.

"놔줘." 작은 악마가 말한다.

"뭐, 좋아!" 이반은 지렛대를 잡고 작은 악마를 밑에서 꺼냈다. "하느님이 너와 함께하길!" 그가 말한다. 그렇게 이반이 하느님이라는 단어를 입에 올리자마자 작은 악마는 돌멩이가 물속에 빠지듯 순식간에 땅속으로 자취를 감추었고 구멍 하나만 달랑 남았다.

6

형제들은 집을 지어 따로 살기 시작했다. 이반은 밭의 작물을 다 거두어들인 후 맥주를 빚어 형제들을 잔치에 불렀다. 형제들은 이반의 집에 손님으로 가지 않았다.

"우리는 농부들의 잔치에 가 본 적이 없어." 그들은 그렇게 말한다.

이반은 농부들과 농가의 여자들을 불러 대접했고 그 자신도 술을 마셨다. 술에 취한 그는 길거리로 나가 원무를 추는 무리 쪽으로 갔다. 이반은 춤을 추는 여자들에게로 다가가 자신을 축하하는 노래를 불러 달라고 말했다.

"당신들이 이제까지 살면서 한 번도 본 적 없는 것을 줄게." 그가 말한다. 여자들이 깔깔거리며 그를 축하하는 노래를 부르기 시작했다. 그들은 노래를 다 부른 후 말한다.

"자, 이제 줘."

"곧 가져올게." 그가 말한다. 그는 바구니를 쥐고 숲으로 뛰어갔다. 여자들이 깔깔거리며 웃었다. "정말 바보라니까!" 그러고는 그에 대해 잊었다. 이반이 무언가가 가득 담긴 바구니를 들고 뛰어오는 것이 보인다.

"나눠 줄까?"

"나눠 줘."

이반은 금화를 한 움큼 집어 여자들에게 던졌다. 이럴 수가! 여자들은 금화를 줍기 위해 달려들었다. 농부들이 뛰어나와 서로 잡아당기며 금화를 빼앗는다. 어떤 늙은 여자는 사람들에게 깔려 죽을 뻔했다. 이반이 소리 내어 웃는다.

"아, 이 바보들아." 그가 말한다. "어쩌자고 할머니를 깔아뭉개는 거야? 좀 진정해. 내가 더 줄 테니까." 그는 금화를 더 던지기 시작했다. 사람들이 달려왔고, 이반은 바구니에 든 금화를 전부 던졌다. 사람들이 더 달라고 졸랐다. 하지만 이반은 말한다.

"그게 전부야. 다음번에 더 줄게. 이제 춤을 추고 노래를 불러 줘."

여자들이 노래를 부르기 시작했다.

"당신들의 노래는 별로 좋지 않아." 그가 말한다.

"더 좋은 건 어떤 건데?" 여자들이 말한다.

"지금 내가 당신들에게 보여 줄게." 그가 말한다.

이반은 탈곡장으로 가서 곡물을 한 다발 뽑아 탈곡한 후 다발의 밑동을 세워 놓고 툭툭 두들겼다.

"자." 그가 말한다. "노예야, 다발을 없애고 모든 지푸라기를 병사로 만들어라."

다발이 흩어져 튀어 올라 병사들이 되었다. 병사들은 북을 치고 나팔을 불었다. 이반은 병사들에게 노래를 부르라고 명령한 후 그들과 함께 길거리로 나갔다. 사람들은 깜짝 놀랐다. 병사들이 노래를 부르기 시작했다. 이반은 그들을 데리고 탈곡장으로 되돌아가면서 아무도 뒤따라오지 말라고 당부했다. 그는 병사들을 다시 다발로 만들어 낟가리 위에 던졌다. 그는 집으로 돌아와 헛간에 누워 잠들었다.

7

이튿날 아침 맏형인 군인 세묜이 이 일을 알고 이반에게 온다.

"나한테 털어놔라." 그가 말한다. "어디에서 병사를 데려왔고 어디로 데려간 거냐?"

"무슨 일이야?" 이반이 말한다.

"무슨 일이냐고? 병사들이 있으면 뭐든지 할 수 있다. 왕국도 손에 넣을 수 있단 말이다."

이반은 깜짝 놀랐다.

"그래?" 그가 말한다. "왜 일찍 말하지 않았어? 형이 원하는 만큼 만들어 줄게. 누이와 내가 탈곡을 많이 해 놓아서 다행이야."

이반은 형을 탈곡장으로 데려가 말한다.

"명심해. 내가 병사들을 만들어 줄 테니까 형이 데리고 이곳을 떠나. 병사들을 먹이려다가는 하루 만에 온 마을이 거덜 날걸."

군인 세묜이 병사들을 데리고 떠나겠다고 약속하자 이반은 병사들을 만들기 시작했다. 곡물 한 다발을 탈곡장에서 두들기자 중대 하나가 생겼다. 또 한 다발 두들기자 중대 하나가 더 생겼다. 이반은 들판이 가득 차도록 병사들을 만들었다.

"어때, 이 정도면 되겠어?"

세묜은 기뻐하며 말한다.

"그럴 것 같구나. 고맙다, 이반."

"알았지?" 그가 말한다. "더 필요하면 와. 또 만들어 줄게. 이제 짚이 많거든."

군인 세묜은 곧 군대를 통솔하고 충분히 준비시켜 전쟁터로 향했다.

군인 세묜이 떠나자마자 배불뚝이 타라스가 찾아온다. 그도 전날 저녁의 일에 대해 알고 동생에게 부탁하기 시작했다.

"나한테 털어놔. 금화를 어디에서 가져왔어? 나한테 이렇게 마음대로 할 수 있는 돈이 있다면 온 세상의 돈을 이 돈으로 끌어모을 수 있을 거야."

이반이 깜짝 놀랐다.

"그래? 일찍 말하지 그랬어." 그가 말한다. "형이 원하는 만큼 비벼 줄게."

형은 기뻐했다.

"세 바구니라도 채워 줘."

"뭐, 좋아." 그가 말한다. "숲으로 같이 가. 아니면 말을 짐수레에 매든가. 혼자서는 못 가져갈 테니까."

그들은 숲으로 갔다. 이반이 참나무 잎을 비비기 시작했다. 금화가 한 무더기 쌓였다.

"이 정도면 되겠어?"

타라스는 기뻐했다.

"당분간은 괜찮을 것 같아." 그가 말한다. "고맙다, 이반."

"알았지?" 그가 말한다. "더 필요하면 와. 또 비벼 줄게. 잎이 많이 남아 있으니까."

배불뚝이 타라스는 돈을 짐수레에 가득 싣고 장사를 하러 떠났다.

두 형은 떠났다. 그리고 세묜은 전쟁을, 타라스는 장사를 시작했다. 그리하여 군인 세묜은 왕국을 정복했고, 배불뚝이 타라스는 큰돈을 벌었다.

두 형제가 만났다. 세묜은 병사들이 어디에서 났는지, 타라스는 돈이 어디에서 났는지 서로 터놓고 이야기했다.

군인 세묜이 동생에게 말한다.

"난 왕국을 정복해서 잘 지내고 있지만 병사들을 먹일 돈이 부족해."

배불뚝이 타라스가 말한다.

"난 돈을 산더미처럼 모았어." 그가 말한다. "하지만 한 가지 골칫거리가 있지. 돈을 지켜 줄 사람이 없다는 거야."

군인 세묜이 말한다.

"동생 이반에게 가자." 그가 말한다. "이반에게 병사들을 더 만들어 달라고 해서 네 돈을 지킬 수 있도록 너한테 넘길게. 넌 그 애에게 날 위해서 병사들을 먹여 살릴 돈을 만들어 달라고 해."

그리고 그들은 이반의 집으로 출발했다. 이반의 집에 도착한다. 세묜이 말한다.

"동생아, 병사가 부족하구나. 나에게 병사를 더 만들어 다오." 그가 말한다. "두 낟가리²⁾만이라도 병사로 바꿔 다오."

이반은 고개를 저었다.

"형한테 더 이상 쓸데없이 병사를 만들어 주지 않겠어." 그가 말한다.

"도대체 왜?" 세묜이 말한다. "약속하지 않았냐?"

---

2) 러시아어 'копна'는 곡물 다발을 원추형으로 쌓은 낟가리를 가리키며 대략 60~100다발에 해당한다.

“약속했지.” 이반이 말한다. “하지만 더는 만들지 않아.”

“바보야, 도대체 왜 만들지 않겠다는 거냐?”

“형의 병사들이 사람들을 죽였으니까. 얼마 전에 내가 길가의 땅을 갈고 있었어. 어떤 여자가 수레에 관을 싣고 가면서 울부짖는 모습이 보이는 거야. 내가 ‘누가 죽었어?’ 하고 물었지. 여자가 이렇게 말하더라. ‘전쟁터에서 세묜의 병사들이 내 남편을 죽였어.’ 난 병사들이 노래를 부를 거라고 생각했어. 그런데 병사들이 사람을 죽인 거야. 더는 병사를 만들어 주지 않겠어.”

이반은 그렇게 고집을 부리면서 더 이상 병사를 만들지 않았다.

배불뚝이 타라스도 바보 이반에게 금화를 더 만들어 달라고 조르기 시작했다.

이반은 고개를 저었다.

“더 이상 쓸데없이 돈을 만들지 않을 거야.” 그가 말한다.

“도대체 왜 그러는데?” 타라스가 말한다. “약속했잖아?”

“약속했지.” 이반이 말한다. “하지만 더 이상 만들지 않을 거야.”

“바보야, 무엇 때문에 만들지 않겠다는 거야?”

“형의 금화가 미하일로브나에게서 암소를 빼앗아 갔기 때문이야.”

“어쩌다 빼앗겼는데?”

“이런 식으로 뺏겼지. 미하일로브나의 집에 암소가 한 마리 있었고, 아이들은 그 소의 젖을 마셨어. 얼마 전 미하일로브나의 아이들이 나한테 와서 우유를 좀 달라고 하더라. 내가 아이들에게 물었지. '너희 집 암소는 어디에 있니?' 아이들이 이렇게 말했어. '배불뚝이 타라스의 영지 관리인이 찾아와서 엄마에게 금화 세 닢을 주니까 엄마가 그 사람에게 암소를 넘겼어. 이제 우리한테는 마실 게 없어.' 난 형이 금화를 가지고 놀고 싶은가 보다고 생각했는데 형은 아이들에게서 암소를 빼앗았어. 더는 금화를 주지 않을 거야!"

그렇게 바보는 고집을 부리며 더 이상 금화를 주지 않았다. 그래서 두 형은 떠났다.

두 형은 집을 떠났고 자신들의 골칫거리를 어떻게 해결할지 궁리하기 시작했다. 세묜이 말한다.

"이렇게 하자. 네가 나에게 병사를 먹여 살릴 돈을 다오. 그럼 네 돈을 지킬 수 있도록 내가 너한테 왕국의 절반과 병사들을 넘기마."

타라스는 찬성했다. 형제는 자신의 소유를 서로 나누었다. 그래서 두 사람 모두 왕이 되고 부자가 되었다.

8

이반은 집에서 지내며 아버지와 어머니를 부양했고 벙어리 누이와 함께 밭에서 일했다.

다만 한번은 이런 일이 있었다. 이반의 집을 지키는 늙은 개가 병에 걸려 옴으로 괴로워하며 죽어 갔다. 이반은 개를 가엾게 여겨 벙어리 누이에게서 빵을 받아 모자 안에 넣고 개에게 가져가 던져 주었다. 그런데 모자가 닳아 구멍이 나는 바람에 뿌리 하나가 빵과 함께 떨어졌다. 늙은 개는 그것을 빵과 함께 먹었다. 그리고 뿌리를 삼키자마자 벌떡 일어나 장난을 치고 짖어 대고 꼬리를 흔들기 시작했다. 개는 건강해졌다.

아버지와 어머니는 그 모습을 보고 깜짝 놀랐다.

"무엇으로 개를 고친 거냐?" 그들이 말한다.

그러자 이반이 말한다.

"나한테 모든 통증을 고치는 뿌리가 두 가닥 있었는데 개가 하나를 먹었어."

그런데 그 무렵 우연히도 차르의 딸이 병에 걸렸다. 차르는 딸을 고쳐 주는 사람에게 상을 내리겠다고, 만약 그 사람이 결혼을 안 했다면 딸을 아내로 주겠다고 모든 도시와 모든 부락에 포고했다. 이반의 마을에도 차르의 포고가 전해졌다.

이반의 부모가 이반을 불러 말한다.

"차르가 뭐라고 포고했는지 들었냐? 예전에 네가 뿌리 하나를 갖고 있다고 말했지. 가서 차르의 딸을 고쳐 줘라. 너는 영원한 행복을 얻게 될 거다."

"뭐, 좋아." 그가 말한다.

그리고 이반은 길 떠날 채비를 했다. 가족들이 이반에게 옷을 입혔다. 이반은 현관 계단으로 나가다가 손 관절이 굽은 여자 거지가 서 있는 것을 본다.

"네가 병을 고친다는 이야기를 들었어." 거지가 말한다. "내 손을 고쳐 줘. 난 혼자 신발을 신을 수도 없어."

이반이 말한다.

"뭐, 좋아!"

이반은 뿌리를 꺼내 거지에게 주며 삼키라고 시켰다. 거지는 뿌리를 삼킨 후 깨끗이 나았고 이제 손을 흔들 수 있게 되었다. 아버지와 어머니는 차르에게 가는 이반을 배웅하러 나왔다가 이반이 마지막 뿌리를 거지에게 줘 버려 차르의 딸을 고칠 수단이 없다는 것을 깨닫고 이반에게 욕설을 퍼붓기 시작했다.

"거지는 불쌍하고 차르의 딸은 불쌍하지 않은가 보구나!" 부모가 말한다.

이반은 차르의 딸도 불쌍하다는 생각이 들었다. 그는 짐수레에 말을 매고 수레 안에 짚을 던져 넣고는 길을 떠나기 위해 마부대에 앉았다.

"바보야, 도대체 어디로 가려는 것이냐?"

"차르의 딸을 고치러."

"하지만 너한테는 병을 고칠 수단이 없지 않느냐?"

"뭐, 괜찮아." 그는 이렇게 말하고 말을 몰았다.

이반이 차르의 궁전에 도착해 출입구 계단에 발을 딛자마자 차르의 딸은 깨끗이 나았다.

차르는 기뻐하며 이반을 데려오라고 명령한 후 그에게 좋은 옷을 입혔다.

"내 사위가 되어라." 차르가 말한다.

"뭐, 좋아." 이반이 말한다.

그렇게 해서 이반은 공주와 결혼했다. 얼마 지나지 않아 차

르가 세상을 떠났다. 그리고 이반이 차르가 되었다. 그리하여
세 형제 모두 차르가 되었다.

9

세 형제가 살았고, 그들은 저마다 자신의 왕국을 통치했다.

맏형인 군인 세몬은 잘 지냈다. 그는 자신의 지푸라기 병사
들을 데리고 진짜 병사들을 모집했다. 그는 자신의 왕국 전체
에 농가 열 가구당 병사 한 명씩을 내놓도록, 그리고 키가 크
고 몸뚱이가 희고 얼굴이 깨끗한 남자를 병사로 뽑도록 명령
했다. 그리고 그런 병사들을 숱하게 징집해 전부 훈련시켰다.
그리고 누군가 무슨 일에서 그를 거역하기만 하면 당장 이 병
사들을 보내 마음 내키는 대로 어떤 짓이든 했다. 그래서 모두
가 그를 두려워하기 시작했다.

그리고 그는 안락한 생활을 했다. 그가 무언가를 생각하기
만 해도, 그가 무언가에 눈길을 던지기만 해도 그것은 곧 그
의 소유가 됐다. 그가 병사들을 보내면 그들은 그에게 필요한
물자와 사람을 전부 징발해서 운반해 오고 끌고 왔다.

배불뚝이 타라스도 잘 지냈다. 그는 이반을 통해 손에 넣은
돈을 잃지 않고 오히려 크게 불렸다. 그는 자신의 왕국에 훌
륭한 제도들을 제정했다. 자기 돈은 궤에 보관하고 백성에게
서 돈을 거뒀다. 농노, 보드카, 맥주, 결혼, 장례, 통행, 나무껍
질로 엮은 신발, 각반, 나무껍질 신발과 각반을 고정하는 끈

에 대해서도 세금을 거뒀다. 그렇게 그가 머리에 떠올리는 모든 것은 그의 소유가 된다. 사람들은 돈 때문에 그에게로 모든 것을 가져오고 일하러 온다. 누구나 돈이 필요하기 때문이다.

바보 이반의 생활도 그다지 나쁘지 않았다. 장인의 장례식을 마치자마자 그는 차르의 옷을 전부 벗어 아내에게 궤에 간수하라며 건네고는 다시 거친 마포로 지은 루바시카와 바지를 입고 나무껍질 신발을 신은 후 일을 시작했다.

"따분해. 배가 나온 데다 식욕도 없고 잠도 안 와." 그가 말한다.

그는 부모와 벙어리 누이를 데려와 다시 일하기 시작했다.

사람들이 그에게 말한다.

"하지만 넌 차르잖아!"

"뭐, 좋아." 그가 말한다. "그런데 차르도 먹어야 하잖아."

대신이 그에게 와서 말한다.

"급료를 지불할 돈이 없어." 그가 말한다.

"뭐, 좋아." 이반이 말한다. "돈이 없으면 급료를 주지 마."

"그럼 그들이 차르를 섬기지 않을 텐데." 그가 말한다.

"뭐, 좋아." 이반이 말한다. "섬기지 말라고 해. 그러면 그 사람들도 더 자유롭게 일하겠지. 똥거름을 실어 가라고 해. 지금까지 많이 가져갔잖아."

사람들이 이반에게 재판을 받으러 왔다. 한 사람이 말한다.

"이 남자가 내 돈을 훔쳐 갔어."

그러자 이반이 말한다.

"뭐, 좋아! 그러니까 돈이 필요했던 거군."

모두가 이반이 바보라는 사실을 알게 됐다. 아내가 그에게
말한다.

"사람들이 당신을 바보라고 해."

"뭐, 좋아!" 그가 말한다.

이반의 아내는 생각하고 또 생각한 끝에 자기도 바보가 되
었다.

"내가 왜 남편을 거역하겠어? 바늘이 가는 곳에 실도 가
야지."

그녀는 왕후의 옷을 벗어 궤에 보관하고는 일을 배우러 벙
어리 누이에게로 갔다. 일을 배우고 난 뒤에는 남편을 돕기 시
작했다.

그러자 이반의 왕국에서 똑똑한 사람들은 전부 떠나 버리
고 바보들만 남았다. 어느 누구에게도 돈이 없었다. 그들은 살
아갔다. 즉 일하고, 자기 힘으로 생계를 꾸려 나가고, 선한 사
람들을 부양했다.

10

늙은 악령은 작은 악마들로부터 세 형제를 어떻게 몰락시
켰는지에 대한 소식이 오기를 기다리고 또 기다렸다. 하지만
어떤 소식도 받지 못했다. 그는 직접 알아보러 갔다. 작은 악
마들을 찾고 또 찾았지만 어디에서도 그들을 발견하지 못하
고 그저 구멍 세 개만 찾아냈다. '음, 힘에 겨웠나 보군.' 그는

생각한다. '내가 직접 해야겠어.'

늙은 악령은 세 형제를 찾으러 갔다. 하지만 그들은 이미 예전에 살던 곳에 없었다. 그는 그들을 저마다의 왕국에서 발견했다. 세 형제 모두 살아 있고 통치를 하고 있었다. 늙은 악령은 화가 치민 듯 보였다.

"이런." 그가 말한다. "내가 직접 일을 처리해야겠어."

그는 가장 먼저 차르 세묜을 찾아갔다. 그는 자신의 본모습으로 가지 않고 군사령관으로 변신해 차르 세묜에게로 갔다.

"차르 세묜, 난 당신이 뛰어난 군인이라고 들었다. 난 이 일을 확실히 배웠다. 당신을 위해 복무하고 싶다."

차르 세묜은 이것저것 캐묻다가 그가 현명한 사람인 걸 알고 그에게 관직을 주었다.

신임 사령관은 차르 세묜에게 어떻게 강한 군대를 준비할지 가르치기 시작했다.

"첫 번째 임무는 병사를 더 많이 징집하는 것이다." 그가 말한다. "그러지 않으면 당신의 왕국에서 많은 사람이 꼴사납게 빈둥거리게 될 것이다." 그가 말한다. "모든 젊은이를 가리지 말고 징집해야 한다. 그러면 당신의 군대는 예전의 다섯 배가 될 것이다. 두 번째 임무는 신식 라이플총과 화포를 마련하는 것이다. 내가 당신을 위해 탄환을 한 번에 100발씩 발사할 수 있고 완두콩처럼 퍼부을 수 있는 라이플총들을 준비하겠다. 또 화염으로 불사를 수 있는 화포들을 준비하겠다. 사람이든 말이든 벽이든 모든 것을 불사를 것이다."

차르 세묜은 신임 사령관의 말에 따라 모든 젊은이를 줄줄이 병사로 징집하도록 명령하고 새로운 공장들을 지었다. 신식 화포와 라이플총을 생산한 후 그는 곧바로 이웃 왕국의 왕에게 전쟁을 선포했다. 상대편 군대가 응전해 오자 차르 세묜은 자신의 병사들에게 탄환과 화포의 화염을 발사하도록 명령했다. 그들은 즉시 상대편의 많은 병사를 불구로 만들고 군대의 절반을 불태웠다. 이웃 왕국의 왕은 깜짝 놀라 굴복했고 자신의 왕국을 넘겼다. 차르 세묜은 기뻐했다.

"이제 인도의 왕을 정복해야겠군." 그가 말한다.

인도 왕은 차르 세묜에 대한 소문을 들었고, 차르 세묜이 고안한 모든 것을 모방했으며, 그 자신도 여러 가지를 고안해 냈다. 인도 왕이 모든 젊은이뿐 아니라 모든 미혼 여성까지 병사로 징집했기 때문에 그의 군대는 차르 세묜의 군대보다 훨씬 더 커졌다. 그는 차르 세묜의 모든 라이플총과 화포를 모방했을 뿐 아니라 공중을 날아가 폭탄을 위에서 투하하는 방법까지 고안해 냈다.

차르 세묜은 인도 왕에게 전쟁을 선포했고 예전처럼 정복할 수 있을 거라 생각했다. 하지만 잘 들던 낫이 망가져 버렸다.[3] 인도 왕은 세묜의 군대가 총포를 발사할 수 없게 만들었고, 여자들을 공중으로 보내 세묜의 군대 쪽으로 폭탄을 던지게 했다. 여자들은 위에서 바퀴벌레에 살충제를 뿌리듯 세묜

---

3) '낫이 잘 들다가 돌에 부딪혀 망가졌다.'라는 러시아 속담이 있다. 일이 순조롭게 흘러가다가 뜻밖의 장애에 부딪혀 좋지 않은 상황에 처하게 된 것을 뜻한다. 원문에서 톨스토이는 'на камень(돌에 부딪혀)'라는 문구를 생략했다.

의 군대를 향해 폭탄을 뿌려 댔다. 세뮨의 군대는 뿔뿔이 흩어져 달아나고 차르 세뮨만 남았다. 인도 왕은 세뮨의 왕국을 점령했고, 군인 세뮨은 눈길이 가는 곳으로 달아났다.

늙은 악령은 이 맏형을 처리하고 차르 타라스에게 갔다. 그는 상인으로 변신해 타라스의 왕국에 거처를 마련하고는 상점을 세워 돈을 풀기 시작했다. 상인이 모든 물건에 비싼 값을 지불하자 모든 사람이 돈을 벌기 위해 상인에게로 몰려왔다. 그렇게 해서 많은 돈을 갖게 된 사람들은 모든 체납금을 지불하고 모든 세금을 기한 안에 내게 됐다.

차르 타라스는 기뻐했다. '상인에게 고마워해야겠군.' 그는 생각한다. '이제 내 돈도 더 불어나고 내 생활도 훨씬 좋아지겠지.' 그리고 차르 타라스는 새로운 계획들을 세우고 자신을 위한 새로운 궁전을 짓기 시작했다. 그는 백성들에게 목재와 돌을 운반해 오고 일을 하러 오라고 포고했으며, 모든 것에 대해 높은 값을 책정했다. 차르 타라스는 백성들이 예전처럼 그의 돈을 받기 위해 일하러 몰려들 것이라고 생각했다. 그런데 모든 목재와 돌은 상인에게로 운반되고, 모든 일꾼도 그에게로 몰렸다. 차르 타라스가 값을 올리자 상인도 더 올렸다. 차르 타라스에게도 돈이 많았지만 상인에게는 훨씬 더 많았기에 상인은 차르가 제시하는 가격을 눌렀다. 차르의 궁전을 짓는 공사는 중단됐다. 차르 타라스는 정원을 만들 계획을 세웠다. 가을이 왔다. 차르 타라스는 백성들에게 정원을 만들러 오라고 포고한다. 하지만 아무도 그에게 오지 않고, 모든 백성이 상인의 못을 판다. 겨울이 왔다. 차르 타라스는 새 털외투를 지을 흑담비 모피를 사야겠다고 생각했다. 모피를 사 오라고 사자를 보냈더니 그가 돌아와서 말한다.

"흑담비가 없습니다. 모피는 전부 상인이 소유하고 있습니다. 그 사람이 더 비싼 값을 지불했고, 흑담비 모피로 양탄자를 만들었습니다."

차르 타라스는 자신을 위한 수말들을 사야 했다. 말을 사 오라고 보낸 사자들이 돌아온다. 상인이 좋은 수말을 전부 차지해 그의 못으로 물을 나르고 있다고 한다. 차르의 모든 일이 멈춰 버렸다. 백성들은 그를 위해 아무것도 하지 않으면서 상인을 위해서는 무엇이든 한다. 그저 차르에게는 상인의 돈을 가져와서 세금으로 바칠 뿐이다.

그래서 차르는 보관할 곳이 없을 만큼 많은 돈을 모았지만 생활은 형편없어졌다. 그는 더 이상 계획을 세우지 않았다. 그저 어떻게든 살아가야 했지만 그마저도 어려웠다. 모든 면에서 불편해졌다. 요리사도 마부도 하인도 그를 떠나 상인에게로 갔다. 먹을 것마저 부족해졌다. 시장에 사람을 보내 뭐라도 사 오도록 시켜도 아무것도 구하지 못한다. 상인이 모든 것을 다 사들였고, 백성들은 그에게 세금으로 낼 돈만 가져온다.

차르 타라스는 화가 치밀어 상인을 국경 밖으로 추방했다. 하지만 상인은 국경에 자리를 잡고 계속 똑같은 행동을 벌인다. 다들 예전처럼 상인의 돈 때문에 모든 물자를 차르에게서 상인에게로 끌고 간다. 차르는 완전히 곤경에 처해 며칠 내내 아무것도 먹지 못하기에 이르렀다. 심지어 상인이 차르에게서 그의 아내까지 사려 한다고 자랑한다는 소문마저 돌았다. 차르 타라스는 두려워하면서도 어찌할 바를 모른다.

군인 세몬이 그를 찾아와 말한다.

"날 도와줘." 그가 말한다. "인도 왕에게 패했어."

하지만 차르 타라스 자신도 이미 어찌해 볼 수 없을 정도로 난처한 상황에 처해 있었다.

"나도 이틀 동안 아무것도 못 먹었어." 그가 말한다.

11

늙은 악령은 두 형제를 처리하고 이반에게로 갔다. 늙은 악령은 사령관으로 변신해 이반에게로 가서 군대를 두어야 한다고 그를 설득하기 시작했다.

"차르가 군대 없이 살면 안 돼." 그가 말한다. "나에게 명령만 해. 그럼 내가 당신의 백성 중에서 병사를 뽑아 군대를 만들 테니."

이반은 그의 말을 끝까지 들었다.

"뭐, 좋아." 그가 말한다. "만들어 봐. 그리고 병사들에게 좀 더 능숙하게 노래하는 법을 가르쳐 줘. 난 그런 게 좋아."

늙은 악령은 이반의 왕국을 돌아다니며 마음대로 병사들을 뽑기 시작했다. 그는 다들 앞머리를 밀러 오라고,[4] 그러면

---

4) '앞머리(이마)를 민다.'라는 표현은 군대에 들어간다는 뜻이다. 제정 러시아에서는 병사로 입대하는 남자의 앞머리를 미는 것이 관례였다.

각자 12리터들이 보드카 통과 빨간 모자를 갖게 될 거라고 공고했다.

바보들은 웃음을 터뜨렸다.

"우리한테는 마음대로 마실 수 있는 술이 있어. 우리는 담배도 피우지. 원하기만 하면 여자들이 우리에게 어떤 모자라도 만들어 줘. 화려한 모자도 지어 주지. 심지어 술까지 달아서 말이야."

그렇게 아무도 군대에 들어오지 않았다. 늙은 악령이 이반에게로 간다.

"당신의 바보들은 스스로 들어오지 않는군." 그가 말한다. "그자들을 강제로 집어넣어야 해."

"뭐, 좋아." 그가 말한다. "강제로 집어넣어."

그래서 늙은 악령은 모든 바보는 병사로 등록하러 와야 한다고, 그렇게 하지 않는 사람은 이반에게 죽임을 당할 거라고 포고했다.

바보들이 사령관에게 와서 말한다.

"우리가 병사가 되지 않으면 차르가 우리를 죽일 거라고 당신은 말하지. 하지만 군대에 있는 동안 우리에게 무슨 일이 생길지에 대해서는 말하지 않아. 병사도 죽임을 당한다는 말이 돌던데."

"맞아, 그런 일이 없지는 않지."

바보들은 그 말을 듣고 고집을 부렸다.

"우리는 병사가 되지 않겠어." 그들이 말한다. "집에서 죽임을 당하는 편이 더 낫지. 그렇게 해도 죽음을 피할 수 없다면 말이야.”

“너희는 바보야, 바보!” 늙은 악령이 말한다. “병사는 죽임을 당할 수도 그렇지 않을 수도 있어. 하지만 병사가 되지 않으면 차르 이반이 반드시 너희를 죽일 거야.”

바보들은 곰곰이 생각하다가 차르인 바보 이반에게 물어보러 사람을 보냈다.

“사령관이 나타나서 우리에게 전부 병사가 되라고 명령하고 있어. ‘너희가 병사가 되면 전장에서 죽을 수도 그렇지 않을 수도 있지만, 병사가 되지 않으면 차르 이반이 너희를 반드시 죽일 것이다.’ 그 사람은 그렇게 말해. 정말이야?”

이반이 웃음을 터뜨렸다.

“어떻게 나 혼자서 너희를 전부 죽이겠어?” 그가 말한다. “내가 바보가 아니면 너희에게 설명을 해 줄 텐데. 하지만 나도 이해를 못 하겠는걸.”

“그럼 우리는 병사가 되지 않겠어.” 그들이 말한다.

“뭐, 좋아.” 이반이 말한다. “그렇게 해.”

바보들은 사령관에게로 가서 군대에 들어가는 것을 거부했다.

늙은 악령은 그의 일이 실패로 돌아간 것을 깨닫고 타라칸[5]의 왕에게 가서 알랑거렸다.

“우리가 전쟁을 선포해서 차르 이반을 정복하자. 그 나라에

---

5) 러시아어 ‘таракан(타라칸)’은 ‘바퀴벌레’를 뜻한다. 타라칸 왕국은 톨스토이가 지어낸 가공의 나라로 보인다.

는 비록 돈은 없지만 곡식과 가축과 온갖 좋은 것이 많아.”

타라칸 왕은 전쟁을 선포했다. 그는 대군을 편성하고 라이플총과 화포를 손질한 후 국경으로 가서 이반의 왕국으로 진입했다.

백성들이 이반에게 와서 말한다.

“타라칸 왕이 전쟁을 하러 우리에게 오고 있어.”

“뭐, 좋아.” 이반이 말한다. “오라고 해.”

군대를 거느리고 국경을 넘은 타라칸 왕은 전초 부대에게 이반의 군대를 정찰하는 임무를 맡겨 보냈다. 전초 부대는 수색하고 또 수색했지만 군대는 없었다. 어디에 있지 않을까 하고 기다리고 또 기다렸다. 그런데 군대에 대한 소문도 들리지 않고 싸울 상대도 나타나지 않았다. 타라칸 왕은 촌락들을 점령하도록 군대를 보냈다. 병사들은 한 촌락에 도착했다. 남자 바보들과 여자 바보들이 뛰쳐나와 병사들을 보며 놀란다. 병사들이 바보들의 곡식과 가축을 몰수하기 시작했다. 바보들은 내어 준다. 아무도 스스로를 방어하려 하지 않는다. 병사들이 다른 촌락에 도착한다. 똑같은 일이 벌어진다. 병사들이 하루 돌아다니고 또 하루 돌아다녀 보지만 어디를 가나 똑같은 일이 벌어진다. 바보들은 모든 것을 내어 준다. 아무도 스스로를 방어하려 하지 않고 오히려 자기 마을에서 같이 살자며 병사들을 초대한다.

“심장 같은 사람.”[6] 그들이 말한다. “당신들 나라에서 사는

---

6) 러시아어 ‘сердешный’를 옮긴 표현이다. 이 단어는 ‘심장’을 뜻하는 러

게 힘들면 아예 우리한테 와서 살아."

병사들은 돌아다니고 또 돌아다닌다. 하지만 군대가 없다는 사실만 깨달을 뿐이다. 모든 백성이 자기 힘으로 생계를 꾸리고 다른 사람들을 부양하며 살아간다. 또 스스로를 방어하려 하지 않고 자기네와 함께 살자며 병사들을 초대한다.

병사들은 지루해져서 타라칸 왕을 찾아왔다.

"싸울 수가 없어." 그들이 말한다. "우리를 다른 곳으로 보내줘. 전쟁이라면 좋아. 하지만 이건 젤리를 써는 것 같잖아. 여기에서는 더 이상 못 싸우겠어."

타라칸 왕은 화가 나 병사들에게 왕국 전역을 다니면서 촌락과 집을 파괴하고 곡물을 불사르고 가축을 죽이라고 명령했다.

"내 명령에 복종하지 않으면……." 그가 말한다. "너희를 전부 사형에 처하겠다."

병사들은 깜짝 놀라 왕의 명령대로 움직이기 시작했다. 집과 곡물을 불태우고 가축을 죽였다. 바보들은 여전히 스스로를 방어하지 않고 울기만 한다. 할아버지들도 울고, 할머니들도 울고, 어린아이들도 운다.

"무엇 때문에 우리를 괴롭히나?" 그들이 말한다. "왜 재물을 추하게 망가뜨려? 필요하면 차라리 가져가."

병사들은 꺼림칙한 기분이 들었다. 군대는 더 이상 앞으로

시아어 'сердце'에서 파생한 말로 '사랑하는'이란 뜻을 나타내며, 마음 깊이 사랑하는 사람을 부르는 호칭으로 쓰이기도 한다.

나아가지 않고 뿔뿔이 흩어져 달아났다.

12

그래서 늙은 악령도 물러났다. 병사들로는 이반에게 타격을 줄 수 없었다.

늙은 악령은 말쑥한 신사로 변신해 이반의 왕국에 살러 왔다. 배불뚝이 타라스에게 그랬던 것처럼 이반을 돈으로 흔들고 싶었던 것이다.

"난 당신들에게 선행을 베풀어 이성과 분별을 가르치고 싶어." 그가 말한다. "내가 당신들에게 건물을 지어 주고 기관을 만들어 주지."

"뭐, 좋아." 사람들이 말한다. "여기에서 살아."

말쑥한 신사는 밤을 보내고 나서 다음 날 아침에 금화가 든 커다란 자루와 종이 한 장을 들고 광장으로 나가 말한다.

"당신들은 전부 돼지처럼 살고 있군." 그가 말한다. "난 당신들에게 어떻게 살아야 하는지 가르쳐 주고 싶어. 이 설계도대로 나한테 집을 지어 줘. 당신들이 일을 하겠다면 내가 방법을 알려 주고 당신들에게 금화를 지불하지."

그러고는 그들에게 금화를 보여 주었다. 바보들은 깜짝 놀랐다. 그들에게는 돈이라는 게 아예 없었던 데다 서로 물건을 교환하거나 노동으로 갚았기 때문이다. 그들은 금화를 보고 놀랐다.

"멋진 물건인걸." 바보들이 말한다.

그러더니 물건과 노동을 신사의 금붙이와 교환하기 시작했다. 늙은 악령은 타라스의 왕국에서 그랬던 것처럼 금을 풀기 시작했고, 바보들은 그의 금을 얻기 위해 온갖 물건을 교환하고 온갖 일을 하기 시작했다. 늙은 악령은 기뻐하며 생각한다. '일이 순조롭군! 이제 타라스처럼 바보도 파멸시키고 그자를 완전히 손에 넣을 수 있겠어.' 바보들은 금화를 충분히 갖게 되자 모든 여자에게 목걸이를 만들도록 나눠 주었고, 모든 아가씨는 금화와 머리카락을 함께 엮어 땋았으며, 아이들은 길거리에서 금화를 가지고 놀기 시작했다. 다들 많은 금을 갖게 되자 더 이상 금을 가져가지 않았다. 하지만 말쑥한 신사의 대저택은 아직 반도 지어지지 않았고, 한 해를 버티기 위한 곡물과 가축도 아직 비축되지 않았다. 신사는 사람들에게 그를 위해 일하러 오라고, 그에게 곡물을 가져오고 가축을 끌고 오라고 통보했다. 어떤 물건에 대해서든 어떤 노동에 대해서든 많은 금화를 지불할 것이라고도 알렸다.

일하러 오는 사람도 없고 무언가를 가져오는 사람도 없다. 이따금 사내아이나 여자아이가 달려와 달걀 한 알을 금화와 맞바꿀 뿐 아무도 오지 않는다. 그래서 그에게는 먹을 것이 없었다. 말쑥한 신사는 배가 고파 먹을거리를 사러 마을로 갔다. 한 농가로 들어가 닭고기를 사려고 금화를 내밀지만 여주인은 받으려 하지 않는다.

"이미 많이 갖고 있어." 그녀가 말한다.

그는 아주 가난한 농부의 집으로 가서 청어를 사기 위해 금화를 내민다.

"난 필요 없어, 친구." 그가 말한다. "우리 집에는 아이들이 없어 금화를 가지고 놀 사람도 없지만 진귀해 보여서 그걸 세 닢 받아 뒀거든."

그는 빵을 사러 농부의 집에 찾아갔다. 농부도 돈을 받지 않았다.

"난 필요 없어." 그가 말한다. "혹시 그리스도를 위해서인 가?"[7] 그가 말한다. "그럼 기다려. 내가 마누라한테 빵을 자르라고 할게."

악령은 침까지 뱉으며 농부에게서 달아났다. 그리스도를 위해서 받는 게 아니라 해도 그로서는 그런 말을 듣기가 칼에 찔리는 것보다 더 끔찍했다.

그래서 그는 빵을 손에 넣지 못했다. 다들 금화를 충분히 갖고 있었다. 늙은 악령이 어디를 가든, 돈을 받는 대가로 무언가를 주려는 사람은 없고 다들 이렇게 말할 뿐이다.

"다른 무언가를 가져오든지, 일을 하러 오든지, 그리스도를 위해 받아 가."

하지만 악령은 돈 말고는 가진 게 하나도 없었고 일을 하고 싶지도 않았다. 그리스도를 위해 받는 것은 그로서는 도저히 할 수 없는 일이었다. 늙은 악령은 화가 치밀었다.

"내가 당신들에게 돈을 준다는데 뭐가 더 필요해? 금화로

---

7) '그리스도를 위해서'라는 표현은 구걸할 때 하는 말이다. 농부는 악령에게 구걸을 하려는 것이냐고 묻고 있다.

무엇이든 사고 어떤 일꾼이든 고용하면 되잖아."

바보들은 그의 말을 듣지 않는다.

"아니." 그들이 말한다. "필요 없어. 우리는 돈을 지불할 일도 없고 세금도 내지 않아. 도대체 우리가 돈을 어디에 쓰겠냐고?"

늙은 악령은 저녁도 못 먹고 잠자리에 들었다.

이 일이 바보 이반의 귀에까지 들어갔다. 사람들이 그를 찾아가 묻는다.

"우리가 어떻게 하면 좋을까? 말쑥한 신사가 우리 고장에 나타났어. 먹고 마시는 걸 엄청 좋아하고 말쑥하게 차려입기를 좋아하는데 일은 하고 싶어 하지 않고 그리스도를 위해 구걸하지도 않아. 그냥 모두에게 금붙이만 내밀어. 사람들이 금붙이를 충분히 갖기 전에는 그 신사한테 뭐든지 줬지만 이제는 더 이상 주지 않아. 우리가 돈을 가지고 뭘 하겠어? 신사가 굶어 죽지 않았으면 해."

이반은 그들의 말을 끝까지 들었다.

"뭐, 좋아." 그가 말한다. "그에게 먹을 것을 주는 수밖에 없지. 목동처럼 집집을 찾아가게 해."

늙은 악령은 어쩔 도리 없이 집집을 찾아다니기 시작했다.

이반의 집까지 차례가 왔다. 늙은 악령이 식사를 하러 왔다. 이반의 집에서는 벙어리 누이가 식사를 준비했다. 그녀는 다소 게으른 사람들에게 종종 속아 왔다. 그런 사람들은 일은 하지 않으면서 남들보다 일찍 식사하러 와서 죽을 전부 먹어 치운다. 그래서 벙어리 누이는 두 손을 보고 게으름뱅이를 식별하는 묘수를 생각해 냈다. 두 손에 굳은살이 있는 사람은 식탁에 앉히고, 그렇지 않은 사람에게는 남들이 먹고 남은 것을 주기로 한 것이다. 늙은 악령이 식사 자리에 끼어들자 벙어리 누이가 그의 두 손을 움켜쥐고 살폈다. 굳은살 없는 깨끗하고 매끄러운 손에 긴 손톱. 벙어리는 소 울음 같은 소리를 내며 악령을 식탁에서 끌어냈다.

그러자 이반의 아내가 그에게 말한다.

"말쑥한 신사분, 미안하지만 우리 올케는 손에 굳은살이 없는 사람을 우리 식탁에 앉히지 않아. 기다려. 사람들이 먹고 나면 남은 음식을 먹어."

늙은 악령은 차르의 집에서 사람들이 자신을 돼지들과 함께 먹이려고 하는 것에 분개했다. 그는 이반에게 말하기 시작했다.

"당신의 나라에는 모든 사람이 손으로 일해야 한다는 바보 같은 법이 있군." 그가 말한다. "당신들은 멍청하니까 그런 걸 고안한 거야. 과연 사람들이 오로지 손으로만 일할까? 똑똑한 사람들은 무엇으로 일한다고 생각하지?"

그러자 이반이 말한다.

"우리 바보들이 어떻게 알겠어? 우리는 모두 손과 등으로 더 버티고 있어."

"당신들이 바보니까 그렇지." 그가 말한다. "내가 당신들에게 머리로 일하는 법을 가르쳐 줄게. 그러면 당신들도 손보다 머리로 일하는 게 더 유리하다는 걸 알게 될 거야."

이반은 깜짝 놀랐다.

“음.” 그가 말한다. “우리가 괜히 바보라는 소리를 듣는 게 아니군!”

그러자 늙은 악령이 말하기 시작했다.

“하지만 머리로 일하는 게 쉬운 건 아니야.” 그가 말한다. “당신들은 내 손에 굳은살이 없다는 이유로 내게 먹을 것을 주지 않지만 머리로 일하는 게 백배는 더 어렵다는 것을 몰라. 때로는 머리가 깨질 듯이 아파.”

이반은 생각에 잠겼다.

“심장 같은 사람, 당신은 도대체 왜 스스로를 괴롭히지? 머리가 깨지는데 그게 어디 쉬운 일인가?[8] 당신이 차라리 쉬운 일을 했으면 좋겠군. 손과 등으로 말이야.”

그러자 악마가 말한다.

“내가 스스로를 괴롭히는 것은 당신네 바보들을 불쌍히 여겨서야. 내가 스스로를 괴롭히지 않으면 당신들은 영원히 바보로 남겠지. 난 머리로 일을 해 온 사람이니 이제 당신들에게 가르쳐 줄까 해.”

이반은 깜짝 놀랐다.

“가르쳐 줘.” 그가 말한다. “이따금 손이 몹시 아플 때가 있

---

8) 러시아어 ‘затрещать’는 ‘깨지다, 터지다, 톡톡 소리를 내다.’ 등을 뜻한다. 이 단어가 ‘머리’와 함께 쓰이면 ‘머리가 깨질 듯이 아프다.’라는 뜻으로 사용된다. 악마는 머리를 쓰는 일을 하면 때로 ‘머리가 깨질 듯이 아프다.’라고 말했는데, 바보 이반은 이 말을 문자 그대로 받아들여 ‘머리가 깨진다.’라고 이해한 탓에 그런 고통을 겪는데도 머리를 쓰며 일한다는 악마를 동정하고 있다.

는데 그럴 때는 손 대신 머리를 써야겠어.”

그래서 악마는 가르쳐 주기로 약속했다.

그러자 이반은 온 왕국에 널리 알렸다. 말쑥한 신사가 나타 났는데 그가 머리로 일하는 법을 모두에게 가르칠 것이다. 손 보다 머리로 더 많은 일을 할 수 있다. 다들 배우러 오라.

이반의 왕국에 높은 망루가 지어졌다. 망루 위에는 곧은 사 다리가 있고 위쪽에 탑이 있었다. 그리고 이반은 모두가 볼 수 있도록 신사를 그곳에 데려갔다.

신사가 망루에 서서 그곳에서 말하기 시작했다. 바보들이 그를 보기 위해 모여들었다. 바보들은 신사가 손을 쓰지 않고 머리로 일하는 법을 실제로 보여 줄 것이라 생각했다. 그런데 늙은 악령은 어떻게 하면 일하지 않고 살아갈 수 있는지 말로 만 가르쳤다.

바보들은 조금도 이해할 수 없었다. 그들은 계속 지켜보다 가 저마다 볼일을 보러 뿔뿔이 흩어졌다.

늙은 악령은 하루 종일 망루에 서 있었고, 다음 날에도 그 곳에 서서 계속 말을 했다. 그는 배가 고팠다. 하지만 바보들 은 망루에 있는 그에게 작은 빵 하나 가져다줄 생각을 하지 못했다. 그들은 생각했다. 그가 손보다 머리로 일을 더 잘할 수 있다면 빵 정도는 자기 머리를 놀려서 얻을 수 있을 거라 고. 다음 날에도 늙은 악령은 탑에 서서 계속 말했다. 사람들 은 다가와서 보고 또 보다가 흩어진다. 이반도 묻는다.

“음, 신사가 머리로 뭘 만들기 시작했어?”

“아니, 아직.” 사람들이 말한다. “아직도 계속 지껄이고 있던걸.”

늙은 악령은 탑에서 하루를 더 머물렀고 점차 쇠약해졌다. 한번은 비틀거리다가 말뚝에 머리를 부딪쳤다. 한 바보가 그것을 보고 이반의 아내에게 말하자 이반의 아내가 남편이 일하고 있는 밭으로 달려갔다.

“같이 보러 가.” 그녀가 말한다. “사람들이 그러는데 신사가 머리로 일하기 시작했대.”

이반이 깜짝 놀랐다.

“그래?” 그가 말한다.

그는 말을 돌려 망루로 향했다. 망루에 가서 보니 늙은 악령은 이미 굶주림으로 완전히 기력을 잃어 이리저리 비틀거리며 머리로 말뚝을 치고 있었다. 이반이 다가선 순간 악령은 발을 헛디뎌 넘어지면서 사다리 아래로 곤두박질하며 떨어졌다. 모든 계단을 하나하나 세면서.

“음.” 이반이 말한다. “이따금 머리가 깨지기도 한다는 말쑥한 신사의 말이 사실이었군. 저렇게 일을 하면 굳은살은 안 생기겠지만 머리에 혹이 나겠는걸.”

늙은 악령은 사다리 아래로 떨어져 머리를 땅에 박았다. 그가 일을 많이 했나 보려고 이반이 가까이 다가가려는데 갑자기 땅이 갈라지더니 늙은 악령은 땅속으로 사라지고 구멍 하나만 남았다. 이반은 머리를 긁적였다.

“뭐야.” 그가 말한다. “정말 역겹군! 또 그놈이잖아! 그 자식들의 아비가 분명해, 정말 놀랍군!”

이반은 지금까지도 살아 있고, 온 백성이 그의 왕국으로 몰려들고 있으며, 형제들도 그에게 와서 그가 그들을 부양하고 있다. 누가 와서 말한다.

"우리를 부양해 줘."

"뭐, 좋아." 그가 말한다. "여기에서 살아. 우리나라에는 모든 게 풍족하니까."

다만 그의 왕국에는 한 가지 관습이 있다. 두 손에 굳은살이 있는 사람은 식사 자리에 낄 수 있고, 굳은살이 없는 사람은 남들이 먹다 남은 것을 먹어야 한다.

(1885년)

홀스토메르
(어느 말의 이야기)

M. A. 스타호비치*를 기리며

---

* 이 이야기의 얼개(сюжет)를 구상한 사람은 「야간 방목(Ночное)」과 「기수들(Наездники)」의 작가 M. A. 스타호비치로, A. A. 스타호비치를 통해 필자에게 전달됐다.[톨스토이 주]

1

하늘은 점점 더 높아지고, 새벽빛은 더 넓게 번지고, 윤기
없는 은빛 이슬은 더 하얘지고, 낮을 닮은 달은 더욱 생기를
잃고, 숲의 울림은 한층 더 선명해지고, 사람들은 하나둘 일
어나기 시작하고, 지주의 말 목장에서는 말들의 콧김 뿜는 소
리와 짚을 둘러싼 소란과 무엇 때문인지 한데 모여 다투는 말
들의 사납고 날카로운 울부짖음까지 점점 더 잦게 들려왔다.

"자, 자, 먹을 시간은 충분해! 배고팠지!" 늙은 말몰이꾼이
삐걱거리는 문을 열면서 말했다. "어디 가?" 그가 문틈으로 나
가려는 암말을 향해 손을 저으며 소리쳤다.

말몰이꾼 네스테르는 카자킨[1]을 입고 허리에 마구가 달린

---

1) 카프탄의 일종으로 옷 길이가 카프탄에 비해 짧고 등에 주름이 있으며

가죽끈을 매고 어깨에 채찍을 두르고 수건에 싼 빵을 허리춤에 쑤셔 넣은 모습이었다. 그는 두 손으로 안장과 굴레를 나르고 있었다.

말들은 전혀 놀라지 않고, 말몰이꾼의 조롱하는 듯한 말투에도 화내지 않고, 아무래도 상관없는 척 느긋하게 문에서 물러났다. 갈기가 긴 늙은 흑갈색 암말 한 마리만 귀를 기울이며 빠르게 궁둥이를 돌렸을 뿐이다. 이 기회를 틈타 이것과 아무 상관 없이 뒤에 서 있던 젊은 암말이 날카로운 소리로 울부짖으며 가장 먼저 마주친 말을 뒷발로 찼다.

"워, 워!" 말몰이꾼은 한층 더 크고 위협적인 소리로 외치며 목장의 한구석으로 향했다.

야외 우리[2] 근처에 있던 모든 말(100마리 정도 있었다.) 중에서 가장 덜 초조해 보이는 말은 간이 건물[3]의 지붕 밑 한구석에 홀로 서서 눈을 가늘게 뜬 채 헛간의 참나무 기둥을 핥던 얼루기 거세마였다. 이 얼루기 거세마의 취향이 어떤지는 알 수 없지만, 이런 행동을 할 때 그의 표정은 생각에 잠긴 듯 진지해 보였다.

"재롱 좀 떨어 봐!" 말몰이꾼이 다시 똑같은 어조로 말을 걸며 그쪽으로 다가가 근처의 똥거름 위에 안장과 반질반질하

앞에 호크가 달린 헐렁한 남자용 상의.
2) 러시아어 'варок'는 마당처럼 탁 트인 곳에 뒷벽만 세우고 주위에 간단한 울타리를 쳐서 만든 말들의 거주 공간이다.
3) 러시아어 'навес'는 처마나 차양을 뜻하기도 하지만 지붕과 기둥만으로 이루어진 간이 창고 같은 곳을 가리키기도 한다.

게 닳은 말 담요를 올려놓았다.

얼루기 거세마는 핥기를 멈추고 한참 동안 가만히 네스테르를 바라보았다. 그는 웃음소리를 내지도, 화를 내지도, 면상을 찌푸리지도 않고 그저 배 전체를 들썩이며 무겁디무겁게 숨을 몰아쉬고는 고개를 돌렸다. 말몰이꾼은 그의 목을 안고 굴레를 씌웠다.

"왜 한숨을 쉬냐?" 네스테르가 말했다.

거세마는 "그냥 아무것도 아니야, 네스테르."라고 말하듯 꼬리를 흔들었다. 네스테르가 등에 담요와 안장을 얹자 거세마는 불만을 표현하려는지 귀를 세웠다. 하지만 이 때문에 그는 욕만 들었고 복대가 조여졌다. 그러자 거세마는 숨을 들이마셔 배를 부풀렸다. 하지만 말몰이꾼이 그의 입속에 손가락을 밀어 넣고 무릎으로 배를 치는 바람에 숨을 뱉어야 했다. 그런데도 말몰이꾼이 안장을 고정하기 위한 복대를 이로 졸라맬 때 그는 다시 한번 귀를 쫑긋 세웠고 심지어 주위를 둘러보기까지 했다. 그는 이런 행동이 도움이 되지 않는다는 것을 알면서도 자신이 이런 것에 불쾌감을 느낀다는 사실을 보여 줄 필요가 있다고 생각했고, 또 언제라도 이런 불쾌감을 표현할 것이다. 안장이 등에 놓이자 그는 부어오른 오른발을 옆으로 벌리고서 재갈을 씹기 시작했다. 그렇게 한 데에는 역시 어떤 특별한 이유가 있었다. 왜냐하면 이제는 재갈에서 어떤 맛도 날 수 없다는 것을 그도 알 때가 되었기 때문이다.

네스테르는 짧은 등자를 밟고 거세마에 올라타 채찍을 풀고 무릎 밑에서 카자킨을 빼내고는 마부와 사냥꾼과 말몰이꾼 특유의 자세로 안장에 앉아 짧은 고삐를 잡아당겼다. 거세마는 어디로든 명령만 떨어지면 출발할 준비가 되어 있다는 뜻을 표현하며 고개를 쳐들었지만 자리에서 움직이지는 않았다. 자기 위에 앉은 말몰이꾼이 출발하기에 앞서 다른 말몰이꾼 바시카[4]와 말들에게 아직 더 많이 고함을 지르며 지시를 내리리라는 것을 알았던 것이다. 실제로 네스테르는 고래고래 소리를 지르기 시작했다. "바시카! 어이, 바시카! 암말들을 풀어놨었냐? 어디 갔느냐, 레시[5] 같은 놈아! 오호라! 자고 있나 보구나! 문을 열어 암말들이 먼저 나가게 해 줘야 할 것 아니냐!" 등등.

문이 삐걱거렸다. 잠에서 덜 깬 바시카가 부루퉁한 얼굴로 말의 짧은 고삐를 쥔 채 문기둥 옆에 서서 말들을 내보냈다. 말들은 짚을 조심스럽게 밟고 그 냄새를 맡으며 차례로 지나가기 시작했다. 젊은 암말들, 갈기를 자른 한 살배기 수말들, 젖먹이 망아지들, 무거운 배를 끌고 한 마리씩 조심스럽게 문을 통과하는 임신한 암말들. 젊은 암말들은 이따금 서로의 등에 머리를 올려놓은 채 두세 마리씩 몰려들어 걸음을 재촉하며 문을 빠져나갔고, 그럴 때마다 매번 말몰이꾼들로부터 욕설을 들었다. 젖먹이 망아지들은 이따금 다른 어미 말들의 다리 쪽으로 달려들었다가 제 어미가 부르는 짧은 소리에 답하며 날카롭게 울부짖곤 했다.

---

4) 바실리의 비칭.
5) 동슬라브 민족의 신화에 나오는 숲의 정령. 대개 수염이 긴 흉측한 노인의 모습으로 표현된다.

장난꾸러기인 젊은 암말은 문밖으로 나오자마자 고개를 아래로 옆으로 구부리며 뒷다리로 일어서서 날카롭게 울어 댔다. 하지만 온몸에 메밀 알곡이 더덕더덕 붙은 늙은 회색 말 줄디바를 앞지를 생각은 감히 하지 않았다. 줄디바는 조용하고 묵직한 걸음으로 배를 양옆으로 흔들면서 여느 때처럼 모든 말 앞에서 기품 있게 걷고 있었다.

몇 분이 지나자 말들로 가득 차 그토록 생기 있게 보이던 야외 우리는 서글프게도 텅 비었다. 텅 빈 간이 건물의 지붕 아래로 기둥들이 우울하게 솟아 있고, 똥 묻은 짓눌린 지푸라기 한 가닥이 보였다. 이런 황량한 풍경은 얼루기 거세마에게 너무도 익숙한 것이었지만 분명 그에게 우울한 영향을 끼친 듯했다. 그는 인사하듯 천천히 고개를 숙였다가 들고는 안장을 고정하는 복대가 허락하는 만큼 숨을 몰아쉬고 나서, 자신의 앙상한 등에 늙은 네스테르를 싣고 벌어지지 않는 굽은 다리를 절뚝거리며 말 무리를 쫓아 허둥지둥 걸었다.

'난 알아. 이 남자는 이제 길에 들어서면 부싯돌로 불을 일으켜 구리 테가 둘리고 사슬이 달린 나무 파이프로 담배를 피울 거야.' 거세마는 생각했다. '그래서 좋아. 이슬 맺힌 이른 아침의 이 냄새를 맡으면 기분이 좋아지고, 또 이 냄새가 많은 즐거운 기억을 떠올리게 하거든. 다만 화가 나는 것은 노인이 파이프를 물기만 하면 늘 한껏 뽐내면서 자신에 대해 무언가를 상상하며 한쪽으로 삐딱하게, 꼭 삐딱하게 앉는다는 거야. 그러면 난 그쪽이 아프지. 하지만 하느님께서 이 남자와 함께하시길. 다른 이들의 기쁨을 위해 고통을 겪는다는 게 나한테는 새로울 것도 없어. 난 심지어 이것에서 말 나름의 어떤 기쁨을 발견하게 됐지. 딱한 사람 같으니, 뽐내 보라지. 아무도 안 볼 때만 자기 혼자 허세를 부리는 것뿐이잖아. 삐딱하게 앉으라지.' 거세마는 그렇게 판단하고는 구부정하게 휜 다리를 조심스레 뻗으며 길 한가운데를 따라 걸어갔다.

2

방목장 부근에 있는 강 쪽으로 말 무리를 몰고 간 후 네스테르는 말에서 내려 안장을 벗겼다. 그사이 말들은 이미 아직 상하지 않은 풀밭으로 느릿느릿 흩어지고 있었다. 풀밭은 이슬이며 그곳과 그 주위를 휘감은 강에서 똑같이 피어오른 수증기에 뒤덮여 있었다.

네스테르는 얼루기 거세마의 굴레를 벗겨 그의 목을 긁어 주었고, 거세마는 이에 화답하며 감사와 만족의 표시로 눈을 감았다. "좋아하는군, 늙은 수캐 같으니!" 네스테르가 중얼거렸다. 거세마는 이렇게 긁어 주는 것을 전혀 좋아하지 않았다. 그저 마음이 여려서 좋아하는 척하며 찬성의 표시로 고개를 흔들었을 뿐이다. 그런데 갑자기 전혀 뜻밖에 아무 이유도 없이, 지나친 친밀함은 자신의 의도에 대한 그릇된 생각을 얼루기 거세마에게 전할 수 있다고 생각했는지, 네스테르가 불현듯 거세마의 머리를 확 밀치고 굴레를 치켜올려 굴레의 쇠쇠로 거세마의 여윈 다리를 아주 세게 치더니 아무 말 없이 평소 앉는 작은 언덕의 그루터기 쪽으로 갔다.

얼루기 거세마는 이런 행동에 슬퍼했다. 하지만 아무 내색도 하지 않고 털 빠진 꼬리를 천천히 흔들면서 무언가의 냄새를 맡기도 하고 그저 재미 삼아 풀을 물어뜯기도 하며 강으로 향했다. 아침을 맞아 기뻐하는 젊은 암말들, 갈기를 자른 한 살배기 수말들, 젖먹이 망아지들이 자기 주변에서 무엇을 하는지 그는 전혀 신경 쓰지 않았다. 특히 자기 나이에는 먼저 빈속에 물을 충분히 마시고 나서 먹는 게 무엇보다 건강에 좋다는 것을 알았기에 그는 더 완만하고 더 넓은 강가를 골라 말굽과 발의 거모를 적신 뒤 콧마루를 물속에 밀어 넣어 절개된 입술을 통해 물을 빨아들였고, 팽팽하게 부푼 양 옆구리를 가볍게 움직이며 털이 벗겨져 반질반질해진 꼬리뼈 아래의 살진 얼루기 꼬리를 기쁨에 겨워 흔들었다.

언제나 늙은 말을 약 올리며 온갖 불쾌한 짓을 하던 싸움꾼 갈색 암말도 이쪽의 물로 그를 향해 다가왔다. 마치 자신의 필요에 따라 온 것 같았지만 그저 그의 코앞에서 물을 휘저어 놓기 위해서였다. 하지만 얼루기 거세마는 이미 물을 충분히 마신 후였다. 거세마는 갈색 암말의 의도를 눈치채지 못한 척 물속에 잠긴 두 발을 침착하게 차례로 빼내고 머리를 흔들고는 젊은 말들을 피해 옆으로 물러나 풀을 뜯기 시작했다. 남아도는 풀들을 밟지 않으려 다양한 방식으로 발을 떼며 몸을 거의 펴지 않고 정확히 세 시간 동안 풀을 뜯었다. 앙상하고 날카로운 갈비뼈에 붙은 배가 자루처럼 늘어질 정도로 배불리 먹은 후 그는 어떻게든 발의 통증을, 특히 가장 약한 오른쪽 앞발의 통증을 줄이기 위해 아픈 네 발 전체에 똑같이 힘을 싣고 서서 꾸벅꾸벅 졸기 시작했다.

당당한 노년이 있고, 추한 노년이 있고, 불쌍한 노년이 있다. 추하면서도 당당한 노년도 있다. 얼루기 거세마의 노년이 바로 그랬다.

거세마는 키가 컸다. 적어도 2아르신 3베르쇼크는 됐다.[6] 털 색깔은 하얀 바탕에 검은 반점이 있는 종류였다. 예전에는 그런 색이었지만 이제 검은 반점은 진흙처럼 칙칙한 갈색이 됐다. 얼룩무늬는 세 개의 반점으로 이루어져 있었다. 머리의 곡선으로 된 반점 하나는 코 옆에서 시작해 이마를 지나 목의 중간까지 이어졌다. 우엉의 꽃술로 더러워진 긴 갈기는 어떤 곳은 하얗고 어떤 곳은 갈색을 띠었다. 또 다른 반점은 오른쪽 옆구리를 따라 배 중간까지 이어졌다. 궁둥이의 세 번째 반점은 꼬리 윗부분과 넓적다리의 절반을 뒤덮었다. 꼬리의 나머지 부분은 희끗희끗하고 얼룩덜룩했다. 크고 앙상한 머리는 야위어서 구부러진, 마치 나무로 만든 듯한 목에 무겁고 낮게 달려 있었다. 눈 밑은 푹 꺼졌고, 한때는 검었을 찢어진 입술은 축 늘어져 있었다. 늘어진 입술 사이로 옆으로 문 거무스름한 혀와 누렇게 삭은 아랫니들이 보였다. 양옆으로 축 늘어진 두 귀는 이따금 귀찮게 달라붙는 파리들을 쫓아내기 위해서만 나른하게 씰룩거릴 뿐이었다. 그 중 하나는 찢어져 있

___

6) 1아르신은 약 70센티미터고 1베르쇼크는 약 4.5센티미터이므로 2아르신 3베르쇼크는 155센티미터쯤 된다.

었다. 아직 남은 기다란 갈기 한 다발이 귀 뒤에 늘어져 있고, 훤한 이마는 움푹 꺼지고 거칠었으며, 커다란 광대뼈를 덮은 피부는 자루처럼 처져 있었다. 목과 머리 위의 혈관들은 파리가 들러붙을 때마다 꿈틀거리고 떨리는 신경 마디들과 얽혀 있었다. 표정에서 엄격함과 인내심과 깊은 생각과 고통이 느껴졌다. 두 앞다리의 무릎은 멍에 때문에 굽었고, 두 발굽은 부었으며, 얼룩무늬가 절반을 덮은 한쪽 다리의 무릎 부근에는 주먹만 한 커다란 혹이 있었다. 두 뒷다리의 상태는 더 나았다. 하지만 두 넓적다리에 아마도 오래전에 입은 듯한 찰과상이 있었고, 그 자리에는 이제 더 이상 털이 자라지 않았다. 모든 다리는 야윈 몸통에 비해 불균형할 정도로 길어 보였다. 갈비뼈들은 비록 단단하긴 해도 너무 훤히 드러나고 살갗에 팽팽히 덮여 있어서 가죽이 갈비뼈들 사이의 골에 착 달라붙은 것처럼 보였다. 목과 등은 예전에 맞아서 생긴 상처로 얼룩져 있었고, 뒤에는 생긴 지 얼마 안 된 종기가 부어서 곪아 있었다. 척추뼈의 윤곽이 드러난 검은 꼬리뼈가 길게, 거의 적나라하게 튀어나와 있었다. 꼬리 부근의 갈색 궁둥이에는 물린 자국처럼 보이는, 하얀 털로 덮인 손바닥만 한 상처가 있었고, 앞쪽 어깨뼈에는 타박상으로 생긴 또 다른 상처가 보였다. 두 뒷다리의 무릎과 꼬리는 만성적인 설사로 지저분했다. 몸 전체의 털은 비록 짧긴 해도 곧추서 있었다. 하지만 혐오스러우리만치 늙기는 했어도 이 말을 본 사람이라면 누구나 자기도 모르게 생각에 잠겼을 테고, 전문가라면 이 말이 한때는 빼어난 명마였을 거라고 즉시 말했을 것이다.

전문가라면 심지어 이런 말까지 했을 것이다. 그처럼 넓적한 뼈와 그처럼 거대한 대퇴골과 그런 발굽과 그토록 가느다란 다리뼈와 그런 어깨 자세, 무엇보다 그런 두개골, 즉 반짝이는 크고 검은 눈, 머리와 목덜미 주변에 불거진 그런 순종 특유의 울퉁불퉁한 힘줄, 그런 섬세한 가죽과 털을 말에게 줄 수 있는 혈통은 러시아에 한 종뿐이라고. 실제로 이 말의 풍채에는 위풍당당한 무언가가 있었으며, 말 안에는 노쇠함, 한층 다채로워진 털, 태도, 자신만만한 표정, 아름다움과 힘에 대한 자각에서 오는 평온함 등 서로 충돌하는 특징들이 무시무시하게 결합되어 있었다.

말은 살아 있는 폐허처럼 맑은 이슬에 젖은 풀밭 한가운데에 홀로 서 있었고, 그와 멀지 않은 곳에서 여기저기 흩어진 말들의 말발굽 소리, 콧김을 내뿜는 소리, 젊은 울부짖음과 날카로운 외침 소리가 들려왔다.

3

해는 이미 숲보다 높이 떠올라 풀과 강굽이를 눈부시게 비추었다. 이슬은 증발하거나 작은 습지 부근의 여기저기에 방울져 모였고, 아침의 마지막 수증기는 연기처럼 숲 위로 흩어졌다. 작은 구름들이 구불구불하게 모습을 드러냈지만 아직 바람은 불지 않았다. 강 건너편에는 파이프처럼 구부러진 푸른 호밀이 뻣뻣한 털처럼 서 있고 싱그러운 녹음과 꽃의 향기가 풍겼다. 뻐꾸기가 숲에서 흐느끼듯 울었고, 네스테르는 등을 대고 벌러덩 누워 자신이 앞으로 몇 년을 더 살지 생각했다. 종달새들이 호밀과 풀밭 위로 날아올랐다. 뒤늦게 온 토끼 한 마리가 어쩌다 말 무리 사이에 섞였다가 탁 트인 장소로 튀어 나가더니 딸기나무 옆에 자리를 잡고 귀를 기울였다. 바시카는 풀 속에 고개를 처박은 채 졸았고, 암말들은 그가 있는 곳을 빙 돌아 한층 더 자유롭게 강 아래쪽으로 흩어졌다. 늙은 말들은 푸르르 콧김을 내뿜으며 이슬에 젖은 풀 위에 반짝이는 발자국을 남기면서 아무에게도 방해받지 않을 만한 장소를 계속 고르고 있었지만 더 이상 풀을 먹지는 않고 그저 맛 좋은 풀을 물어뜯기만 했다. 말들은 다 같이 눈에 띄지 않게 한 방향으로 움직이고 있었다. 그리고 다시 늙은 줄디바가 다른 말들 앞에서 기품 있게 걸어가며 앞으로 더 갈 수 있을지 없을지를 보여 주었다. 첫 새끼를 낳은 젊은 검정말 무시카[7]는 쉴 새 없이 힝힝거렸고, 어미 주위에서 무릎을 바르르 떨며 비틀거리는 자신의 연보랏빛 젖먹이 망아지를 향해 꼬리를 치켜든 채로 푸르르 콧김을 뿜었다. 새틴처럼 매끄럽고 빛나는 털로 덮인, 아직 짝을 짓지 못한 흑갈색 말 라스토치카[8]는 이마와 눈이 실크 같은 검은 갈기에 덮일 정도로 고개를 푹 숙이고서 풀을 잡아 뜯고 던지고 부드러운 거모가 돋은 이슬에 젖은 발로 쿵쿵 밟으며 장난을 쳤다. 어떤 장난을 상상하

---

7) мушка. 작은 피리 혹은 18세기 여자들이 얼굴에 붙이던 검은 점을 뜻한다.
8) ласточка. '제비'를 뜻한다.

고 있는 게 분명한 어느 개월 수 많은 젖먹이 망아지는 짧고 구불구불한 꼬리를 타조 깃털처럼 치켜세우고서 벌써 스물여섯 번이나 어미 주위를 빙빙 돌며 뛰어다니고 있었는데, 이미 아들의 성격에 익숙해진 어미는 평온하게 풀을 뜯으며 이따금 크고 검은 눈으로 아들을 곁눈질할 뿐이었다. 가장 어린 젖먹이 망아지 중 놀란 듯이 두 귀 사이로 갈기가 삐죽 솟고 작은 꼬리가 어미 뱃속에 있을 때 구부러진 방향으로 아직 말려 있는 머리 큰 검정말은 제자리에 가만히 서서 귀를 쫑긋 세운 채 몽롱한 눈으로 다른 젖먹이를 유심히 쳐다보고 있었다. 그 망아지는 샘이 났는지 비난을 하는지 자신도 이유를 알지 못한 채 껑충껑충 뛰고 뒷걸음질했다. 어떤 망아지들은 코를 들이밀며 젖을 빨고, 또 어떤 망아지들은 왜인지 알 수 없지만 어미가 부르는 소리에 아랑곳하지 않은 채 마치 무언가를 찾듯 보폭이 작은 서툰 속보로 반대편을 향해 곧장 달려가서는 무엇을 위해서인지 알 수 없지만 걸음을 멈추고서 필사적이고 날카로운 목소리로 울부짖는다. 어떤 망아지들은 한 줄로 비스듬히 누워 있고, 또 어떤 망아지들은 풀을 뜯는 법을 배우고, 또 어떤 망아지들은 뒷발로 귀 뒤를 긁는다. 새끼를 밴 두 암말도 따로 다니면서 천천히 걸음을 옮기며 여전히 풀을 뜯고 있다. 그들의 지위는 다른 말들로부터 존중받고 있으며, 젊은 말 중 어떤 말도 그들에게 가까이 다가가거나 방해하려 하지 않는 듯 보인다. 어떤 장난꾸러기가 그들에게 가까이 다가가려 할 경우 그 말에게 그런 행동이 얼마나 부적절한지 보여주기 위해서는 귀나 꼬리를 한 번 움직이는 것으로 충분하다.

갈기를 자른 한 살배기 수말들과 한 살배기 암말들이 어른 말인 척 점잖게 굴다가 아주 가끔 펄쩍 뛰어오르거나 발랄한 패거리들에 끼곤 한다. 그들은 털이 깎인, 백조 같은 목을 구부려 점잖게 풀을 뜯고, 마치 자기들에게 꼬리도 있다고 자랑하듯 작은 빗자루 같은 꼬리를 흔든다. 어른 말들과 마찬가지로 그들 중 몇몇은 드러누워 뒹굴거나 서로를 긁어 준다. 가장 발랄한 패거리는 아직 짝짓기를 한 적 없는 두세 살의 암말들이다. 그들은 거의 늘 발랄한 처녀 무리를 따로 지어 함께 다닌다. 말들 사이에서 발굽 소리, 날카로운 외침, 울부짖는 소리, 뒷발 차는 소리가 들린다. 말들은 모여서 서로의 어깨에 머리를 기대고, 주변의 냄새를 맡고, 펄쩍 뛰어오르고, 이따금 콧소리를 내며 꼬리를 말아 올리고, 오만하게 반쯤은 속보로 반쯤은 구보로 동료들 앞에서 교태를 부리듯 지나간다. 이 모든 젊은 말 중에서 가장 아름답고 위풍당당한 말은 장난꾸러기인 갈색 암말이었다. 그녀가 무언가를 시도하면 다른 말들도 따라 했다. 그녀가 어디로 가면 아름다운 말들의 무리 전체가 그 뒤를 따라갔다. 장난꾸러기는 이날 아침에 유난히 발랄했다. 명랑한 변덕이 사람을 찾아오듯 그녀를 찾아왔다. 물을 마시는 곳에서도 늙은 거세마를 조롱하며 물속을 첨벙첨벙 달리고, 무언가에 놀란 척하고, 콧소리를 내고, 바시카가 그녀와 그 뒤를 따라붙는 다른 말들을 쫓아 뜀박질해야 할 만큼 전속력으로 들판을 달렸다. 그다음에는 풀을 조금 뜯은 후 빈둥거리기 시작했고, 그다음에는 늙은 암말들 앞에서 달리며 그들을 약 올렸고, 그다음에는 한 젖먹이 망아지를 무리에서 떼어 놓더니 마치 물어뜯으려는 듯 뒤쫓아 달리기 시작했다. 어미는 깜짝 놀라 풀을 뜯기를 멈췄고, 젖먹이 망아지는 애처로운 소리로 외쳤다. 하지만 장난꾸러기는 망아지를 건드리지 않고 그저 위협만 하면서 이 장난을 흥미롭게 지켜보는 동료들에게 볼거리를 제공할 뿐이었다. 그런 다음 그녀는 멀리 강 건너 호밀밭에서 자그마한 농부가 나무 쟁기를 걸어 몰고 있는 회갈색 말을 넋 놓고 쳐다보기 시작했다. 그녀는 살짝 비딱하게 오만한 모습으로 멈춰 서서 고개를 쳐들고 몸을 흔들고는 달콤하고 부드럽고 길게 늘인 목소리로 울부짖기 시작했다. 그 울부짖음에는 장난기와 사랑과 어떤 슬픔이 묻어 있었다. 그 속에는 강 건너편 말에 대한 갈망과 사랑의 약속과 슬픔도 있었다.

여기에서는 흰눈썹뜸부기가 무성한 갈대 속에서 이리저리 뛰어다니며 열정적으로 짝을 부른다. 또 저기에서는 뻐꾸기와 메추라기가 사랑을 노래하고 꽃들도 향기로운 꽃가루를 바람에 실어 서로에게 보낸다.

"그리고 난 젊고 멋있고 강해." 장난꾸러기 말의 울부짖음은 그렇게 말하고 있었다. "이제까지는 나에게 이런 달콤한 감정을 맛보는 게 허락되지 않았어. 맛볼 기회뿐 아니라 연인도 허락되지 않았지. 아직 어떤 연인도 가져 본 적이 없어."

그리고 많은 의미를 띤 젊고 애잔한 울부짖음이 저지대와 들판에 울려 퍼졌고, 그 울음은 이따금 작은 회갈색 말에게까지 가닿았다. 그 말이 귀를 쫑긋 세우고 멈춰 섰다. 농부가 나무껍질 신발로 때렸지만 회갈색 말은 멀리서 울부짖는 은방울 같은 소리에 매혹되어 덩달아 울부짖기 시작했다. 농부는 화를 내며 말고삐를 잡아당겼다. 그가 나무껍질 신발로 배를 어찌나 세게 때렸던지 말은 미처 다 울부짖지 못하고 계속 나아갔다. 하지만 회갈색 말은 달콤한 슬픔에 젖었고, 끝맺지 못한 열정적인 울부짖음과 농부의 성난 목소리가 먼 호밀밭으로부터 말 무리가 있는 곳까지 한참 동안 날아왔다.

이 목소리가 낸 단 하나의 소리 때문에 회갈색 말이 자기 임무를 잊을 정도로 정신을 잃을 수 있었다면, 아름다운 장난꾸러기 말이 귀를 쫑긋 세우고 콧구멍을 크게 벌리고 공기를 들이마시고 어딘가로 가기 위해 발버둥질하고 젊고 아름다운 몸 전체를 바르르 떨면서 그 말을 부르는 모습을 다 보았을 때는 회갈색 말에게 도대체 무슨 일이 벌어졌을까?

하지만 장난꾸러기는 자신이 불러일으킨 인상에 대해 그렇게 오랫동안 생각하지 않았다. 회갈색 말의 목소리가 잠잠해지자 장난꾸러기 말은 조롱하듯 또 울부짖더니 고개를 숙인 채 한 발로 땅을 파기 시작했고, 그런 다음에는 얼루기 거세마를 깨우고 놀리러 갔다. 얼루기 거세마는 언제나 이 행복한 젊은 말을 위한 수난자이자 어릿광대였다. 거세마는 사람들보다 이 젊은 말로 인해 더 많은 고통을 받았다. 거세마는 사람들에게 필요한 존재였다. 그런데 젊은 말들은 도대체 무엇 때문에 이 말을 괴롭혔을까?

그는 늙었고, 그들은 젊었다. 그는 여위었고, 그들은 기름졌다. 그는 울적했고, 그들은 명랑했다. 그 때문에 그는 완전히 낯선 남이고 완전히 다른 존재였다. 그들이 그를 동정하는 것은 불가능했다. 말들은 자신만을, 그리고 드물게 자기 모습을 쉽게 투영해 볼 수 있는 말만을 동정한다. 하지만 얼루기 거세마가 늙고 야위고 추한 것이 과연 그의 잘못인가? 그렇지는 않을 것이다. 하지만 말들의 생각대로라면 잘못은 그에게 있으며, 강하고 젊고 행복한 말들, 앞날이 창창한 말들, 쓸데없이 긴장하면서 모든 근육을 바르르 떨고 꼬리를 말뚝처럼 위로 치켜드는 말들, 그런 말들만이 언제나 옳았다. 아마 얼루기 거세마 자신도 이 점을 이해했을 것이다. 평온한 순간에는 이미 삶을 다 살았다는 이유로, 이 삶에 대한 대가를 지불해야 한다는 이유로 비난받는 것을 받아들일 수 있었다. 하지만 그역시 말이었다. 모든 말이 삶의 끝에서 처하게 될 상황 때문에 자기를 비난하는 이 모든 젊은 말을 볼 때면 종종 모욕과 슬픔과 분노의 감정을 참을 수 없었다. 말들이 비정함을 보이는 것은 귀족적인 감정 때문이기도 했다. 다른 모든 말은 부계나 모계 쪽으로 유명한 스메탄카의 혈통을 물려받았는데 얼루기 거세마는 어떤 종인지 알려지지 않았다. 얼루기 말은 삼 년 전에 시장에서 지폐로 30루블을 치르고 산 떠돌이 말이었다.

갈색 암말은 마치 산책을 하듯 얼루기 거세마의 코앞으로 다가가 그를 쳤다. 그는 이것이 무슨 의미인지 이미 알았기에 눈을 뜨지 않고 귀를 세우며 이를 드러냈다. 암말은 궁둥이를 돌려 거세마를 때릴 것처럼 굴었다. 그는 눈을 뜨고 다른 쪽으로 비켰다. 그는 더 이상 자고 싶지 않아 풀을 뜯기 시작했다. 다시 장난꾸러기는 암말 친구들과 함께 거세마에게 다가갔다. 이마에 흰 점이 있고 몹시 아둔한, 늘 갈색 암말을 모방하고 무엇이든 따라 하는 두 살배기 암말이 갈색 암말과 나란히 다가가 모방자들이 언제나 그러듯 주동자가 하는 행동에 기름칠을 하기 시작했다. 갈색 암말은 평소 볼일이 있는 것처럼 다가가 거세마를 쳐다보지 않은 채 그의 코 옆으로 지나치곤 했다. 그래서 그는 화를 내야 할지 말아야 할지 확실하게 알지 못했고, 이것이 정말로 우스꽝스러웠다. 그녀는 이번에도 그렇게 했다. 하지만 유난히 들떠서 그 뒤를 따라가던, 이마에 흰 점이 있는 암말이 거세마의 가슴을 정통으로 쳤다. 그는 다시 이를 드러내고 날카로운 소리를 내더니 그에게서 예상할 수 없었던 날렵함을 보이며 그녀에게 달려들어 허벅지를 물었다. 이마에 흰 점이 있는 암말은 늙은 말의 털 빠진 야윈 갈비뼈를 두 뒷다리로 세게 쳤다. 늙은 말은 목쉰 소리를 내며 한 번 더 달려들려다가 생각을 바꾸고 힘겹게 숨을 몰아쉬고는 옆으로 비켰다. 무리를 이룬 모든 젊은 말은 얼루기 거세마가 이마에 흰 점이 있는 암말에게 보인 불손함을 개인적인 모욕으로 받아들인 게 분명했다. 그들은 이날 남은 시간 내내 그가 풀을 뜯어 먹는 것을 용납하지 않았고, 단 한 순간도 평온을 허락하지 않았다. 그래서 말몰이꾼은 몇 번이고 그들을 진정시켜야 했는데 그들 사이에 무슨 일이 일어났는지 도무지 이해할 수 없었다. 거세마가 몹시 분개한 나머지 직접 네스테르에게 다가가자 때마침 노인이 말 무리를 뒤쪽으로 몰고 갈 채비를 하고 있었다. 노인이 안장을 얹고 올라탔을 때 거세마는 한층 더 행복하고 평온한 기분을 느꼈다.

늙은 거세마가 등에 늙은 네스테르를 태우고 가며 무슨 생각을 했을지 하느님은 아신다. 성가시고 잔인하게 구는 젊은 말들을 생각하며 비애를 느꼈을까? 아니면 늙은이들 특유의 경멸하는 듯한 과묵하고 오만한 태도로 박해자들을 용서했을까? 하지만 그는 집에 도착할 때까지 자신의 생각을 전혀 드러내지 않았다.

이날 저녁 대부들이 네스테르를 찾아왔다. 그는 말 무리를 몰고 안마당의 통나무집을 지나치다 자기 집의 현관 계단에 말 한 마리가 딸린 첼레가[9]가 매여 있는 것을 보았다. 말들을 몰아넣은 그는 너무 서두른 나머지 안장을 벗기지도 않은 채 거세마를 안마당에 풀어놓고는 바시카에게 큰 소리로 말들의 안장을 벗기라고 말한 후 문을 닫고 대부들에게 갔다. 말 시장에서 팔려 온, 아버지와 어머니를 모르고 그 때문에 야외 우리 전체의 모욕받은 귀족적 감정을 헤아리지 못하는 '옴투성이 쓰레기'로부터 스메탄카의 증손녀인 이마에 흰 점이 있는 암말이 모욕을 받아서인지, 올라탄 사람도 없이 높다란 안장을 얹고 있는 거세마가 말들에게 기이하고 환상적인 광경

---

9) 바퀴 달린 평상처럼 생긴 사륜 수레를 말이 끌도록 한 화물 운송 수단이다.

을 제공해서인지 이날 밤 야외 우리에서 어떤 이상한 일이 일
어났다. 젊은 말들과 늙은 말들이 전부 이를 드러낸 채 거세
마를 뒤쫓으며 안마당의 여기저기로 그를 몰았고, 그의 야윈
옆구리 주위에서 발굽 소리가 울렸고, 괴로운 신음 소리도 들
려왔다. 거세마는 더 이상 그것을 견딜 수 없었고, 더 이상 구
타를 피할 수 없었다. 그는 안마당 한가운데에 멈춰 섰고, 그
의 얼굴이 무기력한 노년의 혐오스럽고도 나약한 분노를 띠었
다. 그는 귀를 세우더니 갑자기 모든 말을 느닷없이 잠잠하게
만든 어떤 행동을 했다. 가장 늙은 암말 뱌조푸리하가 다가와
거세마의 냄새를 맡고는 숨을 깊게 몰아쉬었다. 거세마도 숨
을 깊게 몰아쉬었다.

⋯⋯⋯⋯⋯⋯⋯⋯⋯⋯⋯⋯⋯⋯⋯⋯⋯⋯⋯⋯⋯⋯⋯⋯⋯⋯

5

　달빛이 비치는 안마당 한가운데에 거세마의 키가 크고 여
윈 형상이 서 있었다. 등에는 안장 머리가 혹처럼 튀어 나온
높다란 안장이 놓여 있었다. 말들은 마치 그에게서 무언가 새
롭고 이상한 것을 알아차린 양 깊은 침묵에 잠겨 꼼짝 않고
그의 주위에 서 있었다. 그리고 실제로 그들은 그에게서 예기
치 못한 새로운 것을 알아보았다.
　그들이 그에게서 알아본 것은 바로 이것이다.

⋯⋯⋯⋯⋯⋯⋯⋯⋯⋯⋯⋯⋯⋯⋯⋯⋯⋯⋯⋯⋯⋯⋯⋯⋯⋯

첫 번째 밤

"그래, 난 류베즈니 1세와 바바의 아들이다.[10] 족보에 적힌 내 이름은 무지크[11] 1세지. 난 족보상으로는 무지크 1세고, 거리에서는 홀스토메르[12]라고 불린다. 보폭이 긴 자유분방한 걸음 때문에 사람들이 그런 별명을 붙여 줬지. 그에 견줄 만한 걸음은 일찍이 러시아에 없었다. 출신으로 볼 때 세상에 나보다 혈통이 좋은 말은 없다. 난 한 번도 너희에게 이 말을 하지 않았을 것이다. 내가 무엇 때문에 그렇게 하겠는가? 너희는 한 번도 날 알아보지 못했을 것이다. 흐레노보[13]에서 나와 함께 지낼 때는 날 알아차리지 못하다가 이제야 겨우 날 알아본 뱌조푸리하처럼 말이지. 이 뱌조푸리하의 증언이 없었다면 너희는 지금도 날 믿지 않았을 것이다. 난 너희에게 한 번도 이 말을 하지 않았을 것이다. 난 말(馬)의 동정이 필요 없다. 하지만 너희는 그것을 원했지. 그래, 난 말 애호가들이 지금도 찾고 있지만 여전히 찾아내지 못한 그 홀스토메르, 백작 자신도 잘 알았고 그가 자신의 애마 레베지[14]를 앞질렀다는 이유로 말 목장에서 쫓아낸 바로 그 홀스토메르다.

---

10) '류베즈니(любезный)'는 '사랑하는' 혹은 '연인'을 뜻하는 단어고, '바바(баба)'는 농가의 기혼 여성을 가리키거나 여자를 속되게 칭하는 단어다.

11) мужик. '농부'를 뜻한다.

12) холстомер. '삼베를 재는 사람'을 뜻한다.

13) 보로네시 지방의 흐레노보에는 러시아 정부가 육성한 품종인 오를로프 종마를 키우는 국립 종마장이 있었다.

14) лебедь. '백조'를 뜻한다.

난 태어났을 때 얼루기라는 말이 무슨 뜻인지 몰랐다. 난 내가 말이라고 생각했지. 나의 털 빛깔에 대한 첫 번째 의견이 나와 내 어머니에게 큰 충격을 주었던 것을 기억한다. 난 밤에 태어난 게 분명하다. 동틀 무렵에는 이미 어머니의 혀로 깨끗하게 씻긴 채 내 발로 서 있었지. 기억난다. 난 계속 무언가 하고 싶었고, 모든 것이 내게는 대단히 놀라운 동시에 대단히 단순해 보였다. 말 한 필씩 따로 들어가도록 칸막이로 나뉜 우리의 마구간은 길고 따뜻한 회랑 안에 있었고, 그곳의 문들은 모든 게 훤히 보이는 격자무늬 문들이었다. 어머니가 나에게 젖을 먹이려 했지만 난 아직 너무 순진해서 코로 어머니의 앞다리 아래나 다른 곳을 들이박았지. 갑자기 어머니는 격자무늬 문을 돌아보더니 내 몸 위로 한쪽 다리를 넘겨 옆으로 비켰다. 당직 마구간지기가 격자문 너머로 우리가 있는 칸 쪽을 보았지.

"뭐야, 바바가 새끼를 낳았잖아." 그가 이렇게 말하더니 빗장을 열고는 짚으로 짠 새 깔개를 밟으며 들어와 두 팔로 날 껴안았다. "이것 봐, 타라스." 그가 외쳤다. "얼루기야. 완전히 까치 같은걸."

난 그의 품에서 급하게 벗어나려다가 발이 걸려 무릎을 꿇고 넘어졌다.

"이런 새끼 악마 같으니." 그가 그렇게 말했다.

어머니는 걱정을 하면서도 날 보호해 주지는 않고 그저 깊디깊은 한숨을 쉬며 옆으로 살짝 물러섰다. 마구간지기들이 몰려와서 날 구경하기 시작했다. 한 사람은 우두머리 마구간 지기에게 알리러 달려갔지. 모두가 내 얼룩무늬를 보고 웃기 시작했고, 나에게 온갖 이상한 별명을 붙였다. 나뿐만 아니라 어머니도 이런 단어들의 의미를 이해하지 못했다. 이제까지 우리 집안과 나의 모든 혈육을 통틀어 얼루기는 한 번도 나온 적이 없었다. 우리는 이것에 무언가 좋지 않은 게 있다고는 생각하지 않았다. 그때도 다들 나의 체격과 힘을 칭찬했지.

"이것 보게, 정말 날랜 놈일세." 마구간지기가 말했다. "억누르지를 못하는군."

얼마 후 우두머리 마구간지기가 오더니 내 털빛을 보고 깜짝 놀랐다. 심지어 비통해 보였지.

"이런 불구가 나오다니." 그가 말했다. "장군님이 이 녀석을 말 목장에 그대로 두지 않으실 텐데. 에잇, 바바, 네가 날 곤란하게 만드는구나." 그가 나의 어머니를 돌아보았다. "하다못해 이마에 흰 털이 있는 놈이라도 낳지. 하지만 이놈은 완전히 얼루기잖아!"

내 어머니는 아무 대꾸도 하지 않았고, 그런 경우에 늘 그랬듯 다시 한숨을 쉬었다.

"그런데 이 녀석은 어떤 악마를 빼박은 거야? 완전히 농부잖아." 그가 계속해서 말했다. "말 목장에는 둘 수 없어. 치욕이야. 하지만 좋은걸. 아주 좋아." 그도, 다른 모든 이도 날 쳐다보며 그렇게 말했다. 며칠 뒤 장군도 몸소 날 보러 왔지. 그리고 다시 다들 무언가에 대해 몸서리를 치면서 내 털빛에 대해 나와 내 어머니에게 욕설을 퍼부었다. "하지만 좋은걸, 아

주 좋아." 그냥 나를 보기만 해도 누구나 똑같은 말을 되풀이
했다.

봄까지 우리는 저마다 자기 어머니와 함께 계속 따로 지냈
다. 그저 이따금 마구간 지붕 위의 눈이 햇살에 녹기 시작하
면 마구간지기들이 우리를 어머니와 함께 새로 짚을 깐 넓은
안마당에 풀어 주곤 했지. 그곳에서 처음으로 난 가깝고 먼
모든 혈육을 알게 되었다. 그곳에서 난 여러 문에서 그 시절의
모든 유명한 암말이 제 젖먹이를 데리고 나오는 모습을 보았
다. 그곳에서 늙은 골란카,[15] 스메탄카의 딸 무시카, 크라스누
하,[16] 승마용 말인 도브로호치하[17] 등 그 시절의 모든 유명
인사가 전부 그곳에 젖먹이 새끼들을 데리고 모여 양지바른
곳을 거닐고, 새로 깐 짚 위에서 뒹굴고, 평범한 말들처럼 서
로 냄새를 맡곤 했지. 그 시절 아름다운 말들로 가득했던 그
마구간의 모습을 지금까지도 잊을 수 없다. 너희로서는 나도
한때 젊고 날렵했다는 사실을 받아들이기가 이상하겠지. 하
지만 나도 예전에는 그랬다. 이 뱌조푸리하도 거기에 있었다.
그때는 막 갈기를 자른 한 살배기 말이었지. 사랑스럽고 명랑
하고 날렵한 말이었다. 험담으로 받아들이면 곤란한데, 그녀

---

15) голанка. 네덜란드식 난로 혹은 네덜란드산 암탉이나 암소 등을 가리키
는 명칭이기도 하다.

16) краснуха. 여러 전염병의 증상 중 하나인 장밋빛의 홍반이다.

17) доброхотиха. 남의 행복을 기원하는 친절한 사람이라는 뜻의 '도브로
호트(доброхот)'를 변형시킨 여성형 명사다. 도브로호트와 '치하(тиха, '고
요한'을 뜻한다.)'의 합성어로도 볼 수 있다.

는 지금 너희 사이에서 진귀한 혈통으로 여겨지지만 그때는 그 자손의 가장 열등한 부류에 속하는 말이었다. 그녀가 직접 너희에게 이 사실을 확인해 줄 것이다.

사람들은 내 얼룩덜룩한 털빛을 아주 싫어했지만 말들은 전부 내 털빛을 굉장히 좋아했다. 모든 말이 날 에워싸고 감탄의 눈길로 바라봤으며 나에게 장난을 쳤지. 난 내 얼룩덜룩한 털빛에 대한 사람들의 말을 이미 잊기 시작했고 행복한 기분을 느꼈다. 하지만 곧 난 내 인생의 첫 번째 슬픔을 경험했고, 그 원인은 어머니였다. 눈이 녹기 시작하고 참새들이 처마 밑에서 짹짹거리고 대기에서 봄이 더 강하게 느껴질 무렵 날 대하는 어머니의 태도가 변하기 시작했다. 어머니의 성격이 완전히 변해 버렸지. 갑자기 아무 이유 없이 당신의 위엄 있는 나이에 전혀 어울리지 않게 안마당을 달리며 뛰놀기도 하고, 생각에 잠겼다가 울부짖기도 하고, 자매인 암말을 물거나 뒷발로 차기도 하고, 내 냄새를 맡다가 당신도 모르게 콧김을 푸르르 뿜기도 했다. 양지바른 곳으로 나오면 당신 사촌 자매인 쿠프치하[18]의 어깨에 머리를 얹기도 하고, 오랫동안 생각에 잠겨 쿠프치하의 등을 긁어 주기도 하고, 내가 젖을 먹지 못하도록 밀치기도 했다. 한번은 우두머리 마구간지기가 와서 어머니에게 고삐를 씌우라고 지시하더니 어머니를 마구간의 칸막이 밖으로 끌고 나갔다. 어머니는 울부짖기 시작했고, 난 어머니에게 응답하며 뒤따라 달려갔다. 하지만 어머니는 나를

---

18) купчиха. '여자 상인' 혹은 '상인의 아내'를 뜻한다.

돌아보지도 않았지. 마구간지기 타라스는 두 팔로 나를 잡았고, 어머니가 끌려 나간 뒤에 문이 닫혔다. 난 달려 나가 마구간지기를 쳐서 짚 위로 쓰러뜨렸다. 하지만 문에는 빗장이 걸리고, 점점 멀어져 가는 어머니의 울부짖음만 들렸지. 그리고 그 울부짖음에서는 더 이상 날 부르는 소리가 들리지 않고 다른 표현이 들렸다. 멀리서 우렁찬 목소리가 어머니의 목소리에 답했다. 내가 나중에 알게 된 바로는 양옆에 두 마구간지기를 거느리고 내 어머니를 만나러 온 도브리[19] 1세의 목소리였다. 내가 있는 칸에서 타라스가 어떻게 나갔는지 기억이 나지 않는다. 난 너무 슬펐다. 난 내 어머니의 사랑을 영원히 잃었다고 느꼈다. 그리고 내 털빛에 대한 사람들의 말을 떠올리면서 전적으로 내가 얼루기여서 그렇다고 생각했지. 난 엄청난 분노에 사로잡혀 머리와 두 무릎으로 칸막이의 벽을 치기 시작했다. 땀이 나고 기진맥진해서 서 있을 수 없을 때까지 쳤다.

얼마 후 어머니가 내게로 돌아왔다. 난 그녀가 평소와 다른 걸음으로 빠르게 회랑을 따라 우리 칸으로 달려오는 소리를 들었다. 그녀를 위해 문이 열렸는데 그녀가 더 젊고 더 예뻐져서 알아볼 수 없었다. 그녀는 나의 냄새를 맡고, 콧김을 푸르르 내뿜고, 히히힝 울어 대기 시작했다. 모든 표정에서 그녀가 날 사랑하지 않는다는 사실을 보게 됐지. 그녀는 나에게 도브리의 잘생긴 외모에 대해, 그리고 그를 향한 당신의 사랑에 대해 이야기했다. 이런 만남은 계속 이어졌고, 나와 어머니의 관

---

19) добрый. '착한', '훌륭한', '친절한' 등을 뜻한다.

계는 점점 더 냉랭해졌다.

곧 마구간지기들이 우리를 풀밭에 풀어 줬다. 그때부터 난 어머니의 사랑을 잃은 자리를 메꿔 줄 새로운 기쁨을 알게 됐다. 나에게는 친구와 동료가 있었고, 우리는 함께 풀을 뜯는 법, 어른들처럼 울부짖는 법, 꼬리를 쳐들고서 제 어머니 주위에서 원을 그리고 뛰는 법을 배웠다. 행복한 시간이었지. 나는 모든 것을 용서받았다. 모두가 나를 사랑했고, 나도 모두를 사랑했다. 다들 내가 하는 행동이라면 뭐든지 너그럽게 지켜봐 주었다. 이런 시간은 오래 계속되지 않았다. 곧 나에게 끔찍한 일이 일어났지.”

거세마는 힘겹게 힘겹게 숨을 몰아쉬고는 말들을 피해 자리를 옮겼다.

이미 한참 전부터 동녘 하늘이 붉게 물들었다. 문이 삐걱거렸고 네스테르가 들어왔다. 말들은 흩어졌다. 말몰이꾼은 거세마의 등 위에 안장을 반듯이 얹고는 말 무리를 몰고 나갔다.

6

두 번째 밤

말몰이꾼이 말들을 목장 안으로 몰아 놓자마자 말들은 다시 얼루기 말 주위에 모였다.

“8월에 나는 어머니와 분리됐다.” 얼루기 말이 이야기를 이어 나갔다. "그래도 별다른 슬픔은 느끼지 않았다. 난 이미 내 어머니가 내 동생을, 그 유명한 우산[20]을 낳는 모습을 보았다. 난 더 이상 예전의 내가 아니었다. 난 질투하지 않았고, 그녀에 대한 마음이 차갑게 식는 것을 느꼈다. 게다가 난 알고 있었다. 내가 어머니를 떠나 세 살 이하 망아지들의 공동 구역으로 가게 된다는 것을 말이지. 그곳에서 우리는 한 칸에 두세 마리씩 들어갔다. 날마다 그 많은 어린 말이 전부 밖으로 공기를 쐬러 나갔다. 난 밀리와 같이 칸을 썼지. 밀리는 승마용 말이었다. 나중에 황제가 탔기 때문에 그 말은 그림과 조각에 묘사되곤 했다. 그때는 그도 윤기 있고 부드러운 털, 백조 같은 목, 현처럼 곧고 가는 다리를 지닌 평범한 젖먹이 망아지였다. 언제나 쾌활하고 선량하고 친절했지. 언제나 장난을 치고, 서로를 핥고, 말이나 사람을 놀릴 준비가 되어 있었다. 그와 나는 함께 지내면서 저도 모르는 사이에 친해졌고, 그 우정은 우리의 젊은 시절 내내 이어졌다. 그는 쾌활하고 경박했다. 당시 그는 이미 사랑을 시작해 암말들과 장난을 쳤고 나의 순진함을 비웃었다. 그리고 불행히도 난 자존심 때문에 그를 따라 하기 시작했지. 그러다 아주 금방 사랑에 열중하게 됐다. 그리고 내 이런 초기의 성향이 내 운명에서 가장 큰 변화의 원인

---

20) усан. '지혜로운'이나 '현자'를 뜻하는 아랍어 '오스만'에 기원을 둔 러시아의 성(姓)이다. 러시아가 오스만튀르크와 교역과 전쟁 등으로 많이 접촉한 역사적 배경을 고려할 때 이 성을 가진 사람들은 러시아에 정착한 아랍인의 후손으로 짐작된다. 에스파냐의 성인 우산트, 우사티 등에서 유래했다고 보는 설도 있다.

이 됐다. 우연히 내가 사랑에 빠지게 된 것이다.

뱌조푸리하는 나보다 한 살 더 많았다. 나와 그녀는 유난히 사이가 좋았지. 그런데 가을이 끝날 즈음 난 그녀가 날 피하기 시작했다는 것을 알아차렸다……. 하지만 난 내 첫사랑에 관한 그 불행한 이야기를 전부 이야기하지는 않겠다. 그녀 자신이 내 인생에서 가장 중요한 변화로 끝난 내 무분별한 열정을 기억하겠지. 말몰이꾼들이 달려들어 그녀를 내몰고 나를 때렸다. 저녁에 말몰이꾼이 나를 특별한 칸에 몰아넣었다. 난 다음 날의 사건을 예감한 듯 밤새도록 울부짖었다.

아침에 내 칸이 있는 회랑으로 장군, 우두머리 마구간지기, 마구간지기들과 말몰이꾼들이 들어왔고, 무시무시한 고함 소리가 들리기 시작했다. 장군이 우두머리 마구간지기에게 소리를 질렀지. 우두머리 마구간지기는 자기가 나를 내보내도록 지시한 게 아니라 마구간지기들이 마음대로 그렇게 한 것이라고 변명했다. 장군은 자신이 직접 모두에게 채찍질을 하겠다고, 어린 수말을 목장에 두어서는 안 된다고 말했다. 우두머리 마구간지기는 모든 지시를 이행하겠다고 약속했다. 그들은 진정하고 떠났다. 난 아무것도 이해하지 못했지만 나에 대해 어떤 모략이 진행되고 있다는 것을 알게 되었다.

···

···

그다음 날 난 영원히 더 이상 울부짖지 않았고, 지금의 내 모습이 되었지. 내 눈에는 모든 세상이 달라 보였다. 어떤 것도 사랑스러워 보이지 않았다. 난 내 안에 깊이 침잠해 상념에 잠겼지. 난 더 이상 먹지도 마시지도 돌아다니지도 않았고, 장난칠 생각은 아예 하지 않았다. 가끔 뒷다리를 차거나 달리거나 울부짖을 생각이 나기도 했지. 하지만 곧 ‘왜?’라든지 ‘무엇을 위해?’라는 무시무시한 물음이 떠올랐다. 그렇게 마지막 힘이 시들어 갔다.

한번은 마구간지기들이 저녁에 날 데리고 나갔는데 바로 그때 들판에서 말몰이꾼들이 말들을 몰고 왔다. 난 멀리서도 먼지구름과 우리 모든 어머니들의 희미하고도 익숙한 윤곽을 알아보았다. 유쾌한 울음소리와 말발굽 소리를 들었지. 마구간지기가 잡아당기는 내 목의 고삐 끈이 내 뒷덜미를 아프게 찌르긴 했지만, 난 걸음을 멈추고서 영원히 잃어버린 돌이킬 수 없는 행복을 바라보듯 점점 가까이 다가오는 말 무리를 바라보기 시작했다. 말들이 가까이 다가왔고, 나는 나에게 익숙한 아름답고 당당하고 건강하고 살진 모든 형상을 하나하나 알아보았다. 그들 가운데 어떤 말 역시 나를 돌아보았지. 마구간지기가 고삐를 잡아당기는데도 난 통증을 느끼지 않았다. 난 제정신을 잃고 나도 모르게 옛 기억에 따라 울부짖으며 속보로 달려갔다. 하지만 나의 울부짖음은 슬프고 우스꽝스럽고 무의미하게 메아리쳤지. 말 무리에서 웃음소리는 나오지 않았다. 하지만 난 그 속의 많은 말이 예의상 나에게서 고개를 돌리는 것을 알아차렸다. 그들의 눈에는 내가 추하고 가련하고 수치스럽고, 무엇보다 우스워 보이는 게 분명했다. 그들에게는 뚜렷한 특징이 없는 나의 가느다란 목과 커다란 머리(이 무렵 나는 앙상했다.)와 나의 길고 못생긴 다리, 그리고 내가 옛날 버릇에 따라 마구간지기 주위에서 보이는 아둔한 걸음걸이가 우스꽝스러웠던 것이다. 아무도 나의 울부짖음에 응해 주지 않고 다들 내게서 고개를 돌렸다. 난 문득 모든 것을 이해했다. 내가 그들 모두와 영원히 얼마나 멀어지게 되었는지 이해한 것이다. 마구간지기를 뒤따라 집으로 어떻게 돌아왔는지 기억이 나지 않는다.

난 이미 예전에도 진지하고 심오한 성향을 드러냈는데 이제는 내 안에서 뚜렷한 대변화가 이루어졌다. 사람들 사이에서 그토록 이상한 경멸을 불러일으킨 나의 얼룩무늬, 나의 예기치 못한 이상한 불행, 내가 느끼고는 있었지만 스스로에게 도저히 설명할 수 없었던, 말 목장에서 내가 처한 어떤 독특한 위치는 날 내 안으로 깊이 침잠하게 만들었다. 난 얼루기라는 이유로 날 비난하는 사람들의 부당함에 대해 생각했다. 어머니의 변덕에 대해, 여자들의 사랑이라든지 그 사랑이 육체적 조건에 달려 있다는 점에 대해 생각했다. 무엇보다 우리와 아주 긴밀히 얽혀 있고 우리가 인간이라 부르는 이상한 종의 동물이 지닌 특성에 대해, 말 목장에서 내 위치의 특수성을 빚어냈으며 내가 느끼긴 했어도 도무지 이해할 수 없었던 그 특성에 대해 생각했다. 이런 특수성과 그 토대가 된 인간의 특성이 지닌 의미는 다음과 같은 사건을 통해 나에게 드러났다.

겨울의 축일 즈음이었다. 하루 종일 마구간지기가 나에게 여물도 주지 않고 물도 먹이지 않았다. 내가 나중에 알게 된 바로는 마구간지기가 술에 취해서 그런 일이 생긴 것이라 했다. 그런데 그날 우두머리 마구간지기가 내게로 왔다가 여물이 없는 것을 보고는 거칠기 짝이 없는 말로 그 자리에 없는 마구간지기에게 욕설을 퍼붓다가 떠났다. 다음 날 마구간지기는 다른 동료들과 함께 우리 칸으로 와서 우리에게 건초를 주었다. 난 그가 유난히 창백하고 우울하다는 것을 알아차렸다. 특히 긴 등의 표정에는 연민을 불러일으키는 의미심장한 무언가가 있었다. 그는 화가 나서 건초를 격자 너머로 던졌다. 난 그의 어깨 위로 고개를 내밀었지. 하지만 그가 주먹으로 어찌나 세게 내 콧마루를 때리는지 난 그만 껑충 뛰어 옆으로 비키고 말았다. 그는 또 부츠로 내 배를 때렸다.

‘이 재수 옴 붙은 놈만 아니면 아무 일도 없었을 텐데.’ 그가 말했다.

‘왜?’ 다른 마구간지기가 물었다.

‘백작의 말들은 살피지 않고 자기 망아지만 하루에 두 번씩 보러 오나 봐.’

‘그 얼루기를 정말 그 사람에게 준 건가?’ 다른 마구간지기가 물었다.

‘팔았는지 선물로 줬는지는 개나 알겠지. 백작의 말들은 전부 굶겨 죽여도 괜찮을걸. 하지만 감히 그자의 망아지에게 여물을 주지 않으면 어떻게 되나 보라지. 엎드려뻗치라고 하고는 마구 팰걸. 그리스도교 정신이 없어. 사람보다 가축을 더 불쌍히 여기지. 아마 십자가도 달지 않을 거야. 자신이 직접 숫자를 센다니까. 야만인 같으니. 장군은 그런 식으로 채찍을 쓰지 않아. 그자는 내 등짝이 남아나지 않을 정도로 엄청나게

채찍질을 해. 그리스도교 정신이 없는 것 같아.'

그들이 채찍질과 그리스도교에 대해 하는 말을 난 충분히 이해할 수 있었다. 하지만 당시의 나로서는 자기의 망아지라든지 그자의 망아지라는 말이 무엇을 뜻하는지 깜깜했다. 그런 단어들에서 난 사람들이 나와 우두머리 마구간지기 사이에 어떤 관계를 가정하고 있다는 것을 깨달았지. 당시에는 이 관계가 어떤 것인지 전혀 이해할 수 없었다. 훨씬 더 나중에 내가 다른 말들로부터 분리되었을 때에야 비로소 그것이 무엇을 뜻하는지 이해했다. 당시에는 나를 인간의 소유물로 칭하는 게 무엇을 뜻하는지 도저히 이해할 수 없었다. 살아 있는 말인 나에 관해서 '나의 말'이라는 단어로 부르는 것이 나에게는 '나의 땅', '나의 공기', '나의 물'이라는 단어만큼이나 이상하게 들렸다.

하지만 이 단어들은 나에게 커다란 영향을 미쳤다. 난 이것에 대해 쉬지 않고 생각했으며, 오랫동안 인간들과 온갖 다양한 관계들을 겪은 후에야 마침내 인간들이 이 이상한 단어에 무슨 의미를 부여하는지 이해했다. 이 단어들의 의미는 인간들이란 삶 속에서 진실이 아닌 말(言)을 따른다는 것이었다. 그들은 무언가를 하거나 하지 않을 가능성보다는 다양한 대상에 대해 그들 사이에 약정된 말을 할 가능성을 좋아하지. 그들 사이에 매우 중요하다고 여겨지는 그런 단어들은 이런 것이었다. 그들이 다양한 사물과 존재와 대상에 대해, 심지어 땅에 대해, 사람들에 대해, 말들에 대해 말하는 '나의'라는 단어 말이다. 어떤 특정한 사물에 대해 한 사람만 '나의'라는 말을 하도록 정해진다. 그리고 그들 사이에 약속된 이 놀이에서 가장 큰 수의 사물에 대해 '나의'라고 말하는 사람, 바로 그 사람이 그중에서 가장 행복한 사람으로 여겨지지. 왜 그런지 모르겠지만 그런 식이다. 나는 예전에 그것을 어떤 직접적인 이점으로 스스로에게 설명하기 위해 오랫동안 노력했다.

예를 들어 나를 자기 말이라고 했던 사람들 가운데 많은 이가 나를 타지 않았고 아예 다른 이들이 나를 탔다. 또한 그들이 아니라 아예 다른 이들이 나에게 여물을 주었다. 나에게 친절히 대해 준 이들도 역시 그들, 나를 자기 말이라고 불렀던 이들이 아니라 마부와 말 전담 수의사를 비롯해 전반전으로 아무 상관 없는 사람들이었다. 나중에 내 관찰 범위를 넓히고 났을 때 난 확신했다. 우리 같은 말들에 대해서만 그런 게 아니라, 인간이 감정이라든지 소유권이라고 부르는 그들의 저급하고 동물적인 본능과 마찬가지로 '나의'라는 개념에는 다른 어떤 근거도 없다는 것을 말이다. 사람은 '나의 집'이라고 말하지만 결코 그 안에서 살지 않고, 그저 건물의 건축과 유지에만 신경 쓴다. 상인은 '나의 상점'이라고 말한다. 예를 들어 '나의 포목점'이라고 한다고 치자. 그런데 그에게는 상점의 최고급 양복감으로 지은 옷이 없다. 땅을 자기 것이라고 말하는 사람들이 있다. 하지만 그들은 결코 그 땅을 보지도 않고 그 위에서 걷지도 않는다. 다른 사람들을 자기 것이라고 말하는 사람들이 있다. 하지만 그들은 이 사람들을 결코 보지 않는다. 그들과 이 사람들의 관계라고 해 봤자 그들이 이 사람들에게 나쁜 짓을 하는 게 전부다. 여자들을 자기 여자라든지 아내

라고 말하는 사람들이 있지만 이 여자들은 다른 남자들과 산
다. 그리고 사람들은 삶 속에서 자신들이 선하다고 생각하는
것을 하기 위해서가 아니라 최대한 많은 물건을 자기 것이라고
부르기 위해 애쓴다. 이제 나는 인간과 우리의 본질적인 차이
가 이런 것에 있다고 확신한다. 그래서 인간들을 능가하는 우
리의 다른 장점은 제쳐 놓더라도 우리는 이미 이 한 가지만으
로도 생물의 위계에서 우리가 인간보다 더 높은 곳에 있다고
감히 말할 수 있다. 인간들의 활동, 적어도 나와 엮였던 이들
의 활동은 말〔言〕에 따라 이루어지지만 우리의 활동은 진실을
따른다. 그리고 우두머리 마구간지기는 바로 나에 대해 '나의
것'이라고 말할 이 권리를 받았고, 그 때문에 마구간지기에게
채찍질을 한 것이다. 이 발견은 나에게 몹시 충격을 주었다. 그
리고 이 발견은 내 얼룩무늬 털빛이 사람들 안에 불러일으킨
생각과 의견, 내 어머니의 변화가 내 안에 불러일으킨 우울함
과 더불어 나를 지금의 모습처럼 진지하고 생각이 깊은 거세
마로 만들었다.

난 삼중으로 불행했다. 난 얼루기였고, 난 거세마였다. 그리
고 사람들은 나에 대해 내가 하느님과 자신에게 속한 — 그건
모든 생물의 고유한 권리인데 — 게 아니라 우두머리 마구간
지기에게 속한다고 생각했다.

그들이 나에 대해 품은 그런 생각은 많은 결과를 낳았다.
그중에 첫 번째는 마구간지기들이 나를 다른 말들에게서 따
로 분리해 더 잘 먹이고, 조마용 밧줄을 씌워 더 자주 나가고,
더 일찍 마차를 몰게 한 것이다. 난 세 살이 되던 해에 처음으

로 마차에 매였다. 나를 자기 소유로 생각하던 우두머리 마구간지기가 몸소 나서서 마구간지기들과 함께 처음으로 나를 마차에 매던 때가 기억나는구나. 그는 내가 난폭하게 반항할 거라 예상했다. 그들은 나를 짜증 나게 했다. 나를 끈으로 감아 끌채에 매단 것이다. 그들은 내 등에 널찍한 가죽 십자가를 씌우고 내가 뒷발로 차지 못하도록 그것을 끌채에 묶었다. 하지만 난 그저 노동에 대한 나 자신의 열의와 사랑을 보여 줄 기회만 기다렸다.

그들은 내가 늙은 말처럼 걷는 것을 보고 깜짝 놀랐다. 그들은 나를 몰기 시작했고, 난 속보로 달리는 법을 연습하기 시작했다. 난 나날이 발전했고, 석 달 후에는 장군 자신과 다른 많은 사람도 내 걸음을 칭찬하기에 이르렀다. 하지만 이상한 일이지. 다름 아니라 그들의 생각으로는 내가 자기들 것이 아니라 우두머리 마구간지기의 말이었기 때문에 내 걸음이 그들에게 완전히 다른 의미를 띠었던 것이다.

그들은 내 형제들인 수말들에게 사람을 태워 달리게 했고, 수말들이 달린 시간을 측정했고, 수말들을 보러 나갔고, 금도금을 한 드로시키[21]를 몰게 했고, 수말들에게 값비싼 덮개를 씌웠다. 난 우두머리 마구간지기의 용무 때문에 그의 평범한 드로시키를 몰고 체스멘카와 여러 마을을 다녔다. 이 모든 게 내가 얼루기고, 무엇보다 그들이 생각하기에 내가 백작의 소유가 아니라 우두머리 마구간지기의 것이었기 때문이다. 내일,

---

21) 포장이나 지붕이 없는 1~2인용의 사륜마차(혹은 이륜마차)다.

만약 우리가 살아 있다면 우두머리 마구간지기가 생각한 이
소유권이 나에게 얼마나 중요한 영향을 미쳤는지 너희에게 들
려주겠다."

이날 내내 말들은 홀스토메르를 정중하게 대했다. 하지만
네스테르의 태도는 여전히 거칠었다. 농부의 회갈색 망아지가
말 무리 쪽으로 다가오며 울부짖기 시작했고, 갈색 암말이 다
시 교태를 부렸다.

7

세 번째 밤

달이 이지러졌고, 가느다란 초승달이 안마당 한가운데에
서 있는 홀스토메르의 형상을 비추었다. 말들이 그 주위에 몰
려들었다.

"내가 백작의 것도 하느님의 것도 아닌 우두머리 마구간
지기의 것이라는 사실이 나에게 미친 중요하고 놀라운 결과
는……." 얼루기 말이 계속해서 말했다. "우리의 주요한 강점인
날렵한 걸음이 나의 추방을 가져온 원인이 되었다는 것이다.
그들이 레베지를 경마장으로 몰고 있었고, 우두머리 마구간지
기는 체스멘카에서 나를 몰고 오다가 경마장 옆에서 멈춰 섰
다. 레베지가 우리를 지나쳐 갔지. 그는 잘 달렸지만 멋을 부렸
다. 그에게는 내가 내 안에서 길러 온 재주가 없었다. 두 다리

가 접촉하자마자 즉시 떨어지도록 하고, 최소한의 힘도 쓸데없이 낭비하지 않은 채 온 힘을 앞쪽으로 쏟는 그런 것 말이다. 레베지는 우리 옆을 지나갔다. 난 경마장 안으로 천천히 나아갔고, 우두머리 마구간지기는 나를 만류하지 않았다. ‘내 페가수스[22]의 속도를 재 볼 테냐?’ 하고 그가 외쳤다. 레베지가 다시 한번 우리와 나란해진 순간 그가 나를 놓아주었다. 레베지는 이미 속력을 내고 있었기 때문에 첫 번째 바퀴에서는 내가 뒤처졌다. 하지만 두 번째 경주에서는 그를 따라잡기 시작해 드로시키에 가까워졌고 나란히 달리다가 마침내 추월해 버렸지. 그들은 한 번 더 시험했지만 결과는 같았다. 내가 더 빨랐던 거지. 그리고 다들 이 사실에 경악했다. 그들은 소문이 나지 않도록 나를 한시바삐 더 먼 곳에 팔기로 결정했다. ‘백작이 이 사실을 알면 큰일이야!’ 그들은 그렇게 말했다. 그리고 나를 말 거간꾼에게 트로이카[23]를 끄는 가운데 말로 팔았다. 나는 말 거간꾼의 집에 오래 있지 않았다. 말을 보충하러 온 경기병이 날 샀지. 이 모든 게 너무나 부당하고 너무나 잔혹해서 사람들이 날 호레노보로부터 끌고 가 내가 혈육의 정을 느끼고 사랑하는 모든 것으로부터 영원히 날 떼어 놓았을 때는 기쁠 정도였다. 난 그들 틈에 있는 동안 너무 힘들었다. 그들 앞에는 사랑과 명예와 자유가 놓여 있었고 내 앞에는 노동, 모욕, 모욕, 노동이 놓여 있었지. 그것도 내 생이 끝날 때까

---

22) 그리스 신화에 나오는 날개 달린 말. 페르세우스가 메두사의 목을 자를 때 떨어진 피에서 생겼다고 한다.
23) 말 세 필이 끄는 마차나 썰매를 뜻한다.

지! 무엇 때문에? 내가 얼루기고 그로 인해 누군가의 말이 되어야 했기 때문이다.”

이날 저녁 홀스토메르는 더 이상 이야기를 이어 갈 수 없었다. 야외 우리에서 모든 말을 경악하게 만든 사건이 일어났다. 늦게 온 임신한 암말 쿠프치하가 처음에는 이야기를 듣다가 갑자기 돌아서서 천천히 헛간 근처로 물러나더니 모든 말들의 주의를 끌 정도로 크게 신음 소리를 내기 시작했다. 그러고는 누웠다가 다시 일어나고 다시 누웠다. 늙은 암말들은 그녀에게 무슨 일이 생겼는지 알았지만 젊은 말들은 흥분해서 거세마를 남겨 두고 아픈 암말을 에워쌌다. 아침 무렵에는 작은 두 다리로 비틀거리는 갓 태어난 망아지가 있었다. 네스테르가 우두머리 마구간지기에게 소리쳐 알리자 암말과 망아지는 칸으로 옮겨졌고 말들은 그녀 없이 목장을 나섰다.

8

네 번째 밤

저녁에 문이 닫히고 주위가 온통 조용해지자 얼루기 말이 계속 이야기를 이어 나갔다.

“내가 이 사람의 손에서 저 사람의 손으로 옮겨 다니던 시절에 나는 사람들과 말들을 많이 관찰할 수 있었다. 난 두 주인의 집에서 가장 오래 있었지. 처음에는 경기병 장교인 공작의 집에 있다가 그다음에는 니콜라 야블렌니 교회[24] 근처에 사는 노파의 말이 됐다.

경기병 장교의 집에서 나는 내 생애에서 가장 좋은 시절을 보냈다.

그는 나를 파멸시킨 원인이었다. 그는 아무것도, 아무도 결코 사랑하지 않았다. 그래도 나는 그를 사랑했고, 바로 그런 이유 때문에 그를 사랑했지. 그는 잘생긴 데다 운이 좋고 부유했기에 아무도 사랑하지 않았다. 난 바로 그 점이 마음에 들었다. 너희는 우리 말들이 느끼는 이 고결한 감정을 이해할 것이다. 그의 냉정함, 그의 잔인함, 내가 그에게 종속되어 있다는 사실이 그를 향한 내 사랑에 특별한 힘을 더했지. 어디 한번 죽여 봐라, 날 쓰러지도록 몰아 봐라, 그러면 난 더 행복할 것이다. 난 우리의 좋은 시절에 그렇게 생각하곤 했다.

그는 우두머리 마구간지기가 800루블에 나를 넘긴 말 거간꾼에게서 나를 샀다. 그가 나를 산 이유는 얼루기 말을 가진 사람이 아무도 없었기 때문이다. 이때가 나의 가장 좋은 시절이었지. 그에게는 정부가 있었다. 난 매일 그를 태워 그녀에게로 갔고 그녀도 태웠고 이따금 둘을 함께 태우기도 했기에 그 사실을 알았다. 그의 정부는 미인이었고, 그도 미남이었고, 그의 마부도 미남이었다. 그리고 난 그런 점 때문에 그들 모두를 사랑했지. 게다가 난 사는 것이 좋았다. 나의 생은 이

---

24) 모스크바의 아르바트 거리에 있던 교회. 1931년 소련 당국에 의해 철거됐고, 지금은 그 자리에 기념비만 남아 있다.

런 식으로 흘러갔다. 마구간지기가 아침부터 날 깨끗이 단장해 주러 왔다. 마부가 아니라 마구간지기가 말이다. 마구간지기는 농부 출신의 젊은 사내였다. 그는 문을 열어 말들의 몸에서 올라온 김을 내보내고, 말똥을 밖으로 던지고, 말 덮개를 치우고, 솔로 말들의 몸을 빗기고, 말굽의 징에 짓이겨진 바닥의 어저귀 풀 위로 말빗을 사용해 허연 비듬들을 쓸어내렸다. 난 장난스럽게 그의 소매를 물고 한 발로 툭툭 치곤 했다. 그러고 나면 젊은이는 차가운 물이 담긴 통으로 우리를 차례로 데려갔고, 자신이 손질한 매끄러운 얼룩무늬 털, 화살처럼 곧은 다리와 널찍한 발굽, 누워 자고 싶게 만드는 반질반질한 궁둥이와 등을 황홀하게 바라보았다. 그런 다음에는 높은 격자문 너머로 건초를 던지고 참나무 여물통에 귀리를 쏟아 부었지. 우두머리 마부인 페오판이 오기도 했다.

주인과 마부는 비슷했다. 두 사람 모두 아무것도 두려워하지 않고 자기 말고는 아무도 사랑하지 않았는데 이런 점 때문에 모두가 그들을 좋아했다. 페오판은 붉은 루바시카와 벨벳 바지와 반코트 차림으로 다녔다. 그가 축일에 머리에 포마드를 바르고 반코트를 걸친 모습으로 마구간에 들러 '어이, 바보, 까먹은 거냐?'라고 외치며 내 허벅지를 쇠스랑 손잡이로 쿡쿡 찌를 때마다 난 그가 좋았다. 그는 결코 아프게 하려던 게 아니라 그저 장난삼아 찌른 것이었다. 난 바로 농담을 이해했기에 한쪽 귀를 들이대며 이를 딱딱거렸지.

우리에게는 한 조를 이루는 검은 수말이 있었다. 나는 밤마다 그와 함께 마차에 매였다. 폴칸[25]이라는 이 말은 농담을 이해하지 못했고, 정말 악마처럼 사나웠지. 나는 그의 옆 칸에서 지냈는데 이따금 서로 심각하게 욕설을 주고받기도 했다. 페오판은 그를 두려워하지 않았다. 때때로 똑바로 다가가 소리를 치고 죽일 것처럼 굴기도 했지. 하지만 정말로 그러지는 않고 그냥 옆으로 가서 얼굴에 띠를 씌운다. 한번은 우리가 한 조를 이루어 쿠즈네츠키 거리[26]를 따라 질주한 적이 있다. 주인도 마부도 놀라지 않았고, 두 사람은 껄껄거리며 사람들을 향해 소리를 치고 고삐를 당겨 방향을 틀었다. 그래서 아무도 치여 죽지 않았다.

그들의 마구간에서 난 나의 가장 좋은 자질과 생의 절반을 잃었다. 그때 그들은 나에게 물을 너무 많이 마시게 했고 다리에 상처를 입혔다. 하지만 그래도 이 시기가 나의 생에서 가장 좋은 시절이었다. 12시면 그들이 와서 우리에게 마구를 달고, 발굽에 기름칠을 하고, 앞머리와 갈기를 촉촉이 적셔 주고, 우리를 끌채들 사이에 데려다 놓았지.

썰매는 갈대를 엮어 벨벳을 씌운 것이었고, 마구에는 작은 은제 쥠쇠가 달렸고, 고삐는 실크로 된 것이었다. 한번은 방충망을 씌운 적도 있다. 말에 마구를 달 경우에는 모든 고삐와 가죽끈을 걸고 꽉 조였을 때 어디에서 마구가 끝나고 어디에서 말이 시작하는지 구분할 수 없을 정도로 했다. 마구를 다는 일의 마무리는 헛간에서 이루어졌지. 엉덩이가 어깨보다

___

25) Полкан. 반인반견(半人半犬)의 괴물 혹은 그리스 신화에 등장하는 반인반마의 켄타우로스를 뜻한다.
26) 모스크바 중심부의 번화한 거리로 볼쇼이 극장과 크렘린궁 부근에 있다.

넓은 페오판이 겨드랑이 밑에 붉은 가죽띠를 두른 차림으로
나와 마구를 살펴보고, 마부대에 앉아 카프탄의 매무새를 정
돈하고, 등자에 한 발을 걸고, 늘 그렇듯 무언가 농담을 하고,
나한테 거의 휘두르지 않으면서 그저 습관적으로 들고 다니
는 채찍을 늘어뜨리며 '출발!' 하고 외친다. 그러면 난 걸음을
내디딜 때마다 장난을 치며 문을 나서고, 구정물을 버리러 나
오던 식모는 문지방에 멈춰 서고, 안마당에 장작을 날라 오던
농부들은 눈을 휘둥그레 뜨지. 우리는 출발해서 좀 더 가다가
멈춘다. 하인들이 나오고, 마부들이 다가오고, 대화가 시작된
다. 우리는 계속 기다린다. 때로는 마차 승강장에서 세 시간을
서 있기도 하고, 가끔은 가다가 방향을 돌려 다시 멈춰 서기
도 하지.

마침내 문들에서 시끌벅적한 소리가 나고, 머리가 희끗희
끗하고 배가 나온 치혼이 연미복 차림으로 달려 나와 '대기시
켜!'라고 말한다. 그 시절에는 마치 내가 뒤로 말고 앞으로 가
는 법을 모른다는 듯 '앞으로.'라고 말하는 그런 멍청한 화법
은 없었다. 페오판이 쯧쯧 혀 차는 소리를 낸다. 마차가 가까
이 다가가면 신속하고도 무심하게 공작이 나오지. 이 썰매에
도, 말들에게도, 그리고 등을 구부린 채 오랫동안 유지할 수
없을 듯한 방식으로 두 팔을 뻗고 있는 페오판에게도 놀랄 만
한 것은 아무것도 없다는 듯 말이다. 공작이 기병도와 박차와
구리로 만든 덧신 뒤축을 철컹거리면서, 그를 제외한 모두가
감탄하며 바라보는 페오판과 나에게 아무 관심도 보이지 않
으면서 서두르듯 양탄자를 밟고 걸어 나온다. 그가 입은 외투

144

의 회색 비버 털 옷깃이 전혀 감출 필요가 없을 듯한 검은 눈썹과 붉은 뺨의 잘생긴 얼굴을 가리지. 페오판이 쯧쯧 혀 차는 소리를 내고 내가 고삐를 잡아끌면 우리는 당당하게 다가가 멈춘다. 난 공작을 곁눈질하며 순혈종의 머리와 가느다란 앞머리를 흔든다. 기분이 좋은 공작은 이따금 페오판과 농담을 주고받기도 한다. 페오판은 잘생긴 머리를 살짝 돌리며 대답하고는 손을 내리지 않은 채 고삐로 나만 이해할 동작을 겨우 알아차릴 정도로 하지. 그러면 나는 모든 근육을 바르르 떨고 진흙 섞인 눈을 썰매 앞부분 아래로 차면서 탁, 탁, 탁 점점 더 넓게 걸음을 떼며 나아간다. 그 시절에는 요즘처럼 마부가 '넘어진다,[27] 조심해!' 같은 불분명한 말 대신 어디가 아픈 듯 '오!'라고 외치는 멍청한 화법은 없었다. '넘어진다, 조심해!' 페오판이 그렇게 외치면 옆으로 비켜난 사람들이 목을 구부린 채 멈춰 서서 잘생긴 거세마와 잘생긴 마부와 잘생긴 지주 나리를 돌아보지.

　나는 경주마를 추월하는 것을 좋아했다. 페오판과 나는 멀리에서 우리의 노력을 쏟아 볼 만한 마구를 단 말을 보면 질풍처럼 달려 천천히 점점 더 가깝게 다가간다. 그럴 때 나는

---

27) '떨어지다', '덮치다', '당첨되다', '타락하다', '빠지다' 등 다양한 뜻을 가진 러시아어 동사 'пасть'의 명령형 'пади'가 사용되었다. 작자는 당시 마부가 어떤 뜻으로 이 표현을 썼는지 모호하다는 뜻을 전하기 위해 '불분명한'이라는 수식어를 덧붙인 듯하다. 이 문장만으로는 말에게 넘어지지 않도록 조심하라고 주의를 주는지, 주위의 행인들에게 말이 덮칠지 모르니 조심하라고 경고하는지 불분명하다.

썰매 등받이에 진흙을 튀기면서 썰매에 탄 사람을 따라잡아 그의 머리 위에서 푸르르 콧김을 뿜고는 안장과 멍에를 차례로 따라잡지. 그러다 보면 이미 썰매 탄 사람은 보이지 않고 등 뒤로 점점 더 멀어져 가는 그의 소리만 들린다. 하지만 공작과 페오판과 나는 계속 침묵하며 우리가 단지 볼일을 보러 가는 중인 척, 길에서 마주친 열등한 말들을 부리는 이들을 알아보지 못한 척한다. 나는 추월하는 것을 좋아했지만 좋은 경주마와 마주치는 것도 좋아했다. 한 순간, 한 번의 소리, 한 번의 눈짓, 그리고 우리는 서로 엇갈리며 다시 각자의 길로 고독하게 질주하지."

문이 삐걱거리고 네스테르와 바시카의 목소리가 들려왔다.

다섯 번째 밤

날씨가 변하기 시작했다. 하늘이 흐렸으며, 아침부터 이슬도 맺히지 않고 따뜻했다. 모기들이 들러붙었다. 말몰이꾼이 말 무리를 몰아 놓자마자 말들은 얼루기 주위에 모였고, 그래서 그도 자신의 이야기를 마무리했다.

"나의 행복한 삶은 곧 끝났다. 난 고작 두 해만 그렇게 살았지. 두 번째 겨울이 끝날 무렵 나로서는 이루 말할 수 없이 기쁜 사건이 일어났고, 그 뒤를 이어 나의 가장 큰 불행이 닥쳤다. 사육제 기간이었다. 난 공작을 태우고 경마장에 갔다. 아틀라스니[28]와 비초크[29]가 경주에서 달렸지. 난 그가 그곳 정자에서 무엇을 하고 있었는지 모른다. 하지만 그가 나와서 페오판에게 원으로 들어오라고 지시했다는 것은 안다. 페오판이 나를 원 안으로 몰고 가서 세우고 아틀라스니가 세워졌던 것을 기억한다. 아틀라스니는 기수를 태우고 달렸고 난 이전처럼 시내 운행용 작은 썰매를 끌고 있었지. 모퉁이를 돌 때 내가 그를 제쳤다. 웃음소리와 환호성이 나를 기쁘게 맞이했지.

페오판이 나를 천천히 모는 동안 군중이 내 뒤를 따라왔다. 그런데 어떤 남자가 공작에게 5000루블을 제안하더군. 그는 하얀 이를 드러내며 그냥 껄껄 웃었다.

'아뇨.' 그가 말했다. '이 녀석은 말이 아니라 친구입니다. 황금을 산처럼 준다 해도 받지 않겠습니다. 다음에 봅시다, 신사 분들.' 그가 썰매의 좌석을 젖히고 앉았다.

'스토진카로 가지.' 그곳은 그의 정부가 사는 아파트였다. 그리고 우리는 질주하기 시작했다. 그것이 우리의 마지막 행복한 날이었다.

우리는 그녀의 집에 도착했다. 그는 그녀를 자기 여자라고 불렀지. 그런데 그녀가 다른 남자와 사랑에 빠져 함께 달아난 것이다. 그는 그 사실을 그녀의 아파트에서 알게 됐지. 5시였다. 그는 내게서 마구를 풀지 못하게 하고 그녀를 뒤쫓았다. 난 채찍질을 당하며 질주했다. 한 번도 없던 일이었다. 처음으

---

28) атласный. 지도첩 혹은 견직물인 새틴을 뜻하는 '아틀라스(атлас)'의 형용사다. 아틀라스는 그리스 신화에서 제우스의 명령으로 하늘을 두 어깨에 메는 벌을 받은 거인의 이름이기도 하다.

29) бычок. '어린 수소'를 뜻한다.

로 내 걸음이 흐트러졌다. 난 부끄러웠고, 본래의 속도를 회복하고 싶었다. 그런데 갑자기 공작이 낯선 음성으로 ‘전속력으로!’ 하고 외치는 소리가 들리더군. 그러더니 채찍을 휙 내리치며 내 몸에 상처를 입혔다. 난 썰매 앞부분의 쇠를 한 발로 차며 뛰기 시작했다. 우리는 25베르스타[30]쯤 가서 그녀를 따라잡았다. 난 그를 데려다주었지만 밤새도록 바르르 떨고 아무것도 먹지 못했다. 아침에 물을 받았다. 난 물을 다 마셨고, 그 후로 영원히 예전의 모습으로 돌아가지 못했다. 난 아팠다. 그들은 나를 괴롭히며 불구로 만들었다. 사람들의 표현에 따르면 치료를 해 준 거지. 발굽이 벗겨지고, 다리의 정맥이 확장되고, 두 다리가 굽고, 가슴이 꺼지고, 온몸이 무기력해지며 쇠약해졌다. 나는 말 거간꾼에게 팔렸다. 그는 나에게 당근과 여러 가지 것을 먹여 나를 나와 전혀 다른, 하지만 문외한들을 속이기에는 충분한 무언가로 만들었다. 나에게는 더 이상 돌아다닐 힘이 없었다. 게다가 말 거간꾼이 날 괴롭혔다. 구매자들이 오기만 하면 그는 내 칸으로 들어와 채찍으로 아프게 때리고 날 위협해서 광폭해지게 만들었지. 그러고 나서 채찍에 맞아 찢어진 상처를 쓱쓱 문질러 안 보이게 한 뒤 끌고 나갔다. 말 거간꾼의 집에서 난 어느 노부인에게 팔려 갔다. 그녀는 니콜라 야블렌니 교회에 계속 다녔고 마부에게 채찍질을 했지. 마부는 내가 있는 칸에서 울곤 했다. 그리고 그때 난 눈물이란 기분 좋게 짠맛이 난다는 사실을 알게 됐다. 그 후

---

30) 제정 러시아의 길이 단위. 1베르스타는 약 1킬로미터다.

노부인이 죽었다. 그녀의 영지 관리인은 나를 시골로 데려가 포목상에게 팔았고, 그 후 난 밀을 너무 많이 먹어 한층 더 아프게 됐지. 난 농부에게 팔려 갔다. 그곳에서 난 밭을 갈고, 거의 아무것도 못 먹었으며, 쟁기 머리에 한 발을 베이고 말았다. 난 다시 아팠다. 집시가 나를 무언가와 바꿔서 갔다. 그는 나를 끔찍하게 괴롭히더니 마침내 이곳의 영지 관리인에게 팔았다. 그래서 난 여기에 있게 됐지."

다들 침묵했다. 비가 조금씩 떨어지기 시작했다.

9

다음 날 저녁 집으로 돌아오는 길에 말 무리는 주인과 손님을 우연히 마주쳤다. 줄디바는 집으로 다가가면서 두 남자의 형상을 곁눈질했다. 한 명은 밀짚모자를 쓴 젊은 주인이었고, 다른 한 명은 키가 크고 뚱뚱하고 피부가 늘어진 군인이었다. 늙은 암말은 사람들을 곁눈질하더니 다른 말들을 밀며 그 근처로 갔다. 나머지 젊은 말들은 깜짝 놀랐고, 특히 주인이 손님과 함께 일부러 말들 한가운데로 들어와 서로에게 뭔가 몸짓을 해 보이며 이야기할 때는 당황하고 말았다.

"여기 반점이 있는 이 회색 말은 보예이코프에게서 산 거야." 주인이 말했다.

"다리가 하얀 이 검은색 젊은 암말은 누구한테서 샀나? 좋은데." 손님이 말했다. 그들은 이리저리 뛰어다니다 멈춰 서다

하면서 많은 말을 만져 보고 살폈다. 그들은 갈색 암말도 주의 깊게 보았다.

"여기 있는 이 말은 승마용인데 흐레노보 종이지." 주인이 말했다.

그들은 걸어서 모든 말을 둘러볼 수가 없었다. 주인은 네스테르를 소리쳐 불렀다. 그러자 노인이 황급히 뒤축으로 얼룩기의 옆구리를 차면서 앞으로 달려 나왔다. 얼룩기는 한 발을 절뚝거리기는 했지만 힘이 닿는 한 그렇게 세상 끝까지 달리라는 지시를 받아도 결코 불평하지 않을 듯이 달렸다. 심지어 그는 갤럽[31]으로 달릴 준비가 되어 있었고, 심지어 오른발부터 그렇게 달리려 했다.

"러시아에 여기 이 암말보다 더 훌륭한 말은 없다고 감히 말할 수 있어." 주인이 암말들 가운데 하나를 가리키며 말했다. 손님이 찬사를 늘어놓았다. 주인은 흥분해서 이리저리 돌아다니며 말들을 보여 주고 저마다의 사연과 품종을 들려주었다. 손님은 주인의 이야기를 듣는 것이 지루한 듯했다. 그래도 흥미를 느끼는 것처럼 보이기 위해 이런저런 질문들을 궁리했다.

"그래, 그렇군." 그가 무심하게 말했다.

"봐." 주인이 질문에는 대꾸하지 않고 말했다. "다리를 보라고……. 비싼 돈을 주고 손에 넣었어. 게다가 이 암말에게서 얻은 망아지가 세 살이 돼."

---

31) 승마에서 말이 네 발을 모두 땅에서 떼고 질주하는 것을 가리킨다.

"잘 달리나?" 손님이 말했다.

그렇게 해서 그들은 거의 모든 말을 살펴보았다. 더 이상 보여 줄 게 없었다. 그러자 그들은 침묵했다.

"어때, 갈까?"

"가지." 그들은 문으로 향했다. 손님은 말을 보여 주는 자리가 끝나 먹고 마시고 담배를 피울 수 있는, 아마도 즐거울 집으로 가게 되어 기뻤다. 손님은 얼루기의 등에 앉아 지시를 더 기다리고 있던 네스테르 옆을 지나쳐 살진 커다란 손으로 얼루기의 궁둥이를 툭툭 쳤다.

"여기 멋진 말이 있군!" 그가 말했다. "나에게도 이런 얼루기가 있었지. 기억나나? 내가 자네한테 말했는데."

주인은 그의 말들에 대한 이야기가 아닌 것을 깨닫고는 귀를 기울이지 않고 주위에 눈길을 던지며 계속 말 무리를 바라보았다.

갑자기 바로 그의 귓가에 아둔하고 힘없고 노쇠한 울부짖음이 들려왔다. 그렇게 울부짖고 있는 것은 얼루기였다. 얼루기는 끝없이 울어 대더니 당황하기라도 한 듯 울음을 뚝 그쳤다. 손님도 주인도 이 울부짖음에 신경 쓰지 않고 집으로 떠났다. 홀스토메르는 피부가 늘어진 노인의 모습에서 사랑하는 주인을, 예전에 눈부시게 빛나던 부유한 미남 세르푸홉스키를 알아보았다.

．．

．．

10

가랑비가 계속 부슬부슬 내렸다. 야외 우리는 음울했지만 지주의 집은 정반대였다. 주인집의 호화로운 응접실에는 호화로운 다과가 차려져 있었다. 테이블 앞에는 주인과 여주인과 막 도착한 손님이 앉아 있었다.

볼록한 배, 똑바로 젖힌 자세, 포동포동하게 오른 살, 특히 눈, 온화하고 의미심장하게 내면을 응시하는 커다란 눈으로 보아 임신한 것이 분명한 부인은 사모바르 뒤에 앉아 있었다.

주인은 십 년 묵은, 그의 말에 따르면 아무도 가져 본 적 없는 특별한 시가들이 든 상자를 들고 손님 앞에서 자랑하려 했다. 주인은 말쑥한 차림과 단정한 머리를 한 스물다섯 살의 생기 넘치는 미남자였다. 그는 런던에서 지은 산뜻하고 품이 넉넉한 슈트를 입고 있었다. 시곗줄에는 크고 값비싼 장식이 달려 있었다. 루바시카의 단추는 터키석이 박힌 크고 묵직한 금단추였다. 턱수염은 나폴레옹 3세 양식[32]이었고, 포마드를 바른 쥐꼬리 같은 콧수염은 파리 사람들이나 할 법한 모양으로 삐죽 솟아 있었다. 여주인은 실크와 모슬린으로 지은, 화려한 꽃무늬가 커다랗게 수놓인 드레스를 입고 있었다. 비록 가발이 섞이긴 했지만 아름다운 풍성한 아마색 머리카락에는 어

---

32) 원문에서는 프랑스어 'à la'로 표기했다.

떤 특별한, 금으로 만든 커다란 핀이 꽂혀 있었다. 두 손에는 많은 팔찌와 반지를 꼈는데 다 값비싼 것들이었다. 사모바르는 은제였고, 다기 세트는 정교했다. 연미복과 하얀 조끼와 넥타이를 차려입은 멋진 하인이 문가에 조각상처럼 서서 지시를 기다리고 있었다. 곡선으로 이루어진 가구는 반짝반짝 빛났다. 벽지는 커다란 꽃무늬가 있는 검은색이었다. 테이블 주위에는 몸통이 아주 가느다란 보르조이가 은목걸이를 짤랑거리고 있었다. 이 보르조이에게는 대단히 어려운 영어 이름이 붙어 있었는데 영어를 모르는 두 사람은 그 이름을 잘 발음하지 못했다. 한구석의 꽃들 틈에 상감 세공을 한[33] 포르테피아노가 있었다. 모든 것이 새것의 인상을 풍기고 호화롭고 진귀해 보였다. 모든 것이 매우 훌륭했지만 그 모든 것에는 풍성함, 부, 지적 흥미의 결핍을 드러내는 특별한 인상이 어려 있었다.

주인은 경주마 애호가였고, 체격이 다부진 다혈질 남성이었으며, 결코 없어지지 않을 유형의 사람이었다. 그런 유형은 흑담비 털외투를 입고 다니고, 여배우들에게 값비싼 꽃다발을 보내고, 가장 비싼 호텔에서 최신 브랜드의 가장 비싼 와인을 마시고, 자기 이름을 건 상금을 제공하고, 가장 비싼 것만 즐긴다.

손님인 니키타 세르푸홉스키는 마흔을 넘긴 남자로 키가 크고 뚱뚱하고 머리가 벗어지고 콧수염과 볼수염이 풍성했다. 과거에 분명 대단한 미남이었을 것이다. 이제 그는 육체적으

---

33) 원문에서는 프랑스어 'incrusté'로 표기했다.

로도, 정신적으로도, 경제적으로도 기세가 꺾인 것 같았다.

그는 너무 많은 빚을 져서 감옥에 가지 않으려면 공직에서 근무를 해야 했다. 그는 이제 막 종마장의 책임자로 현청 소재지[34]에 왔다. 친척인 고위층 인사들이 그에게 그 자리를 서둘러 얻어 준 것이다. 그는 여름 제복과 파란 바지를 입고 있었다. 여름 제복과 바지는 부자가 아니면 아무도 마련할 수 없을 만한 것이었고, 리넨류[35]도 마찬가지였다. 시계 역시 영국제였다. 부츠의 밑창은 두께가 손가락만 한 좋은 것이었다.

니키타 세르푸홉스키는 이제까지 살면서 200만 루블의 재산을 탕진했고 아직 12만 루블의 빚을 지고 있었다. 그렇게 남은 부스러기에서도 신용 거래와 십 년은 더 사치에 가까운 생활을 할 수 있도록 해 주는 삶의 동력이 늘 남기 마련이다. 십 년은 어느새 지났고, 동력은 끊어졌다. 니키타는 사는 게 우울했다. 이미 술을 수시로 마셔 대기 시작했다. 즉 술에 절어 살기 시작한 것이다. 예전에는 없던 일이었다. 사실대로 말하자면 그는 음주를 시작한 적도 끝낸 적도 없었다. 그의 추락은 불안한 눈빛(그의 눈이 이리저리 움직이기 시작했다.)과 불안정한 억양과 몸짓에서 가장 두드러졌다. 그 불안이 놀라운 것은 그가 평생 오래도록 아무도, 아무것도 두려워하지 않는 삶에 익숙했을 것으로 보이기에 그런 불안이 분명 최근에 찾아왔으리라는 점, 그가 괴로운 고통에 시달리며 그의 기질에 너무도

---

34) '현'을 뜻하는 'губерния'은 1930년까지 제정 러시아와 소련이 사용한 지방 행정 구역 단위다. 우리나라의 '도'에 해당하는 규모다.
35) 리넨은 속옷이나 옷깃, 커프스 등을 가리킨다.

어울리지 않는 그런 두려움에 이른 것이 최근의 일이라는 점 때문이다. 주인과 여주인은 이 점을 알아차렸다. 그들은 서로 눈짓을 주고받다가 서로의 생각을 이해했는지 잠자리에 들 때 까지 이 대상에 대한 자세한 판단은 그냥 밀어 둔 채 불쌍한 니키타를 참아 주었고, 심지어 그의 비위를 맞춰 주기까지 했 다. 젊은 주인의 행복한 표정은 니키타를 비참하게 했고, 그로 하여금 자신의 돌이킬 수 없는 과거를 떠올리며 병적인 질투 에 사로잡히도록 만들었다.

"당신 앞에서 시가를 피워도 될까요, 마리?" 그는 오직 경험 을 통해 습득한 특별하지만 좀처럼 알아차리기 힘든 어조로, 정중하고 친근하지만 충분한 존중이 담기지 않은 어조로 귀 부인을 돌아보며 말했다. 세상사에 밝은 사람들이 아내와 구 별해서 첩을 대할 때 쓰는 그런 말투였다. 그녀를 모욕하려던 것은 아니었다. 오히려 지금 그는 그녀와 집주인에게 아첨하 고 싶었다. 그 자신은 결코 이 사실을 인정하지 않았을 테지 만. 그러나 그는 이미 그런 여자들과 그런 식으로 이야기하는 데 익숙했다. 그는 알았다. 만약 자신이 그녀를 귀부인처럼 대 했다면 그녀야말로 놀라고 심지어 모욕을 느꼈으리라는 것을 말이다. 게다가 자신과 동등한 남자의 진짜 아내를 위한 정중 한 어조의 어떤 뉘앙스를 스스로를 위해 아껴 두어야 했다. 그 는 그런 귀부인들에 대해 언제나 존중을 담아 대했지만, 여러 잡지(그는 결코 그런 쓰레기를 읽지 않았다.)가 각 사람의 개성에 대한 존중, 결혼의 무용성 등등에 대해 선전하는 이른바 신념 을 공유해서가 아니라 모든 고상한 사람이 그렇게 행동하기 때문에, 그 역시 영락하긴 했지만 고상한 사람이었기 때문에 그렇게 했다.

그는 시가를 집어 들었다. 하지만 주인이 쭈뼛거리며 시가를 한 움큼 집더니 손님에게 권했다.

"아냐, 이게 얼마나 좋은지 알게 될 거야. 피워 봐."

니키타는 손으로 시가를 밀며 거절했다. 그의 눈에서 모욕감과 수치심이 겨우 알아차릴 만큼 번득였다.

"고마워." 그가 시가 케이스를 꺼냈다. "내 것을 피워 보지 그래."

여주인은 눈치가 빨랐다. 그녀는 그것을 알아차리고 황급히 그와 이야기를 나누었다.

"난 정말 시가를 좋아해요. 내 주위에 있는 사람들이 다 시가를 피우지 않았다면 내가 직접 피웠을 거예요."

그러더니 그녀는 특유의 아름답고 선한 미소를 지었다. 그는 그에 대한 답으로 어설픈 미소를 지었다. 이가 두 개 없었다.

"아냐, 이걸 피워 봐." 눈치 없는 주인이 계속 권했다. "다른 시가는 좀 약해. 프리츠, 한 상자 더 가져와.[36]" 그가 말했다. "거기 두 개 있잖아."[37]

독일인 하인이 다른 상자를 가져왔다.

"어떤 게 더 좋아? 독한 시가? 이것들은 아주 좋은 거야. 전부 가져가." 그가 계속 시가를 쥐여 주며 말했다. 그는 자신의

---

36) 원문에서는 독일어로 표기했다. "Bringen Sie noch eine Kasten."
37) 원문에서는 독일어로 표기했다. "Dort zwei."

진귀한 물건을 자랑할 사람이 있어서 기쁜지 아무것도 알아차리지 못했다. 세르푸홉스키는 시가에 불을 붙인 뒤 하다 만 이야기를 서둘러 이어 갔다.

“그래서 아틀라스니한테 얼마를 들인 거야?” 그가 말했다.

“비싸게 샀지. 5000루블보다 적지는 않아. 하지만 적어도 손해는 보지 않았어. 어떤 새끼들이 나왔는지 말해 줄게.”

“잘 달리나?” 세르푸홉스키가 물었다.

“잘 달리지. 현재 아틀라스니의 아들이 상을 세 개 받았어. 툴라, 모스크바, 페테르부르크에서 보예이코프의 보로니와 함께 달렸지. 빌어먹을 기수가 네 번이나 말의 보조를 엉키게 만들었어. 하마터면 성공하지 못했을 거야.”

“그 녀석은 조금 설익었어. 네덜란드산 말은 많아. 내가 말해 주지.” 세르푸홉스키가 말했다.

“그런데 암말들은 어떤지 알아? 내일 보여 주지. 도브리냐[38] 한테는 3000루블을 들였어. 라스코바야[39]에게는 2000루블을 썼고.”

그러더니 주인은 다시 자신의 재산을 나열하기 시작했다. 여주인은 세르푸홉스키가 그 때문에 힘들어한다는 것, 그가 그저 듣고 있는 척할 뿐이라는 것을 알아차렸다.

“차를 더 드시겠어요?” 그녀가 물었다.

“아니.” 주인은 그렇게 말하고 계속 이야기를 늘어놓았다.

---

38) 러시아 민담에 나오는 용사 중 한 명의 이름이다.
39) ‘상냥한’, ‘부드러운’, ‘귀여운’ 등을 뜻하는 ‘라스코비(ласковый)’의 여성형 형용사다.

그녀는 일어났다. 주인은 그녀를 불러 세우고는 껴안고 입을
맞추었다.

세르푸홉스키는 그들을 쳐다보면서 웃으려 했지만 그들에
게는 그 미소가 부자연스러워 보였다. 그러나 주인이 일어나
그녀를 안고 창문의 두꺼운 커튼까지 나가자 니키타의 얼굴
이 갑자기 변했다. 그는 무겁게 한숨을 쉬었고, 그의 늘어진
얼굴에 갑자기 절망이 떠올랐다. 그 얼굴에는 심지어 적의마
저 보였다.

11

주인이 돌아와 미소를 지으며 니키타의 맞은편에 앉았다.
그들은 잠시 침묵했다.

"그래, 자네가 보예이코프에게서 말을 샀다고 했지." 세르푸
홉스키가 무심한 척 말했다.

"맞아. 아틀라스니를 샀지. 내가 그렇다고 했잖아. 두보비츠
키의 암말들도 계속 사고 싶었어. 그런데 쓰레기만 남았더군."

"그는 파산했어." 세르푸홉스키는 이렇게 말한 후 갑자기 말
을 멈추고 주위를 둘러보았다. 그는 이 파산한 남자에게 2만
루블을 빚졌다는 사실을 떠올렸다. 그리고 만약 누군가에 대
해 '파산했다'라는 말이 나온다면 그것은 분명 그 자신에 대
해서일 것이라는 점도 떠올렸다. 그는 입을 다물었다.

두 사람은 다시 오랫동안 침묵했다. 주인은 머릿속으로 손

님에게 무엇을 자랑할지 꼽고 있었다. 세르푸홉스키는 자신을
파산한 사람으로 생각하지 않는다는 것을 어떤 식으로 보여
줄지 궁리했다. 하지만 두 사람이 시가로 스스로의 기운을 북
돋우려 하는데도 그들의 생각은 제대로 돌아가지 않았다. '술
은 도대체 언제 마시려나?' 세르푸홉스키는 생각했다. '반드시
술을 마셔야겠어. 그러지 않으면 이 사람과 같이 있다가 우울
해서 죽고 말 거야.' 주인은 생각했다.

"어때, 이곳에 오래 머물 건가?" 세르푸홉스키가 말했다.

"한 달쯤 더 있을 거야. 저녁을 먹는 게 어때? 프리츠, 준비
됐나?" 그들은 식당으로 갔다. 식당의 램프 아래에는 촛불들
을 비롯해 사이펀,[40] 코르크로 만든 인형들, 목 긴 유리병에
담긴 특별한 포도주, 특별한 자쿠스카,[41] 보드카 등 대단히 특
별한 것들이 놓인 식탁이 있었다. 그들은 먹고 마시고 또 먹고
마셨다. 그리고 대화가 시작됐다. 세르푸홉스키는 새빨갛게
물든 얼굴로 거리낌 없이 말하기 시작했다.

그들은 여자들에 대해 이야기했다. 누가 집시 여자, 무용수,
프랑스 여자 등을 소유했는지에 대해서 말이다.

"그런데 어떻게 된 거야, 자네가 마티에를 버렸어?" 주인이
물었다. 그 여자는 세르푸홉스키를 파멸시킨 정부였다.

"내가 아니라 그녀가 버렸지. 아, 형제, 사람이 자기 인생에

---

40) 플라스크 위에 깔때기 모양의 유리관을 붙인 기구로 커피를 추출하기
위해 사용된다.
41) 러시아 정찬에서 식욕을 돋우기 위해 가장 먼저 내놓는 전채 요리이며
각종 냉육, 캐비어, 청어절임, 야채샐러드 등으로 이루어진다.

서 무엇을 낭비했는지 어떻게 기억하겠나! 지금 나는 1000루블을 받는 게 기뻐. 정말이지 모든 사람을 떠나게 되어 기쁘다니까. 모스크바에서는 그럴 수 없어, 아, 무슨 말을 하겠나.”

주인은 세르푸홉스키의 말을 듣는 게 지루했다. 그는 자신에 대해 말하고 싶었다. 즉 자랑을 늘어놓고 싶었다. 세르푸홉스키도 자신에 대해, 자신의 눈부신 과거에 대해 말하고 싶었다. 주인은 그에게 포도주를 따라 준 후 자신에 대한 이야기를 들려주기 위해 그가 말을 끝낼 때를 기다렸다. 그가 일찍이 아무도 가져 본 적 없는 말 목장을 지었다는 것. 그리고 그의 마리가 단지 돈 때문이 아니라 진심으로 그를 사랑한다는 것을 이야기하기 위해서였다.

“자네한테 들려주고 싶은 게 있는데 내 말 목장에서…….” 그가 말을 꺼내려 했다. 하지만 세르푸홉스키가 그의 말을 가로막았다.

“나도 사랑을 하고 삶을 살아갈 수 있었던 시절이 있었지. 자네는 지금 승마에 대해 말하고 있어. 그래, 말해 봐, 자네의 말 중에 어느 말이 가장 잘 달리나?”

주인은 말 목장에 대해 더 말할 기회가 생겨 기뻤기에 입을 열었다. 하지만 세르푸홉스키가 다시 그의 말을 가로막았다.

“그래, 그래.” 그가 말했다. “사실 당신 같은 말 목장 주인들은 기쁨과 삶을 위해서가 아니라 단지 허영을 채우기 위해 말을 기르지. 난 그러지 않았어. 오늘 내가 자네한테 말했지. 나에게도 승마용 얼루기가 있었다고 말이야. 자네의 말몰이꾼이 탄 얼루기와 똑같은 무늬를 가진 말이었어. 오, 딱 그런 말이

었어. 자네는 몰라. 1842년의 일이었지. 난 모스크바에 막 도
착해 말 거간꾼에게 갔다가 얼루기 거세마를 보았어. 체격이
좋더군. 마음에 들었지. 얼마였냐고? 1000루블이었어. 난 그
말이 마음에 들어서 그 말을 택해 타고 다니기 시작했어. 난
그런 말을 소유해 본 적이 없었지. 자네에게도 그런 말은 없
고, 앞으로도 없을 거야. 난 걸음걸이로든, 힘으로든, 아름다움
으로든 그 말보다 더 나은 말은 만나 본 적이 없었어. 자네는
어렸지. 그때는 몰랐을 거야. 하지만 들어 본 적은 있을걸. 모
스크바 전체가 그 말을 알았거든.”

“맞아, 들어 본 적 있어.” 주인이 마지못해 말했다. “하지만
자네에게 내 말 목장에 대해⋯⋯.”

“그러니까 자네도 들었군. 난 혈통도 알지 못한 채 혈통 증
명서도 없이 그냥 그 말을 샀어. 하지만 나중에 알게 됐지. 나
와 보예이코프가 알아냈어. 그 말은 류베즈니 1세의 아들 홀
스토메르였어. 삼베의 길이를 잰다는 뜻이지. 그 말은 얼룩무
늬 때문에 흐레노보 말 목장의 우두머리 마구간지기에게 넘
겨졌더군. 우두머리 마구간지기는 그 말을 거세해서 말 거간
꾼에게 팔았고. 그런 말은 더 이상 없어, 친구! 아, 좋은 시절
이었지. 아, 젊음이여!” 그는 집시 노래의 한 구절을 읊었다. 그
는 도취하기 시작했다. “아, 좋은 시절이었어. 난 스물다섯 살
이었고, 당시 나에게는 은화로 8만 루블의 수입이 있었고, 흰
머리가 한 올도 없었고, 모든 이가 진주 같았지. 무슨 일에 손
을 대든 다 성공했어. 그리고 이제는 모든 것이 끝났지.”

“뭐, 그 시절에는 그렇게 빨리 달리는 말이 없었나 보군.” 주

인은 말이 중단된 틈을 이용해 말했다. "자네한테 말해 주지. 내 첫 번째 말들이……."

"자네의 말들! 하지만 그 시절의 말들이 더 빨랐어."

"얼마나 더 빨랐는데?"

"더 빨랐어. 방금 일어난 일처럼 생생히 기억해. 한번은 그 말을 몰고 모스크바의 경마장에 갔었지. 그곳에 내 말들은 없었어. 난 잘 달리는 말을 별로 좋아하지 않았거든. 나에게는 게네랄,[42] 숄레, 마고메트[43] 같은 순혈종의 말들이 있었지. 난 얼루기가 끄는 마차를 타고 있었어. 내 마부는 멋진 젊은이였어. 내가 그를 참 좋아했지. 그도 술고래였어. 그렇게 내가 도착했지. 사람들이 말하더군. '세르푸홉스키, 언제 발 빠른 말을 가질 텐가?' '자네들의 촌놈들 따위는 악마가 잡아가라지. 내 마차를 모는 얼루기는 자네들의 말들을 전부 앞지를 수 있어.' '그렇게는 못 할걸.' '1000루블 걸고 내기할까?' '좋았어.' 말들이 출발했어. 오 초 만에 내 얼루기가 앞질렀고, 나는 1000루블 내기에서 이겼지. 하지만 이건 아무것도 아냐. 난 혈통 있는 말들이 끄는 트로이카로 100베르스타를 세 시간 안에 돌파하기도 했지. 모스크바 전체가 아는 사실이야."

그렇게 해서 세르푸홉스키는 너무도 유창하게 쉬지 않고 거짓말을 늘어놓기 시작했다. 주인은 한마디도 끼어들지 못하고 우울한 표정으로 맞은편에 앉아 그저 기분을 전환하기 위

---

42) генерал. '장군'을 뜻한다.

43) магомет. 이슬람교의 창시자 마호메트를 뜻한다.

해 자신의 컵과 그의 컵에 포도주를 따를 뿐이었다.

어느새 날이 밝기 시작했다. 그들은 계속 앉아 있었다. 주인은 견딜 수 없이 지루했다. 그는 일어섰다.

"잔다고? 그럼 자야지." 세르푸홉스키가 말했다. 그는 자리에서 일어나 비틀거리고 숨을 헐떡이며 자신에게 배정된 방으로 갔다.

주인은 정부와 함께 누워 있었다.

"아니, 그는 구제 불능이야. 정신을 가누지 못할 정도로 마시고 쉴 새 없이 거짓말을 해."

"그리고 나에게 추파를 던져요."

"돈을 달라고 할까 봐 걱정이군."

세르푸홉스키는 옷도 벗지 않고 침대에 누워 숨을 헐떡거렸다.

'내가 거짓말을 많이 한 것 같은데.' 그는 생각했다. '뭐, 아무래도 상관없어. 술은 좋아. 하지만 그는 커다란 돼지야. 어딘지 모르게 상인 같은 구석이 있어. 나도 커다란 돼지지.' 그는 속으로 중얼거리며 웃음을 터뜨렸다. '내가 다른 사람들을 챙겨 주던 때도 있었는데 이제는 다른 사람들이 나를 챙기는구나. 그래, 빈클레르샤가 내 생계를 돌봐 주겠지. 그녀에게서 돈을 빌려야겠다. 그래서 그도 그럴 수밖에 없는 거구나. 그래서 그도 그럴 수밖에 없는 거야! 하지만 옷을 벗어야지. 부츠가 안 벗겨지네.'

"어이! 어이!" 그가 소리쳤지만 그들이 그에게 붙여 준 하인은 오래전에 자러 갔다.

그는 앉아서 여름 제복과 조끼를 벗고 바지를 밟아 간신히 끌어 내렸다. 하지만 부츠는 한참 동안 벗겨지지 않았다. 물렁한 뱃살이 방해가 됐다. 그는 한 짝을 가까스로 벗은 후 다른 한 짝을 붙잡고 안간힘을 쓰며 숨을 헐떡이다 지치고 말았다. 그래서 한쪽 발을 부츠의 목 부분에 건 채 담배 냄새, 술 냄새, 역겨운 노인 냄새로 방 전체를 채우면서 코를 골기 시작했다.

12

그날 밤 홀스토메르가 무언가를 더 떠올리고 있었다면 그 울적한 마음을 풀어 준 것은 바시카였다. 바시카는 홀스토메르의 등에 말 덮개를 얹은 후 질주했고, 그를 아침까지 선술집 문 옆에 농부의 말과 함께 두었다. 그들은 서로를 핥았다. 아침에 그는 말 무리로 돌아갔다. 그런데 온몸이 가려웠다.

'어째서인지 너무 가려운데.' 그는 생각했다.

닷새가 지났다. 말 의사가 불려 왔다. 그가 즐겁게 말했다.

"옴이군요. 집시들에게 파십시오."

"뭣 하러 그럽니까? 도살해 주십시오. 그냥 오늘 없애도록 하죠."

맑게 갠 고요한 아침이었다. 말 떼는 들판으로 나갔다. 홀스토메르는 남았다. 무언가가 튄 검은 카프탄 차림의 야위고 거무스름하고 더러운 이상한 남자가 왔다. 가죽 벗기는 사람이었다. 그는 홀스토메르를 쳐다보지 않은 채 홀스토메르에게 씌워진 고삐를 잡고서 끌고 갔다. 홀스토메르는 언제나처럼 다리를 질질 끌고 뒷발로 지푸라기를 차면서 주위에 눈길을 주지 않고 평온하게 갔다. 문을 벗어난 홀스토메르는 우물을 향해 나아갔다. 하지만 가죽 벗기는 사람이 고삐를 잡아당기며 말했다. "아무 데도 안 간다."

가죽 벗기는 사람과 그 뒤를 따르는 바시카는 벽돌 창고 뒤쪽의 저지대에 이르자 마치 그 평범하기 짝이 없는 장소에 무언가 특별한 일이 있다는 듯 멈춰 섰다. 가죽 벗기는 사람은 바시카에게 짧은 고삐를 건넨 뒤 카프탄을 벗고 소매를 걷고는 부츠의 목 부분에서 칼과 숫돌을 꺼내 칼을 갈기 시작했다. 거세마는 지루함을 떨치기 위해 고삐 쪽으로 가서 그것을 씹으려 했다. 하지만 거리가 멀었고, 그는 한숨을 쉬며 눈을 감았다. 그의 입술이 축 늘어지고 마모된 누런 이가 드러났다. 그는 칼 가는 소리를 들으며 꾸벅꾸벅 졸기 시작했다. 그저 발굽의 부종 때문에 멀찍이 떼어 놓은 아픈 다리 한쪽만 떨곤 했다. 문득 그는 누가 아래턱을 잡아 머리를 위로 드는 것을 느꼈다. 그는 눈을 떴다. 개 두 마리가 그의 앞에 있었다. 한 마리는 가죽 벗기는 사람을 향해 코를 쿵쿵거렸고, 다른 한 마리는 거세마에게서 무언가를 기대하듯 그를 쳐다보며 앉아 있었다. 거세마는 그들을 쳐다보더니 그를 잡고 있는 손에 턱뼈를 비비기 시작했다.

'분명 나를 치료해 주려는 걸 거야.' 그는 생각했다. '마음대

로 하라지!'

그리고 그는 그들이 그의 목에 무언가 한 것을 분명히 느꼈다. 그는 아파서 부르르 떨며 한 발을 쿵쿵 쳤지만 꾹 참고 앞으로 무슨 일이 일어날지 기다렸다. 그다음 물 같은 무언가가 커다란 줄기를 이루며 목과 가슴으로 흐르기 시작했다. 그는 배에 가득 숨을 들이마셨다. 그러자 훨씬 편해졌다. 그가 지고 있던 생의 모든 무게가 가벼워졌다. 그는 눈을 감고 고개를 서서히 떨구었다. 아무도 머리를 잡아 주지 않았다. 그다음에는 어깨가 서서히 떨어졌고, 그다음에는 두 다리가 떨리더니 온몸이 흔들렸다. 그는 그렇게 두려워하지도, 그렇게 놀라지도 않았다. 모든 것이 너무나 새롭게 느껴지기 시작했다. 그는 깜짝 놀라 앞쪽으로, 위쪽으로 뛰어가려 했다. 하지만 그 대신 두 다리가 움직이며 엉키더니 그가 옆으로 쓰러지기 시작했다. 그는 걸음을 옮기려 하다 앞으로, 왼쪽 옆구리 쪽으로 뒹굴었다. 가죽 벗기는 사람은 경련이 멎기를 기다린 후 가까이 접근해 오는 개들을 쫓아냈다. 그런 다음 한쪽 다리를 붙잡고 거세마의 등을 굴리고 나서 바시카에게 한쪽 다리를 잡게 하고는 가죽을 벗기고 내장을 제거하기 시작했다.

"역시 말이었어." 바시카가 말했다.

"살이 좀 더 쪘더라면 가죽이 좋았을 텐데." 가죽 벗기는 사람이 말했다.

저녁에 말 떼가 언덕을 지나쳤다. 왼쪽 끝에서 가고 있던 말들이 아래쪽에서 시뻘건 무언가를 보았다. 개들이 그 주위에

허겁지겁 매달려 있고, 갈까마귀들과 매들이 그 위에서 날고 있었다. 개 한 마리가 짐승의 시체에 발을 딛고 선 채 머리를 흔들며 자신이 건진 것을 요란하게 물어뜯고 있었다. 갈색 암말은 걸음을 멈추고 고개와 목을 길게 잡아 빼고서 한참 동안 공기를 들이마셨다. 말몰이꾼은 간신히 그녀를 내몰 수 있었다.

동틀 무렵 예부터 내려온 숲의 골짜기에서, 풀이 무성하게 자란 저지대에서 머리가 큰 새끼 늑대들이 기쁘게 포효했다. 다섯 마리였다. 네 마리는 덩치가 비슷했고, 한 마리는 머리가 몸통보다 큰 작은 새끼였다. 털이 빠진 야윈 암늑대는 불룩한 배와 늘어진 젖꼭지를 땅에 질질 끌며 떨기나무들 틈에서 나와 새끼 늑대들 앞에 앉았다. 새끼 늑대들은 어미 앞에 반원 모양으로 섰다. 그녀는 가장 작은 새끼에게로 다가가 꼬리를 축 늘어뜨리고 낯짝을 아래로 숙여 약간 경련하는 듯한 동작을 하더니 이가 촘촘히 난 입을 벌려 안간힘을 쓰다가 큼직한 말고기 조각을 하나 뱉어 냈다. 새끼 늑대들이 그녀를 향해 좀 더 나아갔지만 그녀가 험악하게 그들 쪽으로 움직이며 말고기 조각을 통째로 작은 새끼에게 내밀었다. 작은 새끼 늑대는 분노한 듯 으르렁대며 말고기를 배 밑에 깔고 먹어 치우기 시작했다. 암늑대는 똑같이 다른 새끼에게, 그리고 또 다른 새끼에게, 그런 식으로 다섯 마리 모두에게 말고기를 뱉고는 그들 맞은편에 누워 쉬었다.

일주일 후 벽돌 헛간 옆에는 커다란 머리뼈와 두 개의 대퇴골만 나뒹굴고 나머지는 전부 사라졌다. 여름에 뼈들을 그러모은 농부는 이 대퇴골과 머리뼈를 가져가서 실용적으로 써 먹었다.

세상을 돌아다니고 먹고 마시던 세르푸홉스키의 죽은 몸 뚱이는 훨씬 나중에 땅속으로 치워졌다. 그의 살갗과 살과 뼈 는 아무짝에도 쓸모가 없었다. 세상을 돌아다니던 그의 죽은 몸뚱이가 이미 스무 해 동안 모두에게 큰 짐이었듯이 그 몸 뚱이를 땅속으로 치우는 것도 사람들에게는 불필요한 고생일 뿐이었다. 그는 이미 오래전부터 아무에게도 필요하지 않았 고, 이미 오래전부터 모두에게 짐일 뿐이었다. 하지만 죽은 자 들을 장례하는 죽은 자들[44]은 생각했다. 곧바로 썩기 시작해 부풀어 오른 그 몸뚱이에 좋은 제복을 입히고 좋은 부츠를 신겨 네 모퉁이에 새 술이 달린 좋은 새 관에 넣어야 한다고, 그러고 나서 납으로 만든 다른 관에 이 새 관을 넣고 모스크 바로 운반해 그곳에서 오래전에 묻힌 인간 뼈들을 파낸 뒤 바 로 그 자리에 새 제복과 깨끗이 손질된 부츠로 감싼, 구더기 가 우글거리는 부패한 몸뚱이를 감추고 흙으로 완전히 메워 야 한다고 생각했다.

(1885년)

---

44) 『루가의 복음서』 9장에 나오는 예수의 말을 인용한 부분이다. 예수는 아버지의 장례를 치른 후 제자가 되어 따라가겠다는 사람에게 "죽은 자들 의 장례는 죽은 자들에게 맡겨 두고 너는 가서 하느님 나라의 소식을 전하 여라."라고 말한다.

인간에게 많은 땅이 필요한가

1

언니가 여동생을 만나러 도시에서 시골로 찾아왔다. 상인과 결혼한 언니는 도시에서 살았고, 농부와 결혼한 동생은 시골에서 살았다. 자매는 차를 마시며 이야기를 나눈다. 언니가 우쭐대기 시작했다. 자신의 도시 생활을 찬양하기 시작한 것이다. 자신이 도시에서 얼마나 자유롭고 깨끗하게 생활하는지, 자신이 아이들에게 얼마나 좋은 옷을 입히는지, 자신이 얼마나 맛있는 것을 먹고 마시는지, 자신이 어떻게 보트나 썰매나 마차로 소풍을 다니고 극장에 다니는지 말이다.

동생은 화가 나서 상인의 생활을 깎아내리고 자신의 농촌 생활을 찬양하기 시작했다.

"난 내 생활을 언니의 생활과 바꾸지 않을 거야." 그녀가 말한다. "우리는 평범하게 살기는 해도 두려움 같은 건 몰라. 언니네 가족은 우리보다 좀 더 깨끗하게 살기는 하지. 하지만 장사로 큰돈을 벌기도 하고 쫄딱 망하기도 해. '손실은 이익의 형'이라는 속담도 있잖아. 오늘 부유하던 사람이 내일 창문 밑에서 발견되는 일도 있지. 우리가 하는 농사가 더 확실해. 농부의 위는 가늘지만 길어. 부자는 못 돼도 배불리 먹을 수는 있어."

언니는 이렇게 말했다.

"배불리 먹는 게 뭐 그리 대단하니! 돼지랑 송아지하고 같이 사는 주제에! 예쁘게 꾸밀 일도, 사람들과 교제할 일도 없잖아! 네 남편이 아무리 열심히 일해도 너희 부부는 똥거름 속에서 살다가 죽을 거야. 아이들도 마찬가지고."

"그게 어때서?" 동생이 말한다. "우리 일이 그런걸. 그 대신 우리는 꿋꿋이 살고 있어. 아무에게도 고개를 조아리지 않고, 아무도 두려워하지 않지. 하지만 언니네 가족은 도시에서 늘 유혹에 에워싸여 살잖아. 오늘은 괜찮을지 몰라도 내일은 악마가 불쑥 나타나 언니의 남편을 도박이나 술이나 어떤 미인한테로 꼬드길지 몰라. 그러면 모든 게 허사가 되겠지. 그런 일이 없을 것 같아?"

남편인 파홈은 페치카 위에서 여자들의 잡담을 들었다.

"정말 그래." 그가 말한다. "우리는 어릴 때부터 어머니 대지를 경작하기 때문에 어리석은 생각이 머릿속에 들어올 새가 없어. 한 가지 괴로움이 있다면 땅이 적다는 거야! 땅만 충분하다면 아무도, 심지어 악마조차 두렵지 않을 텐데!"

여자들은 차를 다 마신 후 옷에 대해 좀 더 수다를 떨다가 그릇을 치우고 잠자리에 누웠다.

그런데 악마가 페치카 뒤에 앉아서 모든 말을 듣고 있었다. 악마는 농부의 아내가 남편을 오만하게 만들어 주어 기뻤다. 농부는 장담한다. 자기에게 땅이 있다면 악마에게도 지지 않을 거라고.

'좋아.' 그는 생각한다. '싸워 보자. 너에게 많은 땅을 주마. 땅으로 너를 손에 넣고 말겠다.'

2

농부들 동네와 아주 가까운 곳에 몸집이 작은 여자 지주가 살았다. 그녀에게는 120제샤치나[1]의 땅이 있었다. 그리고 이제까지 농부들과 잘 지내 왔다. 즉 그들을 괴롭히지 않았다. 그런데 그녀의 영지 관리인으로 고용된 퇴역 군인이 벌금으로 농부들을 괴롭히기 시작했다. 파홈이 아무리 조심해도 말이 귀리밭으로 뛰어들거나 암소가 정원으로 어슬렁어슬렁 들어가거나 송아지가 풀밭으로 가 버린다. 그 모든 것에 벌금이 붙는다.

벌금을 내고 나면 파홈은 가족들을 때리고 욕설을 퍼붓는다. 그리고 여름 내내 파홈은 그 영지 관리인 때문에 많은 책임을 져야 했다. 가축을 안마당에 들이게 되었을 때는 기쁘기

---

1) 제정 러시아에서 사용하던 토지 면적 단위. 1제샤치나는 약 1헥타르다.

까지 했다. 여물을 줘야 하는 게 아쉽긴 해도 두려워할 일은
없으니까.

겨울에 소문이 돌았다. 지주가 땅을 팔 텐데 대로변의 여인
숙 주인이 그 땅을 사려 한다는 것이다. 농부들은 소문을 듣고
탄식했다. '이런.' 그들은 생각한다. '여인숙 주인이 땅을 갖게
되면 지주보다 더 심하게 벌금으로 괴롭힐 텐데. 우리는 이 땅
없이 못 살아. 우리 모두 이 땅에서 살잖아.' 농부들은 다 함께
지주를 찾아가 여인숙 주인에게 땅을 팔지 말고 자기들에게
넘겨 달라고 청원하기 시작했다. 그들은 더 비싼 값을 지불하
기로 약속했다. 지주는 동의했다. 농부들은 땅 전체를 공동으
로 사기 위해 의견을 조율하기 시작했다. 한두 번 모이기도 했
다. 하지만 일은 성사되지 않았다. 악마는 그들을 갈라놓고, 의
견은 도저히 하나로 모이지 않는다. 그래서 농부들은 각자 능
력껏 사기로 결정했다. 지주도 이에 동의했다. 파홈은 이웃이
지주의 땅을 20제샤치나 샀고 지주가 그에게 땅값의 절반을
일 년에 걸쳐 분할 지불하도록 허락해 주었다는 말을 들었다.
파홈은 부러웠다. '땅이 전부 팔리고 있어.' 그는 생각한다. '내
몫이 전혀 남지 않겠는걸.' 그는 아내와 의논하기 시작했다.

"사람들이 땅을 사고 있어." 그가 말한다. "우리도 10제샤치
나를 사야 해. 그러지 않으면 도저히 살 수 없을걸. 영지 관리
인이 벌금으로 때려눕힐 테니까."

그들은 어떻게 땅을 살지 궁리했다. 저축해 둔 돈이 100루
블 있었다. 그들은 망아지 한 마리와 꿀벌의 절반을 팔고, 아
들을 일꾼으로 보내고, 동서에게서 돈을 빌렸다. 그러자 땅값

의 절반이 모였다.

돈이 다 모이자 파홈은 작은 숲이 딸린 15제샤치나의 땅을 고르고 지주를 찾아가 값을 흥정했다. 그는 15제샤치나의 값을 흥정한 후 계약을 하고 선금을 건넸다. 그들은 시내로 가서 부동산 등기를 이전했다. 그는 대금의 절반을 건넸고, 나머지 대금은 이 년 안에 지불하기로 했다.

그렇게 해서 파홈은 땅을 소유하게 됐다. 파홈은 씨앗을 빌려 구매한 땅에 뿌렸다. 농사는 잘됐다. 그는 일 년 만에 지주와 동서에게 진 빚을 다 갚았다. 그렇게 파홈은 지주가 됐다. 자기 땅을 갈아 씨를 뿌리고, 자기 땅에서 여물로 쓸 풀을 베고, 자기 땅에서 나무를 베어 말뚝을 만들고, 자기 땅에서 가축을 먹였다. 파홈은 자신의 영원한 땅으로 가서 밭을 갈거나 싹과 목초지를 둘러볼 때면 끝없는 기쁨을 느낀다. 그가 느끼기에 그의 땅에서는 풀도 다르게 자라고 꽃도 다르게 피는 것 같다. 예전에 이 땅을 지날 때는 다른 여느 땅과 같아 보였는데 이제는 완전히 다른 특별한 땅이 됐다.

3

파홈은 그렇게 지내며 기뻐한다. 어쩌면 모든 것이 좋을 수도 있었다. 하지만 농부들이 파홈의 곡물과 목초지를 짓밟기 시작했다. 그는 정중히 부탁했지만 다들 그만두지 않는다. 목동들은 암소들이 목초지에 들어가도록 내버려두고, 밤에 방목장에 풀어놓은 말들은 길을 잘못 들어 곡물을 심은 밭으로 들어간다. 파홈은 가축을 내쫓고 주인들을 용서할 뿐 소송을 걸지는 않았지만 나중에는 진저리를 치며 읍 재판소에 고소하기 시작했다. 그도 농부들이 고의로 그러는 게 아니라 공간이 협소해서 그런다는 것을 알면서도 '이대로 둘 수 없어. 그러면 저놈들이 전부 짓밟을 거야. 본때를 보여 줘야 해.'라고 생각한다.

그는 그렇게 재판으로 한 번 본때를 보이고 또 한 번 본때를 보였으며, 두어 사람이 벌금형을 받았다. 이웃 농부들이 파홈에게 앙심을 품기 시작했다. 그들은 이따금 일부러 짓밟곤 했다. 어떤 농부는 밤에 작은 숲에 몰래 숨어들어 속껍질을 얻기 위해 어린 보리수나무 열 그루를 베었다. 파홈이 숲속을 지나가는데 무언가 하얀 것이 눈에 띄었다. 그는 가까이 다가갔다. 속껍질을 벗긴 어린 보리수나무들이 버려져 있고, 작은 그루터기들이 삐죽 솟아 있었다. 떨기나무숲의 가장자리만 베든지 한 그루라도 남기면 좋았을 것이다. 하지만 그 악당은 연달아 전부 베어 버렸다. 파홈은 울분을 터뜨렸다. '아.' 그는 생각한다. '누가 이런 짓을 했는지 알아내기만 하면 그놈에게 복수를 해 줄 텐데.' 그는 누가 그랬을지 생각하고 또 생각했다. '숌카[2] 말고 누가 또 있겠어.' 그는 탐문하러 숌카의 농장으로 갔지만 아무것도 발견하지 못하고 욕설만 퍼부었다. 하지만 파홈은 세묜이 그랬다고 한층 더 강하게 확신하게 됐다. 그

---

2) 세묜의 애칭.

는 청원서를 냈다. 두 사람은 법원으로 소환됐다. 재판이 거듭 이어진 끝에 농부는 무죄 판결을 받았다. 증거가 없었던 것이다. 파홈은 한층 더 화를 냈다. 촌장에게도, 판사들에게도 욕을 퍼부었다.

"당신들은……." 그가 말한다. "도둑들의 손을 들어 주고 있어. 스스로 올바르게 살았다면 도둑들에게 무죄를 선고하지는 않았겠지."

파홈은 판사들과도, 이웃들과도 다투었다. 사람들은 그의 집에 불을 지르겠다고 위협하기 시작했다. 파홈은 더 넓은 땅에서 살게 됐지만 미르[3] 안에서 그의 처지는 더 곤란해졌다.

그런데 그 무렵 사람들이 새로운 곳으로 이주하고 있다는 소문이 돌았다. 그러자 파홈은 생각한다. '나야 내 땅에서 떠날 이유가 없잖아. 게다가 우리 가운데에 누가 떠나면 우리 공간도 더 넉넉해지겠지. 내가 그들의 땅을 넘겨받아서 내 땅을 넓혀야겠다. 그럼 생활하기에 좀 더 나아지겠지. 그러지 않으면 계속 비좁을 거야.'

어느 날 파홈이 집에 앉아 있는데 지나가던 농부가 들른다. 파홈은 농부가 하룻밤 묵을 수 있도록 집 안에 들이고, 먹을 것을 주고, 그와 이야기를 나누었다. 파홈이 묻는다. 하느님이 어디에서 당신을 인도해 온 것이냐고. 농부는 아래쪽에서, 볼가강 너머에서 왔으며 그곳에서 일을 했노라고 말한다. 말이

---

3) 제정 러시아 시대의 농민 공동체. 농민의 몰락을 막기 위해 각 가정의 노동력에 따라 정기적으로 토지를 재분배했고, 농촌의 행정과 복지에도 관여했다.

오가던 사이 농부는 사람들이 그곳으로 이주하고 있다고 말한다. 그곳에 정착한 사람들은 공동체에 편입되어 한 사람 당 10제샤치나씩 할당받았다고도 말한다.

"땅이 얼마나 비옥한지 호밀을 뿌리면 말이 보이지 않을 정도로 높게, 다섯 움큼이 한 단이 될 정도로 빽빽하게 자란답니다." 그가 말한다. "한 농부는 말이에요……." 그가 말한다. "그곳에 올 때 자기 손 말고는 가진 게 없을 정도로 정말 가난했는데 지금은 말 여섯 필에 암소 두 마리를 먹이고 있어요."

파홈의 심장이 불타올랐다. 그는 생각한다. '그렇게 잘살 수 있다면 이렇게 좁은 곳에서 궁색하게 살 이유가 없잖아. 이곳의 땅과 농장을 팔면 그곳에서 그 돈으로 재정비를 하고 모든 시설을 지을 수 있을 거야. 여기 이 비좁은 곳에는 불행밖에 없어. 다만 내가 직접 가서 모든 걸 알아봐야 해.'

그는 여름에 채비를 하고 길을 떠났다. 사마라까지는 기선을 타고 볼가강을 따라 아래쪽으로 이동했고, 그다음에는 400베르스타 정도 걸어갔다. 목적지에 이르렀다. 모든 것이 사실이었다. 농부들은 한 사람당 10제샤치나씩 할당받아 자유롭게 살고, 공동체도 이들을 기꺼이 받아들인다. 돈이 있는 사람은 할당받은 땅 외에도 최상급 토지를 3루블씩[4] 내고 원하는 만큼 사서 무기한 소유할 수 있다! 원하는 만큼 살 수 있다!

파홈은 모든 것을 확인한 후 가을 무렵 집으로 돌아와 모든 것을 팔기 시작했다. 땅은 이윤을 붙여 팔고 농장도 가축

---

4) 원문에는 명시되지 않았지만 1제샤치나당 3루블인 것으로 추측된다.

도 다 판 뒤 공동체에서 탈퇴하고는 봄까지 기다렸다가 가족
을 이끌고 새로운 곳으로 떠났다.

4

　가족을 데리고 새로운 곳에 도착한 파홈은 큰 마을의 공동
체에 가입했다. 노인들에게 술을 대접하고 모든 서류를 얻어
냈다. 공동체는 파홈을 받아들여 그에게 방목장 외에도 여기
저기 흩어져 있는 들판에서 다섯 명을 위한 토지 50제샤치나
를 할당해 주었다. 파홈은 집을 짓고 가축을 마련했다. 그는
할당받은 땅만으로도 예전 마을에 있을 때보다 세 배나 많은
땅을 갖게 됐다. 땅도 농사가 잘되는 땅이었다. 생활은 예전에
비해 열 배로 좋아졌다.
　처음에 집을 짓고 생활의 기반을 다지는 동안에는 파홈의
눈에 모든 게 좋아 보였다. 하지만 새집에 익숙해지자 이 땅도
좁아 보였다. 첫해에 파홈은 할당받은 땅에 밀을 심었고, 농사
는 풍작이었다. 그는 계속 밀을 심고 싶었지만 할당받은 땅이
적었다. 그리고 지금 그에게 있는 땅은 적당하지 않았다. 그 지
방에서는 억새밭이나 휴경지에만 밀을 심는다.[5] 한두 해 밀
농사를 짓고 나면 다시 억새로 뒤덮일 때까지 땅을 방치한다.

---

5) 억새밭은 오랫동안 농사를 지은 적이 없어 억새로 뒤덮인 비옥한 미경지
를 뜻한다.

그런 땅을 원하는 사람은 많고, 모두를 만족시키기에는 땅이 충분하지 않다. 그 때문에 이곳에서도 다툼이 벌어진다. 좀 더 풍족한 사람들은 직접 밀 농사를 짓고자 땅을 원하며, 가난한 사람들은 세금 낼 돈을 마련하기 위해 상인들에게 임대하려고 땅을 원한다. 파홈은 밀 농사를 좀 더 크게 짓고 싶었다. 이듬해 그는 상인을 찾아가 한 해 동안 땅을 빌렸다. 밀을 더 많이 심었는데 풍작을 거두었다. 하지만 땅이 마을로부터 멀리 떨어져 있어 15베르스타 정도 곡물을 운반해야 했다. 그가 보기에 근방에서 농사와 장사를 겸하는 사람들은 농장을 꾸려 살아가며 점차 부유해지고 있다. 파홈은 생각한다. '땅을 무기한 소유로 사서 농장을 지을 수 있다면 훨씬 좋겠지. 그러면 모든 게 간편해질 텐데.' 그리고 파홈은 어떻게 하면 땅을 무기한 소유로 살지 궁리하기 시작했다.

파홈은 그렇게 삼 년을 살았다. 땅을 임대해서 밀을 심었다. 좋은 시절이었다. 밀 농사는 풍작을 이루었고, 돈이 모이기 시작했다. 파홈은 그럭저럭 살아갈 수도 있었을 것이다. 하지만 해마다 사람들 틈에서 땅을 빌리고 땅 때문에 지체하는 게 답답하게 느껴졌다. 좋은 땅이 있는 곳이라면 농부들이 득달같이 달려들어 전부 차지해 버린다. 그래서 서둘러 빌리지 않으면 어디에도 씨를 뿌릴 수 없었다. 삼 년째 되는 해 그는 어느 상인과 비용을 반씩 부담해 농부들에게서 방목장을 빌렸다. 하지만 그들이 밭갈이를 다 끝낸 참에 농부들이 소송을 걸어 일이 허사가 되고 말았다. 그는 생각한다. '이게 내 땅이라면 아무에게도 고개를 숙이지 않아도 되고 곤란한 일도 없었을 텐데.'

그래서 파홈은 땅을 무기한 계약으로 살 수 있는 곳을 알아보기 시작했다. 그러다가 한 농부를 찾아냈다. 그는 500제샤치나의 땅을 샀다가 파산해서 그 땅을 싸게 팔려고 했죠. 파홈은 그와 값을 조율하기 시작했다. 그들은 거듭 이야기한 끝에 1500루블에서 합의를 보고 대금의 절반은 나중에 지불하기로 했다. 협상이 거의 마무리될 즈음 어느 날 지나가던 상인이 말에게 여물을 먹이기 위해 파홈의 집에 들른다. 두 사람은 차를 마시며 잠시 이야기를 나누었다. 상인은 멀리 바시키르에서 오는 길이라고 말한다. 상인은 그곳 바시키르 사람들에게서 5000제샤치나의 땅을 샀다고 말한다. 그런데 땅값은 고작 1000루블이었다. 파홈은 이것저것 묻기 시작했다. 상인은 말했다.

"그저 노인들에게 선물을 좀 안기기만 하면 됩니다." 그가 말한다. "나는 100루블어치의 할라트[6]와 양탄자를 선물했습니다. 차 상자도 주었고요.[7] 술을 마시는 사람에게는 술을 대접했지요. 그래서 1제샤치나당 20코페이카씩 주고 땅을 얻었답니다." 그가 부동산 등기 증서를 보여 주었다. 그가 말한다. "작은 강을 따라 펼쳐진 땅이에요. 억새가 무성한 스텝[8]이죠."

---

6) 옷자락이 길고 소맷부리와 품이 넉넉한 상의이며 주로 실내복으로 입는다. 털외투나 프록코트나 재킷을 갖출 여유가 없는 하층민 중에는 할라트를 외출용 겉옷으로 착용하는 이들도 있었다.
7) '상자'로 옮긴 러시아어 'цибик'는 찻잎이 약 33킬로그램 들어가는 용기다.
8) 러시아의 대초원 지대.

파홈은 무엇을 어떻게 해야 하는지 이것저것 자세히 캐묻기 시작했다.

"그곳의 땅은……." 상인이 말한다. "한 해 동안 걸어도 다 둘러볼 수 없을 정도랍니다. 전부 바시키르에 속한 땅이죠. 그런데 사람들은 양처럼 아둔해요. 거의 공짜로 땅을 얻을 수 있어요."

'음.' 파홈은 생각한다. '무엇 하러 내가 500제샤치나를 사는 데 내 돈 1000루블을 지불하고 빚까지 떠안아야 하지? 그곳에 가면 1000루블로 얼마든지 땅을 손에 넣을 수 있는데!'

5

파홈은 어떻게 가는지 자세히 묻고는 상인을 배웅하자마자 자신도 떠날 채비를 했다. 집은 아내에게 맡기고 일꾼 한 명과 함께 채비를 마친 후 길을 떠났다. 그들은 시내에 들러 상인이 말한 것들, 즉 차 한 상자와 선물과 술을 전부 샀다. 그들은 이동하고 또 이동해 500베르스타쯤 갔다. 이레째 되는 날 바시키르의 유목 지역에 도착했다. 모든 것이 상인이 말한 그대로였다. 모든 사람이 작은 강 유역의 스텝에서 펠트 천으로 지은 천막을 치고 살았다. 그들은 땅을 경작하지도 곡물을 먹지도 않는다. 스텝에서는 가축과 말이 떼 지어 다닌다. 천막 뒤에는 망아지들이 매여 있고, 사람들이 하루에 두 번 암말들을 망아지에게로 몰고 간다. 그리고 암말의 젖을 짜서 그것으로 쿠미스[9]를 만든다. 여자들은 쿠미스를 휘저어 치즈도 만든다. 하지만 남자들이 할 줄 아는 것이라고는 쿠미스와 차를 마시고 양고기를 먹고 갈대 피리를 부는 것뿐이다. 다들 얼굴에 윤기가 흐르고 명랑하며 여름 내내 떠들썩하게 즐긴다. 사람들은 몹시 무지한 데다 러시아어도 모르지만 친절하다.

바시키르인들은 파홈을 보자마자 천막에서 우르르 나와 손님을 에워쌌다. 통역이 눈에 띄었다. 파홈은 땅 때문에 왔다고 그에게 말했다. 바시키르 사람들이 기뻐하며 파홈을 붙잡고 좋은 천막 안으로 데려가 양탄자 위에 앉히고는 그의 엉덩이 밑에 깃털 방석을 깔아 주고 둥글게 앉아 차와 쿠미스를 대접하기 시작했다. 양을 잡아 양고기를 내놓기도 했다. 파홈은 타란타스[10]에서 선물을 꺼내 바시키르 사람들에게 나누어 주기 시작했다. 파홈은 바시키르 사람들에게 선물을 주고 차도 나누어 주었다. 바시키르 사람들은 기뻐했다. 그들은 자기들끼리 떠들썩하게 계속 이야기하더니 통역에게 자기네 말을 전하라고 시켰다.

"사람들이 너에게 말하라고 한다." 통역이 말한다. "이들은 네가 마음에 든다고 한다. 그리고 우리에게는 손님에게 모든 즐거움을 제공하고 선물에 대해 보답하는 관습이 있다고 전하란다. 너는 우리에게 선물을 주었다. 그러니 너에게 보답할 수 있도록 우리가 가진 것 중에서 네 마음에 드는 것을 말해

---

9) 말의 젖으로 만든 술.
10) 바퀴의 덜컹임을 완화하기 위해 차체를 길쭉하게 제작한 사륜마차로 장거리 여행에 주로 쓰인다.

보라.”

“나는 무엇보다 당신들의 땅이 마음에 듭니다.” 파홈이 말한다. “우리 고장은 땅이 협소하고, 토양도 연속 경작 탓에 척박합니다. 그런데 당신들의 땅은 넓고 비옥해요. 나는 이런 땅을 본 적이 없습니다.”

통역이 파홈의 말을 전달했다. 바시키르 사람들은 서로 이야기를 나누고 또 나누었다. 파홈은 그들이 하는 말을 이해하지 못하지만 그들이 즐겁게 무언가를 외치며 웃는 것을 본다. 그러고 나자 그들이 조용히 입을 다물고 파홈을 쳐다본다. 통역이 말한다.

“사람들이 당신에게 말하라고 한다.” 그가 말한다. “너의 호의에 대해 네가 원하는 만큼 기꺼이 땅을 줄 것이라고 한다. 그저 손으로 어떤 땅을 가리키기만 해라. 그러면 네 땅이 될 것이다.”

그들은 또 이야기를 나누더니 무언가를 두고 다투기 시작했다. 그래서 파홈은 그들이 무엇에 대해 다투는지 물었다. 그러자 통역이 대답했다.

“어떤 사람들은 땅 문제에 대해 촌장에게 물어야 하며 촌장이 없으면 안 된다고 한다. 또 어떤 사람들은 촌장이 없어도 된다고 말한다.”

6

바시키르 사람들이 다투고 있는데 갑자기 여우털 모자를 쓴 남자가 온다. 다들 입을 다물고 일어났다. 그리고 통역이 말한다.

"이분이 바로 촌장이다."

파홈은 곧바로 가장 좋은 할라트와 차 5푼트[11]를 꺼내 촌장에게 바쳤다. 촌장은 그것들을 받고 상석에 앉았다. 그러자 곧바로 바시키르 사람들이 그에게 무언가 말하기 시작했다. 촌장은 듣고 또 듣더니 사람들이 입을 다물도록 고개를 끄덕이고는 파홈에게 러시아어로 말하기 시작했다.

"뭐, 그렇게 해." 그가 말한다. "마음에 드는 땅을 가져. 땅은 많아."

'어떻게 해야 내가 원하는 만큼 가질 수 있을까?' 파홈은 생각한다. '무슨 일이 있어도 확실히 해 두어야 해. 그러지 않으면 저 사람들은 네 것이라고 말해 놓고 나중에 빼앗을지도 몰라.'

"친절한 말씀에 감사드립니다." 그가 말한다. "여러분에게는 정말 땅이 많더군요. 하지만 나로서는 조금만 있으면 됩니다. 그저 어떤 땅이 내 땅이 될지 알기만 하면 됩니다. 하지만 어떻게든 측량을 해서 내 몫을 확실히 정해 두어야겠습니다. 생명도 죽음도 하느님의 뜻입니다. 선량한 사람들인 당신들은

____

11) 제정 러시아의 중량 단위로 1푼트는 약 400그램이다.

주는데 당신네 자식들이 빼앗을 수도 있지요.”

“당신 말이 맞아.” 촌장이 말한다. “우리가 소유권을 확실히 해 줄 수 있어.”

파홈이 말하기 시작했다.

“마침 한 상인이 당신네 마을에 다녀갔다고 들었습니다. 당신들이 그에게도 땅을 선사하고 부동산 등기 증서도 만들어 주었다죠. 나에게도 그렇게 해 주었으면 합니다.”

촌장은 모든 것을 이해했다.

“전부 해 줄 수 있어.” 그가 말한다. “우리 마을에 서기도 있으니 시내에 함께 나가서 도장을 찍기로 하지.”

“그런데 땅값이 얼마나 될까요?” 파홈이 묻는다.

“우리 고장의 땅값은 똑같아. 하루에 1000루블이지.”

파홈은 이해하지 못했다.

“그건 어떤 도량형입니까? 하루치라뇨? 그것은 몇 제샤치나가 될까요?”

“우리에게는 그것을 계산할 능력이 없어.” 그가 말한다. “우리는 하루 단위로 팔아. 당신이 하루 동안 걸어 다닌 만큼이 당신 땅이야. 하루치의 값은 1000루블이고.”

파홈은 깜짝 놀랐다.

“하지만 하루 동안 돌아다니면…….” 그가 말한다. “땅의 면적이 상당할 텐데요.”

촌장이 웃음을 터뜨렸다.

“전부 당신 거야!” 그가 말한다. “한 가지 조건이 있어. 하루 안에 당신이 출발한 장소로 돌아오지 못하면 당신의 돈은 없어져."

"그럼 내가 지나간 곳을 어떻게 표시합니까?"

"우리는 당신이 고른 장소에 가서 계속 서 있을 거야. 당신은 출발해서 한 바퀴 돌고 오면 돼. 괭이를 가져가서 필요한 곳에 표시를 해. 방향을 틀 때마다 구덩이를 파서 잔디를 넣어 둬. 나중에 우리가 구덩이에서 구덩이로 쟁기를 끌고 지나갈 테니까. 당신이 원하는 만큼 얼마든지 큰 원을 그려도 좋아. 하지만 해가 질 때까지는 출발한 장소로 돌아와. 당신이 지나온 땅은 전부 당신 것이야."

파홈은 기뻤다. 그들은 다음 날 아침 일찍 출발하기로 결정했다. 그들은 이야기를 나누고 쿠미스를 좀 더 마시고 양고기를 먹고 차도 더 마셨다. 그러는 동안 밤이 찾아왔다. 바시키르 사람들은 파홈이 잠을 잘 수 있게 깃털 침구를 깔아 주고 흩어졌다. 그들은 다음 날 동틀 무렵에 모여 해가 뜨기 전에 지정된 장소로 출발하기로 했다.

7

파홈은 깃털 담요 위에 누웠다. 하지만 잠이 오지 않아 계속 땅에 대해 생각한다. '드넓은 팔레스티나[12]를 따내고 말 테

---

12) '팔레스타인'의 라틴어 이름으로 유대인들이 가나안이라 일컫던 곳. 러시아어에서는 팔레스티나가 광막한 곳이나 벽지를 비유하는 말이기도 하다.

다.' 그는 생각한다. '하루면 50베르스타 정도는 걷지. 지금은 낮이 길 때야. 50베르스타면 땅이 얼마나 될까? 안 좋은 땅은 농부들에게 팔거나 빌려주고, 좋은 땅은 내가 골라 거기에 정착해야지. 황소 두 마리가 끄는 쟁기를 만들고 일꾼 두 명을 고용해야겠어. 50제샤치나 정도는 경작하고 나머지 땅에서는 가축을 방목하자.'

파홈은 밤새도록 잠들지 못했다. 동트기 직전에야 겨우 선잠에 들었다. 선잠에 들자마자 그는 꿈을 꾼다. 그 자신이 바로 이 천막에 누워 있는 듯 보이고 밖에서 누군가 낄낄거리는 소리가 들린다. 그리고 누가 웃나 알아보고 싶었는지 그가 일어나 천막 밖으로 나간다. 그리고 천막 앞에 바로 그 바시키르 촌장이 앉아 두 손으로 배를 잡고 데굴데굴 구르며 무언가에 대해 웃고 있는 모습이 보인다. 그가 다가가서 "무엇 때문에 웃는 겁니까?"라고 물었다. 그러자 그의 눈에 그 사람이 바시키르 촌장이 아니라 얼마 전 그의 집에 들러 땅에 대해 이야기해 준 상인처럼 보인다. 그래서 그가 상인에게 "여기 온 지 오래됐어?"라고 묻자 그 사람은 이내 상인이 아닌, 예전에 아래 지방에서 올라와 그의 집에 들른 적 있는 바로 그 농부로 변했다. 그리고 파홈이 보기에 그 사람은 농부가 아닌 것 같다. 뿔과 발굽이 달린 악마가 앉아서 웃고 있고, 그 앞에 루바시카와 바지를 입은 남자가 맨발로 누워 있다. 그리고 파홈은 그 남자가 누구인지 한층 더 유심히 쳐다본 듯하다. 그리고 남자가 죽은 상태이며 다름 아닌 그 자신임을 본다. 파홈은 몸서리치며 눈을 떴다. 잠에서 깼다. '꿈엔 뭔들 안 보일까.' 그

는 생각한다. 주위를 둘러보았다. 열린 문이 보인다. 날이 부옇
게 밝기 시작한다. '사람들을 깨워야 해.' 그는 생각한다. '출발
할 때가 됐어.' 파홈은 일어나 타란타스에서 자는 일꾼을 깨
워 말을 마차에 매라고 이르고는 바시키르 사람들을 깨우러
갔다.

"시간이 됐습니다." 그가 말한다. "스텝으로 가서 측량해
야죠."

바시키르 사람들이 일어나 전부 모였고, 촌장도 왔다. 바시
키르 사람들은 다시 쿠미스를 마시기 시작했고 파홈에게 차
를 대접하려 했다. 하지만 그는 기다리려 하지 않았다.

"갈 거면 갑시다." 그가 말한다. "시간이 됐어요."

8

바시키르 사람들은 채비를 마친 후 말에 오르거나 타란타
스를 타고 길을 떠났다. 파홈은 일꾼과 함께 자신의 타란타스
를 타고 출발했으며 괭이도 가져갔다. 스텝에 도착했다. 하늘
이 아침노을로 붉게 물들었다. 바시키르어로 '시한'이라 불리
는 작은 언덕으로 올라갔다. 그들은 타란타스와 말에서 내려
무리를 지어 모였다. 촌장이 파홈에게 다가와 한 손으로 가리
켰다.

"자……." 그가 말한다. "당신의 눈길이 닿는 곳들이 전부
우리 땅이야. 마음에 드는 땅을 골라."

파홈의 눈빛이 이글거렸다. 땅은 온통 억새로 뒤덮여 있고, 손바닥처럼 평평하며, 양귀비씨처럼 검다. 분지에는 다양한 풀들이 가슴까지 자라 있다.

촌장은 여우털 모자를 벗어 땅바닥에 놓았다.

"이게 표지가 될 거야." 그가 말한다. "여기에서 출발해 여기로 돌아와. 당신이 돌고 온 모든 곳이 당신의 땅이 될 거야."

파홈은 돈을 꺼내 모자 위에 놓고는 카프탄을 벗고 반외투 차림이 되었다. 배 아래쪽에 넓은 가죽띠를 다시 더 단단히 조이고, 빵이 든 주머니를 품속에 넣고, 작은 물통의 끈을 가죽띠에 묶고, 부츠의 목 부분을 조여 매고, 일꾼에게서 괭이를 받아 챙기고, 출발할 채비를 했다. 그는 어느 쪽으로 갈지 생각하고 또 생각했다. 어디든 다 좋았다. '어디나 다 똑같아. 해가 뜨는 방향으로 가자.' 그는 해가 있는 쪽을 향하고 서서 몸을 움직여 굳은 근육을 풀며 땅끝에서 해가 떠오르기를 기다렸다. 그는 생각한다. '시간을 낭비하지 말자. 서늘할 때 걷는 게 더 편해.' 땅끝에서 해가 떠오르자마자 파홈은 괭이를 어깨에 둘러메고 스텝으로 출발했다.

파홈은 느리지도 빠르지도 않게 걸었다. 1베르스타쯤 갔을 때 그는 걸음을 멈추고 구덩이를 파서 잔디 조각들을 눈에 더 잘 띄게 여러 겹 겹쳐 놓았다. 계속 나아갔다. 근육이 부드럽게 풀어지자 그는 걸음을 재촉했다. 좀 더 걸은 후 또 구멍을 팠다.

파홈은 주위를 둘러보았다. 시한이 햇빛을 받아 잘 보인다. 사람들이 서 있고, 타란타스의 쇠바퀴들이 반짝인다. 파홈은

5베르스타쯤 걸어왔을 거라고 짐작했다. 몸이 따뜻해지자 그는 반외투를 벗어 어깨에 걸치고는 계속 나아갔다. 5베르스타쯤 더 갔다. 날이 따뜻해졌다. 해를 쳐다보았다. 어느새 아침을 먹을 시간이었다.

'이제 한 구간[13])이 지났군.' 파홈은 생각한다. '하루에 네 구간이 있으니 방향을 틀기에는 아직 일러. 부츠나 벗자.' 그는 앉아서 부츠를 벗어 허리띠 안쪽에 쑤셔 넣은 후 계속 나아갔다. 걷기가 편해졌다. 그는 생각한다. '5베르스타쯤 더 간 다음에 왼쪽으로 돌자. 땅이 너무 좋아서 버리기 아깝네. 멀리 갈수록 땅이 더 좋은걸.' 그는 똑바로 더 갔다. 주위를 둘러보았다. 시한이 흐릿하게 보이고, 그 위에 있는 사람들이 개미처럼 검게 보이고, 무언가가 희미하게 빛났다.

'음.' 파홈은 생각한다. '이쪽은 충분히 손에 넣었어. 방향을 꺾어야 해. 게다가 땀을 많이 흘렸더니 목이 마르군.' 그는 걸음을 멈추고 구덩이를 더 크게 파서 잔디를 넣은 후 허리띠에서 물통을 풀어 물을 충분히 마시고 왼쪽으로 방향을 홱 틀었다. 그는 걷고 또 걸었다. 풀이 높이 자라 있었고, 날이 더워졌다.

파홈은 지치기 시작했다. 그는 해를 쳐다보았다. 정오였다. '음.' 그는 생각한다. '쉬어야겠군.' 파홈은 걸음을 멈추고 바닥에 앉았다. 빵을 먹고 물을 마셨지만 눕지는 않았다. 누우면

---

13) 러시아어 'упряжка'는 말에게 사료를 주지 않고 부릴 수 있는 시간을 뜻하며 대략 두 시간에 해당한다.

잠이 들 거라고 생각했기 때문이다. 그는 잠시 앉아 있다가 계속 나아갔다. 처음에는 걷는 게 수월했다. 음식 덕분에 힘이 났다. 하지만 날씨가 몹시 더워진 데다 졸음이 쏟아지기 시작했다. 그래도 계속 걸음을 옮기며 생각한다. 한 시간을 버티면 평생 살아갈 수 있어.

그는 이쪽 방향으로도 많이 걸어 이제 왼쪽으로 방향을 틀려고 했다. 그런데 그때 습한 분지가 눈에 들어왔다. 버리기에 아까웠다. 그는 생각한다. '이곳에서는 아마가 잘 자라겠어.' 그는 다시 똑바로 나아갔다. 분지를 확보한 후 분지 너머에 구덩이를 파고 두 번째로 방향을 틀었다. 파홈은 시한을 돌아보았다. 열기 때문에 안개가 끼었다. 대기 중에서 무언가가 떨리고, 짙은 안개 사이로 시한에 있는 사람들이 겨우 보인다. 그들이 있는 곳까지 15베르스타쯤 될 것이다. '이런.' 파홈은 생각한다. '두 변을 길게 잡았군. 이쪽 변은 좀 더 짧게 잡아야겠어.' 그는 세 번째 변을 나아가며 걸음을 서둘렀다. 해를 보았다. 어느새 점심과 저녁 사이의 간식 시간이 다가오고 있는데 세 번째 변을 따라서는 고작 2베르스타 걸었을 뿐이다. 그리고 목적지까지는 아직 15베르스타 정도 남았다. '안 돼.' 그는 생각한다. '땅이 비뚤어지더라도 이제 서둘러 곧바로 가야겠어.' 파홈은 재빨리 구덩이를 파고 시한을 향해 똑바로 방향을 바꾸었다.

9

파홈은 시한을 향해 똑바로 걷는다. 하지만 이제는 걷기가 힘들었다. 그는 땀을 많이 흘려 탈진한 상태였으며, 부츠를 신지 않은 두 발은 상처투성이가 되고 온통 멍들어 제대로 서 있기조차 힘들었다. 쉬고 싶지만 그럴 수 없다. 그러면 해가 질 때까지 도착할 수 없을 것이다. 해는 기다려 주지 않고 계속 기울고 또 기운다. '아.' 그는 생각한다. '실수한 게 아닐까? 너무 욕심을 부렸나? 시간을 못 맞추면 어떡하지?' 그는 먼저 시한을 쳐다보고 해를 쳐다본다. 목적지까지는 멀고, 해는 이미 지평선 가까이에 있다.

파홈은 그대로 걷는다. 힘들지만 계속 걸음을 재촉하고 또 재촉한다. 걷고 걷지만 여전히 아직 멀다. 그는 달리기 시작했다. 반외투와 부츠와 물통을 버리고 모자도 내던졌다. 그저 긁개만 쥐고 그것에 의지해 간다. '아.' 그는 생각한다. '내가 너무 욕심을 부려서 모든 걸 망쳤어. 해가 지기 전에 도착하지 못할 거야.' 그러자 공포로 인해 한층 더 숨이 막힌다. 파홈은 달리고, 루바시카와 바지는 땀에 젖어 몸에 들러붙고, 입안은 바싹 마른다. 가슴은 대장간 풀무처럼 부풀고, 심장은 망치를 두드리는 것처럼 쿵쿵 고동치고, 두 발은 자기 발이 아닌 것처럼 비틀거린다. 파홈은 무서워졌다. 그는 생각한다. '이렇게 안간힘을 쓰다 죽는 것 아냐?'

죽을까 봐 두렵지만 걸음을 멈출 수도 없다. 그는 생각한다. '그렇게나 달렸는데 이제 와서 멈추면 바보라는 소리나 듣겠지.' 달리고 또 달렸다. 목적지가 가까워지면서 바시키르 사람들이 그를 향해 날카로운 소리로 외치고 부르짖는 소리가 들린다. 그들의 외침에 그의 심장이 한층 더 세차게 타오른다. 파홈은 마지막 남은 힘까지 다 끌어내어 달리지만 해는 이미 지평선에 가까워지며 안개 속에 잠긴다. 해는 커지고 피처럼 붉어졌다. 바야흐로 해가 지기 시작한다. 해는 낮게 기울었고, 목적지까지는 이제 그다지 멀지 않다. 시한에 있는 사람들이 파홈을 향해 두 팔을 흔들고 재촉하는 모습이 그에게도 보인다. 땅바닥에 놓인 여우털 모자가 보이고, 그 위의 돈도 보인다. 땅바닥에 앉아 두 손으로 배를 잡고 있는 촌장도 보인다. 그러자 파홈의 뇌리에 꿈이 떠올랐다. '땅은 많아.' 그는 생각한다. '하지만 하느님께서 내가 그 땅에 살도록 이끄실까? 아, 내가 나 자신을 파멸시켰어. 목적지에 도착하지 못할 거야.'

파홈은 해를 쳐다보았다. 해는 땅에 다다랐다. 한쪽 끝은 이미 졌고, 다른 끝은 지평선 쪽으로 굽은 활 모양을 또렷이 드러냈다. 파홈은 마지막 힘을 끌어내어 몸을 앞으로 숙였다. 두 다리는 넘어지지 않을 만큼의 속도로 겨우 따라가고 있다. 파홈이 시한에 도착하자 주위가 순식간에 어두워졌다. 그는 주위를 둘러보았다. 해는 이미 졌다. 파홈은 탄식했다. 그는 생각한다. '내 모든 노력이 물거품이 됐어.' 그는 걸음을 멈추려다 바시키르 사람들이 계속 고함치는 소리를 들었다. 그러다가 아래쪽에 있는 자신에게는 해가 진 것처럼 보이지만 시한에서 보면 아직 해가 지지 않았다는 사실을 떠올렸다. 파홈은 숨을 크게 들이마시고 시한 위로 뛰어 올라갔다. 시한 위

194

는 아직 환했다. 파홈은 뛰어 올라가 모자를 보았다. 모자 앞에 촌장이 앉아 두 손으로 배를 잡고 껄껄거린다. 파홈은 꿈을 기억해 내고는 한탄했다. 다리가 말을 듣지 않았다. 그는 앞으로 고꾸라졌고, 두 손이 모자에 닿았다.

"아, 잘했어!" 촌장이 외쳤다. "많은 땅을 손에 넣었군!"

파홈의 일꾼이 달려와 그를 일으키려 했다. 하지만 그의 입에서 피가 흐르고 그는 죽은 채 쓰러져 있다.

바시키르 사람들이 혀를 차며 동정했다.

일꾼은 긁개를 집어 들어 파홈의 무덤을 파고 그를 묻었다. 머리부터 발끝까지 3아르신이 그가 손에 넣은 땅의 면적이었다.

(1886년)

주인과 일꾼

1

 1870년대 어느 성 니콜라 겨울 축일[1] 다음 날이었다. 그날 은 교구의 축일이어서 시골 행정 기관의 문지기이자 2길드[2] 의 상인인 바실리 안드레이치 브레후노프[3]는 모임에 빠질 수

1) 성 니콜라 겨울 축일은 12월 6일이다. 5월 9일은 11세기에 니콜라 성인의 유물을 소아시아에서 이탈리아의 발리로 옮겨 온 것을 기념하는 축일이다. 한 해 동안 동일한 성인을 기념하는 축일이 두 번 있기 때문에 12월의 축일 을 성 니콜라 겨울 축일이라고 구분해서 지칭한다.
2) 길드는 11세기 이후 유럽 각 도시에서 발달한 상공업자들의 동업 조합 이다. 18세기 중엽부터 러시아 상인들은 역할과 재산에 따라 세 개의 길 드로 나뉘었다. 재산의 규모가 크지 않은 공장주, 도매업자, 소매업자 등이 2길드에 속했다.
3) 러시아 남자 인명은 '이름, 부칭(아버지의 이름+-예비치/-오비치), 성'으 로 표기한다. 여성 부칭은 '-예브나/-오브나'로, 성은 '-아/-야'로 표기한다. 단, 기혼 여성의 경우 아버지의 성 대신 남편의 성에 '-아/-야'를 붙인다. 공

없었다. 교회에도 가야 했고(그는 교회 집사였다.) 집에서도 친척들과 지인들을 맞이해 대접해야 했다. 하지만 마지막 손님들이 떠나자마자 바실리 안드레이치도 그동안 흥정을 해 오던 숲을 구입하기 위해 이웃 지주의 집으로 떠날 채비를 하기 시작했다. 바실리 안드레이치는 시내의 상인들이 돈벌이가 될 만한 이 매물을 가로채지 못하도록 출발을 서둘렀다. 젊은 지주는 숲 대금으로 1만 루블을 요구하고 있었다. 단지 바실리 안드레이치가 숲의 대금으로 7000루블을 제안하고 있다는 이유 때문이었다. 하지만 7000루블은 숲의 실제 가치의 3분의 1에 불과했다. 바실리 안드레이치는 어쩌면 값을 더 깎을 수 있었을지도 모른다. 왜냐하면 숲이 그의 인근에 있었고, 그와 군(郡)의 다른 시골 상인들 사이에는 이미 오래전부터 한 상인이 근방의 다른 상인보다 값을 더 올리지 않는다는 규칙이 확립되어 있었기 때문이다. 하지만 바실리 안드레이치는 현의 목재상들이 고랴치키노 숲의 가격을 흥정하러 오고 싶어 한다는 것을 알게 되었다. 그는 당장 출발해서 지주와 거래를 매듭짓기로 결심했다. 그래서 축일이 끝나자마자 궤에서 자

식적인 문서나 자리에서는 이름과 부칭과 성을 전부 부르거나 이름과 성만 부른다. 귀족과 지식인 계층과 상인 계층의 사적인 대화에서는 이름과 부칭을 함께 부르는 것이 정중한 표현이었고, 이름이나 애칭만 부르는 것은 아주 친밀한 사이에서만 허락되는 표현이었다. 평민들은 대체로 이름이나 비칭으로만 불렀다. 이 소설에서 상인은 바실리 안드레이치('안드레예비치'를 좀 더 친근하게 부르는 방식) 부레후노프 혹은 바실리 안드레이치로 지칭되고, 그의 고용인은 단순히 니키타 혹은 미키타로만 지칭된다. 이름을 부르는 방식에서 그들의 사회적 지위가 다름을 짐작할 수 있다.

기 돈 700루블을 꺼내고 3000루블을 맞추기 위해 그가 맡아 둔 교회 돈 2300루블을 그 돈에 보탠 후 열심히 세어 지갑에 넣고 출발할 채비를 했다.

이날 바실리 안드레이치의 일꾼 중 유일하게 술에 취하지 않은 니키타가 썰매에 말을 매러 달려갔다. 니키타가 이날 술에 취하지 않은 것은 술꾼인 그가 술을 퍼마시느라 자신의 반외투와 가죽 부츠를 날린 강림절 정진 전날[4] 이후 절대 술을 마시지 않겠다고 맹세했고 지금 두 달째 술을 끊고 있었기 때문이다. 축일의 처음 이틀 동안 곳곳에서 술의 유혹을 받긴 했지만 그는 아직 술을 마시지 않았다.

니키타는 인근 마을에서 온 쉰 살의 농부로 가장은 아니었다. 사람들이 그에 대해 말하듯 생의 대부분을 집이 아닌 사람들 틈에서 산 사람이었다. 그는 부지런하고 빈틈이 없고 힘이 좋았기 때문에, 특히 성격이 선량하고 유쾌했기 때문에 어디에서나 높은 평가를 받았다. 하지만 어디에도 눌러살지 못했다. 왜냐하면 한 해에 두어 번, 어쩌면 그보다 더 자주 술을 퍼마셨고, 그럴 때면 자신이 가진 것을 전부 술값으로 날릴 뿐 아니라 성질이 난폭해져 걸핏하면 남들에게 시비를 걸었기 때문이다. 바실리 안드레이치도 몇 번 그를 쫓아내긴 했지만 나중에는 그의 정직함, 동물에 대한 사랑, 무엇보다 싼 품삯을 높이 평가하며 다시 고용하곤 했다. 바실리 안드레이

---

4) 러시아 정교회에서는 11월 14일부터 크리스마스까지를 정진(精進) 기간으로 지켜 육식을 끊고 소박한 음식을 먹는다. 이 긴 정진이 시작되기 전날은 마음껏 육식과 음주를 할 수 있는 날이다.

치는 니키타에게 그 정도의 일꾼이 응당 받아야 할 80루블이
아닌 40루블을 지불했다. 그는 그 돈을 제대로 정산하지 않고
조금씩 나누어서, 그것도 대부분 돈이 아닌 가게에서 비싼 값
에 팔리는 물품으로 지급했다.

한때 아름답고 활발한 여자였던 니키타의 아내 마르파는
사춘기 아들 한 명과 두 딸을 키우며 살림을 꾸려 나갔는데
니키타에게 집에 들어와 살라는 말을 하지 않았다. 첫 번째
이유는 그들 집에 묵고 있던 다른 마을 출신의 농민인 통 제
조공과 이미 스무 해 동안 동거하고 있었기 때문이고, 두 번
째 이유는 남편이 술에 취하지 않았을 때는 그를 마음대로 부
려도 그가 만취했을 때는 불인 양 두려워했기 때문이다. 한번
은 집에서 거나하게 술을 마신 니키타가 취하지 않았을 때 늘
고분거린 것에 복수라도 하고 싶었는지 아내의 궤를 부수어
그녀의 가장 비싼 옷들을 끄집어내고는 도끼를 들어 모든 사
라판과 옷을 나무 그루터기 위에다 대고 갈기갈기 찢어 버렸
다. 니키타가 벌어들인 품삯은 전부 아내에게 넘겨졌고, 니키
타도 그것에 반대하지 않았다. 그래서 이번에도 축일 전 이틀
동안 마르파는 바실리 안드레이치를 찾아가 하얀 밀가루, 차,
설탕, 술 8분의 1병 등 전부 다 합쳐 3루블 정도 가져가고 돈
으로 5루블을 더 받은 후 마치 특별한 은총이라도 얻었다는
듯 그것에 대해 감사의 말을 전했다. 가장 싼 품삯으로 쳐도
바실리 안드레이치가 그들에게 20루블을 빚지고 있는데도 말
이다.

"자네와 내가 무슨 약정을 맺었던가?" 바실리 안드레이치가

니키타에게 말했다. "필요한 게 있으면 가져가고 일해서 갚아. 내 방식은 다른 사람들의 방식과 달라. 다른 사람들은 기다리게 했다가 명세서를 내밀고 벌금을 매기지. 우리는 정직하게 해. 자네가 날 위해 일하면 난 자네를 버리지 않을 거야."

그리고 이 말을 할 때 바실리 안드레이치는 진심으로 자신이 니키타에게 은혜를 베풀고 있다고 확신했다. 그는 아주 설득력 있게 말하는 재주가 있었다. 그래서 니키타를 비롯해 그의 돈에 의지하는 모든 사람이 그가 자기들을 속이는 게 아니라 은혜를 베풀고 있다는 이런 확신 속에서 그를 지지했다.

"그래, 알아, 바실리 안드레이치. 나도 당신을 위해 일하다 보면 친아버지를 위한 일인 양 애쓰게 되는 것 같거든. 아주 잘 알아." 니키타는 이렇게 대답하곤 했다. 그는 바실리 안드레이치가 자기를 속이는 것을 아주 잘 알았지만, 그와 동시에 그를 붙잡고 자신의 명세서에 대해 왈가왈부해 봤자 소용없으며, 다른 일자리가 생기지 않는 한 그대로 살면서 주는 대로 받을 수밖에 없다고 느꼈다.

방금 주인으로부터 썰매에 말을 매라는 지시를 받은 니키타는 늘 그랬듯이 거위 같은 다리로 활기차고 경쾌하게 걸음을 내디디며 기꺼이 즐겁게 헛간으로 갔다. 그곳의 못에서 술 달린 묵직한 가죽 굴레를 벗긴 후 재갈을 숫양의 울음소리처럼 철컹철컹 울리며 빗장이 걸린 마구간으로 향했다. 그곳에는 바실리 안드레이치가 썰매에 매라고 지시한 말이 따로 있었다.

"뭐야, 그리웠던 거냐? 그리웠어, 이 바보야?" 니키타가 그를 반기는 희미한 울음소리에 대꾸하며 말했다. 그 소리는 마구간에 혼자 서 있는, 체격이 좋고 엉덩이가 다소 처지고 흑갈색 바탕에 누런 반점이 있는 중키의 수말이 그를 맞이하며 낸 소리였다. "자, 자, 안 늦었다, 우선 물을 마시게 해 주마." 그는 말〔言〕을 이해하는 존재와 말하듯 그렇게 말〔馬〕과 말했다. 그러고 나서 가운데가 홈이 파인 듯 움푹 들어가고 털이 쓸려 벗겨지고 먼지가 잔뜩 내려앉은 살진 등을 외투 앞깃으로 쓸어 주고는, 젊은 수말의 잘생긴 머리에 굴레를 씌우고 말의 귀와 앞머리를 굴레에 눌리지 않게 꺼내 주고 얼굴에 씌우는 띠를 벗긴 뒤 물을 먹이러 끌고 갔다.

똥이 수북하게 쌓인 마구간을 조심스럽게 빠져나온 무호르티5)는 장난을 치고 뒷발을 차올리며 자신과 함께 우물을 향해서 빠른 걸음으로 달려가고 있는 니키타를 뒷발로 칠 것처럼 굴었다.

"어리광을 부려라, 어리광을 부려, 악당 같은 녀석!" 니키타가 중얼거렸다. 그는 무호르티가 그를 치기 위해서가 아니라 기름때 묻은 털가죽 반외투를 살짝 건드리기 위해서 조심스럽게 뒷발을 차올린다는 것을 알았고, 특히 이 버릇을 귀여워했다.

차가운 물을 실컷 마신 말은 축축하게 젖은 단단한 입술을 움직이며 깊이 숨을 내쉬었다. 입술 부근에 난 수염에서 구유로 투명한 물방울이 방울져 떨어졌다. 말은 생각에 잠긴 듯 꼼짝도 하지 않았다. 그러더니 갑자기 요란하게 힝힝거렸다.

---

5) 앞에서는 말에 대해 '노란 반점이 있는'이라는 수식어가 붙었는데 이 부분부터는 그 수식어가 대문자로 바뀌어 이름처럼 불린다.

"원하지 않으면 마시지 않아도 돼. 그런데 이것만은 알아 두자. 더 달라고 조르면 안 돼." 니키타는 무호르티에게 자신의 행동을 완벽할 정도로 진지하고 신중하게 설명했다. 그러고는 뒷발을 차올리고 안마당 전체에 또각또각 소리를 울리는 명랑한 젊은 말의 짧은 고삐를 잡아끌며 다시 헛간으로 달려갔다.

일꾼은 아무도 없었다. 외부인 한 명, 즉 축일을 맞아 찾아온 식모의 남편만 있었다.

"어이, 친구,[6] 가서 물어봐." 니키타가 그에게 말했다. "넓고 낮은 썰매랑 작은 썰매 중에서 어떤 썰매에 말을 매야 하느냐고 말이야."

식모의 남편은 높은 토대 위에 세워진 함석지붕 집으로 가더니 작은 썰매에 말을 매라고 했다는 소식을 가지고 곧 돌아왔다. 그사이 니키타는 이미 말에게 목에 두르는 멍에를 씌우고 잔못들이 박힌 안장 받침요를 묶은 후 한 손으로는 채색된 가벼운 아치형 멍에를 운반하고 다른 한 손으로는 말을 이끌면서 헛간 근처에 있는 두 대의 썰매 쪽으로 다가가고 있었다.

"작은 것에 매라면 작은 것에 매야지." 그가 말했다. 그는 줄곧 자신을 물고 싶어 하는 척하던 영리한 말을 끌채 안으로 밀어 넣고는 식모 남편의 도움을 받아 말을 썰매에 매기 시작

---

6) 니키타는 식모의 남편에게 러시아어로 'милая душа', 즉 '사랑하는 사람아' 혹은 '사랑하는 영혼아'라고 부르고 있다. 이는 가족이나 연인 혹은 절친한 친구에게 쓰는 표현이다.

했다.

모든 것이 거의 다 준비되고 말에 긴 고삐를 채우는 일만 남자 니키타는 헛간에서 짚을, 창고에서 아마포를 가져오라며 식모 남편을 보냈다.

"이제 다 됐다. 자, 자, 그만 좀 발끈해!" 니키타가 식모 남편이 가져온 갓 탈곡한 귀리 짚을 썰매 안에 꽉꽉 쑤셔 넣으며 말했다. "자, 이제 이런 식으로 막베를 깔고 그 위에 아마포를 얹자. 자, 이렇게, 이렇게, 그러면 앉기에 좋을 거야." 그는 자신이 말하는 대로 움직이고 좌석 주위에 사방으로 깔린 짚 위로 포대를 덮어 찔러 넣으며 지껄였다.

"고마워, 친구." 니키타가 식모 남편에게 말했다. "둘이서 하면 훨씬 빠르지." 그러고는 접합 부분에 고리가 달린 긴 가죽 고삐를 가지런히 정리한 후 마부대에 걸터앉아 어서 가자고 조르던 착한 말을 출발시켜 안마당의 얼어붙은 똥 위를 지나 대문 쪽으로 향했다.

"미키트[7] 아저씨, 아저씨, 아저씨!" 검은 반외투를 입고 하얀 새 펠트 부츠를 신고 따뜻한 모자를 쓴 일곱 살짜리 사내아이가 현관에서 안마당으로 다급하게 뛰어나오며 가느다란 목소리로 그의 뒤에서 외쳤다. "나 좀 태워 줘." 아이는 걸어가면서 반외투의 단추를 잠그며 졸랐다.

"자, 자, 달려라, 작은 비둘기[8]야." 니키타가 말했다. 그는 썰

---

7) '니키타'라는 러시아 이름이 우크라이나에서는 '미키트'라는 이름으로 불린다. 뒷부분에서 바실리 안드레이치는 니키타를 '미키타'라고도 부른다.
8) '작은 비둘기'를 뜻하는 러시아어 'голубок'는 사랑하는 사람을 부를 때

매를 멈춰 세우고 기쁨으로 환히 빛나는 주인집의 창백하고 깡마른 사내아이를 태우고는 길로 나섰다.

2시가 지난 무렵이었다. 몹시 추웠다. 10도의[9] 바람 부는 음산한 날씨였다. 하늘의 절반은 낮게 깔린 검은 구름으로 뒤덮여 있었다. 하지만 바깥은 조용했다. 길에서는 바람이 더 눈에 띄게 거세졌다. 바람이 인접한 창고의 지붕에서 눈을 흩날리고 길가와 증기탕 옆에서 소용돌이쳤다. 니키타가 대문을 통과해 말을 현관 계단 쪽으로 돌리자마자, 양가죽 외투를 입고 가죽띠를 배 아래쪽에 팽팽히 맨 바실리 안드레이치가 입에 담배를 물고서 현관 밖으로 나와 테두리에 가죽을 댄 펠트 부츠 밑에서 요란하게 삐걱거리고 굳은 눈 때문에 딱딱해진 높다란 현관 계단에 멈춰 섰다. 그는 다 타고 남은 담배를 빨아들인 후 발밑에 던지고 밟았다. 그리고 콧수염 사이로 연기를 뿜고는 대문 사이로 들어선 말을 곁눈질하면서 콧수염을 제외하고 깨끗이 면도한 불그레한 얼굴 양옆으로부터 외투의 모피 옷깃을 안으로 쑤셔 넣었다. 모피가 호흡 때문에 축축해지지 않도록 하기 위해서였다.

"이런, 정말 장난꾸러기구나, 벌써 준비를 마쳤어!" 그는 썰매 안의 어린 아들을 바라보며 말했다. 바실리 안드레이치는 손님들과 마신 술 때문에 흥분해 있었다. 그래서 그에게 속한 모든 것과 그가 행한 모든 것에 평소보다 훨씬 더 만족했

사용하는 다정한 호칭이다.
9) 원문에는 '영하 10도'라고 되어 있지 않지만 이야기의 흐름상 영하 10도로 보는 게 타당할 듯하다.

다. 그가 언제나 마음속으로 후계자라고 부르던 아들의 모습이 이 순간 그에게 커다란 만족감을 안겼다. 그는 눈을 가늘게 뜨고 긴 이를 드러내며 아들을 바라보았다.

바실리 안드레이치의 창백하고 야윈 임신한 아내는 눈만 보이도록 모직 숄로 머리와 어깨를 감싸고서 그를 배웅하기 위해 현관에 나와 그의 등 뒤에 서 있었다.

"니키타를 꼭 데려가." 그녀가 문밖으로 소심하게 걸어 나오며 말했다.

바실리 안드레이치는 아무런 대꾸도 하지 않고 그녀의 말에 기분이 나쁜지 사납게 얼굴을 찡그리며 침을 뱉었다.

"당신은 돈을 가지고 가잖아." 아내가 똑같이 애처로운 목소리로 계속해서 말했다. "게다가 하느님께 맹세코 날씨도 정말 안 좋을 거야."

"뭐야, 내가 길을 모를까 봐? 그래서 나한테 동행인이 꼭 필요하다고 하는 거야?" 바실리 안드레이치는 평소 상인들과 고객들을 대할 때 그러듯 입술에 부자연스러울 정도로 힘을 주며, 특히 각 음절을 유난히 또렷하게 발음하며 말했다.

"그래, 정말이지 꼭 데려가면 좋겠어. 하느님의 이름으로 당신에게 부탁할게!" 아내는 숄을 반대편으로 더 감으며 똑같은 말을 되풀이했다.

"증기탕의 나뭇가지처럼[10] 귀찮게도 따라다니네……. 아니,

---

10) 러시아인들은 '바냐'라고 불리는 증기탕에서 증기로 덥힌 몸을 나뭇가지로 찰싹찰싹 때린다. 혈액 순환에 좋은 비법으로 알려져 있다.

내가 그 인간을 어디에 데려간단 말이야?"

"좋아, 바실리 안드레이치, 난 준비됐어." 니키타가 쾌활하게 말했다. "내가 없어도 말들에게 여물을 줄 사람만 있으면 돼." 그는 여주인을 돌아보며 덧붙여 말했다.

"내가 잘 감독할게, 니키투시카,[11] 세묜에게 지시해 둘게." 여주인이 말했다.

"그럼 어떡할까, 내가 갈까, 바실리 안드레이치?" 니키타가 기다리면서 말했다.

"할망구의 말을 들어줘야겠군. 단, 갈 거라면 가서 더 따뜻한 옷을 입고 와." 바실리 안드레이치는 이렇게 말하고는 다시 싱긋 웃으며 겨드랑이와 등에 구멍이 나고 옷자락이 너덜너덜 찢어지고 기름때에 절고 오래 입어서 닳은, 지금껏 모든 것을 지켜보아 왔던 니키타의 털가죽 반외투에 한쪽 눈을 찡긋해 보였다.

"어이, 친구, 와서 말을 좀 잡아 줘!" 니키타가 안마당에 있는 식모 남편에게 큰 소리로 말했다.

"내가 할래, 내가 할래!" 사내아이가 호주머니에서 빨갛게 언 작은 손을 꺼내 차가운 긴 가죽 고삐를 움켜쥐며 빽빽거렸다.

"단, 꼴사납지 않게 옷을 단정히 입어. 기운차게 움직이란 말이야." 바실리 안드레이치가 니키타를 조롱하며 외쳤다.

"후딱 다녀올게, 바실리 안드레이치." 니키타가 새 펠트 밑창을 댄 낡은 펠트 부츠를 빠르게 놀리며 안마당으로 달려가

---

11) 니키타의 애칭.

일꾼용 통나무집 안으로 들어갔다.

"어이, 아리누시카,[12] 페치카에서 내 할라트 좀 갖다줘. 주인과 함께 가야 해!" 니키타가 통나무집 안으로 뛰어 들어가 못에 걸린 가죽띠를 끌어 내리며 말했다.

식사 후 한숨 푹 자고 이제 남편을 위해 사모바르를 준비하던 여자 고용인이 니키타를 명랑하게 맞이했다. 그의 조급함에 전염된 그녀는 그와 마찬가지로 빠르게 사뿐사뿐 움직이며 페치카에서 말린, 허름하고 낡아 빠진 나사 카프탄을 꺼내 서둘러 털고는 부드러워지도록 매만졌다.

"이제 남편이랑 마음껏 뒹굴 수 있겠네."[13] 니키타가 식모에게 말했다. 그는 누군가와 단둘이 남게 되면 선량하고 겸손한 성품 때문에 언제나 상대에게 무언가를 말하는 사람이었다.

그러고 나서 그는 폭이 좁고 낡은 가죽띠를 반외투에 두르고 홀쭉한 배를 쑥 집어넣어 힘껏 졸라맸다.

"자, 그렇지." 그 후에 그는 가죽띠의 양 끝을 허리춤에 쑤셔 넣으며 이제 식모가 아니라 가죽띠를 향해 말을 건넸다. "이렇게 하면 너도 빠지지 않겠지." 그러고는 두 팔이 편하도록 어깨를 올렸다 내렸다 한 뒤 그 위에 할라트를 입고, 이번에도 두 팔이 자유롭게 움직이도록 등을 곧게 펴고 양쪽 겨드랑이를 툭툭 친 후 선반에서 손모아장갑을 꺼냈다. "자, 이제 됐군!"

---

12) 아리나의 애칭.
13) '뒹굴다'로 번역한 러시아어 'гулять'에는 '산책하다', '쉬다' '성관계를 갖다' 등의 다양한 뜻이 있다.

"스테파니치,[14] 신발을 바꾸면 좋겠는데." 식모가 말했다.
"부츠가 부실해."

니키타는 기억을 떠올린 듯 가만히 멈춰 섰다.

"그래야 할 것 같긴 한데……. 뭐, 이러면 되겠어, 그렇게 멀지 않잖아!

그러고 나서 그는 안마당으로 달려갔다.

"춥지 않아, 니키투시카?" 그가 썰매로 다가가자 여주인이 말했다.

"괜찮아, 난 정말 따뜻해." 니키타는 다리를 덮기 위해 썰매 앞 안쪽에 짚을 가지런히 펼치고 순한 말에게는 필요 없는 채찍을 짚 아래 찔러 넣으며 대답했다.

바실리 안드레이치는 이미 썰매에 앉아 두 벌의 털외투에 싸인 등으로 썰매의 휘어진 뒷부분을 가득 메우고는 곧바로 긴 고삐를 잡고 말을 출발시켰다. 니키타는 움직이는 썰매에 올라타 왼편 앞쪽에 자리를 잡고는 한쪽 다리를 밖으로 내밀었다.

2

순한 수말은 썰매 날의 가벼운 삐걱거림과 함께 썰매를 끌

---

14) 스테파니치는 니키타의 부칭이다. 제정 러시아의 일부인 소러시아(오늘날의 우크라이나)에서는 친근감과 존중을 모두 표현하기 위해 부칭만 부르기도 했다.

고서 마을의 잘 닦인 얼어붙은 길을 따라 씩씩한 걸음으로 움직이기 시작했다.

"어디에 매달려 있는 거냐? 여기 채찍을 줘 봐, 미키타!" 바실리 안드레이치가 큰 소리로 외쳤다. 뒤편의 썰매 날 위에 앉으려던 후계자의 모습에 기뻐하는 듯 보였다. "가만두지 않겠다! 개새끼야, 어서 엄마에게 가라."

사내아이는 껑충 뛰어내렸다. 무호르티는 조금씩 속도를 높이더니 갑자기 발을 바꾸어 속보로 나아가기 시작했다.

바실리 안드레이치의 집이 있는 크레스티 마을에는 여섯 집이 있었다. 마지막 대장장이의 통나무집을 지나치자마자 그들은 곧 바람이 그들의 생각보다 훨씬 더 강하다는 사실을 알아차렸다. 길은 이미 거의 보이지 않았다. 썰매 날의 자국은 이내 눈으로 덮였고, 그나마 길을 분간할 수 있었던 것은 길이 다른 곳들보다 더 높이 솟아 있었기 때문이다. 벌판 전체에 눈보라가 휘몰아쳐 하늘과 땅이 만나는 선이 보이지 않았다. 언제나 잘 보이던 첼랴치노 숲은 이제 눈가루 사이로 이따금 흐릿하고 거무스레하게 보였다. 바람은 왼편에서 불어와 잘 먹인 무호르티의 단단한 목 한쪽으로 집요하게 갈기를 젖히고, 간단한 매듭으로 묶인 북실북실한 꼬리를 옆으로 돌리곤 했다. 바람이 불어오는 쪽에 앉아 있던 니키타의 긴 옷깃이 그의 얼굴과 코에 달라붙었다.

"도저히 달릴 수가 없어. 눈이 너무 많이 와." 바실리 안드레이치가 자신의 좋은 말을 자랑스러워하며 말했다. "한번은 파슈치노에 다녀왔는데 이 녀석이 삼십 분 만에 날 데려다 놓더군."

"뭐라고?" 옷깃 때문에 그의 말을 알아듣지 못한 니키타가 물었다.

"파슈치노에 삼십 분 만에 도착했다고 했어." 바실리 안드레이치가 소리쳤다.

"확실히 좋은 말이지!" 니키타가 말했다.

그들은 잠시 침묵했다. 그러나 바실리 안드레이치는 말을 하고 싶었다.

"어때, 내 생각에는 자네가 안사람한테 시켰을 것 같은데. 통 제조공이 술을 마시지 못하게 하라고 말이야." 바실리 안드레이치가 똑같이 큰 목소리로 말을 꺼냈다. 자기처럼 중요하고 똑똑한 사람과 이야기하게 되어 니키타로서는 분명 영광스러울 것이라고 굳게 확신한 나머지, 그리고 자신의 농담에 너무도 만족한 나머지 그는 이런 대화가 니키타에게 불쾌할 수도 있다는 생각을 떠올리지 못했다.

니키타는 이번에도 바람에 흩어지는 주인의 말소리를 알아듣지 못했다.

바실리 안드레이치는 특유의 우렁차고 또렷한 목소리로 통 제조공에 대한 농담을 되풀이했다.

"하느님께서 그들과 함께하시길. 바실리 안드레이치, 난 이런 문제에 별로 관심이 없어. 나로서는 아내가 아이를 학대하지 않기만 바랄 뿐이지. 그러지만 않으면 하느님께서 아내와 함께하시기를 바라고 있어."

"그야 그렇지." 바실리 안드레이치가 말했다. "음, 그런데 어때, 봄이 오면 말을 살 건가?” 그는 새로운 화제를 꺼냈다.

“피할 도리가 없어.” 니키타가 카프탄 옷깃을 뒤로 넘기고 주인 쪽으로 몸을 굽히며 대꾸했다.

이제 니키타는 이야기에 흥미를 느껴 계속 듣고 싶어 했다.

“사내 녀석이 장성해서 이제 직접 경작해야 하는데 우리는 계속 빌리고 있거든.” 그가 말했다.

“어때, 윤기가 흐르는 살진 말을 가져가. 비싸게 받지 않을 게!” 바실리 안드레이치가 소리쳤다. 그는 흥분해서 그의 모든 정신력을 삼켜 버리는, 그가 좋아하는 일인 말 거래에 빠져들었다.

“아니면 15루블 정도 줘. 내가 말 시장에서 살게.” 니키타가 말했다. 그는 바실리 안드레이치가 그에게 팔고 싶어 하는 윤기 흐르는 살진 말의 매매 가격이 7루블이라는 것, 바실리 안드레이치가 그 말을 그에게 넘길 경우 25루블을 매기리라는 것, 그리고 그 후에는 반년 동안 그에게서 돈을 볼 수 없으리라는 것을 알았다.

“좋은 말이야. 나 자신을 위해 바라듯 자네를 위해 그렇게 되길 바라. 양심을 걸고 말하지. 브레후노프는 누구에게도 모욕을 주지 않아. 내 일이라면 손해를 봐도 괜찮아. 하지만 다른 사람들의 일이라면 문제가 다르지. 명예를 걸고 말하는데…….” 그가 자신과 거래하는 상인과 구매자들을 입에 발린 말로 속일 때 내는 특유의 목소리로 소리쳤다. “진짜 말다운 말이야!”

“물론 그렇지.” 니키타가 말했다. 그는 한숨을 쉬고는 더 이상 들을 것이 없다고 확신하며 한 손으로 옷깃을 놓았다. 옷깃은 이내 그의 귀와 얼굴을 덮었다.

삼십 분 동안 그들은 말없이 갔다. 바람이 니키타의 구멍 난 외투 옆구리와 소매를 빠져나갔다.

그는 몸을 움츠리고 그의 입을 가린 옷깃 속으로 숨을 몰아쉬었다. 그러자 온몸에서 추위가 가셨다.

"어떡하지? 어떻게 생각해? 카라미셰보를 거쳐서 갈까, 곧장 갈까?" 바실리 안드레이치가 물었다.

카라미셰보로 가는 여정은 사람들의 왕래가 훨씬 더 많고 좋은 도로 표지판이 두 줄로 설치된 길로 가면 되지만 더 멀었다. 곧장 가면 더 빨리 갈 수 있지만 사람들이 거의 다니지 않는 데다 표지판이 아예 없거나 조악한 표지판이 눈에 파묻힌 길로 가야 했다.

니키타는 잠시 생각했다.

"카라미셰보로 가면 좀 더 멀긴 해도 더 편하게 갈 수 있어." 그가 말했다.

"저지대를 곧장 통과하기만 하면 길을 잃지 않을걸. 거기 숲길이 좋아." 바실리 안드레이치가 말했다. 그는 곧장 가고 싶었다.

"마음대로 해." 니키타는 그렇게 말하고 다시 옷깃을 놓아 버렸다.

바실리 안드레이치는 그렇게 했고, 0.5베르스타 정도 지나 여기저기 마른 잎이 붙어 있는, 바람에 흔들리는 높은 참나무 가지 옆에서 왼쪽으로 돌았다. 모퉁이를 지나자 바람이 거의 맞바람으로 변했다. 그리고 위에서 눈이 내리기 시작했다. 바

실리 안드레이치는 계속 마차를 몰면서 양 볼을 부풀려 밑에
서 콧수염 사이로 숨을 뱉어 냈다. 니키타가 꾸벅꾸벅 졸았다.

그들은 말없이 십 분쯤 그렇게 갔다. 갑자기 바실리 안드레
이치가 무언가 말했다.

"뭐라고?" 니키타가 눈을 뜨며 물었다.

바실리 안드레이치는 대꾸하지 않고 몸을 꺾어 뒤를 돌아
본 후 다시 말 머리 너머 앞쪽을 쳐다보았다. 땀 때문에 사타
구니와 목의 털이 곱슬곱슬해진 말이 터벅터벅 걸었다.

"뭐라고 했어?" 니키타가 거듭 말했다.

"뭐냐니, 뭐냐니?" 바실리 안드레이치가 성이 나서 그를 흉
내 냈다.[15] "표지판이 보이지 않아! 길을 잃은 게 분명해!"

"그럼 멈춰. 내가 길을 찾아볼게." 니키타는 이렇게 말하고
썰매에서 가볍게 뛰어내려 짚 아래에서 채찍을 꺼내 그가 앉
아 있던 곳으로부터 왼쪽으로 향했다.

그해에는 눈이 많이 쌓이지 않아서 어디에나 길이 있었다.
하지만 니키타는 곳곳에서 무릎까지 빠졌고, 눈이 그의 부츠
속으로 들어갔다. 니키타는 돌아다니면서 발과 채찍으로 더듬
었지만 길은 어디에도 없었다.

"어쩌지?" 니키타가 다시 썰매로 다가오자 바실리 안드레이
치가 말했다.

"이쪽에는 길이 없어. 저쪽으로 가서 돌아다녀 봐야겠어."

---

15) 니키타에게는 '무엇'이라는 러시아어 'что'[shto]를 'чаro'[tsavo]라고 말
하는 습관이 있다.

"저기 앞쪽에 무언가 거무스름한 게 있어. 그쪽으로 가서 살펴봐." 바실리 안드레이치가 말했다.

니키타는 그쪽으로도 가서 거뭇하게 보이는 것으로 다가갔다. 눈 위로 드러난 가을 파종 곡물에서 떨어져 눈을 검게 물들인 흙이었다. 오른쪽으로도 갔던 니키타는 썰매로 돌아와 몸에서 눈을 털고 부츠를 흔들어 눈을 떨어뜨린 후 썰매에 앉았다.

"오른쪽으로 가야 해." 그가 단호하게 말했다. "바람이 내 왼쪽 옆구리로 불었는데 이제 내 낯짝으로 곧장 불어오는군. 오른쪽으로 가!" 그가 단호하게 말했다.

바실리 안드레이치는 그의 말을 듣고 오른쪽을 택했다. 그들은 그렇게 몇 시간 동안 나아갔다. 바람은 수그러들지 않았고 눈까지 날렸다.

"바실리 안드레이치, 우리가 완전히 길에서 벗어난 것 같아." 갑자기 니키타가 기쁜 듯이 말했다. "이게 뭐지?" 그가 눈 밑에서 솟은 감자의 검은 덩굴을 가리키며 말했다.

바실리 안드레이치는 어느새 땀을 흘리며 단단한 넓적다리를 힘겹게 끌고 가는 말을 멈춰 세웠다.

"뭐라고?" 그가 물었다.

"우리가 자하롭카 들판에 있다는 말이지. 저기가 우리가 갔어야 하는 곳이야!"

"거짓말이지?" 바실리 안드레이치가 대꾸했다.

"거짓말하는 거 아냐, 바실리 안드레이치, 사실을 말하는 거야." 니키타가 말했다. "썰매에서 나는 소리로 알 수 있어. 우

리는 감자 위로 지나가고 있어. 저기 감자 덩굴을 베어서 쌓아
둔 더미가 있잖아. 자하롭카 공장 지대야.”

“이런, 어디로 샌 거야! 이제 어떡해?”

“똑바로 가야 해. 그게 다야. 어디로든 가겠지.” 니키타가 말
했다. “자하롭카가 아니라면 어느 지주의 농장으로 갈 거야.”

바실리 안드레이치는 니키타의 말을 순순히 따르며 그가
시킨 대로 말을 보냈다. 그들은 그렇게 꽤 오랫동안 갔다. 때로
는 그들 앞에 겨울 작물이 나타나기도 했고, 썰매가 얼어붙은
땅의 이랑 위에서 덜컹거리기도 했다. 때로는 그들 앞에 그루
터기만 남은 밭이 나오기도 하고, 가을에 파종한 밭이 나오기
도 하고, 눈 밑으로 쑥과 지푸라기들이 바람에 흔들리는 봄갈
이 밭이 나오기도 했다. 때로는 눈이 깊이 쌓여 어디나 똑같
이 하얗고 평평한, 더 이상 아무것도 보이지 않는 눈밭을 만나
기도 했다.

눈이 하늘에서 내리며 이따금 위로 솟구쳤다. 말은 몹시 지
쳤는지 터벅터벅 걸어갔다. 땀 때문에 털이 온통 곱슬곱슬하
게 말리고 온몸이 서리로 덮이기 시작했다. 갑자기 말이 발을
헛디뎌 물구멍이나 도랑 같은 데 빠졌다. 바실리 안드레이치
는 썰매를 멈추고 싶었지만 니키타가 그에게 소리쳤다.

“왜 멈추려고 해! 엉뚱한 곳에 들어왔으면 빠져나가야지.
호, 귀여운 것! 호! 호, 사랑스러운 것!” 썰매에서 뛰어내린 그
는 자신도 도랑 속에 깊이 빠진 채 쾌활한 목소리로 말에게
소리쳤다.

말은 힘껏 뛰어오르더니 이내 얼어붙은 둑으로 빠져나왔

다. 그것은 사람이 파 놓은 도랑이 분명했다.

"우리가 도대체 어디에 있는 거야?" 바실리 안드레이치가 말했다.

"곧 알게 되겠지!" 니키타가 대꾸했다. "마음 편하게 가다 보면 어딘가에는 닿을 거야."

"저거 고랴치키노 숲 맞지?" 바실리 안드레이치가 그들 앞쪽에 눈 사이로 보이는 검은 무언가를 가리키며 말했다.

"일단 가까이 가 보면 어떤 숲인지 알게 되겠지." 니키타가 말했다.

니키타는 거무스름한 무언가가 있는 쪽에서 메마른 길쭉한 버드나무 잎들이 날아오는 것을 보았다. 그래서 그것이 숲이 아니라 건물이라는 것을 알았지만 그 사실을 말하고 싶지 않았다. 그리고 정말로 도랑에서 10사젠[16]도 더 못 가 그들 앞에 멀리 나무가 분명한 거무스름한 것들이 보이고 어떤 새로운 음산한 소리가 들려왔다. 니키타의 짐작은 옳았다. 그것은 숲이 아니라 한 줄로 늘어선 높은 버드나무들로 아직도 가지 여기저기에서 잎사귀들이 떨고 있었다. 버드나무들은 탈곡장의 도랑을 따라 심긴 게 분명했다. 바람 속에서 음산하게 윙윙거리는 버드나무들 쪽으로 다가간 말은 갑자기 앞다리를 들어 썰매보다 높이 서고 뒷발로 높은 곳으로 벗어나 왼쪽으로 방향을 틀었고, 마침내 무릎까지 눈 속에 빠지는 것을 면했다. 그곳은 길이었다.

---

16) 제정 러시아의 길이 단위. 1사젠은 약 2미터다.

“이렇게 도착했군.” 니키타가 말했다. “그런데 어디인지 분명치 않아.”

말은 망설임 없이 눈 덮인 길을 따라 출발했다. 그런데 40사젠도 못 가 눈이 두껍게 쌓인 지붕 아래 직선으로 뻗은 곡물 창고의 바자울이 멀리 거무스름하게 보였다. 지붕에서 쉴 새 없이 눈이 떨어지고 있었다. 곡물 창고를 지나자 길이 바람 부는 방향으로 꺾였고, 그들은 바람에 밀려 눈이 쌓인 곳에 들어서게 됐다. 하지만 앞쪽의 두 집 사이로 골목길이 보였다. 눈이 바람에 실려 와 길 위에 쌓인 게 분명했고, 그들은 그곳을 통과해야 했다. 그리고 정말로 눈 쌓인 곳을 통과하자 거리가 나왔다. 맨 끝 집의 빨랫줄에 널린 얼어붙은 세탁물, 즉 붉은 루바시카 한 벌, 하얀 루바시카 한 벌, 바지 한 벌, 각반, 치마 한 벌이 바람에 무섭도록 나부꼈다. 특히 하얀 루바시카가 소매를 흔들면서 필사적으로 울부짖었다.

“저것 봐, 여편네가 게으르기도 하지. 아니면 죽어 가고 있던가. 축일이 되도록 빨래도 안 걷었네.” 니키타가 흔들리는 루바시카들을 보면서 말했다.

3

거리의 초입에는 여전히 바람이 불었고 길은 눈에 덮여 있었다. 하지만 마을 한가운데에 이르자 조용하고 따뜻해졌으며 분위기가 밝아졌다. 어느 집 안마당에서는 개가 짖었고,

다른 집 안마당에서는 남자의 반외투를 머리에 뒤집어쓴 여자가 어딘가에서 달려와 통나무집의 문으로 가서 통행인들을 보기 위해 문지방에 섰다. 마을 한가운데에서 젊은 여자들의 노랫소리가 들려왔다.

마을에 들어오니 바람도 눈도 추위도 덜한 것 같았다.

"이곳은 그리시키노잖아." 바실리 안드레이치가 말했다.

"그렇군." 니키타가 대답했다.

그리고 정말로 그곳은 그리시키노였다. 그들이 왼쪽으로 길을 잘못 들어 완전히 엉뚱한 방향으로 8베르스타 정도 더 지나쳤지만 그럼에도 목적지에 가까워지긴 했다. 그리시키노에서 고랴치키노까지는 5베르스타쯤 됐다.

마을 한복판에서 그들은 길 한가운데로 걸어가던 키 큰 남자와 마주쳤다.

"누구요?" 그 남자가 말을 멈춰 세우며 소리치더니 곧 바실리 안드레이치를 알아보고는 끌채를 잡고 두 손으로 만지작거리며 썰매까지 와서 마부대에 앉았다.

그 사람은 바실리 안드레이치도 아는 농부 이사이였다. 근방에서 제일가는 말 도둑으로 알려진 사람이었다.

"아! 바실리 안드레이치! 하느님께서 당신을 어디로 데려가고 있나요?" 이사이가 니키타 쪽으로 자신이 마신 보드카 냄새를 풍기며 말했다.

"우리는 고랴치키노로 가던 중이었어."

"어디로 왔는지 보세요! 말라호보로 가야죠."

"가야 한다는 말로는 부족해. 하지만 제대로 해내지 못했지." 바실리 안드레이치가 말을 멈춰 세우며 말했다.

"좋은 말이군요." 말을 유심히 살펴보던 이사이가 풍성한 꼬리를 묶어 둔 매듭이 느슨해진 것을 보고 익숙한 동작으로 매듭을 꼬리뼈 밑까지 조이며 말했다.

"어때요, 자고 갈 건가요?"

"아니야, 형제, 꼭 가야 해."

"그런 것 같군요. 그런데 이 사람은 누구죠? 아! 니키타 스테파니치!"

"달리 누구겠어?" 니키타가 대답했다. "사랑하는 친구, 그런데 어떻게 하면 우리가 다시 길을 잃지 않을 수 있을까?"

"여기에서 길을 잃을 데가 어디 있어! 뒤로 돌아 거리를 따라서 똑바로 가. 거리를 벗어나면 거기에서 또 계속 똑바로 가. 왼쪽으로 틀지 마. 대로에 도착하면 그때 오른쪽으로 돌아."

"대로에서 방향을 틀라니, 어디에서? 여름에 하던 대로? 아니면 겨울에 하던 대로?" 니키타가 물었다.

"겨울에 하는 대로 해야지. 대로에 도착하면 바로 떨기나무들이 나올 거야. 떨기나무들 맞은편에 잔뜩 멋 부린 글씨가 적힌 커다란 참나무 표지판도 있어. 바로 거기야."

바실리 안드레이치는 말을 돌려 마을을 통과했다.

"아니면 자고 가든가!" 뒤에서 이사이가 그들을 향해 소리쳤다.

하지만 바실리 안드레이치는 그에게 대꾸하지 않고 계속 말을 툭툭 쳤다. 5베르스타쯤 되는, 그중에 2베르스타는 숲을 통과해야 하는 평평한 길은 썰매로 가기에 수월할 듯했다. 게

다가 바람이 잦아든 듯 보이고 눈이 종종 그치기도 해서 더욱 그랬다.

그들은 썰매 날에 단단히 다져지고 여기저기 방금 싼 똥이 거무스름하게 보이는 길을 따라 다시 거리를 통과한 뒤 빨래가 걸려 있던 마당을 지나쳤다. 하얀 루바시카는 이미 꽁꽁 언 소매 한 짝만 빨랫줄에 매달린 채 거의 떨어지다시피 했다. 그들은 다시 무섭도록 윙윙대는 버드나무들 쪽으로 나왔고, 문득 자신들이 다시 탁 트인 벌판 위에 있다는 것을 깨달았다. 눈보라는 잦아들기는커녕 더 심해진 것 같았다. 길은 완전히 눈에 뒤덮여 있었고, 길을 잃지 않았음을 알 수 있었던 것은 오로지 표지판 때문이었다. 하지만 맞바람이 불어서 앞쪽의 표지판도 분간하기 힘들었다.

바실리 안드레이치는 눈을 가늘게 뜨고 고개를 숙여 표지판을 찾았지만 대체로 말에게 기대를 걸고 말이 알아서 가게 내버려두었다. 그리고 말은 실제로 길을 잃지 않았고, 자신이 두 발로 감지한 길의 굽이를 따라 때로는 오른쪽으로, 때로는 왼쪽으로 돌면서 나아갔다. 그래서 눈발이 더욱 거세지고 바람도 심해지긴 했어도 표지판은 때로 오른쪽에서, 때로 왼쪽에서 여전히 계속 보였다.

그렇게 그들은 십 분쯤 갔다. 그런데 갑자기 말 바로 앞쪽에 휘몰아치는 눈보라의 비스듬한 그물 속에서 검은 무언가가 움직이는 것이 보였다. 길동무들이었다. 무호르티가 그들을 따라잡아 앞서가는 썰매의 좌석을 두 발로 툭툭 쳤다.

"지나가…… 가아…… 먼저!" 썰매에서 사람들이 외치는 소리가 들렸다.

바실리 안드레이치는 추월하기 시작했다. 썰매에는 농부 세 명과 여자 한 명이 앉아 있었다. 그들은 축일을 즐기고 돌아오는 손님들 같았다. 한 농부가 눈으로 뒤덮인 말의 궁둥이를 회초리로 철썩철썩 때렸다. 다른 두 농부는 썰매 앞쪽에 앉아 두 손을 흔들면서 뭐라고 외쳤다. 몸을 꽁꽁 싸맨 여자는 온통 눈에 뒤덮인 채 얼굴을 찡그리고서 썰매 뒤쪽에 꼼짝 않고 앉아 있었다.

"어디에서 오는 길인가요?" 바실리 안드레이치가 소리쳤다.

"아아아…… 스코예!" 들리는 소리라고는 그게 고작이었다.

"어디서 오냐고 묻잖아요?"

"아아아…… 스코예!" 농부 중 한 명이 온 힘을 다해 소리쳤지만 어디에서 왔다는 말인지 알아들을 수 없었다.

"이랴! 속도를 늦추면 안 돼!" 다른 사람이 회초리로 말을 쉴 새 없이 때리며 외쳤다.

"축제에서 오는 길인가 봐요!"

"가라, 가! 이랴, 숌카! 추월해! 이랴!"

두 썰매가 눈가래끼리 서로 부딪치며 거의 뒤엉킬 뻔하다가 떨어졌고, 농부들의 썰매는 서서히 뒤처지기 시작했다.

털이 헝클어진 배불뚝이 말은 온통 눈으로 뒤덮인 채 낮은 아치형 멍에 밑에서 힘겹게 숨을 쉬었다. 자기 몸을 계속 때리는 회초리로부터 달아나기 위해 부질없이 마지막 힘까지 쥐어짜는 듯 짧은 다리를 배 쪽으로 차올리며 깊이 쌓인 눈을 따라 절뚝거리며 나아갔다. 어려 보이는 낮짝, 물고기의 아랫입술처럼 팽팽히 당겨진 아랫입술, 벌름거리는 콧구멍, 두려움 때문에 바짝 누운 귀가 니키타의 어깨 옆에 몇 초 동안 버티다가 서서히 뒤처졌다.

"술 때문이지." 니키타가 말했다. "작은 말을 괴롭히는 걸로 마무리를 하는군. 영락없는 아시아인[17]이야!"

몇 분 동안 괴롭힘을 당하던 작은 말의 콧구멍에서 씩씩거리는 소리가 들려오고 술 취한 농부들의 고성이 들리더니 씩씩거리는 소리가 잦아들고 고성이 멈췄다. 그러자 귓가에서 쌩쌩 울리는 바람 소리와 이따금 눈이 날려간 길에서 희미하게 삐걱대는 썰매 날 소리 외에 다시 아무 소리도 들리지 않았다.

이 만남 덕분에 바실리 안드레이치는 기분이 밝아지고 기운이 솟았다. 그는 표지판을 식별하려 애쓰지 않고 말에 의지하며 한층 대담하게 말을 몰았다. 니키타는 아무 할 일이 없었고, 그런 상태에 있을 때면 언제나 그러듯 꾸벅꾸벅 졸며 한참 부족한 수면 시간을 보충하고 있었다.

갑자기 말이 멈춰 섰고, 니키타는 꾸벅꾸벅 졸다가 하마터면 넘어질 뻔했다.

"그런데 우리가 또 엉뚱한 곳으로 가고 있어." 바실리 안드레이치가 말했다.

"뭐?"

"표지판이 안 보여. 또 길을 잃은 게 분명해."

---

17) 러시아는 13세기 초에 몽골에 정복되어 240년 동안 지배당했다. 이런 역사적 배경 때문에 '아시아'라는 말은 러시아에서 '야만적', '포악한', '미개한' 등의 뜻을 함축한다.

"길을 잃었다면 찾아야지." 니키타는 짧게 말하고 다시 일어나 안짱다리를 경쾌하게 놀리며 눈 위를 걷기 시작했다.

그는 오래도록 걷더니 시야에서 사라졌다가 다시 나타나고 또다시 사라졌다가 마침내 돌아왔다.

"이곳에는 길이 없어. 앞쪽 어딘가에는 있을지도 모르지." 그가 썰매에 앉으며 말했다.

어느새 눈에 띄게 어둑해지기 시작했다. 눈보라는 더 심해지지도 않았지만 더 약해지지도 않았다.

"농부들의 소리라도 들을 수 있다면 좋을 텐데." 바실리 안드레이치가 말했다.

"그래, 봐, 그들이 우리를 따라잡지 못한 걸 보면 우리가 꽤 멀리 벗어난 게 틀림없어. 어쩌면 그들이 길을 잃었거나." 니키타가 말했다.

"도대체 어디로 가야 하지?" 바실리 안드레이치가 말했다.

"말이 자유롭게 가도록 둬야 해." 니키타가 말했다. "이 녀석이 우리를 데려다줄 거야. 고삐를 줘."

바실리 안드레이치는 따뜻한 장갑을 낀 손이 곱기 시작해서 더욱 흔쾌히 고삐를 넘겼다.

니키타는 긴 고삐를 잡았다. 자기 애마의 총명함에 마음이 흐뭇했던 그는 고삐를 움직이지 않으려 애쓰며 그저 가만히 잡고만 있었다. 실제로 총명한 말은 때로는 한쪽 귀를, 때로는 반대쪽 귀를 이쪽저쪽 돌리면서 방향을 바꾸기 시작했다.

"그냥 아무 말 하지 마!" 니키타가 계속 말했다. "어떻게 하는지 봐! 가라, 마음 편히 가! 그렇지, 그렇지."

바람이 뒤에서 불어오기 시작했고 점점 더 따뜻해졌다.

"정말 똑똑해." 니키타는 계속 말을 대견해했다. "키르기제노크는 힘은 센데 멍청하지. 하지만 이 말은 말이야, 귀로 뭘 하는지 봐! 전보 같은 건 아예 필요 없어. 1베르스타 밖에서 벌어지는 일도 감지한다니까."

그런데 삼십 분도 채 지나지 않아 앞에서 정말로 숲인지 마을인지 무언가가 거무스름하게 보였고, 오른쪽에서 다시 표지판이 보였다. 그들은 다시 길로 나온 듯했다.

"그런데 여기는 다시 그리시키노잖아." 갑자기 니키타가 말했다.

정말로 그 순간 그들의 왼쪽에 눈이 날려 오던 곡물 창고며 심지어 얼어붙은 내의와 루바시카와 바지가 걸렸던 그 빨랫줄까지 있었다. 세탁물들은 여전히 무섭도록 바람에 나부끼고 있었다.

다시 그들은 길로 나왔고, 다시 주위는 조용해지고 따뜻해지고 명랑해졌으며, 다시 말똥이 떨어진 길이 보였고, 다시 목소리와 노랫소리가 들려왔고, 다시 개가 짖기 시작했다. 이미 몇몇 창문에서 등불이 켜질 정도로 꽤 어둑해졌다.

길 한가운데에서 바실리 안드레이치는 한 지붕 아래 두 채의 벽돌 건물이 있는 커다란 저택으로 방향을 틀어 현관 계단 옆에 말을 멈춰 세웠다.

니키타는 눈으로 뒤덮인 불 켜진 창문을 향해 다가가 채찍 손잡이로 두들겼다. 창문의 불빛 속에서 흩날리는 눈송이들이 반짝반짝 빛났다.

"거기 누구요?" 목소리가 니키타의 부름에 응답했다.

"크레스티에서 온 브레후노프요, 친구." 니키타가 대답했다. "잠깐 나와 보쇼!"

안쪽에 있던 사람이 창문에서 물러났다. 이 분쯤 지나자 현관문 열리는 소리가 들리고 바깥문의 빗장이 딸각거렸다. 그러더니 키가 크고 턱수염이 하얀 늙은 농부가 하얀 축일용 루바시카 위에 반외투를 걸친 차림으로 바람 때문에 문을 붙잡으며 몸을 쑥 내밀었다. 그 뒤에 붉은 루바시카를 입고 가죽 부츠를 신은 젊은 남자가 있었다.

"자네인가, 안드레이치?" 노인이 말했다.

"우리가 길을 잃었네, 형제." 바실리 안드레이치가 말했다. "고랴치키노에 가려고 했는데 이렇게 당신 집에 오게 됐어. 출발했다가 또 길을 잃었지."

"아니, 어떻게 길을 잃었나." 노인이 말했다. "페트루시카,[18] 가서 문을 열어라!" 그는 붉은 루바시카를 입은 젊은이를 돌아보았다.

"그럴게요." 젊은이가 쾌활한 목소리로 대답하고는 현관으로 달려갔다.

"하지만 우리는 여기에서 묵을 수 없어." 바실리 안드레이치가 말했다.

"어딜 가. 밤이야, 자고 가!"

"여기에서 자고 가면 좋겠지만 가야 해. 볼일이 있어, 형제,

---

18) 표트르의 비칭.

어쩔 수 없어."

"그럼 적어도 몸이라도 녹여. 사모바르를 곧 준비할 테니."
노인이 말했다.

"몸을 녹이는 것 정도는 괜찮지." 바실리 안드레이치가 말
했다. "더 어두워지지는 않을 거야. 달이 뜨면 더 환해질 테지.
같이 들어가서 몸을 녹일까, 미키트?"

"뭐, 물론, 몸을 녹이는 것도 괜찮겠지." 니키타가 말했다. 몸
이 꽁꽁 얼어붙은 그는 언 팔다리를 온기에 녹이고 싶은 마음
이 간절했다.

바실리 안드레이치가 노인과 함께 통나무집 안으로 향했
고, 니키타는 페트루시카가 열어 준 문으로 들어가 그의 지시
에 따라 헛간의 처마 아래로 말을 밀어 넣었다. 헛간에는 똥
이 가득했고, 높다란 아치형 멍에가 후릿그물에 걸려 있었다.
이미 후릿그물 위에 자리를 잡고 있던 암탉들과 수탉 한 마리
가 어째서인지 꼬꼬댁거리며 발로 후릿그물을 할퀴었다. 불안
해진 암양들이 얼어붙은 똥 위에서 발굽을 쿵쿵거리며 옆으
로 비켰다.

두려움과 적의에 사로잡힌 개가 낯선 남자를 향해 새끼 늑
대처럼 기를 쓰고 날카롭게 짖어 댔다.

니키타는 모든 동물과 이야기를 나누기 시작했다. 암탉들
에게 용서를 구하고, 더 이상 불안하게 만들지 않겠다며 암탉
들을 안심시키고, 이유도 모르면서 겁을 낸다며 암양들을 나
무라고, 말을 묶는 동안 작은 개에게 쉴 새 없이 훈계를 늘어
놓았다.

"좋았어, 이제 잘될 거야." 그는 몸에서 눈을 털며 말했다. "아, 계속 짖어 대는군!" 그가 개를 향해 덧붙였다. "어이, 그만해라, 멍청아, 그만해! 너 자신만 괴롭힐 뿐이다." 그가 말했다. "우리는 도둑이 아니라 친구다……."

"사람들 말처럼 이 녀석들은 집안의 세 고문관이랍니다." 젊은이가 밖에 있던 작은 썰매를 강한 팔로 처마 밑에 밀어 넣으며 말했다.

"이 녀석들이 어째서 고문관인데?" 니키타가 말했다.

"『풀손』[19]에 이런 이야기가 실려 있죠. 도둑이 집으로 살금살금 다가가자 개가 짖어요. '정신 차려, 조심해.'라는 뜻이죠. 수탉이 울어요. '일어나.'라는 뜻이에요. 고양이가 제 몸을 핥아요. 그건 곧 '귀한 손님이 오셨다. 그를 대접할 준비를 해라.'를 뜻하죠." 젊은이가 빙긋 웃으며 말했다.

페트루하[20]는 읽고 쓸 줄 알았고, 그가 가진 유일한 책인 『파울손』을 암기하다시피 했으며, 특히 지금처럼 술에 약간 취해 있을 때면 그 책에서 경우에 적절해 보이는 금언을 즐겨 인용했다.

"그 말이 맞다." 니키타가 말했다.

"아저씨, 제가 생각하기에는 아저씨 몸이 꽁꽁 얼었을 것 같

---

19) 『파울손』은 이오시프 이바노비치 파울손(Иосиф Иванович Паульсон, 1825~1898)이 저술한 초급 읽기 교재의 제목이다. 파울손은 19세기 후반에 러시아에서 활동한 교육자이자 교육론 연구자, 사회 활동가였다. 페트루시카는 이 파울손의 이름을 정확히 기억하지 못해 풀손이라고 발음한 듯하다.
20) 표트르의 비칭.

은데요?" 페트루하가 덧붙여 말했다.

"그래, 정말 꽁꽁 얼었다." 니키타가 말했다. 그들은 안마당
과 현관을 지나 통나무집 안으로 들어갔다.

4

바실리 안드레이치가 들른 농가는 마을에서 가장 부유한
농가 중 하나였다. 이 가족은 다섯 개의 분할지[21]를 소유했
고, 별도로 땅을 더 임대했다. 이 농가에는 말 여섯 마리, 암
소 세 마리, 한 살짜리 송아지 두 마리, 암양 스무 마리가 있
었다. 가족은 전부 스물두 명이었다. 결혼한 아들이 넷, 손자
여섯,(페트루하는 유일하게 결혼한 손자였다.) 증손자 둘, 고아 셋,
애 딸린 며느리가 넷이었다. 이 집은 자식들이 아직 분가하지
않은 보기 드문 집 중 하나였다. 하지만 이 집에서도 언제나
여자들 사이에서 시작되기 마련인 어리석은 집안 불화가 이미
일고 있었다. 이 불화는 머지않아 불가피하게 별거로 이어질
게 분명했다. 두 아들은 모스크바에서 물을 나르는 일을 하며
지냈고, 한 아들은 군인이었다. 지금 집에는 노인 부부와 농장
을 관리하는 둘째 아들, 축일을 지내러 모스크바에서 온 맏아
들, 모든 여자와 아이들이 있었다. 가족을 제외하면 손님으로

---

21) 농민 가족이 지주로부터, 혹은 1861년 농노 해방 후에 정부로부터 받
은 땅.

온 이웃이자 대부가 있었다.

통나무집 안의 식탁 위쪽에 바람막이 달린 램프가 걸려 있었다. 램프는 다기며, 물병이며, 자쿠스카며, 붉은 구석[22]에 이콘[23]들이 걸리고 그 양편에 그림들이 걸린 벽돌 벽을 환하게 비추었다. 식탁의 상석에는 검은 반외투만 걸친 바실리 안드레이치가 앉았다. 그는 얼어붙은 콧수염을 빨고 매 같은 퉁방울 눈으로 주위의 사람들과 통나무집 안을 둘러보았다. 식탁 앞에는 바실리 안드레이치 외에도 머리가 벗어지고 턱수염이 하얀 늙은 주인이 손으로 짠 하얀 루바시카 차림으로 앉아 있었다. 그의 옆에는 등과 어깨가 건장한 남자가 사라사 천으로 지은 얇은 루바시카 차림으로 앉아 있었다. 축일을 맞아 모스크바에서 온 아들이었다. 어깨가 넓은 아들이 한 명 더 있었는데 그는 집에서 농사일을 책임지고 있는 맏형이었다.[24] 그리고 이웃인 머리털이 붉은 야윈 농부도 있었다.

술을 마시고 간단하게 요기를 한 농부들은 페치카 옆 바닥에 서서 막 차를 마시려던 참이었고, 사모바르는 이미 바글바

---

22) '붉은 구석'은 방 입구의 맞은편 오른쪽 구석을 가리키며 전통적으로 이콘을 거는 거룩한 장소로 여겨졌다.
23) 그리스도, 성모 마리아, 성인, 천사 등을 목판에 그린 그림이며 귀금속과 보석으로 장식하곤 했다. 제정 러시아 시대 사람들은 교회뿐 아니라 가정에도 이콘을 비치해 어려운 일이 있을 때마다 그 앞에서 기도했고, 심지어 여행을 다닐 때도 휴대했다.
24) 바로 앞 문단에서는 작자가 모스크바에서 온 아들을 맏아들로, 집에서 농사일을 하는 아들을 둘째 아들로 소개하고 있다. 첫째와 둘째에 대한 소개가 다른 것은 톨스토이의 착각으로 보인다.

글 물 끓는 소리를 내고 있었다. 폴라치[25)]와 페치카 위에 아이들이 보였다. 판자 침상에는 한 여자가 요람을 내려다보며 앉아 있었다. 얼굴이 온통 잔주름으로 뒤덮이고 심지어 입술마저 주름진 늙은 주인 여자가 바실리 안드레이치의 시중을 들었다.

니키타가 통나무집 안으로 들어가자 그녀가 두꺼운 유리로 된 작은 컵에 보드카를 따라 손님에게 권했다.

"우리를 나쁘게 생각하지 마, 바실리 안드레이치. 그러면 안 돼, 축배를 들어야지." 그녀가 말했다. "마셔, 젊은이."

보드카의 모습과 향은 특히 몸이 꽁꽁 얼고 몹시 지친 지금 같은 때에 니키타의 마음을 몹시 어지럽혔다. 그는 얼굴을 찌푸리고는 모자와 카프탄에서 눈을 털고 이콘 맞은편에 서서 아무도 보지 않는 듯 세 번 성호를 긋고 이콘을 향해 허리 굽혀 절했다. 그러고 나서 늙은 주인 남자 쪽으로 돌아서더니 먼저 그에게 절하고, 그다음에는 식탁 앞에 앉은 모든 사람에게 절하고, 그다음에는 페치카 주변에 서 있던 여자들에게 절했다. 그리고 "행복한 축일을 누리시길!" 하고 중얼거리며 식탁에 눈길을 주지 않은 채 겉옷을 벗기 시작했다.

"저런, 고드름이 잔뜩 달렸네, 아저씨." 맏형이 눈에 뒤덮인 니키타의 얼굴과 눈과 턱수염을 바라보며 말했다.

니키타는 카프탄을 벗고 그것도 털어 한쪽 어깨에 건 후 식

---

25) 러시아 농가에서 따뜻한 잠자리로 사용하기 위해 페치카 옆에 설치하던 긴 의자 모양의 침상.

탁 쪽으로 다가갔다. 사람들이 그에게도 보드카를 권했다. 고통스러운 투쟁의 순간이었다. 그는 작은 컵을 받아 향기롭고 빛나는 액체를 입안에 털어 넣을 뻔했다. 하지만 바실리 안드레이치를 흘깃 쳐다보다가 서약을 떠올리고, 술값으로 날린 부츠를 떠올리고, 통 제조공을 떠올리고, 자신이 봄이 오면 말을 사 주겠노라 약속한 젊은 아들을 떠올리고는 한숨을 쉬며 사양했다.

"정말 고맙지만 안 마시렵니다." 그는 얼굴을 찡그리며 이렇게 말하고 두 번째 창가의 긴 의자에 걸터앉았다.

"왜 그래?" 맏형이 말했다.

"안 마셔, 정말 안 마신다고." 니키타가 말했다. 그는 눈을 들지 않은 채 자신의 성긴 턱수염을 곁눈질하며 턱수염에 맺힌 고드름을 녹였다.

"그 사람한테는 좋지 않아." 바실리 안드레이치가 보드카 한 잔을 털어 넣고는 둥근 빵을 씹으며 말했다.

"뭐, 그럼 차를 마셔." 다정한 늙은 여자가 말했다. "가엾어라, 몸이 꽁꽁 언 것 같네. 너희 여편네들은 사모바르를 붙잡고 뭘 그렇게 우물쭈물하고 있어?"

"준비됐어요." 젊은 농사꾼 여자가 대답했다. 그녀는 물이 끓어 넘치는 뚜껑 달린 사모바르에 앞치마로 바람을 부친 후 힘겹게 그것을 가져가 번쩍 들어 올려 식탁 위에 쿵 하고 내려놓았다.

그사이 바실리 안드레이치는 그들이 어떻게 길을 잃었는지, 어떻게 같은 마을로 두 번이나 돌아오게 됐는지, 어떻게 길을 헤맸는지, 어떻게 술 취한 사람들을 만났는지 이야기하고 있었다. 주인 부부가 놀라며 그들이 어디에서 왜 길을 잃게 됐는지, 그들이 마주친 술 취한 사람들이 누구인지 설명하고 어떻게 가야 하는지 가르쳐 주었다.

"작은아이가 여기에서 몰차놉카까지 데려다줄 거야. 일단 큰길에서 꺾는 모퉁이에 도착하면 떨기나무가 보여. 그런데 당신들이 그곳까지 가지 않은 거지!" 이웃이 말했다.

"아니면 자고 가든가. 여편네들이 이부자리를 깔아 줄 거야." 늙은 여자가 설득했다.

"아침에 출발해도 될 텐데. 그렇게 하는 게 좋을걸." 노인이 맞장구쳤다.

"일 때문에 안 돼, 형제!" 바실리 안드레이치가 말했다. "한 시간을 놓치면 일 년으로도 메꿀 수 없어." 그는 숲과 그에게서 이 거래를 가로챌지 모를 상인들을 떠올리며 덧붙여 말했다. "정말 우리가 그곳까지 갈 수 있을까?" 그가 니키타에게 말했다.

"또 길을 잃지만 않으면." 그가 우울하게 말했다.

니키타가 우울했던 것은 보드카를 간절히 원했기 때문이었다. 이 갈망을 잠재울 수 있는 것은 차뿐이었을 텐데 그는 아직 차를 받지 못했다.

"모퉁이까지만 가면 그곳부터는 길을 잃지 않을 거야. 목적지까지 계속 숲길로 갈 테니까." 바실리 안드레이치가 말했다.

"당신 일이잖아요,[26] 바실리 안드레이치. 가야 한다면 가야

---

26) 니키타가 이 부분에서 바실리 안드레이치에게 존댓말을 사용하고 있다.

지.” 니키타는 건네받은 차를 마시며 말했다.

“차를 마시고 출발하지.”

니키타는 아무 말도 하지 않고 그저 고개만 젓고는 작은 접시에 차를 조심스럽게 따라 일 때문에 손가락이 늘 부어 있는 두 손을 김으로 덥히기 시작했다. 그러고 나서 작은 설탕 조각을 갉아 먹고는 주인 부부에게 절을 하고 말했다.[27]

“건강하십시오.”[28] 그러고는 몸을 덥히는 액체를 마셨다.

“누가 모퉁이까지 데려다주기만 하면 좋겠는데.” 바실리 안드레이치가 말했다.

“뭐, 그야 가능하지.” 맏아들이 말했다. “페트루하가 말을 매고 모퉁이까지 데려다줄 거요.”

“그럼 말을 매 주게, 형제. 그래 주면 고맙겠어.”

“무슨 그런 말을 해, 젊은이!” 다정한 늙은 여자가 말했다. “우리는 진심으로 기뻐.”

“페트루하, 가서 암말을 매.” 맏형이 말했다.

“좋아.” 페트루하가 씩 웃으며 말하고는 곧바로 못에서 모자를 내려 말을 매러 달려갔다.

말을 썰매에 매는 동안 화제는 바실리 안드레이치가 창문 쪽으로 다가올 때 그들이 이야기를 멈춘 부분으로 넘어갔다. 노인은 이웃인 촌장에게 셋째 아들에 대해서 불평했다. 셋째

---

27) 러시아 농민은 차를 컵이 아닌 접시에 따라 마시고 차에 설탕을 타는 대신 설탕 조각을 따로 갉아 먹었다.
28) 니키타는 노인 부부에게 존댓말을 사용했다. 노인 부부가 한 사람 이상이어서 존댓말과 형태가 같은 복수 동사를 쓴 것일 수도 있다.

아들이 축일을 맞아 그에게는 아무것도 보내지 않았으면서
아내에게는 프랑스제 숄을 보냈다는 것이다.

"젊은 사람들이 말을 듣지 않아." 노인이 말했다.

"어찌나 말을 안 듣는지." 대부인 이웃이 말했다. "어쩔 도리
가 없지! 너무 똑똑해졌거든. 제모치킨을 봐. 자기 아버지 팔
을 부러뜨렸잖아. 모든 게 너무 똑똑해서 그런 것 같아."

니키타는 귀를 기울이고 사람들의 얼굴을 자세히 들여다
보았다. 그도 대화에 끼고 싶은 눈치였다. 하지만 차에 정신을
완전히 빼앗겨 그저 찬성한다는 뜻으로 고개만 끄덕일 뿐이
었다. 그는 차를 연이어 마셨다. 몸이 점점 더 따뜻해지고 기
분도 점점 더 좋아졌다. 대화는 줄곧 똑같은 주제에 대해서,
즉 분가의 해악에 대해서 오래도록 이어졌다. 화제는 추상적
인 것이 아니라 이 집안의 분가에 관한 게 분명했다. 그 자리
에 앉아서 음울하게 침묵하고 있던 둘째 아들이 분가를 요구
하고 있었던 것이다. 그것은 아픈 곳이 분명했다. 그 문제가 모
든 가족의 마음을 차지하고 있었지만 그들은 예의상 남들 앞
에서 자신들의 사적인 문제를 꺼내지는 않았다. 하지만 결국
노인은 더 이상 참지 못하고 눈물 섞인 목소리로 자기가 살아
있는 한 절대 분가를 시킬 수 없다고, 자기는 하느님 덕분에
그런 집을 갖게 되었다고, 분가를 하면 온 가족이 길바닥에
나앉을 거라고 말했다.

"마트베예프 일가처럼 되겠지." 이웃이 말했다. "그 사람들
은 진짜 집을 갖고 있었어. 그런데 분가를 하자 모두 빈털터리
가 되고 말았지."

"그런 게 네가 원하는 거구나." 노인이 아들을 돌아보며 말했다.

아들은 아무 대꾸도 하지 않았고, 어색한 침묵이 덮쳤다. 그 침묵을 깬 사람은 페트루하였다. 그는 이미 말을 썰매에 매고 몇 분 전에 통나무집 안으로 돌아와 이 사람들 앞에서 계속 싱글벙글 웃고 있었다.

"풀손의 책에 그런 내용의 우화가 있어요." 그가 말했다. "아버지가 아들들에게 나무 빗자루 하나를 부러뜨려 보라고 줘요. 아들들은 단번에 부러뜨리지 못했지만 작은 가지들을 하나씩 하나씩 꺾자 쉽게 부러뜨릴 수 있었죠. 이 문제도 그런 거예요." 그가 함박웃음을 지으며 말했다. "준비됐어요!" 그가 덧붙여 말했다.

"준비됐으면 가지." 바실리 안드레이치가 말했다. "분배에 대해서라면, 할아범, 양보하지 마. 자네가 재산을 모았으니 자네가 주인이야. 치안 판사에게 넘겨. 그 사람이 방법을 알려 줄 거야."

"정말 건방져, 정말 건방지다니까." 노인이 울 것 같은 목소리로 계속 말했다. "그 녀석하고는 잘 지낼 수가 없어. 정말 얼마나 밉살스러운지!"

그사이 니키타는 차를 다섯 컵이나 마셨지만 여전히 컵을 뒤집어 놓지 않고 여섯 번째로 차를 따라 주기를 바라며 컵을 옆에 놓았다. 하지만 사모바르에는 더 이상 물이 없었고, 주인 여자는 그에게 차를 더 따라 주지 않았다. 게다가 바실리 안드레이치는 옷을 입기 시작했다. 어쩔 도리가 없었다. 니키타도 일어나 자신이 사방에서 깨물어 먹던 작은 설탕 조각을 설탕 그릇 안에 다시 놓고 땀에 젖은 얼굴을 앞깃으로 닦은 후 할라트를 입으러 갔다.

옷을 입은 그는 무겁게 한숨을 쉬더니 주인 부부에게 감사 인사를 하고 작별 인사를 나누었다. 그는 따뜻하고 환한 살림 방에서 어둡고 추운, 빠져나갈 길을 찾아 날뛰는 바람 때문에 윙윙 소리가 울리고 흔들리는 바깥문 틈새로 들어온 눈이 바닥을 뒤덮은 현관방으로 나갔다. 그리고 그곳에서 캄캄한 안마당으로 나섰다.

털외투를 입은 페트루하가 안마당 한가운데에 자기 말을 데리고 서서 싱글벙글 웃으며 파울손의 책에 나오는 시를 읊고 있었다. 그가 말했다. "폭풍과 어둠이 하늘을 뒤덮고 눈보라가 소용돌이친다. 폭풍이 짐승처럼 울부짖고 어린아이처럼 우는구나."[29]

니키타는 수긍의 뜻으로 고개를 가볍게 끄덕이고는 긴 고삐를 정돈했다.

노인은 바실리 안드레이치를 배웅하느라 등불을 들고 현관 방으로 나와 그에게 길을 비춰 주려 했지만 이내 등불이 바람에 꺼졌다. 그래서 안마당에서조차 눈보라가 더 사나워진 것을 알 수 있었다.

'이런, 지독한 날씨군.' 바실리 안드레이치는 생각했다. '목

---

29) 알렉산드르 푸시킨(Александр Пушкин, 1799~1837)의 시 「겨울 저녁(Зимний вечер)」 중 일부 시행을 인용했다.

적지에 도착하지 못할 것 같은데. 안 돼, 일이 있잖아! 게다가 이미 떠날 준비를 마친걸. 주인의 말도 썰매에 매였고. 끝까지 가 보자. 하느님께서 도와주시겠지!'

늙은 주인 역시 그들이 떠나면 안 된다고 생각했다. 하지만 그가 이미 남으라고 설득했는데도 그들이 따르지 않은 것이다. 더 요청해도 소용없다. '어쩌면 내가 늙어서 너무 겁을 내는지도 모르지. 이 사람들은 목적지에 도착할 거야.' 그는 생각했다. '게다가 우리는 적어도 제때에 잠자리에 들 수 있잖아. 귀찮을 일도 없고.'

페트루하는 위험에 대해 생각조차 하지 않았다. 길과 모든 지형을 아주 잘 아는 데다 '눈보라가 소용돌이친다.'라는 시행이 안마당에서 일어나고 있는 일을 완벽하게 표현해 주어 기운이 용솟음친 것이다. 니키타는 전혀 떠나고 싶지 않았다. 하지만 이미 오래전부터 자기 의지 없이 다른 사람을 섬기는 데 익숙했다. 아무도 떠나는 이들을 붙들지 않은 것은 그 때문이었다.

5

바실리 안드레이치는 썰매로 다가가 어둠 속에서 자신들이 있는 곳을 가까스로 구분하며 썰매에 올라 긴 고삐를 잡았다.

"앞으로 출발!" 그가 소리쳤다.

페트루하는 썰매 안에 무릎을 꿇고 선 채 말을 출발시켰다.

벌써 한참 전부터 울부짖던 무호르티는 앞쪽에서 암말의 냄새를 맡자 뒤쫓아 달리기 시작했고, 그들은 거리로 나왔다. 그들은 다시 똑같은 길을 따라 마을을 통과하며 빨랫줄에 꽁꽁 언 세탁물이 걸려 있던, 이제는 더 이상 세탁물이 보이지 않는 똑같은 안마당을 지나쳤다. 이미 눈에 파묻힌 지붕에서 끝없이 눈이 쏟아지던 똑같은 헛간도 지나쳤다. 음울하게 수런거리고 쉭쉭거리며 구부러지던 똑같은 버드나무 가지들을 지나친 뒤에는 다시 위아래로 사납게 날뛰는 그 눈의 바다로 들어섰다. 바람이 어찌나 강한지 옆에서 바람이 불어치고 승객들이 정면으로 바람을 맞자 썰매가 옆으로 기울고 말이 옆으로 밀려났다. 앞쪽에서 페트루하가 모는 순한 암말이 비틀대며 속보로 달렸고, 페트루하가 활기차게 고함을 질렀다. 무호르티가 그 말 쪽으로 가려고 기를 썼다.

그렇게 십 분쯤 갔을 때 페트루하가 방향을 바꾸더니 뭐라고 외쳤다. 바실리 안드레이치도 니키타도 바람 때문에 그의 말을 듣지 못했지만 그들이 모퉁이에 이르렀다고 짐작했다. 실제로 페트루하는 오른쪽으로 방향을 바꾸었고, 옆으로 불어오던 바람이 다시 맞바람으로 변했다. 오른쪽에서 눈 사이로 검은 무언가가 보였다. 모퉁이에 있는 떨기나무숲이었다.

"자, 하느님께서 함께하시길!"

"고맙다, 페트루하!"

"폭풍과 어둠이 하늘을 뒤덮네." 페트루하는 이렇게 외치고 자취를 감추었다.

"봐, 참 대단한 시인이야." 바실리 안드레이치가 말하며 긴 고삐를 만지작거렸다.

"그래, 좋은 젊은이야, 진짜 농부지." 니키타가 말했다.

그들은 앞으로 계속 나아갔다.

온몸을 싸매고 조그만 수염이 목을 덮도록 머리를 두 어깨 사이에 쑥 집어넣은 니키타는 통나무집에서 차를 마시는 동안 얻은 온기를 잃지 않으려 애쓰며 말없이 앉아 있었다. 눈앞에서 그는 끊임없이 그를 속이며 잘 다져진 매끈한 길처럼 보이는 끌채의 곧은 선과 꼬리를 묶은 매듭이 한옆으로 쏠린 말의 흔들리는 궁둥이를 보았고, 더 앞쪽으로 높이 솟은 아치형 멍에며 말의 흔들리는 머리와 목이며 휘날리는 갈기를 보았다. 이따금 그의 시야에 표지판이 들어왔다. 그래서 그는 그들이 한동안 길을 따라 달렸으며 그로서는 달리 할 일이 없다는 것을 알았다.

바실리 안드레이치는 자기 말이 길을 따라가게 내버려두며 썰매를 몰았다. 하지만 무호르티가 마을에서 휴식을 취하고도 마지못해 달리며 길에서 꺾으려는 듯한 낌새를 보여 여러 차례 말이 가는 방향을 바로잡아야 했다.

'여기 오른쪽에 표지판이 있군, 여기는 또 다른 표지판, 여기는 또 다른 표지판.' 바실리 안드레이치는 표지판을 셌다. '그리고 저기 앞에 숲이 있어.' 그는 앞쪽에 거무스름하게 보이는 무언가를 응시하며 생각했다. 하지만 그의 눈에 숲으로 보였던 것은 떨기나무일 뿐이었다. 떨기나무를 지나치고 20사젠을 더 갔다. 하지만 네 번째 표지판은 없었고, 숲도 없었다. '지금쯤 숲이 나타나야 하는데.' 바실리 안드레이치는 생각했다. 술과 차 때문에 흥분한 그는 썰매를 세우지 않은 채 긴 고삐를 만지작거렸고, 순종적인 착한 동물은 순순히 복종하며 때로는 느린 걸음으로, 때로는 보폭이 크지 않은 빠른 걸음으로 주인이 모는 쪽을 향해 달렸다. 하지만 주인이 자신을 전혀 엉뚱한 곳으로 몰고 있다는 것을 알았다. 십 분쯤 흘렀고, 숲은 여전히 보이지 않았다.

"우리가 또 길을 잃었잖아!" 바실리 안드레이치가 말을 멈춰 세우며 말했다.

니키타는 말없이 썰매에서 내려 바람결에 몸에 들러붙기도 하고 느슨해지거나 흘러내리기도 하는 할라트를 꽉 쥐고서 눈밭을 어기적거렸다. 한쪽으로 갔다가 다른 쪽으로도 갔다. 세 번 정도 그는 시야에서 완전히 사라졌다. 마침내 그가 되돌아와 바실리 안드레이치의 손에서 긴 고삐를 받아 쥐었다.

"오른쪽으로 가야 해." 그는 말을 돌리며 엄하고 단호하게 말했다.

"음, 오른쪽이라, 그럼 오른쪽으로 가지." 바실리 안드레이치는 긴 고삐를 넘기고 소매 안에 언 손을 찔러 넣으며 말했다.

니키타는 대답하지 않았다.

"자, 친구, 잘해 보자!" 그가 말을 향해 외쳤다. 하지만 그가 고삐를 흔들어대는데도 말은 그저 터덜터덜 걸어갈 뿐이었다.

눈이 이곳저곳에 무릎까지 쌓여 있었고, 썰매는 말이 움직일 때마다 덜컹덜컹 흔들렸다.

니키타는 썰매 앞쪽에 걸린 채찍을 꺼내 말에게 휘둘렀다. 채찍에 익숙하지 않은 순한 말은 갑자기 앞으로 내달리며 속보로 갔지만 이내 다시 느린 걸음으로 바꾸었다. 그렇게 오 분쯤 지났다. 너무 어두운 데다 위아래로 너무 희끄무레해서 가끔은 아치형 멍에도 보이지 않았다. 이따금 썰매는 제자리에 서 있고 들판이 뒤로 달리는 것 같았다. 앞쪽에서 무언가 이상한 것을 느꼈는지 갑자기 말이 걸음을 멈추었다. 니키타는 긴 고삐를 던지고 다시 가볍게 썰매에서 뛰어내리고는 말이 왜 멈춰 섰는지 알아보기 위해 말 앞쪽으로 갔다. 하지만 말 앞쪽으로 걸음을 내딛는 순간 두 발이 미끄러져 어느 낭떠러지 아래로 굴러떨어지고 말았다.

"워, 워, 워." 그는 넘어지면서 멈추려고 애쓰며 혼잣말을 했다. 그러나 몸을 지탱할 수 없었고, 골짜기 아래에 쌓인 깊은 눈 속에 두 발이 푹 빠진 후에야 멈출 수 있었다.

낭떠러지 끝자락에 걸려 있다 니키타가 넘어지는 바람에 불안해진 눈 더미가 그에게로 쏟아지면서 그의 옷깃 뒤쪽에 눈을 뿌렸다…….

"이게 무슨 짓이야!" 니키타가 눈 더미와 골짜기를 돌아보면서 옷깃에서 눈을 털어내며 책망하듯 말했다.

"미키트, 어이, 미키트!" 바실리 안드레이치가 위에서 소리쳤다.

하지만 니키타는 대답하지 않았다.

그에게는 그럴 겨를이 없었다. 그는 눈을 털고 나서 낭떠러지 아래로 굴러떨어질 때 떨어뜨린 채찍을 찾았다. 채찍을 발견한 그는 떨어진 방향으로 다시 곧장 기어 올라가려고 했지만 올라갈 가망이 없었다. 몇 번이고 다시 굴러떨어지다가 위로 올라갈 길을 찾기 위해 아래로 가야 했다. 그는 굴러떨어진 곳으로부터 3사젠쯤 떨어진 지점에서 힘겹게 사지를 움직여 언덕을 기어올라 골짜기 끝자락을 따라 말이 있을 법한 곳으로 이동했다. 말들과 썰매가 보이지 않았다. 하지만 바람을 안고 걸었기 때문에 그것들을 보기 전에 그를 부르는 바실리 안드레이치의 외침과 무호르티의 울부짖는 소리를 먼저 들었다.

"간다, 가, 뭘 그렇게 꽥꽥거려!" 그가 말했다.

썰매까지 갔을 때에야 비로소 그는 말과 그 옆에 서 있는, 거대해 보이는 바실리 안드레이치를 보았다.

"빌어먹을, 어디로 사라졌던 거야? 되돌아가야 해. 그리시키노에라도 돌아가자." 주인이 성난 목소리로 니키타에게 말하기 시작했다.

"돌아갈 수 있으면 기쁘지, 바실리 안드레이치, 하지만 어디로 간단 말이야? 여기에는 큰 골짜기가 있어서 그곳에 떨어지면 벗어날 수 없다니까. 난 저곳에서 안간힘을 다했기 때문에 겨우 빠져나온 거야."

"물론 우리가 여기에 계속 있지는 않겠지? 어딘가로 가야해." 바실리 안드레이치가 말했다.

니키타는 아무 대꾸도 하지 않았다. 그는 바람을 등지고 썰매에 앉아 부츠를 벗어 그 안에 가득한 눈을 털고는 짚을 꺼내 왼쪽 부츠에 난 구멍을 안쪽에서 애써 틀어막았다.

바실리 안드레이치는 마치 이미 니키타에게 모든 것을 맡겼다는 듯 입을 다물고 있었다. 부츠를 다시 신은 니키타는 두 발을 썰매 안으로 거두어들이고 다시 손모아장갑을 끼고는 긴 고삐를 쥐고 말의 방향을 틀어 골짜기를 따라 몰았다. 하지만 그들이 백 발짝도 가기 전에 말이 다시 완강히 버텼다. 말 앞에 또 골짜기가 있었다.

니키타는 다시 썰매에서 내려 또 눈밭을 기어다니기 시작했다. 꽤 오랫동안 걸었다. 마침내 그가 출발 지점의 반대편에서 나타났다.

"안드레이치, 살아 있나?" 그가 소리쳤다.

"여기 있어!" 바실리 안드레이치가 니키타의 부름에 응답했다. "그런데 왜?"

"도저히 모르겠어. 깜깜해. 어느 골짜기인가 봐. 다시 바람이 부는 쪽으로 가야 해."

그들은 다시 출발했고, 니키타는 다시 눈밭을 기어 돌아다녔다. 그는 다시 앉았다가 다시 기어다녔고, 마침내 숨을 헐떡이며 썰매 옆에 멈춰 섰다.

"아니, 왜?" 바실리 안드레이치가 물었다.

"왜냐고? 나는 완전히 지쳤어! 게다가 말도 계속 서 있고 말이야."

"그럼 어떡하지?"

"잠깐 기다려."

니키타는 다시 떠났다가 곧 돌아왔다.

"내 뒤를 따라와!" 니키타가 말 앞쪽으로 가며 말했다.

바실리 안드레이치는 더 이상 아무런 지시도 내리지 않고 니키타가 시키는 대로 순순히 따랐다.

"이쪽으로, 내 뒤에 붙어!" 니키타가 소리쳤다. 그는 빠르게 오른쪽으로 걸음을 옮겨 무호르티의 긴 고삐를 잡고 아래쪽 눈 더미 속 어딘가로 이끌었다.

처음에는 말이 고집을 부리며 버텼지만 나중에는 눈 더미를 껑충 뛰어 지나갈 수 있기를 바라며 앞으로 내달리기 시작했다. 그러나 성공하지 못하고 목에 두르는 멍에까지 눈 더미 속에 빠지고 말았다.

"나와!" 니키타가 썰매 안에 계속 앉아 있는 바실리 안드레이치에게 소리치고는 끌채 하나를 잡고 썰매를 말 쪽으로 밀기 시작했다. "조금 어렵구나, 형제." 그가 무호르티에게 말했다. "하지만 어떡하겠냐, 노력이라도 해야지! 이랴, 이랴, 조금만!" 그가 외쳤다.

말이 한 번, 또 한 번 앞으로 내달렸다. 하지만 그래도 여전히 빠져나오지 못하고 마치 어떤 생각에 빠진 듯 다시 주저앉아 버렸다.

"뭐야, 형제, 너무 서툴잖아." 니키타가 무호르티에게 면박을 주었다. "자, 다시!"

니키타는 다시 자기 쪽에서 끌채를 끌었다. 바실리 안드레이치는 반대편에서 똑같이 했다. 말은 고개를 가볍게 움직이더니 갑자기 내달리기 시작했다.

"자! 이랴! 빠지진 않을 거다!" 니키타가 외쳤다.

한 번의 도약, 또 한 번의 도약, 또 한 번의 도약, 그리고 마침내 말은 눈 더미에서 빠져나와 그 자리에 멈춰 선 채 힘겹게 숨을 쉬고 몸을 털었다. 니키타는 말을 계속 앞으로 이끌려고 했지만 털외투를 두 벌 껴입은 바실리 안드레이치는 숨

이 너무 가빠 도저히 걸을 수 없어 썰매 안에 털썩 주저앉고
말았다.

"숨 좀 돌리게 해 줘." 그가 마을에서 털외투의 옷깃에 감아
두었던 숄을 풀며 말했다.

"여기에서는 괜찮아. 누워." 니키타가 말했다. "내가 말을 끌
고 갈게." 그러더니 그는 썰매에 바실리 안드레이치를 태운 채
말에게 재갈을 물려 아래쪽으로 열 걸음 정도 몰고 가다가 조
금 위에 가서 멈췄다.

니키타가 멈춰 선 장소는 언덕에서 떨어져 내려 쌓인 눈에
그들이 완전히 파묻힐 정도의 저지대에 있지 않았다. 그래도
그곳은 협곡의 가장자리가 바람을 어느 정도 막아 주는 곳이
었다. 바람이 조금 잠잠해진 것처럼 보이는 순간들이 있었지
만 오래가지 않았고, 마치 이런 휴식을 벌충하기라도 하듯 그
후에는 폭풍이 몇 배나 강한 힘으로 불며 한층 더 사납게 울
부짖고 소용돌이쳤다. 호흡이 정상으로 돌아온 바실리 안드레
이치가 무엇을 해야 할지 말하기 위해 썰매에서 내려 니키타
에게 다가온 순간 그런 돌풍이 강타했다. 두 사람은 무심결에
몸을 숙이고 맹렬한 돌풍이 지나가기를 기다리며 계속 이야
기를 나누었다. 무호르티도 무심결에 두 귀를 바짝 눕히고 고
개를 흔들었다. 돌풍이 조금 잦아들었을 때 니키타는 손모아
장갑을 벗어 허리띠에 쑤셔 넣고는 두 손에 입김을 불며 아치
형 멍에에서 짧은 고삐를 풀기 시작했다.

"지금 뭐 하는 거야?" 바실리 안드레이치가 물었다.

"썰매에서 말을 풀지. 뭘 더 할 수 있겠어? 나도 어쩔 수 없

어." 니키타는 용서라도 구하듯 이렇게 대답했다.

"우리는 정말 어디로도 못 가는 건가?"

"못 가. 지금 우리는 말만 괴롭히고 있어. 이 귀여운 녀석을 봐, 상태가 나빠지기 시작했잖아." 니키타는 모든 것을 각오하고 축축한 양 옆구리를 힘겹게 들어 올린 채 순종적으로 서 있는 말을 가리키며 말했다. "여기에서 밤을 보내야 해." 그는 여인숙에서 묵기로 한 양 똑같은 말을 되풀이하고는 멍에의 가죽끈을 끄르기 시작했다.

못뽑이가 튕겨 올랐다.

"우리 얼어 죽는 것 아냐?" 바실리 안드레이치가 말했다.

"어쩌겠어? 얼어 죽는다 한들 거부할 수도 없잖아." 니키타가 말했다.

6

바실리 안드레이치는 외투 두 벌을 껴입어 아주 따뜻했다. 특히 눈 더미 속에서 소동을 겪은 후에는 더욱 그랬다. 하지만 이곳에서 정말로 밤을 보내야 한다는 사실을 깨달았을 때는 등줄기를 타고 싸늘한 냉기가 지나갔다. 그는 마음을 가라앉히기 위해 썰매에 자리를 잡고 앉아 담배와 성냥을 꺼냈다.

그사이 니키타는 말을 멍에에서 풀어 주었다. 그는 말의 뱃대끈과 안장을 고정하는 가죽끈을 풀고, 긴 고삐를 치우고, 말의 목에 매는 가죽끈을 벗기고, 아치형 멍에를 잡아 뺀 후 말에게 쉴 새 없이 이야기하며 말의 기운을 북돋았다.

"자, 나와라, 나와." 그는 끌채에서 말을 꺼내 주며 말했다. "이렇게 여기에 널 묶어 두마. 짚을 밑에 놓고 재갈을 벗겨 줄게." 그는 자기 말을 행동으로 옮기면서 말했다. "요기를 하고 나면 기분이 훨씬 밝아질 거다."

하지만 무호르티는 니키타의 말을 들어도 진정되지 않고 불안한 게 분명했다. 말은 발을 번갈아 디디며 바람을 등진 채 썰매에 바짝 붙어 서서 니키타의 소매에 머리를 비볐다.

단지 니키타가 무호르티에게 먹이려고 콧마루 밑에 갖다 놓은 짚을 뿌리치지 않기 위해서인 듯 무호르티는 일단 성급하게 썰매에서 짚단을 낚아챘지만 이내 지금은 짚과 씨름할 때가 아니라고 판단하고 짚을 던졌다. 그러자 바람이 순식간에 짚을 헝클어뜨리며 실어 가 눈으로 뒤덮었다.

"이제 표시를 만들자." 니키타가 썰매를 바람 쪽으로 돌리며 말했다. 그는 안장을 고정하는 가죽끈으로 끌채를 묶은 후 끌채를 들어 올려 썰매 앞쪽으로 끌어당겼다. "우리가 눈에 파묻힌다 해도 착한 사람들이 끌채를 보고 우리를 파내 줄 거야." 니키타가 손모아장갑을 툭툭 치고 그것을 끼면서 말했다. "노인들이 그렇게 가르쳤어."

그사이 바실리 안드레이치는 털외투 자락을 펼쳐 그것을 가림막 삼아 유황성냥을 강철 상자에 연이어 그었다. 하지만 두 손이 바들바들 떨렸고, 불이 붙은 성냥들은 때로는 미처 확 타오르기도 전에, 때로는 그가 그 성냥들을 담배에 가까이 가져가자마자 바람에 꺼져 버렸다. 마침내 성냥개비 하나가

타기 시작해 털외투의 모피, 굽은 집게손가락에 보석 박힌 금
반지가 끼워진 손, 아마포 밑에서 삐져나와 눈으로 뒤덮인 귀
리 짚을 아주 잠깐 비추었고, 담배에 불이 붙었다. 그는 두어
번 탐욕스럽게 연기를 빨아들여 삼켰다가 콧수염 사이로 훅
내뿜었다. 그는 연기를 더 빨아들이고 싶었지만 불붙은 담배
는 바람에 휙 날려 지푸라기가 날아간 방향으로 사라지고 말
았다.

하지만 바실리 안드레이치는 이처럼 담배 연기를 몇 모금
삼킨 것만으로도 기분이 좋아졌다.

"여기서 밤을 보내야 한다면 그렇게 하지!" 그가 단호하게
말했다.

"기다려! 나도 깃발을 만들게." 그가 말했다. 그는 옷깃에서
벗겨 썰매 안에 막 던져 두었던 숄을 들어 올리더니 장갑을
벗고 썰매 앞부분에 서서 말안장을 고정하는 가죽끈에 닿기
위해 손발을 쭉 펴고는 끌채 근처에서 숄을 가죽끈에 단단히
묶었다.

숄은 이내 지독하게 펄럭이기 시작했고, 끌채에 달라붙었다
가 갑자기 부풀며 팽팽해졌다가 하며 탁탁 소리를 내곤 했다.

"봐, 정말 솜씨 좋지!" 바실리 안드레이치가 썰매에 앉아 자
신의 작품을 감탄하는 눈으로 바라보며 말했다. "같이 있으면
더 따뜻할 텐데 둘이 함께 앉지는 못하겠군." 그가 말했다.

"내가 자리를 찾아볼게." 니키타가 대답했다. "다만 말을 덮
어 줘야 해. 땀에 젖었어, 딱하기도 하지. 그것 좀 줘 봐." 그가
이렇게 덧붙이더니 썰매로 다가가 바실리 안드레이치의 엉덩

이 밑에서 아마포를 잡아당겼다.

그렇게 아마포를 꺼낸 그는 그것을 반으로 접어 먼저 말의 엉덩이끈을 벗기고 안장 받침요를 치운 후 아마포로 무호르티를 덮어 주었다.

"점점 더 따뜻해질 거다, 이 작은 바보야." 그는 아마포 위에 다시 안장 받침요와 엉덩이끈을 씌우며 말했다. "당신한테는 막베가 필요 없겠죠? 나한테 짚도 줘요."[30] 니키타는 이 일을 끝내고 다시 썰매로 다가가며 말했다.

그러더니 니키타는 바실리 안드레이치의 엉덩이 밑에서 두 가지를 다 끄집어내 썰매 등받이 뒤로 가서 눈 속에 자신을 위한 작은 구덩이를 파고 그 안에 짚을 깔았다. 그러고는 모자를 푹 눌러쓰고 카프탄으로 몸을 감싸고 그 위에 막베를 뒤집어쓰고 나서 바닥에 깐 짚 위에 앉아 바람과 눈으로부터 그를 보호해 줄 썰매 뒷부분에 몸을 기댔다.

바실리 안드레이치는 대체로 농민의 무지와 어리석음을 받아들이려 하지 않았기 때문에 니키타의 행동에 대해 못마땅하다는 듯 고개를 젓고는 밤을 보낼 준비를 하기 시작했다.

그는 썰매 안에 남은 짚을 고르게 펴고 옆구리 밑에 더 두껍게 깔고는 소매 안에 팔을 쑤셔 넣고 바람으로부터 그를 보호해 줄 썰매 한구석 앞부분 쪽에 머리를 눕혔다.

그는 자고 싶지 않았다. 그는 누워서 생각에 잠겼다. 그에게

---

30) 니키타가 이 부분에서 갑자기 바실리 안드레이치에게 존댓말을 사용한다.

유일한 목적이며 인생의 의미이자 기쁨이자 자랑인 것에 대해서만 계속 생각했다. 즉 그가 돈을 얼마나 벌었고 얼마나 더 벌 수 있을지에 대해서, 그가 아는 다른 사람들은 돈을 얼마나 벌었고 현재 돈을 어느 정도 갖고 있는지에 대해서, 그 다른 사람들이 어떻게 돈을 벌었고 지금도 벌고 있는지에 대해서, 어떻게 해야 그가 그들처럼 아주 많은 돈을 더 벌 수 있을지에 대해서 말이다. 고랴치키노 숲의 매입은 그에게 대단히 중요한 문제였다. 그는 이 숲으로 당장에 어쩌면 1만 루블 정도를 벌 수 있기를 바랐다. 그리고 머릿속으로 자신이 가을에 본 숲을 감정하기 시작했다. 그는 그 숲의 2제샤치나 면적에 있는 모든 나무를 세어 두었다.

'참나무는 썰매의 나무 날을 만들기에 적당하겠지. 물론 목재용으로도 좋고. 1제샤치나당 장작이 30사젠 정도 나올 거야.' 그는 마음속으로 혼잣말을 했다. '최악의 경우라도 1제샤치나당 225루블씩 남겠지. 56제샤치나면 5600루블에 5600루블을 더하고, 560루블에 또 560루블을 더하고, 거기에 56루블을 다섯 개 더한 값을 남기게 돼.' 그는 그 값이 1만 2000루블 이상이라는 것을 알아냈지만 주판이 없어서 정확히 얼마인지 판단할 수 없었다. '그래도 1만 루블을 주지는 않겠어. 8000루블 정도면 돼. 숲속의 빈터를 공제하도록 해서 말이지. 측량 기사에게 100루블이나 150루블 정도 기름칠을 해야지. 그러면 그 사람이 나한테 그 빈터를 5제샤치나 정도로 측량해 줄 거야. 그러면 그쪽에서 8000루블에 넘기겠지. 즉시 3000루블을 지불하자. 잘될 거야. 걱정할 것 없어' 그는 주머니 속의 지폐를 팔뚝으로 건드려 보며 생각했다. '그리고 우리가 모퉁이를 지나온 뒤로 어떻게 길을 잃었는지는 하느님만 아시겠지! 여기에 숲과 파수꾼의 오두막이 있어야 하는데. 개 소리도 들려야 하고. 그런데 이 빌어먹을 것들이 짖어야 할 때는 안 짖는단 말이야.' 그는 귀에서 옷깃을 젖히고 귀를 기울이기 시작했다. 똑같이 씽씽 부는 바람 소리, 솔이 끌채에 탁탁 부딪히는 소리, 떨어지는 눈이 썰매 안쪽의 나무에 툭툭 떨어지는 소리가 여전히 들려왔다. 그는 다시 옷 속에 몸을 감췄다.

'이럴 줄 알았다면 그곳에 남아 밤을 지내는 건데. 뭐, 어차피 똑같아. 내일은 도착할 거야. 그냥 하루 공친 거지. 이런 날씨에는 그 인간들도 가지 않을 거야.' 그리고 그는 9일 무렵 푸주한으로부터 거세한 양들에 대한 대금을 받기로 했다는 사실을 떠올렸다. '그 사람은 직접 오려 할걸. 하지만 날 못 만날 텐데. 아내는 돈을 받을 줄 모를 거야. 너무 무식해. 진정한 예법을 몰라.' 그는 전날 그의 집에 축일을 맞아 손님으로 온 경찰서장을 어떻게 대할지 모르던 아내를 떠올리며 계속 생각했다. '뻔하지, 여자잖아! 그 여편네는 어디에서 뭘 본 거야? 부모님이 살아 계실 때 우리 집이 어땠지? 그럭저럭 시골의 부유한 농부 축에 들었어. 방앗간에 여인숙, 그게 전 재산이었지. 그런데 내가 지난 십오 년 동안 어떻게 했어? 상점, 술집 두 개, 제분소, 곡물 저장고, 임대한 영지 두 곳, 집과 양철지붕이 있는 창고.' 그는 자랑스럽게 회상했다. '부모님이 살아 계실 때와는 딴판이잖아! 요즘 이 근방에서 누가 유명하지?

브레후노프잖아.

　그런데 왜 그렇게 됐을까? 누워서 빈둥거리거나 아둔한 짓에 빠진 다른 사람들과 달리 내가 일에 열중하고 열심히 노력하기 때문이야. 나는 밤에 잠도 자지 않아. 눈보라가 치든 안 치든 그냥 가지. 그러니까 사업이 되는 거야. 사람들은 건성으로 해도 돈을 벌 수 있다고 생각해. 아니, 머리통이 깨져라 노력해야 해. 이렇게 들에서 밤을 보내고 밤에도 자지 말아야 한다니까. 머릿속의 생각 때문에 베개가 빙글빙글 돌아갈 정도로 말이야.' 그는 자랑스러운 마음으로 상념에 잠겼다. '사람들은 운이 좋아야 성공한다고 생각해. 봐, 미로노프가는 지금 백만장자잖아. 왜겠어? 노력해. 하느님이 주실 거야. 하느님이 건강을 허락하시기만 하면.'

　그리고 무일푼으로 시작한 미로노프와 똑같이 자신도 백만장자가 될 수 있다는 생각에 몹시 흥분한 나머지 바실리 안드레이치는 누군가와 이야기를 나누고픈 욕구를 느꼈다. 하지만 이야기를 나눌 사람이 없었다……. 고랴치키노에 가기만 하면 지주와 이야기를 나누고 그를 눌러 놓을 수 있을 것이다.

　'바람 부는 것 좀 봐! 이러다 눈에 파묻혀서 아침에 빠져나가지도 못하겠어!' 그는 돌풍 소리에 귀를 기울이며 생각했다. 불어오는 돌풍이 썰매 앞부분을 구부러뜨리고 눈발이 안쪽 나무를 채찍질하듯 내리쳤다. 그는 몸을 약간 일으켜 주위를 둘러보았다. 하얗게 흔들리는 어둠 속에서 무호르티의 머리와 펄럭이는 아마포에 덮인 등과 묶어 둔 풍성한 꼬리만 보였다. 앞쪽이든 뒤쪽이든 사방 어디에나 똑같이 단조로운, 하얗게 흔들리는 어둠만 있었다. 그 어둠은 간간이 살짝 밝아지는 듯하다가 훨씬 더 짙어졌다.

'그런데 공연히 니키타의 말을 들었어.' 그는 생각했다. '계속 갔어야 해. 그러면 어디에든 도착했을 텐데. 하다못해 다시 그리시키노에라도 가서 타라스의 집에서 묵었을 것 아냐. 이제 여기에서 밤새 죽치게 됐네. 하지만 뭐 좋은 게 있어? 그렇잖아, 하느님은 건달이나 게으름뱅이나 바보가 아니라 열심히 일한 사람들에게 주신단 말이지. 게다가 난 담배를 피워야 한단 말이야!' 그는 앉아서 담뱃갑을 꺼내 배를 깔고 엎드려 앞깃으로 바람을 가렸다. 하지만 바람은 길을 찾아내 성냥개비를 연이어 꺼뜨렸다. 마침내 그는 가까스로 성냥개비 하나에 불을 붙여 담배를 피우기 시작했다. 자신의 바람을 이루어 냈다는 사실이 그를 몹시 기쁘게 했다. 바람이 담배를 바실리 안드레이치보다 더 많이 피우긴 했지만 그래도 그는 세 모금 정도 연기를 빨아들였고 다시 기분이 좋아졌다. 그는 다시 썰매 뒷부분에 기대 몸을 감싸고 회상과 공상에 빠져들다가 전혀 뜻밖에도 갑자기 의식을 잃고 꾸벅꾸벅 졸기 시작했다.

하지만 갑자기 무언가가 그를 쿡 찔러 깨우는 것 같았다. 무호르티가 그의 몸 아래에서 짚을 꺼낸 것일까, 그의 안에서 무언가가 그를 흔든 것일까? 어쨌든 그는 잠에서 깼다. 심장이 어찌나 빠르고 세차게 뛰는지 그에게는 썰매가 밑에서 흔들리는 것처럼 느껴질 정도였다. 그는 눈을 떴다. 주위는 여전히 똑같았지만 단지 좀 더 환해진 것 같았다. '동이 트는 게 분명해.' 그는 생각했다. '아침까지 얼마 안 남았군.' 하지만 곧 그저 달이 떠올랐기 때문에 더 환해졌다는 사실을 기억해 냈다. 그는 몸을 살짝 일으켜 먼저 말을 보았다. 무호르티는 여전히 바람을 등지고 서서 온몸을 떨고 있었다. 눈 덮인 아마포는 한쪽으로 젖혀졌고, 말의 엉덩이끈은 옆으로 미끄러져 떨어졌으며, 눈 덮인 머리며 바람에 날리는 앞머리와 갈기가 이제 더 잘 보였다. 바실리 안드레이치는 썰매의 뒷부분을 향해 몸을 돌려 그 뒤편을 흘깃 쳐다보았다. 니키타는 여전히 아까 앉은 자세 그대로였다. 눈이 그가 덮은 막베와 두 다리 위에 두껍게 쌓여 있었다. '농부들은 얼어 죽지 않을 거야. 하지만 저 사람은 형편없는 옷을 입고 있어. 네가 저 사람에 대한 책임을 져야겠지. 정말이지 평민들은 어리석다니까. 정말 무식해.' 그렇게 생각한 바실리 안드레이치는 말에서 아마포를 벗겨 니키타를 덮어 주려고 했다. 하지만 일어나서 움직이자니 추웠고 말이 얼지 않을까 두려웠다. '그런데 내가 왜 저 인간을 데려온 거지? 순전히 그 여자의 어리석음 때문이야!' 바실리 안드레이치는 보기 싫은 아내를 떠올리며 생각하다가 다시 아까 있던 썰매의 앞부분 쪽으로 돌아누웠다. '한번은 내 친척 아저씨가 밤새 이렇게 눈 속에 앉아 있었는데 아무 일도 없었지.' 그는 기억을 더듬었다. '참, 세바스치얀을 눈 속에서 파낸 적도 있어.' 바로 그때 또 다른 사례가 머리에 떠올랐다. '그런데 그 사람은 죽었지. 꽁꽁 언 동물 사체처럼 온몸이 뻣뻣했어.

그리시키노에서 묵었다면 아무 일도 없었을 텐데.' 그러고는 모피의 온기가 어디로도 무익하게 새어 나가지 않고 목이

며 무릎이며 발꿈치며 그의 몸 전체를 구석구석 따뜻하게 해
줄 수 있도록 몸을 꼼꼼히 싼 후 눈을 감고 다시 잠을 이루려
고 애썼다. 하지만 이제 아무리 노력해도 더 이상 잠에 빠질
수 없었고, 오히려 몸에 활기와 생기가 넘치는 것을 느꼈다. 그
는 다시 이윤이며 사람들에게 빌려준 돈을 셈하기 시작했고,
다시 자화자찬하며 자신과 자기 지위에 대해 흐뭇해했다. 하
지만 이제 그 모든 것도 슬금슬금 다가오는 두려움과 왜 그리
시키노에 남아 그곳에서 묵지 않았던가 하는 분한 생각으로
끊임없이 방해를 받았다. '긴 의자에 따뜻하게 누워 있으면 훨
씬 더 좋을 텐데.' 그는 바람을 막아 줄 더 편안한 자리를 찾
으려고 여러 번 뒤척이며 돌아누웠지만 계속 불편했다. 그는
다시 몸을 약간 일으켜 위치를 바꾸고 두 다리를 감싸고는 눈
을 감고 조용히 있었다. 하지만 단단한 펠트 부츠 안에 구겨
넣은 두 발이 쑤시기 시작했는지 어딘가에서 바람이 불어왔
는지, 그는 잠시 누워 있다가 다시 지금쯤 그리시키노의 따뜻
한 통나무집에 편안히 누웠을 수도 있었다는 사실을 떠올리
며 스스로에게 화를 냈고, 다시 일어났다가 뒤척였다가 몸을
감쌌다가 또다시 눕곤 했다.

한번은 멀리서 수탉들의 울음소리가 들려오는 것도 같았
다. 그는 기뻐하며 털외투의 옷자락을 젖히고 열심히 귀를 기
울였다. 하지만 아무리 귀를 곤두세우고 들어도 끌채에서 윙
윙거리며 숄을 흔드는 바람과 썰매 안쪽의 나무를 찰싹찰싹
때리는 눈 말고는 아무 소리도 들리지 않았다.

니키타는 저녁때 앉은 자세 그대로 줄곧 앉아 꼼짝하지 않

왔고, 심지어 바실리 안드레이치가 두어 번 불렀는데도 대꾸하지 않았다. '저 인간은 별로 신경도 안 쓰네. 자는 게 분명해.' 그렇게 생각한 바실리 안드레이치는 화가 북받쳐 썰매 뒷부분 너머 눈에 두껍게 뒤덮인 니키타를 힐끗 쳐다보았다.

바실리 안드레이치는 스무 번쯤 일어났다 누웠다. 그에게는 이 밤이 끝날 것 같지 않았다. '이제는 이미 아침이 가까워진 게 분명해.' 한번은 일어나 주위를 둘러보며 그런 생각을 했다. '시계를 보자. 옷을 벗으면 춥겠지. 음, 하지만 아침이 다가오고 있는지 알기만 하면 기분이 훨씬 좋아질 텐데. 우리는 말을 썰매에 맬 테고 말이야.' 바실리 안드레이치는 마음속 깊은 곳에서 아직 아침이 왔을 리 없다는 것을 알았다. 하지만 점점 더 무서워지기 시작했고, 자신을 시험하는 동시에 속이고도 싶었다. 그는 조심스럽게 반외투의 호크를 끄르고는 한 손을 품속에 찔러 넣어 조끼에 닿을 때까지 한참 동안 뒤적였다. 에나멜 꽃들이 있는 은시계를 겨우겨우 꺼내어 살펴보기 시작했다. 불빛이 없어 아무것도 보이지 않았다. 그는 다시 담배에 불을 붙일 때와 똑같이 팔꿈치와 무릎으로 지탱하며 엎드려 성냥을 꺼내 불을 붙이기 시작했다. 이제는 더 꼼꼼히 작업에 들어갔고, 유황의 양이 가장 많은 성냥개비를 손가락으로 더듬어 단번에 불을 붙였다. 숫자판을 불빛 아래로 가져간 그는 그것을 보고도 자기 눈을 믿을 수 없었다……. 겨우 12시 10분이었다. 그의 앞에는 아직 하룻밤이 꼬박 남아 있었다.

'아, 밤이 길기도 하지!' 바실리 안드레이치는 한기가 등줄기를 타고 내려가는 것을 느끼며 생각했다. 그는 다시 호크를 걸어 털외투로 몸을 감싼 후 썰매 한구석에 바짝 달라붙어 끈기 있게 기다릴 준비를 했다. 갑자기 바람의 단조로운 소리로부터 생명체가 내는 어떤 새로운 소리가 선명하게 들려왔다. 소리는 일정한 속도로 커졌다가 가장 뚜렷한 정도에 이른 후 똑같이 일정한 속도로 작아지기 시작했다. 그것이 늑대라는 데에는 의심의 여지가 없었다. 그리고 어찌나 가까운 곳에서 울부짖는지 늑대가 턱을 움직일 때 목소리가 바뀌는 것까지 바람결에 또렷이 감지됐다. 바실리 안드레이치는 옷깃을 젖히고 주의 깊게 들었다. 무호르티도 귀를 가볍게 움직여 긴장하며 들었고, 늑대가 울음의 한 절을 끝냈을 때는 두 발을 옮기며 경고하듯 콧김을 뿜었다. 그러고 나자 바실리 안드레이치는 도저히 잠을 이룰 수 없었을 뿐 아니라 마음을 진정시킬 수도 없었다. 자신의 이익과 사업에 대해, 자신의 명성과 지위와 부에 대해 생각하려 아무리 애써도 두려움이 점점 더 그를 지배하고 모든 생각을 압도했다. 그리고 왜 그리시키노에 남아 밤을 보내지 않았을까 하는 생각이 모든 상념에 뒤섞였다.

'숲이야 하느님 마음대로 하시라지. 그런 것 없이도 사업은 잘돼. 에잇, 그곳에서 묵어야 했어!' 그는 속으로 혼잣말을 했다. '술 취한 사람들은 얼어 죽는다던데.' 그는 생각했다. '그런데 난 술을 마셨잖아.' 그러고는 자신의 느낌에 가만히 집중하다가 자신이 왜 떠는지, 그 이유가 추위 때문인지 두려움 때문인지 스스로도 모른 채 떨기 시작하는 것을 느꼈다. 그는 아까처럼 털외투로 몸을 감싸고 누우려 해 보았지만 더 이상 그렇게 할 수 없었다. 그는 그대로 머물 수 없었다. 그의 안에서 점점 커져 가는, 그에게 무력감을 느끼게 하는 두려움을 억누르기 위해 자리에서 일어나 뭐라도 하고 싶었다. 그는 다시 담배와 성냥을 꺼냈지만 어느새 성냥개비는 세 개밖에 남지 않았고 전부 질이 안 좋았다. 셋 다 불이 붙지 않고 피식피식 소리만 냈다.

'아, 악마한테 잡혀가 버려라, 빌어먹을, 꺼져!' 그는 이유도 모른 채 욕설을 퍼부으며 구겨진 담배를 던져 버렸다. 성냥갑도 던져 버리려 했지만 손동작을 멈추고 성냥갑을 호주머니에 쑤셔 넣었다. 그는 심한 불안에 사로잡혀 더 이상 그대로 있을 수가 없었다. 그는 썰매에서 기어 나와 바람을 등지고 서서 허리띠를 다시 팽팽하고 낮게 고쳐 맸다.

'뭣 하러 죽음을 기다리며 누워 있겠어! 말을 타고 앞으로 가!' 갑자기 그런 생각이 그의 머리에 떠올랐다. '사람을 태운 말은 멈추지 않을 거야. 저 사람은…….' 그는 니키타에 대해 생각했다. '죽는다 해도 신경 쓰지 않겠지. 저 사람이 어떤 인생을 살아왔어! 저 사람은 목숨을 아쉬워하지도 않을걸. 하지만 나에게는 하느님 덕분에 살아갈 목적이 있단 말이야…….'

그리고 그는 말을 썰매에서 풀고 짧은 고삐를 말의 목 위로 던진 후 등에 껑충 올라타려 했다. 하지만 털외투와 부츠가 너무 무거워 그만 떨어지고 말았다. 그러자 썰매 위에 서서 썰매를 딛고 말에 올라타려 했다. 하지만 그의 몸무게 때문에 썰매가 흔들렸고, 그는 다시 굴러떨어졌다. 마침내 세 번째로 말을 썰매로 끌고 와 조심스럽게 썰매 가장자리에 서서 말의 등에 배를 깔고 엎드리는 데 겨우 성공했다. 잠시 그렇게 엎드려 있던 그는 한 번, 두 번 앞으로 몸을 내밀다가 마침내 한 다리를 말의 등 너머로 던져 엉덩이끈의 세로 방향 가죽띠에 두 발바닥을 대고 앉았다. 휘청대는 썰매의 흔들림에 니키타는 잠에서 깨어 몸을 약간 일으켰다. 바실리 안드레이치에게는 그가 뭐라고 말하는 것처럼 보였다.

"너희 멍청이들의 말을 들으라니! 내가 뭣 하러 이처럼 허무하게 죽어야 하냐?" 바실리 안드레이치가 소리쳤다. 그는 털 외투의 펄럭이는 옷자락을 무릎 아래에 쑤셔 넣고 말을 돌려 썰매에서 물러나게 한 후 자신이 숲과 파수꾼의 오두막이 있을 거라고 생각한 방향으로 몰았다.

7

막베를 뒤집어쓰고 썰매 뒷부분의 뒤쪽에 자리 잡은 후로 니키타는 꼼짝 않고 앉아 있었다. 자연과 함께 살아가고 궁핍을 아는 모든 사람과 마찬가지로 그는 참을성이 강해서 불안도 짜증도 느끼지 않은 채 몇 시간이고, 심지어 며칠이고 침착하게 기다릴 수 있었다. 그는 주인이 부르는 소리를 들었지만 꼼짝하기도 싫고 부름에 응하기도 싫어서 대꾸하지 않았다. 차를 마신 데다 눈 더미에 기어오르느라 많이 움직인 덕분에 아직 몸이 따뜻했다. 하지만 자신이 이 온기를 오랫동안 간직할 수 없으며 움직임으로는 더 이상 몸을 덥히지 못하리라는 것을 알았다. 말이 멈춰 서고 아무리 채찍을 휘둘러도 더는 가지 못할 때, 그리고 말이 다시 일을 할 수 있도록 하기 위해서는 여물을 먹여야 한다는 사실을 주인이 깨달을 때 말이 느낄 법한 피로감을 그도 똑같이 느꼈기 때문이다. 구멍 난 부츠를 신은 한쪽 발은 차가웠고, 엄지발가락에는 더 이상 감각이 없었다. 게다가 온몸이 점점 더 차가워지고 있었다. 자신이 이 밤에 죽을 수도 있고 심지어 틀림없이 죽을 것이라는 생각이 그의 머리에 떠올랐다. 하지만 그 생각은 그에게 딱히 불쾌하지도, 딱히 두렵지도 않았다. 이 생각이 딱히 불쾌하지 않았던 것은 그의 평생이 늘 축일이었던 것도 아닐뿐더러 오히려 끝없는 머슴살이의 나날이어서 그도 이제 슬슬 지치기 시작했기 때문이다. 이 생각이 딱히 두렵지 않았던 것은 자신이 이곳에서 섬긴 바실리 안드레이치 같은 주인들 외에도 자신을 이생으로 보낸 최고의 주인에게 속해 있다는 것을 이생에서 늘 느껴 온 데다 자신이 죽어도 이 주인의 수중에 있으리라는 것을, 이 주인은 자신을 괴롭히지 않으리라는 것을 알았기 때문이다. '익숙한 것, 습관처럼 당연한 것을 버리자니 아쉬워? 뭐, 하지만 어쩌겠어? 새로운 것에 익숙해져야지.'

'죄?' 그는 생각에 잠겼고 자신의 폭음, 술값으로 날린 돈, 아내에게 준 모욕, 욕설, 교회에 다니지 않은 것, 정진 기간의 육식 금지를 따르지 않은 것, 참회식 때 사제가 질책한 모든 것을 떠올렸다. '물론 죄지. 하지만 뭐야, 내가 그 죄들을 짓도록 스스로를 부추겼어? 하느님이 나를 그런 식으로 만드신 거잖아. 뭐, 그래도 죄긴 하지! 어디로 몸을 숨기겠어?'

그래서 그는 처음에는 이날 밤에 그에게 일어날 수 있는 일에 대해 생각했으며, 그런 다음에는 더 이상 이런 생각들로 돌아오지 않고 머리에 저절로 떠오르는 추억들에 몰두했다.

마르파의 방문이며 일꾼들의 만취며 자신이 술을 거절한 일을 떠올리기도 하고, 이번 여행이며 타라스의 통나무집이며 분배에 대한 대화를 떠올리기도 하고, 자기 아들이며 지금 말 덮개 밑에서 온기를 유지하고 있는 무호르티를 떠올리기도 하고, 지금 썰매 안에서 뒤척이며 삐걱삐걱 소리를 내는 주인을 떠올리기도 했다.

'딱한 사람, 저 사람도 떠나는 게 기쁘지는 않을 거야.' 그는 생각했다. '그런 생활을 하니 죽고 싶지 않겠지. 우리 같은 사람들하고는 달라.' 그러다가 그 모든 추억이 서로 엮이며 머릿속에서 뒤섞이기 시작했고. 그는 잠이 들었다.

바실리 안드레이치가 말에 올라타느라 썰매를 흔드는 바람에 니키타가 등을 기대고 있던 썰매 뒷부분이 홱 돌아가 썰매 날이 등을 쳤을 때 그는 잠에서 깼고 좋든 싫든 자세를 바꿀 수밖에 없었다. 가까스로 두 다리를 뻗고 다리에서 눈을 털어 낸 후 일어났다. 그러자 곧 고통스러운 추위가 온몸을 꿰뚫었다. 무슨 일이 일어나고 있는지 깨달은 그는 바실리 안드레이치가 이제 말에게 필요 없는 아마포를 자신이 덮을 수 있도록 두고 가기를 바랐기에 그를 향해서 그렇게 소리쳤다.

하지만 바실리 안드레이치는 멈추지 않고 가루눈 속으로 사라졌다.

혼자 남은 니키타는 무엇을 할지 잠시 생각에 잠겼다. 인가를 찾으러 나설 힘이 없는 것 같았다. 아까 있던 자리에는 더 이상 앉을 수 없었다. 그 자리는 눈에 온통 뒤덮여 있었다. 몸을 덮을 만한 것이 전혀 없는 데다 카프탄과 털외투도 이제 그의 몸을 전혀 따뜻하게 해 주지 않았기 때문에 썰매 안에 있어도 몸이 따뜻해질 것 같지 않았다. 어찌나 추운지 루바시카만 입은 것 같았다. 기분이 나빠졌다. '하늘에 게신 아버지!' 그는 이렇게 중얼거렸다. 그러자 자신이 혼자가 아니며 누군가가 그의 말을 듣고 있고 그를 버리지 않을 것이라는 자각이 마음을 평온하게 했다. 그는 깊이 숨을 내쉬고 머리에서 막베를 벗지 않은 채 썰매에 기어들어 가 주인의 자리에 누웠다.

하지만 썰매 안에 있어도 몸은 따뜻해지지 않았다. 처음에는 온몸이 떨리다가 나중에는 떨림이 사라졌다. 그리고 그는 서서히 의식을 잃기 시작했다. 그는 자신이 죽어 가고 있는지 잠들고 있는지 알 수 없었지만 어느 쪽이든 똑같이 각오가 되어 있다고 느꼈다.

8

그사이 바실리 안드레이치는 어째서인지 자신이 숲과 파수꾼의 오두막이 있다고 생각한 곳으로 두 발과 고삐의 양 끝을 놀리며 말을 몰았다. 눈은 그의 시야를 가리고, 바람은 그를 멈춰 세우려는 것 같았다. 하지만 그는 몸을 앞으로 숙이고 쉴 새 없이 털외투의 옷깃을 여미면서 그가 앉는 것을 방해하는 차가운 안장 받침요와 엉덩이 사이에 털외투 자락을 쑤셔

넣으며 계속 말을 몰았다. 말은 힘겨워하면서도 고분고분하게
그가 모는 방향으로 천천히 걸어갔다.

오 분쯤 그는 계속 똑바로 가고 있다고 느끼며 말을 몰았
다. 말 머리와 하얀 황야 외에는 아무것도 보이지 않았고, 말
의 귓가와 자신의 털외투 옷깃 부근에서 윙윙거리는 바람 소
리 외에는 아무 소리도 들리지 않았다.

갑자기 그의 앞에 무언가 거무스름한 것이 어렴풋하게 보였
다. 심장이 즐겁게 뛰기 시작했다. 그는 그 검은 것을 향해 말
을 몰았고, 이미 그 속에서 마을의 집 벽들을 보고 있었다. 하
지만 그 검은 것은 가만히 있지 않고 계속 흔들렸다. 그것은
마을이 아니라 밭 사이의 좁은 길에 높다랗게 자란 쑥이었다.
눈 밑에서 솟은 쑥은 그것을 계속 한 방향으로 구부리고 그
안에서 윙윙대는 바람의 압력을 받아 아주 심하게 흔들리고
있었다. 그리고 어째서인지 무자비한 바람에게 괴롭힘을 당하
는 이 쑥의 모습은 바실리 안드레이치를 몸서리치게 만들었
다. 쑥 쪽으로 가는 동안 이제까지 향해 가던 방향을 완전히
바꾸어 버려 이제는 이미 전혀 다른 방향으로 말을 몰고 있다
는 것을 깨닫지 못한 채 그는 서둘러 말을 몰기 시작했다. 그
러면서도 파수꾼의 오두막이 있을 것이 분명한 방향으로 가
고 있다고 상상했다. 하지만 말은 계속 오른쪽으로 방향을 틀
었다. 그래서 그는 연신 말머리를 왼쪽으로 돌렸다.

다시 그의 앞에 거무스름한 무언가가 보였다. 그는 이번에
는 틀림없이 마을일 거라고 확신하며 기뻐했다. 하지만 또 쑥
으로 뒤덮인 밭 사이의 좁은 길이었다. 또 마른 잡초가 똑같

266

이 아주 심하게 흔들리고 있었다. 그 모습이 어째서인지 바실리 안드레이치에게 두려움을 불러일으켰다. 하지만 똑같은 잡초라는 점 때문만은 아니었다. 그 옆에 바람이 실어 온 눈에 뒤덮이고 있는 말발굽 자국이 있었던 것이다. 바실리 안드레이치는 말을 멈춰 세우고 몸을 숙여 가까이 들여다보았다. 그것은 눈으로 살짝 덮인 말의 흔적이었고, 그의 말 외에 다른 어느 누구의 것일 리 없는 말의 흔적이었다. 그는 빙빙 돌고 있었던 듯했다. 그것도 넓지 않은 공간에서. '내가 이렇게 죽는구나!' 그는 생각했다. 하지만 공포에 굴복하지 않기 위해 눈이 날리는 하얀 어둠을 응시하면서 한층 더 열심히 말을 몰기 시작했다. 그 어둠 속에서 그가 응시하는 순간 곧 사라지는 빛나는 점들이 보이는 것 같았다. 한번은 개 짖는 소리 혹은 늑대 울부짖는 소리가 들리는 것 같았지만 그 소리가 너무도 희미하고 불분명해서 진짜 들었는지, 아니면 그냥 들었다고 느꼈는지 알 수 없었다. 그래서 그는 걸음을 멈추고 신경을 곤두세워 귀를 기울이기 시작했다.

갑자기 그의 귓가에서 귀를 먹먹하게 하는 무시무시한 비명 소리가 울리더니 그의 아래에서 모든 것이 떨리고 흔들리기 시작했다. 바실리 안드레이치는 말의 목을 움켜잡았다. 하지만 말의 목도 전체적으로 흔들렸고, 무시무시한 비명 소리는 한층 더 끔찍해졌다. 몇 초 동안 바실리 안드레이치는 정신을 차릴 수도, 무슨 일이 일어났는지 파악할 수도 없었다. 하지만 실제로는 무호르티가 스스로에게 기운을 북돋우려고 했는지 누군가에게 도움을 청하려 했는지 특유의 울림이 좋은

커다란 목소리로 울부짖기 시작한 것에 불과했다. '제기랄! 정
말 놀랐잖아, 빌어먹을 놈아!' 바실리 안드레이치는 속으로 혼
잣말을 했다. 하지만 두려움의 진짜 이유를 알게 된 그는 더
이상 말을 몰 수가 없었다.

'찬찬히 생각해야 해. 침착해져야 해.' 그는 스스로에게 그
렇게 말하면서도 자신을 억누르지 못하고 계속 말을 몰았다.
자신이 지금 바람을 거스르지 않고 바람이 부는 방향으로 가
고 있다는 것도 알아차리지 못했다. 그의 몸, 특히 털외투 밖
으로 드러나 있고 안장 받침요에 닿는 두 다리 사이가 시리고
아팠다. 팔다리는 떨리고 호흡이 자꾸 끊어졌다. 그는 자신이
눈 덮인 이 끔찍한 황야 한가운데서 죽으리라는 것을 알지만
자신을 구원해 줄 어떤 수단도 발견하지 못한다.

갑자기 말이 그의 몸 아래 어딘가로 털썩 넘어졌다. 눈 더미
에 빠진 말이 기를 쓰다 옆으로 쓰러졌다. 바실리 안드레이치
가 말에서 껑충 뛰어내렸다. 그는 뛰어내리다가 한 발을 딛고
있던 엉덩이끈을 옆으로 홱 벗기며 뛰어내릴 때 붙잡았던 안
장 받침요를 뒤집고 말았다. 바실리 안드레이치가 뛰어내리자
마자 말은 자세를 바로잡은 후 앞으로 달리다 한 번, 또 한 번
껑충 뛰어오르더니 다시 울부짖으며 아마포와 엉덩이끈을 질
질 끌면서 바실리 안드레이치만 눈 더미 속에 남겨 두고 시야
에서 사라져 버렸다. 바실리 안드레이치는 말을 뒤따라 달리
기 시작했다. 하지만 눈이 너무 깊고 그가 걸친 털외투가 너무
무거웠던 탓에 한 걸음 한 걸음 무릎보다 높이 푹푹 빠져 가
며 걸음을 내딛던 그는 스무 걸음도 못 가 숨을 헐떡이며 멈

취 서고 말았다. '숲, 거세된 양들, 임대료, 가게, 술집들, 양철 지붕이 있는 집과 창고, 후계자, 이 모든 게 어떻게 될까? 이게 뭐야? 그럴 리 없어!' 이런 생각들이 그의 머릿속에 떠올랐다. 그리고 어째서인지 바람 때문에 흔들리던, 그가 말을 몰고 두 번 스쳐 간 쑥이 떠올랐다. 그러자 자신에게 벌어지고 있는 일이 진짜인지 믿을 수 없을 만큼 엄청난 공포가 그를 덮쳤다. 그는 생각했다. '이 모든 게 꿈은 아닐까?' 그는 잠에서 깨고 싶었지만 깰 곳이 없었다. 그것은 진짜 눈이었다. 그의 얼굴을 찰싹찰싹 때리고 그의 위에서 떨어지고 그의 오른손(그는 오른쪽 장갑을 잃어버렸다.)을 차갑게 하는 눈이었다. 그리고 진짜 황야였다. 지금 그는 불가피하고 무의미한, 곧 닥칠 죽음을 기다리며 그곳에 그 쑥처럼 혼자 남아 있었다.

'성모 마리아님, 미콜라이 대주교님,[31] 절제의 스승님.' 그는 어제의 기도, 금빛 장식을 입힌 검은 얼굴의 이콘, 이 이콘 앞에 바치도록 팔았다가 곧바로 돌려받은, 조금만 타서 상자에 간수해 두었던 초들을 떠올렸다. 그리고 다름 아닌 이 기적을 행하는 니콜라이에게 자기를 구해 달라고 간구했고 기도와 초들을 바치겠다고 약속했다. 하지만 곧 분명하고 확실하게 깨달았다. 이 얼굴, 금빛 장식, 초, 사제, 기도, 이 모든 것은 그곳 교회에서는 아주 중요하고 필요한 것들이지만 이곳에서는 그를 위해 아무것도 해 줄 수 없다는 것을, 이 초들과 기도와 지금 그가 처한 비참한 처지 사이에는 어떤 연관도 없고

---

31) 소러시아에서는 니콜라이를 미콜라이라고도 불렀다.

또 있을 수도 없다는 것을. '풀 죽으면 안 돼.' 그는 생각했다. '말의 흔적을 따라가야 해. 그러지 않으면 흔적들이 눈에 덮일 거야.' 이런 생각이 그의 머리에 떠올랐다. '말이 이끌 거야. 어쩌면 내가 말을 잡을 수도 있어. 다만 서둘러서는 안 돼. 그러지 않으면 숨이 찰 테고, 더 심한 경우에는 죽을 수도 있어.' 하지만 그는 천천히 걷겠다고 생각하고도 느닷없이 앞으로 돌진하더니 쉴 새 없이 넘어지고 일어나고 또다시 넘어지면서 계속 달렸다. 말의 흔적은 눈이 두껍게 쌓이지 않은 곳에서는 이미 거의 눈에 띄지 않았다. '끝장이야.' 바실리 안드레이치는 생각했다. '흔적도 놓칠 테고 말도 따라잡지 못할 거야.' 하지만 바로 그 순간 앞쪽을 바라보다 무언가 검은 것을 발견했다. 무호르티였다. 무호르티만이 아니라 썰매와 솔이 감긴 끌채도 있었다. 지금 무호르티는 엉덩이끈과 아마포가 옆으로 벗겨진 채 아까의 장소가 아니라 끌채에 더 가까이 서서 머리를 까딱까딱 흔들고 있었다. 발에 밟힌 짧은 고삐가 말의 머리를 아래쪽으로 당기고 있었다. 바실리 안드레이치가 빠진 완만한 골짜기는 니키타와 함께 빠졌던 바로 그 골짜기였고, 말이 그를 썰매 쪽으로 다시 데려왔다. 알고 보니 그가 말에서 껑충 뛰어내린 곳은 썰매가 있던 자리에서 쉰 걸음도 채 떨어지지 않은 곳이었다.

9

간신히 썰매까지 굴러온 바실리 안드레이치는 썰매를 잡고 한참 동안 그렇게 꼼짝 않고 서서 마음을 가라앉히고 숨을 가다듬으려 애썼다. 아까 그 자리에 니키타는 없었다. 하지만 썰매 안에는 이미 눈에 뒤덮인 무언가가 누워 있었고, 바실리 안드레이치는 니키타일 거라고 짐작했다. 바실리 안드레이치를 사로잡은 공포는 이제 완전히 사라졌다. 그가 무언가를 두려워했다면 그것은 그가 말 위에서 겪은, 특히 눈 더미 속에 혼자 남았을 때 겪은 공포의 끔찍한 상태였다. 무슨 일이 있어도 그 공포가 자신에게 들어오지 못하도록 해야 했다. 그 공포를 뿌리치기 위해서는 무언가를 해야 했고 무언가에 몰두해야 했다. 그래서 가장 먼저 한 행동은 바람을 등지고 서서 털외투의 호크를 푸는 것이었다. 그다음 잠시 숨을 돌리자마자 부츠와 왼쪽 장갑에서 눈을 털어냈다. 잃어버려서 찾을 가망이 없는 오른쪽 장갑은 2체트베르치[32] 정도 깊이의 눈 속 어딘가에 묻혀 있을 터였다. 그다음 그는 농부들이 수레로 싣고 온 곡물을 매입하러 가게에서 나갈 때 그러듯 넓은 가죽 허리띠를 다시 낮게 꽉 졸라맨 후 행동을 준비했다. 그에게 떠오른 첫 번째 할 일은 말의 한쪽 다리를 꺼내는 것이었다. 바실리 안드레이치는 그렇게 하고 나서 짧은 고삐를 풀어 주고 무호르티를 아까의 자리에, 썰매 앞부분의 쇠 걱쇠에 다시 연결하

---

32) 제정 러시아의 길이 단위. 1체트베르치는 약 18센티미터에 해당한다.

고는 등에 엉덩이끈과 안장 받침요와 아마포를 반듯하게 얹기
위해 말 뒤쪽으로 걸음을 옮겼다. 하지만 그 순간 그는 썰매
안에서 무언가 꿈틀거리는 것을 발견했고, 썰매를 뒤덮은 눈
밑에서 니키타의 머리가 올라왔다. 이미 몸이 얼고 있는 니키
타가 분명 안간힘을 다해 몸을 일으켜 앉아 마치 파리를 쫓듯
어쩐지 이상하게 코앞에서 손을 흔들었다. 그는 한 손을 흔들
면서 그를 부르며 뭐라고 말했다. 바실리 안드레이치의 눈에
는 그렇게 보였다. 바실리 안드레이치는 아마포를 매만지지 않
고 버려둔 채 썰매 쪽으로 다가갔다.

"뭐야?" 그가 물었다. "뭐라는 거야?"

"난 죽어, 죽, 죽어 가고 있어. 그래서 말인데……." 니키타가
툭툭 끊어지는 목소리로 힘겹게 내뱉었다. "내가 번 돈은 아
들이나 마누라한테 전해 줘. 누구에게든 상관없어."

"뭐야, 몸이 언 거야?" 바실리 안드레이치가 물었다.

"느껴져, 내 죽음이…… 용서해 줘, 그리스도를 위해서[33]
……." 니키타는 마치 파리를 쫓듯 계속 얼굴 앞에서 두 손을
흔들며 울먹이는 목소리로 말했다.

바실리 안드레이치는 삼십 초 동안 아무 말 없이 가만히 서
있더니 갑자기 돈벌이가 되는 매입을 두고 계약할 때와 똑같
이 단호하게 한 걸음 뒤로 물러나 털외투 소매를 걷어붙이고
두 손으로 니키타의 몸과 썰매에서 눈을 긁어내기 시작했다.

---

33) '그리스도를 위해서'라는 표현은 걸인이 구걸할 때 쓰는 표현이지만 상
대방에게 간절히 부탁할 때도 사용한다.

눈을 긁어낸 후 바실리 안드레이치는 허리띠를 풀고 털외투를 반듯하게 폈다. 그러고는 니키타를 툭 밀더니 그를 깔고 엎드려 자신의 털외투와 따뜻하게 덥혀진 자신의 온몸으로 그를 덮었다. 썰매 안쪽의 나무와 니키타 사이에 털외투의 양쪽 앞 깃을 두 손으로 쑤셔 넣고 무릎으로 털외투 옷자락을 누른 후 바실리 안드레이치는 썰매 앞부분의 안쪽 나무에 머리를 기대고 그렇게 엎드렸다. 이제는 더 이상 말이 움직이는 소리도, 눈보라가 몰아치는 소리도 들리지 않았다. 그는 그저 니키타의 숨소리에만 귀를 기울였다. 처음에 니키타는 한참 동안 꼼짝 않고 누워 있더니 큰 소리로 숨을 내쉬고는 꿈지럭거렸다.

"그러니까, 자네가 말했잖아, 죽어 가고 있다고 말이야. 누워서 몸을 덥혀, 이게 우리의……." 바실리 안드레이치가 말을 꺼냈다.

하지만 스스로에게도 몹시 놀라운 일이었다. 눈에 눈물이 고이고 아래턱이 빠르게 실룩거려 더 이상 말을 할 수 없었다. 그는 더 이상 말을 하지 못하고 그저 목구멍에 북받쳐 오르는 것을 삼키기만 했다. '내가 겁에 질렸나 보군. 너무 나약해졌어.' 그는 마음속으로 생각했다. 하지만 그에게는 자신의 이런 나약함이 불쾌하지 않았을 뿐 아니라 어떤 특별한, 이전에는 한 번도 경험하지 못한 기쁨을 주었다.

'이게 우리의…….' 그는 어떤 특별하고 엄숙한 감동을 느끼며 계속 스스로에게 말했다. 꽤 오랫동안 그는 그렇게 말없이 누워 털외투의 털에 눈을 비비고 바람에 계속 뒤집히는 털외투의 오른쪽 앞자락을 무릎 밑에 쑤셔 넣었다.

하지만 그는 누군가에게 자신의 기쁜 상태에 대해서 간절히 말하고 싶었다.

"미키타!" 그가 말했다.

"좋아, 따뜻해." 밑에서 그에게 대답하는 소리가 들렸다.

"그래, 형제, 난 죽을 뻔했어. 이러다 자네도 얼어 죽어. 그러면 나도⋯⋯."

하지만 이 부분에서 또다시 광대뼈가 바르르 떨리기 시작하고 또다시 눈에 눈물이 차올라 그는 더 이상 말을 할 수 없었다.

'뭐, 괜찮아.' 그는 생각했다. '나 자신에 대해서라면 내가 뭘 아는지 스스로도 알잖아.'

그리고 그는 입을 다물었다. 그렇게 그는 한참 동안 누워 있었다.

그의 몸 아랫부분은 니키타 덕분에 따뜻했고 윗부분은 외투 때문에 따뜻했다. 다만 니키타의 양 옆구리에 털외투 자락을 꽉 누르고 있던 그의 두 손과 바람이 털외투 자락을 뒤집는 바람에 연신 드러나는 두 다리는 서서히 얼고 있었다. 특히 장갑을 끼지 않은 오른손이 꽁꽁 얼었다. 하지만 그는 다리에 대해서도, 손에 대해서도 생각하지 않고 오로지 자기 밑에 누워 있는 농부를 어떻게 따뜻하게 해 줄지만 생각했다.

그는 말을 몇 번 힐끔거리다가 말의 등이 훤히 드러나 있고 아마포와 엉덩이끈이 눈 위에 놓여 있다는 것, 자신이 일어나서 말을 덮어 주어야 한다는 것을 깨달았다. 하지만 잠시라도 니티카를 남겨 두고 자신의 즐거운 상태를 깨뜨리는 행동을 차마 할 수 없었다. 지금 그는 어떤 공포도 느끼지 않았다.

'걱정 마, 이 사람에게는 아무 일도 없을 거야.' 그는 농부의 몸을 따뜻하게 녹이는 것에 대해서 물건 매매에 대해 말할 때와 똑같이 기세 좋게 속으로 중얼거렸다.

바실리 안드레이치는 그렇게 한 시간, 또 한 시간, 또 한 시간을 누워 있었다. 하지만 그는 시간이 얼마나 흘렀는지 알지 못했다. 처음에는 상상 속에서 눈보라며 눈앞에서 흔들리던 끌채와 멍에 씌운 말의 인상들이 질주했고 그의 밑에 누운 니키타가 떠올랐다. 그다음에는 축일이며 아내며 경찰서장이며 양초 궤[34]에 대한 인상들이, 다시 그 궤 아래 누운 니키타에 대한 인상이 뒤섞이기 시작했다. 그다음에는 물건을 사고파는 농부들, 하얀 벽들, 니키타가 누워 있는 양철 지붕 집들이 떠오르기 시작했다. 그다음에는 이 모든 것이 뒤섞이고 하나의 인상이 다른 인상 속으로 들어가더니 하나의 하얀색으로 합쳐지는 무지개 색들처럼 모든 다양한 인상이 하나의 무(無)로 합쳐졌다. 그리고 그는 꾸벅꾸벅 졸기 시작했다. 그는 꿈도 꾸지 않고 오랫동안 잤다. 하지만 날이 밝기 전 다시 꿈을 꾸었다. 그가 양초 궤 옆에 서 있고 치혼의 아내가 그에게 축일을 위한 5코페이카짜리 양초를 달라고 하는 듯한 장면이 보였다. 그가 양초를 집어 들어 그녀에게 주려고 했지만 두 팔이 들리지 않고 호주머니 안에 꽉 눌려 있었다. 그는 궤 주위

---

34) 러시아 정교회의 교회 안, 혹은 교회 건물과 가까운 곳에 초를 비롯해서 종교적 목적을 위한 여러 물품을 구할 수 있도록 마련된 장소다.

를 돌려고 하지만 두 다리가 움직이지 않고, 깨끗이 손질된 새 덧신이 돌바닥에 뿌리를 내려 덧신을 들어 올릴 수도 덧신에서 발을 뺄 수도 없다. 그런데 갑자기 양초 궤가 양초 궤가 아닌 침대로 변하고, 바실리 안드레이치는 자신이 양초 궤 위에, 즉 자기 집에 있는 자기 침대 위에 배를 깔고 엎드린 모습을 본다. 그리고 그는 침대 위에 엎드린 채 일어나지 못한다. 하지만 이제 곧 경찰서장인 이반 마트베이치가 그를 데리러 들를 것이기 때문에, 그리고 이반 마트베이치와 함께 가서 숲을 흥정하든가 무호르티의 엉덩이끈을 바로잡아 주어야 하기 때문에 일어나야 한다. 그리고 그는 아내에게 묻는다. '어떻게 된 거야, 미콜라브나,[35] 그 사람은 아직 안 왔어?' '아니.' 그녀가 말한다. '아직 안 왔는데.' 그런데 누군가가 현관 계단으로 썰매를 몰고 오는 소리가 들린다. 그 사람이 분명하다. 아니다, 그냥 지나쳐 간다. '미콜라브나, 어이, 미콜라브나, 어떻게 됐어, 아직 안 왔어?' '안 왔어.' 그리고 그는 침대에 누워 있지만 여전히 일어나지 못하고 계속 기다린다. 그런데 이 기다림은 기분이 나쁘면서도 즐거웠다. 그런데 갑자기 기쁨이 실현된다. 그가 기다리던 사람이 온다. 그리고 그는 경찰서장 이반 마트베이치가 아닌 다른 누군가이지만 그가 기다리던 바로 그 사람이다. 그 사람이 와서 그를 부른다. 그 사람, 그를 부른 사람, 그를 불러 그에게 니키타 위에 엎드리라고 지시한 바로 그

____

35) 바실리 안드레이치의 아내 이름은 작품에 나오지 않는다. 미콜라브나는 '니콜라예브나'라는 부칭을 소러시아에서 부르던 방식으로 여기에서는 아내의 부칭인 듯하다.

사람이다. 그리고 바실리 안드레이치는 이 누군가가 그를 위해 와서 기쁘다. '갑니다!' 그는 기쁘게 소리치고, 그 외침이 그를 깨운다. 그리고 그는 잠에서 깬다. 하지만 잠들 때와는 전혀 다른 방식으로 깬다. 그는 일어나고 싶지만 일어날 수 없다. 손을 움직이고 싶지만 움직일 수 없고, 발을 움직이고 싶지만 역시 그럴 수 없다. 고개를 돌리고 싶지만 그조차 할 수 없다. 그래서 그는 놀란다. 하지만 그것에 전혀 슬퍼하지 않는다. 그는 이것이 죽음이라는 것을 이해하고 있으며, 그 사실에도 전혀 슬퍼하지 않는다. 그리고 그는 니키타가 그의 밑에 누워 있다는 것, 그의 몸이 따뜻해졌고 살아 있다는 것을 떠올린다. 그에게는 그가 니키타고 니키타가 그인 것 같으며, 그의 생명은 그 자신 안이 아닌 니키타 안에 있는 것처럼 여겨진다. 그는 귀를 곤두세우고 숨소리를, 심지어 니키타의 희미한 코 고는 소리를 듣는다. '니키타는 살아 있어. 그건 곧 나도 살아 있다는 뜻이지.' 그는 속으로 의기양양하게 혼잣말을 했다.

그리고 그는 돈에 대해, 가게와 집과 구매와 매입과 미로노프 집안의 수백만 루블에 대해 떠올린다. 그로서는 바실리 브레후노프라고 불리는 이 남자가 왜 자신이 관심을 갖는 모든 것에 관심을 두는지 이해하기 어렵다. '뭐, 그 사람은 그게 어떤 일인지도 몰랐잖아.' 그는 바실리 브레후노프에 대해 생각한다. '몰랐어. 그런데 이제 나는 알아. 이제 실수는 없어. 이제 나는 알아.' 그리고 다시 벌써부터 그를 소리쳐 부르는 이의 음성이 들린다. '갑니다, 가요!' 그의 온 존재가 감격에 겨워 기쁘게 말한다. 그리고 그는 자신이 자유로우며 어떤 것도 더 이상 그를 속박할 수 없다는 것을 느낀다.

그렇게 바실리 안드레이치는 이 세상에서 더 이상 아무것도 보지 못하고 듣지 못하고 느끼지 못했다.

주위의 모든 것이 똑같이 흐릿했다. 똑같은 눈보라가 소용돌이치며 죽은 바실리 안드레이치의 털외투, 떨고 있는 무호르티의 몸 전체, 이미 잘 보이지 않는 썰매, 썰매의 깊은 바닥에서 이미 죽은 주인 밑에 누워 있는, 몸이 따뜻하게 덥혀진 니키타를 눈으로 뒤덮었다.

10

아침이 밝기 전 니키타는 잠에서 깼다. 다시 등에 스며들기 시작한 추위가 그를 깨웠다. 그는 주인의 밀가루를 실은 수레를 끌고 방앗간에서 오는 길에 다리를 못 보고 실개울을 건너다 수레를 진창에 빠뜨리는 꿈을 꾸었다. 그리고 자신이 수레 밑으로 기어 들어가 등을 펴면서 수레를 들어 올리려는 모습을 본다. 하지만 놀라운 일이 일어난다. 수레가 움직이지 않고 등에 딱 달라붙는 바람에 그는 수레를 들어 올리지도, 수레 밑에서 나오지도 못한다. 허리가 완전히 짓눌리고 말았다. 게다가 너무 추웠다! 분명 밖으로 기어 나가야 했다. '이제 그만!' 그가 그의 등을 수레로 짓누르는 누군가에게 말한다. '자루들을 치워!' 하지만 수레는 점점 더 차갑게 그를 짓누르고, 갑자기 특별한 무언가가 똑똑 두들긴다. 그는 완전히 잠에서 깨고 모든 것을 기억해 낸다. 차가운 수레, 그것은 그의 위에 엎드린 채 얼어 죽은 주인이었다. 두들기는 소리는 무호르티가 발굽으로 썰매를 두 번 치는 소리였다.

"안드레이치, 이봐, 안드레이치!" 이미 진실을 예감한 니키타는 등을 당기며 조심스럽게 주인을 부른다.

하지만 안드레이치는 부름에 답하지 않고, 그의 배와 두 다리는 아령처럼 단단하고 차갑고 무겁다.

'죽은 게 분명해. 천국을 허락하시길!' 니키타는 생각한다.

그는 고개를 돌려 한 손으로 자기 앞의 눈에 구멍을 파고 눈을 뜬다. 밝다. 끌채에서는 똑같이 바람이 윙윙거리고, 똑같이 눈이 쏟아진다. 차이가 있다면 눈이 썰매 안쪽을 후려치지 않고 소리 없이 썰매와 눈을 점점 더 높이 뒤덮고 있다는 점뿐이다. 말이 움직이는 소리도, 숨 쉬는 소리도 더 이상 들리지 않는다. '그놈도 얼어 죽은 게 분명해.' 니키타가 무호르티에 대해 생각한다. 그런데 니키타를 깨운, 썰매를 발굽으로 치던 그 소리는 정말로 이미 완전히 굳은 무호르티가 죽음 직전에 두 발로 지탱해 보려 한 마지막 안간힘이었다.

'하느님 아버지, 당신이 나도 부르시나 보구려.' 니키타가 속으로 혼잣말을 한다. '당신의 거룩한 뜻대로 되길. 하지만 무섭군. 음, 두 번 죽을 수는 없어. 하지만 한 번 죽는 건 피할 수 없겠지. 다만 얼른……' 그리고 그는 다시 손을 치우고 눈을 감고는 이제는 확실하게 완전히 죽어 가고 있다고 전적으로 확신하며 의식을 잃는다.

농부들이 길에서 30사젠 정도, 마을에서 0.5베르스타 정도

떨어진 곳에서 삽으로 바실리 안드레이치와 니키타를 파낸 것
은 다음 날 저녁 시간이 다 되었을 때였다.

눈이 썰매보다 높이 쌓이기는 했지만 끌채와 그것에 감긴
숄은 여전히 눈에 띄었다. 무호르티는 엉덩이끈과 아마포가
등에서 벗겨지고 눈 속에 배까지 파묻힌 채 온통 하얗게 서
있었고, 죽은 머리통이 갑상 연골을 누르고 있었다. 꽁꽁 언
콧구멍에는 고드름이 맺혔고, 두 눈은 서리로 뒤덮인 데다 눈
물이 고인 것처럼 표면이 얼어 있었다. 말은 하룻밤 사이에 뼈
와 가죽만 남을 정도로 앙상해졌다. 바실리 안드레이치가 내
장을 제거한 짐승의 얼린 고기처럼 뻣뻣하게 굳어 사람들은
그를 두 다리가 벌어진 모습 그대로 니키타의 몸에서 떼어 놓
았다. 매처럼 보이는 불통한 눈동자는 얼었고, 면도한 콧수염
아래의 벌어진 입은 눈으로 가득 차 있었다. 하지만 니키타는
동상을 입긴 했어도 살아 있었다. 사람들이 깨웠을 때 니키타
는 자신이 이미 죽었다고, 지금 그에게 벌어지는 일들은 이승
에서가 아니라 저승에서 일어나고 있는 것이라고 확신했다. 하
지만 농부들이 그를 파내고 꽁꽁 언 바실리 안드레이치를 그
의 몸에서 굴리며 외치는 소리를 들었을 때 처음에는 저승에
서도 농부들이 똑같이 소리를 지르고 똑같이 몸뚱이를 가졌
다는 사실에 깜짝 놀랐다. 하지만 자신이 아직 이곳 이승에
있다는 사실을 알아차렸을 때 그는 기쁘기보다 오히려 슬펐
다. 특히 두 다리의 발가락들이 동상에 걸린 것을 깨달았을
때는 더 슬펐다.

니키타는 두 달 동안 병원에 누워 있었다. 발가락 세 개가

절단됐지만 나머지는 아물었다. 그래서 그는 일할 수 있었고, 스무 해를 더 살았다. 처음에는 고용 노동자로, 그 후 노년에는 파수꾼으로 지냈다. 그는 올해에야 자기 바람대로 집의 이콘 아래에서 불을 붙인 밀랍 양초를 두 손에 쥐고 누워 죽음을 맞이했다. 죽기 전 그는 늙은 아내에게 용서를 구했고 그녀가 통 제조공과 얽힌 일을 용서했다. 아들과 손주들에게도 작별을 고했다. 그러고는 자신의 죽음으로 빵을 더 벌어야 하는 무거운 짐에서 아들과 며느리를 벗어나게 한 것에 진심으로 기뻐하며, 또한 이 지겨운 생을 벗어나 매해 매시간 점점 더 선명해지고 점점 더 유혹적으로 느껴지던 저 생으로 건너가게 된 것에 진심으로 기뻐하며 죽었다. 이 진짜 죽음 후에 깨어난 그곳에서 그가 더 좋았을지 더 나빴을지, 그가 실망했을지 그곳에서 자신이 기대하던 것을 찾았을지 우리 모두 곧 알게 될 것이다.

(1895년)

항아리 알료샤[*]

____

* 알료샤와 알료시카는 알렉세이의 애칭이다.

알료시카는 막냇동생이었다. 그가 '항아리'라고 불리게 된 것은 어머니가 부제(副祭)의 아내에게 우유 항아리를 가져다 주라고 보냈는데 그가 넘어지면서 항아리를 깨뜨렸기 때문이다. 어머니는 그를 때렸고, 아이들은 그를 '항아리'라며 놀리기 시작했다. 항아리 알료시카, 그것은 그렇게 그의 별명이 됐다.

알료시카는 귀가 늘어진(귀가 날개처럼 솟아 있었다.) 작고 마른 아이로 코가 컸다. 아이들은 "알료시카의 코는 작은 언덕 위의 수캐 같아."라며 놀려 댔다. 마을에 학교가 있었지만 알료샤는 글을 몰랐고 또 글을 배울 시간도 없었다. 형은 시내에 있는 상인의 집에서 지냈고, 알료시카는 어릴 때부터 아버지를 도왔다. 그는 여섯 살에 이미 소녀인 누이와 함께 방목장에서 암양과 암소를 지켰고, 좀 더 자란 후에는 방목장에서 밤낮으로 쉬지 않고 말들을 관리하기 시작했다. 열두 살부터 는 벌써 밭을 갈고 마차를 몰았다. 힘은 없지만 수완이 좋았 다. 그는 언제나 명랑했다. 아이들은 그를 조롱했다. 하지만 그 는 잠자코 있거나 웃었다. 아버지가 욕설을 퍼부으면 말없이 듣기만 했다. 그리고 욕설이 멎으면 이내 빙그레 웃으며 자기 앞에 놓인 일에 매달렸다.

형이 병사로 징집됐을 때 알료샤의 나이는 열아홉이었다. 그래서 아버지는 형을 대신하도록 알료샤를 상인 집에 허드렛 일 하는 하인으로 들여보냈다. 아버지는 알료샤에게 형의 낡 은 부츠와 자신의 모자와 반코트를 주고 시내로 데려갔다. 알 료샤는 자신의 옷차림이 마음에 들어 어쩔 줄 몰랐지만 상인 은 알료샤의 외양이 못마땅했다.

"나는 자네가 세묜을 대신하기에 딱 알맞은 사람을 데려올 거라고 생각했어." 상인이 알료샤를 찬찬히 뜯어보며 말했다. "그런데 어디서 이런 코흘리개를 데려온 거야. 이런 애를 어디 에 써먹겠나?"

"이 녀석은 뭐든지 할 수 있어. 마차에 말을 매 봐. 어디로든 몰고 갈 수 있어. 일도 열심히 할 수 있고. 겉보기에만 바자울 같을 뿐이야. 하지만 근골은 튼튼해."

"뭐, 그렇게 보이는군. 지켜보지."

"무엇보다 찍소리도 안 해. 일하는 걸 부러워하는 놈이야."

"자네랑 뭘 하겠나. 두고 가."

그렇게 해서 알료샤는 상인의 집에서 살게 됐다.

상인은 가족이 많지 않았다. 아내, 늙은 어머니, 간단한 교육을 받고 아버지와 함께 장사를 하는 기혼자인 맏아들, 김나지움[1]을 졸업하고 대학에 들어갔지만 퇴학을 당해 집에서 지내는 박식한 둘째 아들, 그리고 김나지움을 다니는 딸이 한 명 있었다.

상인의 가족은 처음에 알료시카를 좋아하지 않았다. 그는 교육을 못 받은 티가 너무 나고, 옷도 못 입고, 태도도 정중하지 않고, 모든 사람을 '너'라고 불렀다. 하지만 곧 다들 그에게 익숙해졌다. 그는 형보다 훨씬 더 쓸모가 있었다. 정말 찍소리도 하지 않았다. 가족들은 무슨 일에든 그를 보냈으며, 그는 모든 일을 기꺼이 신속하게 해내고 쉼 없이 하나의 일에서 다른 일로 넘어갔다. 그래서 집에서처럼 상인의 집에서도 모든 일거리가 알료샤에게 떨어졌다. 그가 일을 많이 할수록 더 많은 일이 그에게 떨어졌다. 주인의 아내도, 주인의 어머니도, 주인의 딸도, 주인의 아들도, 점원도, 여자 요리사도 모두가 그를 여기저기로 보내 이런저런 일을 하도록 만들었다. 들리는 말이라고는 "얘, 뛰어갔다 와."라든지 "알료샤, 네가 여기를 정돈해. 이게 뭐니, 알료시카, 잊었어? 조심해, 잊지 마, 알료샤." 뿐이었다. 그래서 알료샤는 뛰어갔고 정돈했고 조심했고 잊지 않았다. 그렇게 모든 것을 해냈고, 언제나 미소를 지었다.

형의 부츠는 금방 망가졌다. 주인은 그에게 발가락이 드러나는 너덜너덜한 부츠를 신고 다닌다며 욕설을 퍼붓고는 시

---

1) 제정 러시아 시대의 9년제 중등 교육 기관.

장에서 그에게 새 부츠를 사 주도록 시켰다. 부츠가 새것이어서 알료샤는 기뻤다. 하지만 발은 예전 그대로여서 저녁 무렵이면 온종일 바삐 돌아다닌 탓에 욱신욱신 쑤셨다. 그래서 그는 발에 화를 냈다. 아버지가 그를 대신해 돈을 받으러 왔다가 상인이 봉급에서 부츠값을 까는 것을 보고 화를 내지는 않을까 싶어 알료샤는 두려웠다.

겨울이면 알료샤는 동트기 전에 일어나 장작을 패고, 마당을 쓸고, 암소와 말에게 꼴을 주고, 물을 먹였다. 그런 다음에는 페치카에 불을 지피고, 주인들의 부츠와 옷을 깨끗이 손질하고, 사모바르들을 내놓고 그것들을 닦았다. 그러고 나면 점원이 물품을 끌어내 달라고 부르거나 식모가 반죽을 개고 냄비를 닦도록 시켰다. 그다음에는 편지를 전하거나 김나지움으로 주인집 딸을 데리러 가거나 할머니를 위해 올리브오일을 사러 시내로 심부름을 갔다. 이런저런 사람들이 그에게 "빌어먹을 놈아, 도대체 어디로 사라진 거냐?"라고 말하곤 했다. "왜 당신이 직접 가요? 알료샤가 갈 거예요. 알료시카! 얘, 알료시카!" 그러면 알료샤가 달려갔다.

그는 걸어가면서 아침을 먹었고, 모든 사람과 함께 때맞춰 점심을 먹는 경우가 드물었다. 식모는 그에게 다른 사람들과 다 함께 다니지 않는다고 욕을 하긴 했지만 그를 불쌍히 여겨 점심과 저녁으로 먹을 따뜻한 음식을 남겨 주었다. 축일 무렵이나 축일 동안에는 유난히 일이 많았다. 그리고 알료샤는 축일이 되면 기뻐했다. 특히 축일이면 적긴 해도 팁을 받았고 60코페이카를 모을 수 있었기 때문이다. 어쨌든 그것은 그의 돈이었다. 그는 그 돈을 원하는 대로 얼마든지 쓸 수 있었다. 그는 자신의 봉급을 눈으로 본 적이 없었다. 아버지가 찾아와 상인에게서 돈을 받아 가며 알료시카에게는 그저 부츠를 빨리 닳게 했다는 말만 할 뿐이었다.

그는 '팁으로 받은' 이 돈으로 2루블을 모으자 식모의 조언대로 털실로 짠 빨간 재킷을 샀고, 그 옷을 입었을 때는 기뻐서 입을 다물지 못했다.

알료샤는 말을 별로 하지 않았고, 말할 때면 언제나 띄엄띄엄 짧게 했다. 그리고 무슨 일을 하라는 지시를 받거나 이런저런 일을 할 수 있겠냐는 질문을 받으면 언제나 조금의 망설임도 없이 "다 할 수 있어."라고 말했고, 당장 일에 매달렸다.

그는 기도문을 하나도 몰랐다. 어머니가 가르쳐 주기는 했지만 잊어버렸다. 그래도 아침저녁으로 기도했다. 성호를 긋고 두 손을 모아 기도했다.

알료샤는 일 년 육 개월을 그렇게 살았다. 그리고 두 번째 해 하반기에 접어든 그때 그의 인생에서 가장 이상한 사건이 일어났다. 그 사건이란 그가 사람들 사이에 서로의 필요 때문에 생기는 관계 외에도 대단히 특별한 관계가 있다는 사실, 즉 부츠를 손질하거나 장에서 산 물건을 나르거나 말을 마차에 매기 위해 사람이 필요한 관계가 아니라 어떤 용무 없이도 돌봐 주고 애정을 쏟기 위해 사람이 필요한 관계도 있다는 사실, 그리고 알료샤 자신이 다름 아닌 그런 사람이 되는 경우도 있다는 사실을 놀라움 속에서 알게 된 것이다. 그는 식모를 통해서 우스치니야를 알게 됐다. 우스츄샤[2]는 고아였고 젊었고 알료샤와 마찬가지로 부지런했다. 그녀는 알료샤를 동정하게 됐고, 알료샤는 다른 사람이 그를, 그 자신을, 그의 도움이 아닌 그 자신을 필요로 하는 것을 처음으로 느꼈다. 어머니가 그를 가여워할 때는 그런 것을 느끼지 못했다. 그것은 너무도 당연하다고, 그가 스스로를 가엾게 느끼는 것이나 마찬가지라고 생각했다. 하지만 이번에는 생판 남인 우스치니야가 그를 동정하고 그를 위해 버터 넣은 죽을 항아리에 남겨 주며 그가 죽을 먹을 때면 소매를 걷어 올린 한 팔에 턱을 받치고서 그를 바라본다는 사실을 불현듯 깨달았다. 그리고 그가 그녀를 쳐다보면 그녀가 웃음을 터뜨리고 그도 웃음을 터뜨린다.

이것이 알료샤에게 어찌나 새롭고 이상야릇했던지 처음에는 두려울 정도였다. 그는 이런 게 일을 할 때 방해가 된다고 느꼈다. 그래도 그는 기뻤고, 우스치니야가 꿰매 준 바지를 보았을 때는 고개를 저으며 웃음을 지었다. 그는 일할 때나 걸어갈 때 종종 우스치니야를 떠올리며 "아, 그렇지, 우스치니야!"라고 말하곤 했다. 우스치니야는 기회가 생기면 그를 도왔고 그도 그녀를 도왔다. 그녀는 그에게 자기 운명을, 자신이 고아가 된 사연을, 친척 아주머니가 그녀를 떠맡은 사연을, 그녀가 시내에 넘겨진 사연을, 상인의 아들이 그녀를 꼬드겨 어리석은 짓을 하도록 유혹한 사연을, 그녀가 그를 만류한 사연을 들려주었다. 그녀는 말하기를 좋아했고, 그는 그녀의 말을 들

---

2) 우스치니야의 애칭.

는 게 즐거웠다. 그는 고용인이 된 농부가 식모와 결혼하는 일이 도시에서 종종 있다는 말을 들었다. 그리고 한번은 그녀가 그에게 곧 결혼할 건지 물었다. 그는 잘 모르겠다고, 시골에서 아내를 구하고 싶지는 않다고 말했다.

"좋아, 그럼 누구를 찾긴 했어?" 그녀가 말했다.

"응, 난 널 아내로 삼고 싶어. 나랑 결혼해 줄래?"

"어머, 항아리야, 항아리야, 정말 때맞춰 잘도 말하는구나." 그녀가 수건으로 그의 등을 치며 말했다. "하지 않을 이유도 딱히 없잖아?"

사육제 기간에 노인이 돈을 받으러 시내로 왔다. 상인의 아내는 알렉세이가 우스치니야와 결혼할 생각을 품었다는 것을 알고 못마땅하게 생각했다. "임신이라도 해 봐. 애 딸린 여자를 어디에 쓰겠어." 그녀가 남편에게 말했다.

주인은 알렉세이의 아버지에게 돈을 건넸다.

"좋아, 내 아들놈은 잘 지내나?" 농부가 말했다. "내가 말했지. 찍소리도 안 하는 놈이라고."

"찍소리도 안 하는 놈이긴 해. 하지만 멍청한 생각을 하고 있더군. 식모와 결혼하려고 해. 난 결혼한 사람들을 우리 집에 두진 않을 거야. 그런 건 우리랑 안 맞아."

"멍청한 놈, 멍청한 놈, 무슨 생각을 하는 건지." 아버지가 말했다. "자네는 아무 생각도 하지 마. 내가 그 녀석에게 단념하라고 말해 둘 테니."

아버지는 부엌으로 가서 식탁 앞에 앉아 아들을 기다렸다. 알료샤는 일 때문에 뛰어다니다 숨을 헐떡이며 돌아왔다.

“난 네가 사리를 아는 녀석이라고 생각했다. 그런데 무슨 생각을 한 거냐?” 아버지가 말했다.

“하지만 난 아무 생각도 안 했어.”

“아무 생각도 안 했다니. 결혼하고 싶어 했잖느냐. 때가 되면 내가 결혼시켜 줄 거다. 도시의 행실 나쁜 여자 말고 참한 여자를 골라 결혼을 시킬 거란 말이다.”

아버지는 많은 말을 했다. 알료샤는 서서 한숨을 쉬었다. 아버지가 말을 마치자 알료샤는 빙그레 웃었다.

“좋아, 그만둬도 괜찮아.”

“아무렴, 그렇고말고.”

아버지가 떠나고 우스치니야와 단둘이 남게 되자 그는 그녀에게 말했다.(아버지와 아들이 이야기를 나누는 동안 그녀는 문 뒤에 서서 듣고 있었다.)

“우리 일은 글렀어. 뜻대로 안 될 것 같아. 들었지? 아버지가 화가 나서 못 하게 해.”

그녀는 앞치마에 얼굴을 묻고 말없이 흐느꼈다.

알료샤는 혀를 찼다.

“어떻게 거역하겠어. 그만둬야 할 것 같아.”

저녁에 상인의 아내가 그를 불러 창의 덧문을 닫으라고 하면서 이렇게 말했다.

“어때, 아버지의 말을 따를 거지? 바보 같은 생각은 버린 거냐?”

“그만둬야 할 것 같아.” 알료샤가 말했다. 그는 웃음을 터뜨리는 동시에 울기 시작했다.

그 뒤로 알료샤는 우스치니야와 결혼에 대해 더 이상 이야기하지 않고 예전처럼 지냈다.

그 후 점원이 지붕에서 눈을 치우라며 그를 보냈다. 그는 지붕으로 기어올라 눈을 깨끗이 치운 뒤 홈통에서 얼어붙은 눈을 뜯어내다가 발이 미끄러져 삽을 든 채 떨어지고 말았다. 불행히도 그는 눈이 아니라 함석을 씌운 출구로 떨어졌다. 우스치니야가 그에게 달려왔고 주인집 딸도 달려왔다.

"다쳤어, 알료샤?"

"또 다쳤네. 괜찮아."

그는 일어서려 했지만 그러지 못하고 싱글싱글 웃기 시작했다. 그는 하인 방으로 실려 갔다. 의사 조수[3]가 왔다. 그를 진찰하고는 어디가 아픈지 물었다.

"여기저기 다 아프지만 괜찮아. 이제 곧 주인이 화를 내겠네. 아버지에게 소식을 전해야 해."

알료샤는 꼬박 이틀을 누워 있었고, 사흘째 되는 날 사람들이 사제를 불러왔다.

"어떡해, 정말로 죽는 거야?" 우스치니야가 물었다.

"그러면 어때? 우리가 언제까지나 계속 살겠어? 언젠가는 죽어야 해." 알료샤는 늘 그랬듯이 빠르게 말했다. "날 가엾게 여겨 줘서 고마워, 우스츄샤. 아버지가 결혼을 막은 게 더 잘된 일이야. 결혼해 봤자 아무 소용도 없었을 거야. 이제 다 괜

---

3) 러시아어 'Фельдшер'를 옮긴 말로 제정 러시아 시대에 중등 의학 교육을 이수하고 의사의 조수로 근무하던 의료인을 가리킨다. 단독으로 응급 처치를 할 자격이 있었다.

찾아."

그는 손과 마음으로만 사제와 함께 기도를 드렸다. 하지만 그의 마음속에는 남의 말을 잘 듣고 화를 돋우지만 않으면 이곳이 좋았듯이 저곳도 좋을 것이라는 생각이 있었다.

그는 별로 말을 하지 않았다. 물을 달라고 청했을 뿐 계속 무언가에 놀라곤 했다.

그는 무언가에 놀라더니 몸을 쭉 뻗고 죽었다.

(1905년에 집필되어 사후 1911년에 출간됨.)

고백, 그 후

> 인생의 여정 한가운데서
> 나는 바른길을 잃고
> 어두운 숲속에 있네.
> ─단테의 『신곡』 지옥편, 1곡

1. 톨스토이, 삶의 의미를 잃다

1875년 11월 30일, 레프 톨스토이는 벗이자 문학 비평가인 니콜라이 스트라호프에게 편지를 썼다. "나는 마흔일곱입니다……. 나는 늙었습니다. 더 이상 원하는 것도 없고, 죽음 외에는 눈앞에 아무것도 보이지 않습니다."

스물네 살에 「유년 시절」로 러시아 문단에 놀라움을 던지며 데뷔한 후 주목할 만한 단편들과 『전쟁과 평화』라는 대작을 잇달아 발표한 톨스토이……. 그해 그는 『안나 카레니나』의 연재를 막 시작한 참이었다. 이제까지 그는 자기완성을 목표로 삼아 '교양 소설'의 작중 인물처럼 계속 성장하기를 꿈꾸었다. 자신을 '전체'의 한 부분으로 생각했기에 전체를 인식하고 그 발전 법칙을 깨달으면 그 안에서 자신의 자리와 의미를 찾을 수 있을 거라고 믿었다. 1812년 조국 전쟁[1]을 배경으로 피에르를 비롯한 젊은 인물들의 성장을 그린 『전쟁과 평화』에는 톨스토이의 그러한 믿음이 뛰어난 형식과 언어를 통해 잘 묘사되어 있다.

그런데 사십 대 후반에 문득 자신의 육신이 더 이상 성장하지 않는다는, 오히려 쇠락과 고통과 피할 길 없는 소멸로 향하고 있다는 자각을 하게 된 것이다. 어릴 때 부모를 여의고 청년기에 형 니콜라이의 죽음을 지켜보고 전투에서 수많은 군인의 죽음을 목도한 톨스토이는 데뷔작에서부터 죽음에 대해 깊은 관심을 보였다. 그는 살아 있는 존재가 생명을 잃는 마지막 순간을 집요하게 관찰하고 표현했다. 그의 작품을 특징짓는 감각적인 생명력은 죽음에 대한 날카로운 인식의 그림자라고도 할 수 있다. 하지만 풀리지 않는 수수께끼이며 관찰의 대상이었던 '죽음'이 이제 그를 삼키려 다가오고 있다. 인생은 '교양 소설'이 아니었고, 그 또한 '끝없이 성장하는 주인공'이 아니었다. 그는 무한성 속에 목적 없이 던져진, 아주 잠시 버티다 사라질 거품 같은 존재일 뿐이었다.

『안나 카레니나』를 집필하던 오 년 동안 그의 가슴에 스며든 이 검은 불안은 점점 커져 그를 삼킬 정도에 이른다. 그는 자신의 이런 모습을 작중 인물 레빈에게 부여해 삶과 죽음의 의미를 찾는 인물형을 창조해 내기도 했다.(물론 레빈을 작자인

---

1) 1812년 프랑스의 나폴레옹 황제가 러시아 제국을 침략했다가 패배한 전쟁이다. 유럽과 아프리카 등으로 영토를 확장해 가던 나폴레옹은 이 패배로 폐위되어 엘바섬에 귀양을 가게 된다. 이 전쟁은 세계사에서 대개 '나폴레옹 전쟁'으로 알려져 있지만 러시아에서는 '1812년 조국 전쟁'으로 불린다.

톨스토이의 직접적인 투영이나 대리인으로 볼 수는 없다.)

　'내가 과연 무엇인지, 내가 왜 여기에 있는지를 알지 못한 채 살아갈 수는 없어. 그런데 그것을 알 수 없단 말이야. 그러니 난 살 수 없어.' 레빈은 혼잣말을 했다.

　(……) 그래서 행복한 가정을 가진 건강한 인간 레빈은 자신의 목을 매지 않도록 끈을 숨기고 자신에게 총을 쏠까 봐 총을 들고 다니는 것조차 두려워할 만큼 거의 자살 직전까지 갔다.[2]

『안나 카레니나』를 단행본으로 출판한 이듬해인 1879년부터 1880년에 걸쳐 그는 자신을 잠식해 온 불안과 직면하며 훗날 '고백록'이라는 제목으로 알려질 글을 집필했다. 1882년 러시아에서 검열로 일부 삭제된 채 '믿음이 연약한 자를 너희가 받되 그의 의견을 비판하지 말라'라는 제목으로 발표된 이 저작은 1884년에 제네바에서 '고백록(발표되지 못한 작품 소개)'이라는 제목으로 삭제 없이 출판되었다. 문학 연구자 D. S. 미르스키는 이 저작을 일컬어 "삶과 죽음의 영원한 신비에 직면한 인간 영혼의 가장 위대하고 가장 영원한 표현들 중의 하나"[3]이자 "러시아 문학에서 가장 위대한 감동적인 작품"[4]으로 꼽았다.

---

2) 레프 톨스토이, 연진희 옮김,『안나 카레니나 3』(민음사, 2009), 503~504쪽.
3) D. S. 미르스키, 이항재 옮김,『러시아 문학사 II』(화다, 1988), 18쪽.
4) 같은 책, 같은 쪽.

나의 삶은 멈춰 버렸다. (……) 나는 진리를 깨닫는 것조차 원할 수 없었다. 무엇이 진리인지 알아차렸기 때문이다. 인생이란 무의미하다는 것, 그것이 진리였다. 나는 삶을 산다고 살았고, 또 이제까지 끊임없이 걸어왔지만, 결국 도착한 곳은 심연이었으며, 내 앞에는 파멸 외에 아무것도 없다는 것을 확실히 알게 되었다. 그렇다고 멈춰 설 수도 뒤로 돌아갈 수도 없었다. (……) 나는 사는 게 싫어졌다. 저항할 수 없는 어떤 힘이 어떤 식으로든 삶에서 이탈시키려고 끌어당기고 있었다. (……) 지난날 더 나은 삶을 살기 위한 생각들이 솟아났던 것처럼 자연스럽게 자살에 대한 생각이 스며들었다. (……) 나 자신도 내가 무엇을 원하는지 몰랐다. 나는 삶을 두려워하고 삶에서 벗어나려고 애를 쓰면서도 여전히 삶 속에서 무언가를 기대하고 있었던 것이다.[5]

톨스토이는 자신이 기대하던 '무언가'를 신앙에서 찾았다. 그는 이 세상의 삶이 무한자, 즉 하느님의 의지에 의해 실현된다고 보았다. 그래서 자신의 의미를 찾기 위해서는 무한자의 의지가 인간에게 원하는 것을 행해야 한다고 생각했다. 얼핏 그는 인생의 답을 찾은 것 같았다. 그러나 『고백록』은 방황의 마침표가 아니라 시작이었다. 모든 것에서 참과 거짓을 분별하며 의미 있는 인생을 살고자 했던 그의 바람은 그의 정신을 잠시도 가만두지 않았다. 볼테르와 흄, 칸트와 데카르트 등

---

5) 레프 톨스토이, 이상훈 옮김, 『참회록』(뿌쉬낀하우스, 2019), 33~35쪽.

을 통해 철저한 합리주의를 익힌 그는 러시아 정교회를 비롯한 기존의 그리스도교 교리에 평온히 안주할 수 없었다. 그는 기적과 부활과 내세를 받아들이지 않았고, 예수의 가르침을 따라 윤리적 완성을 향해 정진할 때만 자신의 영혼을 살릴 수 있다고 믿었다. 이웃을 사랑하고 원수를 용서하는 삶, 혼자만을 위해서가 아니라 모두를 위해서 사는 삶, 그것이야말로 자기 생에 죽음도 파괴하지 못할 의미를 부여할 수 있는 길이라고 믿었다. 그러나 그 역시 최종적인 마침표가 아니었다. 훗날 톨스토이는 소설가 고리키에게 '신은 나의 욕망이다.'라고 적힌 자신의 일기장을 건넸다. "아직 끝내지 못한 생각이야…… 분명 나는 신이란 그를 인식하고자 하는 나의 욕망이라고 말하고 싶었던 것이겠지…… 아니, 그게 아니라……." 그는 그렇게 신에 대한 믿음과 의심 사이를 부단히 오갔으며, 예술을 비도덕적인 것이라 선언하고도 쉼 없이 소설을 써 나갔다. 고리키는 말년의 톨스토이를 가리켜 한 집에 두 마리의 곰이 함께 사는 것 같다고 표현했다.

그렇다면 『고백록』 이후 작가 톨스토이는 어떤 문학을 지향했을까? 그의 작품 세계는 어떻게 변했을까? 이 단편집은 삶의 의미를 잃고(죽음) 새롭게 거듭난(재생) 인간 톨스토이가, 『전쟁과 평화』와 『안나 카레니나』 같은 위대한 장편 소설을 쓰고도 그 작품들을 수치스러워하며 절필을 선언한 작가 톨스토이가 그럼에도 여전히 걸어간 소설의 길을 더듬는 여정이다.

2. 톨스토이, 문학의 새로운 길을 묻다

『고백록』은 톨스토이의 인생을 가르는 뚜렷한 표지였다. 그의 행보는 그 책을 기점으로 분명 달라졌다. 무엇보다 농노 해방(1861년) 이후 분할받은 토지의 대금을 내지 못해 몰락하는 농민들을 돕고, 대흉년으로 죽어 가는 이들을 위한 무료 급식소를 세우고, 황제 알렉산드르 2세를 암살한 혁명당원의 처형을 막기 위한 탄원 활동을 하고, 종교적 이유로 투옥, 고문, 학살을 당하는 두호보르교도의 해외 이주를 위해 자금을 마련하는 등 사회적인 활동에 주력했다. 그의 변화는 예술론에서도 일어났다. 그는 소설을 무가치한 것으로 깎아내리며 사회악을 비판하거나 그리스도교의 본질과 예술의 이상을 모색하는 에세이들을 발표하는 데 힘을 쏟았다.

당대의 많은 문인이 『고백록』 이전의 톨스토이를 예술가 톨스토이, 그 후의 톨스토이를 설교자 톨스토이로 나누며 톨스토이의 변화를 안타깝게 여겼다. '설교자 톨스토이'라는 선입견은 지금까지도 우리가 톨스토이의 후기 작품들을 이해하는 데 영향을 미치는 듯하다. 그러나 예술가 톨스토이와 설교자 톨스토이는 모두 거짓 없는 삶을 살기를 바란 톨스토이의 안에 있는 두 힘, 즉 구심력과 원심력이었다. 그의 삶도, 그의 작품들도 모두 매 시기 다른 양상으로 결합하는 두 힘의 산물이었다.

따라서 톨스토이의 '말년의 양식'을 이해하기 위해서는 그 시기에 그가 생각한 예술론과 그가 실제로 창작한 작품들을 비교하며 그의 작법이 어떤 식으로 변해 갔는지를 추적하는 작업부터 해야 할 것이다.

그는 『고백록』을 쓴 이듬해인 1881년부터 훗날 '예술이란 무엇인가'라는 제목으로 출간될 저작을 집필하기 시작했다. 하지만 그 저작을 탈고하고 출간한 것은 십육 년 후인 1897년이었다. 그가 이 저작을 집필하고자 한 것은 자신의 영혼을 뒤흔든 정신적 방황 이후 달라진 예술관을 정리하여 작품 활동의 새로운 기준으로 삼고자 했기 때문이다.

『예술이란 무엇인가』에서 그는 '참된 예술'과 '모조 예술'을 구분하는 특징으로 '감염력'을 꼽았다. '감염력'의 핵심은 감상자가 예술 작품을 보며 다름 아닌 바로 자기 자신이 그 작품을 만들어 낸 것 같은 느낌, 자신이 오랫동안 표현하고 싶어 했던 바로 그것을 보는 듯한 느낌, 한마디로 예술가와 하나가 되는 느낌을 경험하는 것이라고, 그리고 한 개인이 고독에서 벗어나 그 작품을 감상한 다른 이들과 하나가 되는 상태를 체험하는 것이라고 말했다. 또한 이러한 감염력을 통해 전달되어야 하는 내용은 신 앞에서 모두가 동등하다는 의식, 그리고 종교적이지 않더라도 세상의 만인들이 공감할 수 있는 담백한 일상적 감정들이어야 한다고 주장했다.

사실 '감염력', '보편성', '담백함', '일상적 감정' 같은 기준들은 '고백' 이후 갑자기 떠오른 발상이 아니라 그가 창작 활동 초기부터 꾸준히 추구한 것들이다. 보편적이고 일상적인 것들이 독자의 마음속에 깊이 감염되도록 그는 광범위한 독서를 통해 방법을 찾았고 그만의 기법과 형식으로 표현해 왔다.

예를 들어 '전체성'에 대한 그의 탐구는 전지적 시점으로 거의 모든 작중 인물(심지어 말과 개 등의 동물까지)의 내면을 드나들며('엿보기 기법') 각 인물의 서사가 동등한 무게로 날실과 씨실을 이루어 작품이라는 직물을 짜 나가도록 하는 기법을 낳았다. 그리고 일상적인 것에 주의를 환기하여 독자의 마음속에 '보편성'에 대한 인식을 '감염'시키려는 노력은 언어 차원에서 대상을 낯설게 묘사하는 기법('낯설게하기 기법')을 탄생시켰다.

그럼에도 『고백록』 이후 그의 글쓰기가 독자들에게 이전과 다르게 느껴진 데에는 그가 민담과 소설이라는 두 방향으로 글쓰기를 한 데다 '민담'을 상당수 발표한 점이 적지 않게 영향을 미쳤을 것이다.

3. 톨스토이, 새로운 글쓰기에 도전하다

톨스토이는 1862~1863년 무렵에 쓴 논문 초고에서 다음과 같이 말한다.

우리는 푸시킨과 고골을 민중에게 제시한다. 우리만 그런 것은 아니다. 독일인들은 괴테와 실러를 제시하고 프랑스인들은 라신과 코르네유, 부알로를 제시한다. (……) 그런데 민중은 받아들이지 않는다.[6]

농노 해방 직후인 이 시기 톨스토이는 스물네다섯 살의 청년으로 퇴역 후 자신의 영지 야스나야 폴랴나에 농민 아이들을 위한 학교를 짓고 민중 교육에 관심을 쏟고 있었다. 교육의 모델을 찾기 위해 외국으로 나가 견문을 넓히고《야스나야 폴랴나》라는 교육 잡지(1862년 2월에 1호를 발행)도 만들었다. 훗날 1872년에 『초등 읽기 교재(Азбука)』를 만들기도 했다.(그러나 톨스토이의 활동을 감시해 오던 정부는 1862년 7월에 이 학교를 폐쇄했다.) 이 시절부터 톨스토이는 민중이 쉽게 읽을 수 있는 문학에 대해 이미 많은 고민을 하고 있었다. 아무리 뛰어난 작품이라도 민중이 다가가기에 벽을 느낀다면 민중이 앎을 얻고 스스로 삶을 개선하는 데에 전혀 도움이 되지 않는다고 생각했다. 쉽게 이해되면서도 도덕적인 것을 쓸 사람이 시급하게 필요하다고 생각했지만 자신에게 단순하고도 명징한 것을 쓸 능력이 있을지 확신하지 못했다. 민중이 읽을 수 있는 글을 쓴다는 것, 그것은 아직 그에게 꿈이었다. 그리고 그는 『전쟁과 평화』의 집필을 시작한 참이었다.

그런 그가 민중을 위한 글쓰기에 도전하도록 밀어준 사람은 체르트코프였다. 기병 장교에 지주 귀족이던 그는 톨스토이의 이상에 공감하며 『고백록』이 무삭제로 제네바에서 출간되도록 돕고 민중이 싼값으로 책을 사서 볼 수 있도록 하기 위해 '포스레드니크'('중개자'라는 뜻)라는 출판사를 세웠다. 그

6) V. 시클롭스키, 『레프 톨스토이』(모스크바; 젊은 근위대 출판사, 1963), 613쪽.

출판사의 이념에 찬성한 톨스토이는 자신의 작품을 보내기로 약속했고, 책값을 낮추기 위해 저작권을 포기했다.[7]

톨스토이는 이 출판사를 위해 민담 스물두 편을 썼다. 이 단편집에는 그의 민담 가운데 전 세계적으로 가장 많은 사랑을 받고 형식적으로 가장 완성도 높은 세 작품을 담았다. 「사람은 무엇으로 사는가」(1885), 「바보 이반」(1886), 「인간에게 많은 땅이 필요한가」(1886)다. 이 가운데 「인간에게 많은 땅이 필요한가」는 소설가 제임스 조이스가 "문학사에서 가장 위대한 이야기"로 꼽은 작품이기도 하다.

톨스토이는 러시아의 성자전을 개작하는 방식으로 민담을 썼다. 하지만 「바보 이반」은 전적으로 톨스토이가 창작한 작품이다. 간결하고 소박한 이 민담들은 손쉽게 쓴 것처럼 보일지 모른다. 그러나 톨스토이의 원고 더미에서 「사람은 무엇으로 사는가」의 초고가 서른일곱 개 발견된 것을 생각하면 그가 민담이라는 장르를 어떻게 써야 할지에 대해 얼마나 고심했는지 짐작할 수 있다. 물론 스물두 편의 작품이 전부 예술적인 완성도를 보여 준다는 말은 아니다. 그러나 소설의 시공간 속

---

7) 이때부터 체르트코프와 톨스토이의 아내 소피야 사이의 저작권 분쟁이 이어졌다. 소피야는 톨스토이의 소설 전집을 내려고 했기에 톨스토이의 작품이 자기 손을 벗어나는 것을 용납할 수 없었고, 톨스토이의 저작권이 자신과 가족들에게 있어야 한다고 고집했다. 결국 1881년 이전 작품에 대해서는 아내 소피야가 갖고, 그 이후 작품에 대해서는 저작권을 주장하지 않기로 결정됐다. 소피야는 톨스토이가 교육을 위해 쓴 민담이나 에세이에는 관심이 없었지만 톨스토이가 쓴 이른바 '순문학' 소설과 일기에 대한 저작권을 자기 쪽으로 끌어오기 위해 이후에도 계속 남편을 압박했다.

에 언어로 세상과 인간을 빚는 과정을 보여 주기라도 하듯 묘사하고자 하는 대상에 어울리는 표현을 찾을 때까지 끝없이 언어를 세공하는 톨스토이 특유의 언어 감각은 이 세 작품 안에서도 여실히 발휘되고 있다. 나보코프는 이런 톨스토이의 언어에 대해 이렇게 말한 바 있다.

> 톨스토이 문체의 특징 중 하나를 꼽으라면 내가 '탐구하는 완벽주의'라고 표현한 특징을 택하고 싶다. (……) 어쩌면 창의적 반복이라고도 부를 수 있는 이 작업은 반복적 진술들을 촘촘히 나열하여 각각의 표현이 한 단계 한 단계 작가가 의도한 바에 가까워지도록 하는 과정이다. 그는 찾는다. 그는 언어라는 꾸러미를 열어 그 안에 든 의미를 드러낸다. (……) 그는 가장 적절한 말을 더듬어 찾고, 시간을 두고 살펴보고, 이리저리 궁리해 본다. 그는 언어를 '톨스토이'한다.[8]

톨스토이는 민담을 쓸 때 이전에 구사하던 상세한 세부 묘사를 버리고 최대한 단순한 문체를 택했다. 그렇다고 해서 소설의 도덕적 메시지에 치중해 언어와 형식을 포기한 것은 아니었다.

민담에서 그는, 비유하자면, 모든 장식음이나 카덴차 등의 기교를 버린 채 선율의 힘을 묵직하게 밀고 가는 전략을 택했

---

8) 블라지미르 나보코프, 이혜승 옮김, 『나보코프의 러시아 문학 강의』(을유문화사, 2012), 425쪽.

고, 이를 위해 모든 음이 똑같은 비중으로 들리도록 악절마다 신중하게 계산된 '적확한' 음을 빠르지도 느리지도 않게 균형감 있는 리듬으로 내보낸다. 그가 이 리듬감을 위해 선택한 기법은 전래 민담에서 흔히 사용되는 '3회 반복' 기법이다. 이 기법은 「사람은 무엇으로 사는가」, 「바보 이반」, 「인간에게 많은 땅이 필요한가」 모두에서 리듬감을 만드는 데 아주 중요한 역할을 한다.

「사람은 무엇으로 사는가」에서 구두장이 세묜은 겨울밤 교회 앞에서 벌거벗은 남자 미하일라를 발견하고 집으로 데려와 구두 짓는 일로 생계를 잇게 해 준다. 이 수수께끼 같은 남자는 이 집에 온 첫날부터 여섯 해 동안 세 번 미소를 짓는다. 그리고 세 번째 미소를 지은 날 스스로를 천사라고 밝힌 미하일라는 자신이 하느님께 불순종하여 추방된 천사임을 밝히며 하느님이 자신에게 세 가지 물음에 대한 해답을 깨달으면 다시 천국으로 불러들이겠다고 한 사연을 들려준다. 그리고 그 세 가지 물음이 무엇이었는지, 자신이 깨달은 답은 무엇이었는지 설명한다. 톨스토이는 미하일라의 세 번의 미소를 중심으로 이야기를 삼등분해서 세 가지 일화로 전개한다. 하느님이 던진 세 가지 질문, 즉 '사람들 안에 무엇이 있는지, 사람들에게 무엇이 주어지지 않았는지, 사람들이 무엇으로 사는지'는 똑같은 중요성을 띠기에 각각의 일화는 동일한 비중으로 전개된다.

「바보 이반」에는 세 형제가 등장한다. 첫째 아들 세묜은 군인, 둘째 아들 타라스는 상인, 셋째 아들 이반은 부모와 언어

장애가 있는 누이 말라니야와 함께 농사를 짓는 농민이다. 첫째와 둘째가 차례로 부모를 찾아와 자기 몫을 달라고 요구하며 부당할 정도로 많은 몫을 챙겨 간다. 이반의 관대함 때문에 형제 사이에 분쟁이 일어나지 않자 화가 난 악령은 세 부하 악마를 불러 그들을 무너뜨리라고 지시한다. 그래서 세 형제가 차례로 악마의 유혹을 받게 되고, 몰락한 두 형은 악마가 파멸시키지 못한 막내에게 신세를 지러 온다. 두 형을 무너뜨린 악마들이 이반을 망치지 못한 동료 악마를 도우러 오면서 이반은 세 악마와 자기도 모르는 사이에 전부 세 차례 대결을 하게 되며, 악마들을 이기고 얻은 기술(짚으로 병정 만들기와 나뭇잎으로 금화 만들기)로 형들을 재기시킨다.

우두머리 악령이 다시 이 일을 매듭짓기 위해 나선다. 그는 왕이 된 두 형을 차례로 몰락시킨 후 역시 왕이 된 막내를 찾아와 두 형을 무너뜨린 기술 두 가지(무력과 돈)를 써먹지만 그의 계략은 이반에게 통하지 않는다. 마지막으로 '머리를 써서 노동하는 법'(지식)을 가르쳐 주겠다며 이반을 흔들려 하지만 그는 결국 스스로 고립되어 비참한 최후를 맞는다. 이 민담에서는 일반적인 3회 반복이 a-b-(c-a´-b´), A-B-(A´-B´-C)라는 변형된 형태로 좀 더 복잡하게 변주된다.

「인간에게 많은 땅이 필요한가」에서 파홈은 "땅만 충분하다면 악마조차 두렵지 않을 텐데!"라고 혼잣말을 했다가 악마의 마음속에 땅으로 그를 손에 넣고 말겠다는 욕망을 심어 주게 된다. 악마는 파홈 앞에 세 번에 걸쳐 변형되어 나타나 더 많은 땅을 소유할 수 있는 지역으로 가도록 부추긴다. 자신이 가진 것에 만족하지 못하고 세월이 갈수록 점점 더 많은 농지를 원하던 파홈은 세 번째 시험에서 절제를 모르는 욕망 때문에 죽음을 맞이하고 만다.

그런데 이 세 민담은 이처럼 종교적인 메시지에 간결한 문체로 일정한 리듬에 맞춰 진행되는 서사임에도 불구하고 결코 밋밋하지 않다. 오히려 그 담백한 흐름 속에서 톨스토이가 독자의 몰입을 높이기 위해 고안한 장치들이 더 강하게 작용하며 이야기를 응집력 있게 만들어 간다.

「사람은 무엇으로 사는가」에서는 계속 궁금증을 자극하는 방식이 사용된다. 미하일라는 세몬의 집에서 사는 동안 자신에 대해 한마디도 하지 않는다. 겨울밤에 왜 알몸으로 교회 앞에 있었는지에 대해서도 일절 말하지 않고 감정 표현도 하지 않는다. 그저 묵묵히 구두를 지을 뿐이다. 그런 미하일라이기에 그의 미소는 주위 사람들에게 여러 해가 지나도 잊히지 않는다. 심지어 여섯 해 동안 세 번 짓는 미소라면 무언가 특별한 의미가 있으리라는 것은 누구나 알 수 있다. 도대체 그는 왜 조용히 웃었을까? 이 민담의 구조는 추리 소설의 구조와 흡사하다. 서사가 진행되는 동안 수수께끼 같은 징후들을 계속 드러내며 그것들에 모종의 관계성과 의미가 있음을 암시하다가 범죄자나 탐정(혹은 수사관)이 사건의 전말을 설명하는 방식이다.

「바보 이반」은 일반적인 민담의 공식을 비틀어 패러디함으로써 독자들이 이야기의 결말을 예측할 수 없도록 하여 독자의 관심을 사로잡는다. 대개 민담에는 세 아들이나 세 딸이 등장하며, 온순한 셋째는 욕심 많은 첫째와 둘째로부터 괴롭힘을 받는다. 모든 시련을 묵묵히 견딘 셋째는 선한 존재의 도움(대개는 착한 요정이나 동물들)으로 시련을 극복하고 높은 지위(왕이나 왕비)에 오른다. 그런데 「바보 이반」은 세 형제에 욕심 없는 막내를 등장시켜 민담의 외양을 띠는 것 같지만 계속 독자의 예상을 비껴간다. 막내는 착해서라기보다 세상 물정에 어둡고 모자라서 욕심이 없는 듯하다. 그는 악마들로부터 시련을 받지만 오로지 우직하고 성실한 근성으로 덫을 빠져나간다. 인간의 욕망을 꿰뚫는 악마들이 이반을 무너뜨리기 위해 계속 도전하지만 '바보'의 사고방식이 예측할 수 없는 방식으로 악마들을 무너뜨린다. 그 때문에 그는 왕이 되고도 오히려 왕의 지위를 귀찮아하며 다시 스스로 농부가 된다. 이런 식으로 민담의 공식을 이탈하는 흐름을 따라가는 동안 독자는 자기도 모르게 다음 일탈을 상상하고 기대하게 된다.

「인간에게 많은 땅이 필요한가」는 선이 악을 이기는 민담의 공식을 아예 벗어난다. 한 인간을 파멸시키기로 작정한 악마가 차례차례 덫을 놓아 마침내 승리하는 이야기다. 악의 승리를 그리기 위해 톨스토이는 디테일의 변화를 추적함으로써 불안과 공포를 키운다.

우선 파홈의 변화를 들 수 있다. 처음에 파홈이 자기 땅을 가지려는 마음이나 자기 땅을 경작하며 느끼는 기쁨은 누구나 충분히 공감할 만하다. "파홈은 자신의 영원한 땅으로 가서 밭을 갈거나 싹과 목초지를 둘러볼 때면 끝없는 기쁨을 느낀다. 그가 느끼기에 그의 땅에서는 풀도 다르게 자라고 꽃도 다르게 피는 것 같다. 예전에 이 땅을 지날 때는 다른 여느 땅과 같아 보였는데 이제는 완전히 다른 특별한 땅이 됐다." (175쪽) 그러나 점점 자기 땅이 부족하다 느끼며 주위 농부들과 다투다 토지를 더 많이 확보할 수 있는 지역으로 멀리 이주하는 모습, 그리고 그곳에서 삼 년을 지낸 후 다시 비좁다고 느끼는 모습은 독자로 하여금 의심을 품게 한다. '과연 그에게 영원한 정착지가 생길까? 그의 욕망에 끝이 있을까?'

톨스토이는 무심하고 냉정한 자연이 그의 욕망을 단죄하게 한다. 파홈은 거의 공짜로 땅을 얻을 수 있다는 바시키르인들의 땅으로 가서 해가 지기 전에 출발점으로 돌아오기만 하면 그가 지나며 표시한 땅을 거저 주겠다는 약속을 받는다. 해 뜰 때 출발한 그는 해의 위치를 계속 살피며 앞으로 더 나아갈지 출발점 쪽으로 방향을 꺾을지 계산한다. 욕심에 내몰려 너무 멀리까지 가 버린 그는 어느새 걷기도 힘들 만큼 지쳐 버린다. 그는 있는 힘을 다해 출발점으로 향하지만 해는 시시각각 기울고 커지고 붉어진다. 마지막 9장에서 해의 변화와 함께 파홈의 마음 안에서 실패에 대한 공포가 커져 가는 모습에 대한 묘사는 그야말로 압권이다. 이처럼 사물의 모습이나 변화를 작중 인물의 운명과 연결시키며 극적 전환을 마련하거나 공포를 쌓아 가는 기법은 톨스토이가 초기부터 아주 능숙하게 구사한 기법이며 후기 단편들에서도 여실히 나타난다.

한편 톨스토이는 전래 민담의 형식에 사용된 특별한 언어를 자신의 민담에도 적용하여 민담의 시공간을 특별한 이상향으로 만든다. 톨스토이와 동시대인인 아파나시예프는 독일의 그림 형제를 따라 러시아 민담을 채집해 『러시아 민담집』(전 3권, 1864)을 출간했다. 러시아어에서 상대방에게 말을 거는 방식은 두 가지다. 친한 사이에서 '너(ты)'라고 낮춰 부르는 방식과 예의를 지키거나 공경을 표하기 위해 '당신(вы)'이라고 존대하는 방식이다. 이 민담집에서는 작중 인물들이 신분과 관계에 상관없이 상대를 '너'라고 부른다. 평민 노파가 황태자에게, 황태자가 왕에게, 처음 만난 아가씨가 황태자에게 '너'라고 부른다. 이것은 19세기 농민 사회에서도 실제 나타나던 현상이다. 교육받을 기회가 없어 존댓말을 따로 배우지 못한 농부들은 대체로 서로에게, 심지어 지주 귀족에게도 낮춤말을 사용했다. 투르게네프의 『사냥꾼의 스케치』(1852)에도 이런 모습이 잘 묘사되어 있다. 존댓말을 구사하는 평민은 지주 귀족을 상대하는 하인들이나 상인들뿐이었다.

「사람은 무엇으로 사는가」와 「바보 이반」에서는 전래 민담의 방식대로 모두가 서로에게 '너'라고 부른다. 신에게도, 천사에게도, 악마에게도, 부모에게도, 왕에게도, 공주에게도……. 이 민담의 세계에서는 모두가 동등하다. 계급도 신분도 인간에게 위계를 만들 수 없다. 이러한 어법은 계급이 있고 관리들의 서열이 분명했던 제정 러시아의 귀족들에게 낯설게 느껴졌을 것이다. 『고백록』 이후 톨스토이는 신 앞에서 모두가 동등하다는 의식, 세상 사람들 누구나 접근할 수 있는 일상적 감정을 전하는 예술을 '참된 예술'로 여겼다. 그는 자신이 꿈꾸는 이상향을 자신의 소설 안에서 언어를 통해 실현했는지도 모른다.

이렇듯 여전히 문체와 구성에 공을 들이며 민담이라는 새로운 장르에 도전한 경험은 톨스토이의 후기 단편들에도 영향을 미친 것으로 보인다. 그는 『예술이란 무엇인가』에서 좋은 문학은 상세한 세부 묘사를 버려야 한다고 말하고도 언어로 세공하고 조각하는 쾌감을 잊지 못한 듯 후기 소설에서 그 기량을 마음껏 발휘한다. 그럼에도 후기 소설은 어딘지 모르게 이전과 다르다. 문체가 보다 가벼워지고 글의 속도가 빨라졌다. 그리고 예전과 달리 모든 작중 인물의 내면을 샅샅이 비추던 조명이 느닷없이 꺼지며 침묵이 찾아오는 순간들이 잦아진다. 말과 행위만을 담백하게 그려 나감으로써 의미를 모호하게 만드는 기법이 더 자주 나타나는 것이다. 이것이 민담을 쓰면서 얻은 기법인지, 후기에 쓰기 시작한 희곡의 영향인지 불분명하지만 그의 후기 소설들이 새로운 색채를 띠기 시작한 것은 분명하다.

4. 톨스토이, 소설의 길을 쉼 없이 탐색하다

톨스토이는 『고백록』 이후 스스로를 고독 속에 가두고 귀족이나 지식인들만 읽을 수 있는 소설을 쓰는 것은 부끄러운 일이라고 단언했다. 그는 민담 안에서 자신의 재능과 이상을 타협할 장르를 찾았지만 이제까지 써 왔던 '본격 소설'에 대한 열망을 완전히 잠재울 수는 없었다. 자신이 죄악으로 여기는 일을 하기 위해서는 알리바이가 필요했다. 정말로 쓰지 않으면 안 되는, 이 세상에 남길 수밖에 없는 예술적인 소설을 써야 했다. 그래서인지 마지막 장편 소설인 『부활』과 후기 단편들에서 톨스토이는 죄책감을 상쇄하기라도 하듯 자신의 소설을 정당화해 줄 다양하고 치밀한 형식적 모색을 보인다. 이 단편집에는 후기 단편 가운데 형식적으로 가장 뛰어나다고 평가되는 「홀스토메르」(1885), 「주인과 일꾼」(1895), 「항아리 알료샤」(1911)를 실었다.(「이반 일리치의 죽음」은 이미 민음사 세계문학으로 출간되어 싣지 못했고, 「하지 무라트」(1911)는 분량이 너무 길어 싣지 못했다. 이 두 작품은 사실 중편이라 할 만하다.)

「홀스토메르」는 톨스토이가 『전쟁과 평화』의 집필을 시작한 1863년에 쓰다가 그로부터 약 이십 년 후인 1885년에 마무리한 작품이다. 톨스토이의 전기 작가 앤드류 노먼 윌슨은 이 작품에 대해 그의 가장 독창적이고 매력적인 소설이라고 극찬했다.

「홀스토메르」는 '러시아 형식주의' 유파의 일원인 빅토르 시클롭스키가 그의 유명한 에세이 「기법으로서의 예술」에서 예술의 목적을 설명하고자 인용한 덕분에 잘 알려진 작품이기도 하다. 시클롭스키는 삶과 사물의 감각을 되돌리기 위해 예술이 존재하며, 사물을 '낯설게 하는' 기법, 지각을 어렵고 길게 함으로써 형식을 어렵게 하는 기법이 예술의 기법이라고 말한다. 뒤이어 톨스토이가 인간의 사유 재산 제도를 비판하기 위해 그것을 어떻게 묘사하는지 보여 주고자 「홀스토메르」의 한 대목을 인용한다.

　　당시에는 나를 인간의 소유물로 칭하는 게 무엇을 뜻하는지 도저히 이해할 수 없었다. 살아 있는 말인 나에 관해서 '나의 말'이라는 단어로 부르는 것이 나에게는 '나의 땅', '나의 공기', '나의 물'이라는 단어만큼이나 이상하게 들렸다. (……) 어떤 특정한 사물에 대해 한 사람만 '나의'라는 말을 하도록 정해진다. 그리고 그들 사이에 약속된 이 놀이에서 가장 큰 수의 사물에 대해 '나의'라고 말하는 사람, 바로 그 사람이 그중에서 가장 행복한 사람으로 여겨지지.(134~135쪽)

　　시클롭스키는 이런 '낯설게하기' 기법이 톨스토이의 전 작품에서 나타난다고 말했다. 역시 형식주의 이론가였던 보리스 에이헨바움도 톨스토이가 모든 것을 '낯설게하기'로 바꿔 버린다고, 지금까지 익숙했던 기존의 생각들에 대해 '아니야, 진실은 따로 있어.'라는 의미를 담아 모든 레벨에 걸쳐 '낯설게하기'를 밀어붙인다고, 이 '낯설게하기'에는 폭로하고 파괴하는 힘이 깃들어 있다고 주장한다.

　　「홀스토메르」에서 주목할 만한 점은 '낯설게하기'만이 아니다. 생명력의 약동이며 말과 인간의 생로병사에 관한 묘사가 『전쟁과 평화』와 『안나 카레니나』에서처럼 글에서 피가 흐르고 숨결이 새어 나오듯 생생하고 섬세하다. 그리고 젊고 건강한 말들에게 멸시당하는 늙고 초라한 말 홀스토메르, 젊고 부유한 지주 앞에서 영락하고 비루한 모습을 보이는 늙은 퇴역 장교 세르푸홉스키, 한때 눈부신 젊은 시절을 함께한 이 두 존재의 노년과 죽음을 병렬적으로 배치한 구성은 생명의 덧없음을 통렬하게 노래하는 장중한 음악 같다.

「주인과 일꾼」은 1894~1895년에 쓴 작품이다. 이 이야기는 푸시킨의 「벨킨 이야기」에 실린 '눈보라' 일화에서 모티프를 얻은 작품이다. 톨스토이는 이 일화의 일부분을 『전쟁과 평화』 중 나타샤가 아나톨과 도망가기로 한 날을 앞둔 장면으로 차용하기도 했다. 톨스토이는 1856년에 이미 이 모티프로 동명의 단편 소설 「눈보라」를 쓴 적이 있다. 「눈보라」와 「주인과 일꾼」 모두 썰매를 타고 여행을 떠난 무리가 눈보라를 만나 길을 잃으면서 느끼는 두려움을 잘 표현하고 있지만 「주인과 일꾼」은 공포를 쌓아 가는 치밀한 기법과 뛰어난 구성으로 그의 모든 단편 중에서도 단연 돋보이는 작품이라 할 수 있다. 미르스키는 "이 작품은 구성의 아름다움을 간직하고 있다는 점에서 『고백록』에 비견할 만한 걸작 중 하나"[9]라고 표현했다.

이 소설은 1~9장까지 상인 바실리가 일꾼 니키타를 데리고 숲을 매입하러 가는 여정을 다루며, 마지막 10장은 이 여정에서 살아남은 니키타의 여생과 죽음을 간단히 스케치한다. 이 작품은 「이반 일리치의 죽음」과 종종 비교되곤 한다. 이반 일리치는 병으로 죽어 가면서 그의 인생이 옳지 않았지만 아직은 바로잡을 수 있고 바로잡아야 한다고 느끼며 '옳은 것'에 대해 자문한다. 그리고 내면에서 울리는 목소리와 대화를 나누며 죽음의 의미를 고민하다 기쁨 속에서 숨을 거둔다. 그 과정이 바실리가 눈보라 속에서 얼어 죽기 전의 상황과 흡사

____

9) D. S. 미르스키, 이항재 옮김, 『러시아 문학사 II』(화다, 1988), 25쪽.

하다.

밀란 쿤데라는 톨스토이가 인간이라는 존재를 어떤 여정 같은 존재로 제시한다고 말한다. 구불구불한 길 같은 존재, 연속되는 단계들이 종종 앞선 단계들의 완전한 부정으로서 나타나기도 하는 그런 여행 같은 존재로 말이다.[10]

이반 일리치의 인생 여정이 수십 년에 걸쳐 그려진다면 바실리의 인생 여정은 하루를 온전히 채우지 못한 짧은 시간 속에서 추억되고 전개된다. 그런데 바실리의 마지막 여행이 짧은 시간 안에 이루어지는 만큼 예기치 못한 죽음의 위협은 시시각각 파괴력을 더해 가고 죽음에 대한 공포는 무섭도록 빠르게 짙어진다. 톨스토이는 이 과정에서 밀란 쿤데라가 '디테일의 공모'라고 일컫는 특유의 기법을 경탄스러우리만치 완벽하게 구사한다.

바실리의 출발은 이미 늦었다. 교구 축일이어서 모임에 가야 했고 집에 찾아온 친지들을 대접해야 했다. 금방이라도 눈보라가 몰아칠 것 같은 날임에도 그는 자신이 점찍어 둔 숲을 다른 상인들에게 뺏길까 봐 매매를 마무리하러 기어이 길을 나선다. 목적지에 이르는 방법은 두 가지, 조금 돌아가더라도 안전한 길과 더 빨리 갈 수 있지만 표지판이 거의 없고 사람도 별로 다니지 않는 길. 그는 후자를 선택한다. 바실리의 욕심이 그 자신을 위험한 상황으로 자꾸 밀어 넣는다. 결국 그는

---

10) 밀란 쿤데라, 김병욱 옮김, 『배신당한 유언들』(민음사, 2013), 317~318쪽 참고.

길을 잃고 헤매다가 그리시키노 마을 입구에 들어서게 된다.

"정말로 눈 쌓인 곳을 통과하자 거리가 나왔다. 맨 끝 집의 빨랫줄에 널린 얼어붙은 세탁물, 즉 붉은 루바시카 한 벌, 하얀 루바시카 한 벌, 바지 한 벌, 각반, 치마 한 벌이 바람에 무섭도록 나부꼈다. 특히 하얀 루바시카가 소매를 흔들면서 필사적으로 울부짖었다."(220쪽) 그는 마땅히 이 마을에서 하루 묵어야 했다. 하지만 길에서 만난 사람에게서 목적지까지 가는 법을 듣고 난 바실리는 다시 그리시키노를 빠져나간다. "하얀 루바시카는 이미 꽁꽁 언 소매 한 짝만 빨랫줄에 매달린 채 거의 떨어지다시피 했다."(223쪽) 눈보라가 한층 심해진 것을 빨랫감들이 암시하고 있다. 또다시 길을 잃은 바실리는 니키타의 조언대로 말 무호르티의 감각에 의지하기로 하고, 무호르티는 그들을 다시 그리시키노로 이끈다. "정말로 그 순간 그들의 왼쪽에 눈이 날려 오던 곡물 창고며 심지어 얼어붙은 내의와 루바시카와 바지가 걸린 그 빨랫줄까지 있었다. 세탁물들은 여전히 무섭도록 바람에 나부끼고 있었다."(227쪽) 말은 바실리를 죽음이 아닌 생명의 길로 인도하려 했다. 그곳에서 찾아간 농부의 집에서도 묵어 가라고 한다. 하지만 차를 얻어 마신 바실리는 농부 가족의 제안을 뿌리치고 집을 나선다. "그들은 다시 똑같은 길을 따라 마을을 통과하며 빨랫줄에 꽁꽁 언 세탁물이 걸려 있던, 이제는 더 이상 세탁물이 보이지 않는 똑같은 안마당을 지나쳤다."(241쪽) 톨스토이는 빨랫줄에 걸린 세탁물의 변화로 날씨가 얼마나 위급해지고 있는지 보여 주며, 그 디테일들의 경고를 무시할 때 어떤 일이 생길 수 있는지 암시한다.

담배와 쑥을 활용한 부분은 어떠한가? 바실리는 다시 길을 잃고 골짜기로 에워싸인 지역에 갇힌다. 길을 찾기를 포기하고 썰매에서 밤을 보내기로 한 바실리는 담배를 피우려 한다. 간신히 불을 붙여 몇 모금 피우는데 담배가 바람에 휙 날려가고 만다. 한참의 공상 끝에 다시 담배를 피우며 시계를 확인하니 겨우 12시 10분이다. 늑대 소리가 들린다. 바람결에 늑대가 턱을 움직일 때 목소리가 바뀌는 것까지 감지된다. 남은 성냥개비는 세 개, 성냥개비는 불이 붙지 않고 다 꺼져 버리고 만다. 갑자기 그는 심한 불안에 사로잡혀 더 이상 그대로 있을 수 없다. 그는 니키타를 버려둔 채 혼자 말을 타고 달아난다. 오 분도 되지 않아 그는 거무스름한 무언가를 발견한다. 인가일 거라고 생각한 그것은 바람에 무섭도록 흔들리는 검은 쑥이다. 그는 다시 방향을 바꾸어 헤매다가 다시 거무스름한 것을 발견하고, 그것이 조금 전 그 쑥임을 깨닫는다. "엄청난 공포"가 그를 덮친다. 마침내 그는 자신이 떠난 썰매에서 얼마 가지도 못했다는 사실을 깨닫는다.

재산을 불리는 것에서 삶의 의미를 찾던 바실리가 죽어 가는 니키타를 살리기 위해 자기 생명을 내주도록 하기 위해, 그가 이제껏 추구해 온 것을 모두 부질없이 여기고 니키타를 살리는 것에서 자기 생명의 의미를 찾도록 하기 위해 톨스토이는 바실리를 공포와 절망과 무력감으로 뒤흔들어 놓아야 했다. 그래서 그 과정에 이르기까지 바실리를 디테일을 이용한 반복적인 리듬 안에 서서히 몰아넣는다.

바실리가 죽기 직전에 그의 내면을 그린 장면이다. 마침내 바실리는 인간의 최종 목적지에 이른다. 그의 여정은 끝났다. 삶의 마지막 순간에 내린 선택이 길 잃은 그의 인생을 다행히 늦지 않게 올바른 목적지로 돌려놓은 것 같다.

> 벌써부터 그를 소리쳐 부르는 이의 음성이 들린다. '갑니다, 가요!' 그의 온 존재가 감격에 겨워 기쁘게 말한다. 그리고 그는 자신이 자유로우며 어떤 것도 더 이상 그를 속박할 수 없다는 것을 느낀다.(277~278쪽)

여기까지 보면 이 소설의 목적은 마치 『요한의 복음서』 15장 12~13절("내가 너희를 사랑한 것처럼 너희도 서로를 사랑하라. 이것이 나의 계명이다. 벗을 위하여 제 목숨을 바치는 것보다 더 큰 사랑은 없다.")의 가르침을 전하는 것인 듯하다. 어쩌면 설교자 톨스토이는 예술가 톨스토이의 힘을 빌려 이 목적을 잘 실현한 것 같다. 그러나 예술가 톨스토이는 여기에서 멈추지 않고 더 나아간다. 『전쟁과 평화』와 『안나 카레니나』를 통해 묘사했던 것처럼 예술가 톨스토이는 삶과 세상이 누군가의 결심이나 깨달음으로 닫히지 않는다고 말하듯 그의 눈에 여전히 불가해한 곳을 응시하며 독자의 시선도 그곳으로 돌린다. 10장에서 자신이 죽지 않은 것을 깨달은 니키타는 기뻐하기는커녕 오히려 슬퍼한다. 발가락 두 개가 동상에 걸렸다는 것을 알았을 때는 더 슬퍼한다. 바실리는 니키타가 살아가는 한 자신도 살아 있다고 생각하며 생명을 주었지만 니키타는 바실리에게 고마워하지도 않고 그에 대해 생각하지도 않는 듯하다. 바실리의 남은 가족을 위해 무언가를 한 것 같지도 않다. 그는 스무 해를 더 살며 마치 형벌을 받듯 삶을 마지못해 견디다 기쁘게 죽음을 맞이한다. 바실리의 생명은 그의 바람대로 니키타를 통해 계속 이어졌을까? 바실리의 선(善)이 니키타에게도 선이었을까? 애초에 삶과 생명이 죽음보다 존귀한 것일까? 10장은 오히려 톨스토이가 무엇을 말하려던 것인지 헤아릴 수 없게 만든다. 의미의 혼돈, 의미의 코스모스, 어쩌면 그곳이 예술가 톨스토이가 가려고 한 목적지인지도 모른다.

「항아리 알료샤」는 1905년에 창작된 작품으로 톨스토이 사후에야 출간됐다. 톨스토이는 말년에도 꾸준히 소설을 썼지만 아내 소피야와 체르트코프의 저작권 분쟁을 격화시키지 않기 위해 많은 작품을 미발표로 남기고 세상을 떠났다. 톨스토이가 1910년 11월에 죽은 후 체르트코프는 1911~1912년에 톨스토이의 유작들을 『유고 전집』(전 3권)으로 출간했다. 이 전집에는 「한 부인의 회고」, 「악마」, 「하지 무라트」, 「광인 일기」, 「항아리 알료샤」 같은 단편들을 비롯해 몇 편의 희곡과 짧은 이야기들이 실려 있다.

「항아리 알료샤」는 짧은 분량, 빠른 진행 속도, 간결한 언어, 성자전에 나올 법한 작중 인물 때문에 민담 같은 느낌을 풍긴다. 그런데 얼핏 단순해 보이는 이 작품을 가리켜 미르스키는 "보기 드문 완벽한 걸작"[11]이라고 극찬했고, 상징주의 시

---

11) D. S. 미르스키, 앞의 책, 29쪽.

인 알렉산드르 블록은 이 작품을 읽은 날의 일기에 「항아리 알료샤」는 자신이 읽은 천재적이고 위대한 작품 중 하나라고 썼다. 이 작은 작품이 가진 매력은 도대체 무엇일까?

이 작품은 마치 「바보 이반」의 변주 같다. 알료샤는 막내아들(물론 세 형제는 아니지만)이고 부모와 누이와 함께 농사를 짓는다. 여섯 살에는 이미 방목장에서 가축을 돌보고 열두 살에는 마차를 몰고 밭을 간다. 열아홉 살에는 군대 간 형을 대신해 상인 집에서 허드렛일을 하는 하인이 된다. 글도 모르고 옷차림도 초라해 상인의 가족들에게 무시를 당한다. 그의 봉급은 아버지가 상인에게서 받아 간다. 그래도 그는 바보 이반처럼 불평하지 않고 늘 미소를 지으며 부지런히 일한다. 여기까지는 「바보 이반」과 비슷하다. 그러나 '바보 이반'이 민담이라는 장르를 떠나 실제 인간과 실제 현실에 놓일 때도 여전히 악을 이기고 성실하게 노동하며 충만한 삶을 살아갈 수 있을까? 이 소설은 마치 그렇게 묻는 듯하다.

알료샤를 '성스러운 바보'(러시아어로는 '유로지비'라고 한다.)로 보는 견해도 있다. 겉으로는 아둔하고 미련해 보일지 모르지만 죽는 순간까지 순수함을 잃지 않고 하느님의 뜻에 순종하고자 하는 사람들을 러시아에서는 성스러운 바보로 일컫는다. 과연 톨스토이는 알료샤에게서 '항상 기뻐하고 원수까지 사랑하는' 인물, 어떤 고난에도 불평하지 않고 평온하게 영원한 안식을 맞이하는 인물로 그리려던 것이었을까? 하지만 그렇게 믿기에는 톨스토이가 소설 속에 심어 놓은 수상한 단서가 적지 않다.

　톨스토이는 이 소설에서 내면 묘사를 그다지 많이 하지 않는다. 「홀스토메르」의 얼루기 말과 「주인과 일꾼」의 바실리의 경우 숨이 끊어지는 순간까지 그들의 의식을 쫓았던 것과 달리 「항아리 알료샤」에서는 표정과 행동으로 알료샤의 내면을 헤아려야 하는 경우가 대부분이다. 그럼에도 독자는 알료샤가 '바보 이반'처럼 동일한 성격을 작품 끝까지 유지하지 않고 상인의 집에 있는 동안 서서히 변하고 있음을 충분히 짐작할 수 있다.

　늘 미소를 지으며 모든 요구에 응하던 알료샤가 상인이 사준 새 부츠에 '기뻐하고', 새 부츠를 신어도 여전히 아픈 발에 '화를 내고', 상인이 봉급에서 부츠값을 제한 것 때문에 아버지가 화를 낼까 봐 '두려워한다'. 또 축일에 받은 팁으로 '빨간 재킷'을 사 입었을 때는 '기뻐서 입을 다물지 못한다'. 이제껏 웃은 것은 정말로 만족스러워서가 아니라 판단 능력이 부족하거나 남과 부딪치는 게 싫어서가 아닐까 싶을 만큼 갑자기 다양한 감정을 보이기 시작한다. 하녀 우스치니야가 알료샤를 아무 이해관계 없이 좋아해 준다는 것을 알았을 때는 두려울 정도로 놀라지만 그래도 기뻐한다. 그런데 아버지가 결혼을 반대하자 알료샤는 한숨을 쉬다가 다시 빙그레 웃으며 "좋아, 그만둬도 괜찮아."라고 말한다. 그러나 상인의 아내가 "어때, 아버지의 말을 따를 거지? 바보 같은 생각은 버린 거냐?"라고 물었을 때는 그만둬야 할 것 같다면서 웃음을 터뜨리는 동시에 울기 시작한다. 그의 감정이 복잡해진다. 예전처럼 아버지의 말에 고분고분 순종하기가 쉽지 않아진 듯하다. 지붕에서 떨어져 일어나지 못하게 되었을 때는 괜찮다며 싱글벙글 웃는다. 그의 미소가 자연스럽지 않다. 어딘지 모르게 고장 난 것처럼 보인다. 그는 사제가 찾아와 기도해 주는 동안 "남의 말을 잘 듣고 화를 돋우지만 않으면 이곳이 좋았듯이 저곳도 좋을 것이라고 생각"한다. 그런데 알료샤의 표정과 감정 변화를 조심스럽게 따라가던 작가가 여기에서 갑자기 걸음을 멈춘다. 그는 알료샤의 내면으로 들어가지 않고 육신 앞에 서서 침묵한다.

그는 별로 말을 하지 않았다. 물을 달라고 청했을 뿐 계속 무언가에 놀라곤 했다.
그는 무언가에 놀라더니 몸을 쭉 뻗고 죽었다.(294쪽)

이야기의 처음과 끝을 비교하면 알료샤는 분명 달라졌다. 그가 짧은 일생 동안 어떤 부당한 요구에도 미소 띤 얼굴로 순응한 것은 딱히 하느님의 의에 대한 믿음이나 인간에 대한 사랑 때문은 아닌 듯하다. 과연 그는 죽기 전 무엇에 놀랐을까? 자신이 잘못 살았을지 모른다는 충격에 휩싸인 걸까? 혹 무언가를 깨달은 걸까? 그도 아니라면 죽음의 천사라도 보았을까?
톨스토이는 이 작품을 하루 만에 쓰고는 일기에 이렇게 썼다. "알료샤를 썼다. 형편없다. 포기했다."
밀란 쿤데라는 도덕적 판단을 중지하는 것이 곧 소설의 도덕이라고 말했다. 그는 작중 인물들이 선이나 악을 대표하는 예로서가 아니라 자기 고유의 도덕을 토대로 하는 자율적 존재로서 창조된다고 보았다. 따라서 그런 작중 인물들이 제대로 꽃을 피울 수 있는 곳은 도덕적 판단이 중지된 상상의 장이라는 것이다.[12]

톨스토이가 "포기한다."라고 말한 것은 알료샤의 죽음에 자신의 도덕적 관념을 투영할 수 없었기 때문인 듯하다. 알료샤의 내면에서 저항을 느꼈을 때 예술가 톨스토이는 알료샤의 마음 밖으로 물러나 가만히 응시할 수밖에 없었던 게 아닐까? 그러나 톨스토이가 멈춰 선 곳에서 알료샤라는 작중 인물은 신비로운 생을 얻고, 톨스토이가 침묵한 곳에서 「항아리 알료샤」는 깊고 풍요로운 의미를 뿜기 시작했다.

5. 톨스토이, 길 위에 서다

1909년 겨울부터 톨스토이는 새로운 예술 형식에 대해 생각하곤 했다. 그는 새로운 작품을 쓰고 싶어 했다. 결론에 대해, '결과'에 대해 전혀 생각하지 않는 '진정한 예술 작업'을 꿈꾸었다. 그는 이 시기에 초안을 작성하고 새로운 작품을 구상하고 또렷한 정신으로 집필을 했다. 말년에 소설을 쓰는 것을 부끄럽게 여기면서도 내용과 형식의 예술적 통일을 고심하며 문체와 형식에서 쉼 없이 혁신을 보여 주던 톨스토이, 그런 그

---

12) 밀란 쿤데라, 김병욱 옮김, 앞의 책, 15쪽 참조.

가 마침내 모든 죄책감과 속박을 떨쳐 낸 채 '위대한 작품'을 꿈꾸고 그 꿈이 실현될 때의 기쁨을 상상하기 시작한 것이다. 1910년 11월 7일 82세의 나이로 숨을 거두기 몇 달 전까지도 그는 이 일에 매달렸다. 과연 그는 어떤 작품을 쓰고 있었을까? 그의 생명이 급성 폐렴으로 느닷없이 꺼지지 않았다면 그 작품은 과연 어떤 식으로 완성되었을까?

그의 걸음이 멈춘 곳, 그의 혀가 영원히 굳은 곳에서 그가 걸으려 했던 새로운 소설의 길을 상상해 본다.

2025년 9월

연진희

1724년   표트르 안드레예비치 톨스토이(작가 레프 니콜라예비치 톨스토이의 4대조 할아버지)가 표트르 대제로부터 백작 작위를 받았다.

1821년   톨스토이의 외할아버지인 니콜라이 일리이치 볼콘스키 공작이 툴라현의 야스나야 폴랴나 영지에서 사망했다.

1822년   파블로그라드 근위대 장교였던 니콜라이 일리이치 톨스토이 백작(1794~1837)과 마리야 니콜라예브나 볼콘스카야 공작 영애(1790~1830)가 결혼했다.

1825년   12월, 니콜라이 1세 즉위. 제카브리스트 의거가 일어났다.

1828년   8월 28일, 니콜라이 일리이치 톨스토이 백작의 넷째 아들 레프 니콜라예비치 톨스토이(이후 '톨스토이'로 약칭)가 야스나야 폴랴나에서 태어났다.

1830년　3월, 여동생 마리야 출생.(1912년에 사망.) 8월, 출산 후 건강이 나빠진 어머니 사망.

1833년　형들을 가르친 표도르 이바노비치 레셀이 톨스토이를 가르치기 시작했다. 작센 공국 출신 독일인인 레셀이 「유년 시절(Детство)」에서 가정 교사 카를 이바노비치로 묘사되었다.

열 살인 맏형 니콜라이가 동생들에게 "모든 사람이 행복해지고, 질병도 전쟁도 없어지고, 아무도 다른 이들에게 화내지 않고, 서로 사랑하고, 모두 다 함께 개미 형제단이 되는" 비밀을 알려 주었다. 그는 자신이 이 비밀을 녹색 지팡이에 새겨 골짜기 끝자락의 길옆에 감춰 두었다고 말했다.

1836년　푸시킨의 시 「바다에(К морю)」(60행)와 「나폴레옹(Наполеон)」(120행)을 아버지 앞에서 암송했다.

1837년　1월, 가족 전체가 야스나야 폴랴나 영지에서 모스크바로 이주. 2월, 푸시킨이 결투로 사망. 6월, 아버지가 툴라에 토지 거래를 하러 갔다가 노상에서 원인 불명으로 사망.(독살되었다는 의혹도 있다.) 아버지의 여동생 알렉산드라 일리니치나 폰 오스텐-사켄 백작 부인(1795~1841)이 톨스토이가 남매들의 후견인이 되었다. 아이들을 실제적으로 돌본 사람은 톨스토이가의 먼 친척이자 아버지의 집에서 어릴 때부터 지낸 타치야나 알렉산드로브나 예르골스카야(1792~1874)였다.

1838년　5월, 할머니 펠라게야 니콜라예브나 톨스타야 사망.
6월, 톨스토이가의 자녀들인 드미트리, 레프, 마리야가
타치야나 알렉산드로브나와 함께 야스나야 폴랴나로
돌아왔다.

1839년　8월, 맏형 니콜라이가 모스크바 대학교 철학과에 입학
했다.

1840년　1월, 톨스토이가 타치야나 알렉산드로브나의 명명일을
축하하기 위해 「사랑하는 고모에게(Милой тетеньке)」
라는 시를 썼다. 오늘날까지 보존된 그의 작품 가운데
최초의 작품.

1841년　7월, 레르몬토프가 결투로 사망. 8월, 오스텐-사켄 백
작 부인 사망. 10월, 아버지의 작은 여동생 펠라게야 일
리니치나 유시코바(1798~1875)가 새로운 후견인이 되
었다. 11월, 톨스토이가 남매들이 유시코바가 사는 카
잔현으로 이주했다. 맏형 니콜라이도 카잔 대학교로
학교를 옮겼다.

1843년　형 드미트리와 세르게이가 카잔 대학교 철학과에 입학
했다.

1844년　5월, 톨스토이가 카잔 대학교 동양어과에 진학하여 아
랍어와 튀르크어를 배웠다. 사교계에 출입하며 방탕한
생활을 했다. 6월, 맏형 니콜라이가 카잔 대학교에서
학업을 마쳤다. 9월, 수차례 보충 수업과 재시험을 거
친 후 카잔 대학교 동양어과에 '아랍-튀르크어 문학의

자비 부담 학생'으로 학생 신분을 유지. 12월, 만형 니콜라이가 육군 18포병 여단에 입대했다.

1845년 8월, 진급 시험에 떨어진 후 법학과로 전과를 신청. 여름에 야스나야 폴랴나에 머무는 동안 철학에 매력을 느끼게 되었다.

1846년 역사학 교수 이바노프의 수업을 결석한 것 때문에 대학교의 감금소에 여러 번 갇혔다.

1847년 1월, 일기를 통해 매일의 원칙과 생활 계획을 세우고 실행 점수를 표시. 3월, 임질 치료를 위해 입원. '철학과 실천의 결합'을 인생의 목표로 삼고 일기를 쓰기 시작. 루소와 고골과 괴테의 작품을 읽었다. 몽테스키외의 『법의 정신(De l'esprit des lois)』과 예카체리나 대제의 훈령을 비교 연구. 4월, 대학을 그만두고 야스나야 폴랴나로 돌아갔다. 후견인이 관리하던 양친의 유산을 형제들과 분배하여 야스나야 폴랴나 영지를 비롯해 마을 네 곳을 상속받았다. 새로운 방식의 농경을 시도하고 농노들을 계몽하고 그들의 생활 조건을 개선하기 위해 노력했으나 실패. 일기 쓰기를 중단했다.

1848년 10월 이후 1850년 6월까지 약 삼 년 동안 모스크바와 페테르부르크에서 방탕한 생활과 도박에 빠져 빚을 많이 졌다. 음악 공부를 했다.

1849년 4월, 페테르부르크 대학교에서 법학 학사 자격 검정 시험에 두 과목을 합격했으나 중도에 포기하고 귀향.

1850년 6월 11일, '방탕한 삼 년'을 반성하기 위해 다시 일기를 쓰기 시작했다.

1851년   3월, 단편 「어제의 이야기(История вчерашнего дня)」
         를 집필(미완성). 4월, 군대에 복무하는 형 니콜라이
         와 함께 캅카스를 여행하다가 형의 부대에서 병사로
         복무. 로렌스 스턴의 작품을 읽었다. 스턴의 『프랑스와
         이탈리아를 지나는 감상적 여행(Sentimental Journey
         through France and Italy)』을 번역하기 시작.(끝맺지 못
         함.) 「유년 시절」을 집필하기 시작.

1852년   1월, 사관후보생 시험을 거쳐 4급 포병 하사관이 되었
         다. 스타로글라드콥스카야에 주둔 중인 코사크 부대
         에서 지냈다. 체첸인과의 전투 중에 포로가 될 뻔했다.
         3월, 고골이 사망. 5월, 「유년 시절」을 탈고. 9월, 네크라
         소프가 편집장을 맡은 《소브레멘니크(Современник)》
         9월호부터 「유년 시절」을 익명으로 연재. 12월, 「습격
         (Набег)」을 탈고.

1853년   체첸인 토벌에 참가했으며, 이후 일기에서 전쟁을 비판
         했다. 3월, 《소브레멘니크》에 「습격」이 실렸다. 「코사크
         들(Казаки)」을 쓰기 시작. 9월, 「당구 계수원의 수기
         (Записки маркера)」를 탈고. 10월, 튀르크가 국경 인
         접 지역을 점령한 러시아에 대해 전쟁을 선포.

1854년   1월, 소위보로 임명. 3월, 영국과 프랑스가 튀르크를
         지원하며 러시아에 전쟁을 선포함으로써 크림 전쟁
         이 시작되었다. 4월, 「소년 시절(Отрочество)」의 원고
         를 네크라소프에게 보냈다. 9월, 군인 잡지에 싣기 위

해 단편 「즈다노프 아저씨와 훈장을 받은 체르노프
(Дяденька Жданов и кавалер Чернов)」와 「러시
아 병사들은 어떻게 죽는가(Как умирают русские
солдаты)」를 썼다. 10월, 야스나야 폴랴나의 오래된 저
택을 매각. 11월, 세바스토폴에 도착.

1855년 3월, 「청년 시절(Юность)」을 쓰기 시작. 니콜라이 2세
가 사망하고 알렉산드르 2세가 즉위. 4월, 포위된 세
바스토폴에서 가장 위험한 지점인 4요새에 체류. 6월,
《소브레멘니크》에 「12월의 세바스토폴(Севастополь
в декабре месяце)」이 실렸다. 8월, 《소브레멘니크》에
「1855년 봄 세바스토폴의 밤(Ночь весною 1855года
в Севастополе)」이 실렸다. 이후 '5월의 세바스토폴
(Севастополь в мае)'로 작품명이 변경. 세바스토폴의
최후의 방어전에 포병대 지휘관으로 참전. 9월, 《소브
레멘니크》에 단편 「벌목(Рубка леса)」을 발표. 11월, 페
테르부르크를 방문. 투르게네프, 네크라소프, 곤차로
프, 페트, 튜체프, 체르니셉스키, 살티코프-셰드린, 오
스트롭스키 등 다양한 문인들과 친분을 맺었다.

1856년 1월, 《소브레멘니크》에 단편 「1855년 8월의 세바스토
폴(Севастополь в августе 1855года)」을 발표. 작가
인 톨스토이의 이름이 실린 최초의 작품. 1월 9~10일,
폐결핵에 걸려 죽음을 목전에 둔 형 드미트리가 오룔
을 방문. 같은 달 22일, 형 드미트리가 임종. 2월, 시인
A. A. 페트와 친분을 맺게 된 일을 일기에 처음 기록.

단편 「눈보라(Метель)」를 탈고. 3월, 중위로 진급. 크림 전쟁이 종식되고 평화 협정이 체결. 9월, 톨스토이의 작품들을 수록한 첫 단행본 『전쟁 이야기(Военные рассказы)』 출간. 11월, 군대에서 전역했다.

1857년 1월, 《소브레멘니크》에 「청년 시절」을 발표. 모스크바를 떠나 프랑스, 스위스, 독일을 여행했다. 3월, 파리에서 단두대 처형을 목격하고 다음 날 갑자기 파리를 떠났다. 5월 23일, "결혼해야 한다. 자신의 안식처에서 살아야 한다."(일기) 바덴바덴에 체류하던 중 룰렛으로 큰돈을 잃었다. 페테르부르크로 돌아왔다. 단편 「루체른(Люцерн)」을 탈고.

1858년 2월, 「알베르트(Альберт)」를 탈고. 5~9월, 야스나야 폴랴나의 농민 아낙인 악시니야 바지키나와 내연 관계를 맺었다. 여름, 체조와 농업에 몰두. 12월, 사냥을 나갔다가 곰의 습격을 받았다. 「세 죽음(Три смерти)」과 중편 「가정의 행복(Семейное счастие)」을 탈고.

1859년 1월 1일, "올해 결혼해야 한다. 그러지 않으면 평생 못 할 것이다."(일기) 5~10월, 다시 악시니야와 관계를 맺었다. 10월, 학교에서 농민의 자녀들에게 공부를 가르쳤다.(1862년까지.)

1860년 중편 「홀스토메르(Холстомер)」를 집필하기 시작.(1885년에 완성.) 5월, 악시니야와 계속 관계를 맺었다. 형 니콜라이와 세르게이와 함께 외국으로 떠났다. 7월, 여동생 마리야와 그 자녀들과 함께 페테르부르크를 떠나

독일, 스위스, 프랑스, 영국, 벨기에를 여행하며 외국의 교육 제도를 시찰.(1861년까지.) 9월, 형 니콜라이가 폐결핵으로 사망. "니콜라이 형의 죽음은 내 삶에서 가장 강렬한 인상으로 남았다."(일기) 11월, 이탈리아 피렌체에서 육촌 형제이자 유배지에서 돌아온 제카브리스트인 세르게이 그리고리예비치 볼콘스키 백작을 방문. '제카브리스트들(Декабристы)'이라는 제목의 장편을 쓰기 시작.(1861년까지 매달리지만 결국 완성하지 못함.)

1861년   2월, 런던에서 망명 생활을 하던 러시아 사상가 게르첸과 친분을 맺고 가까이 지냈다. 알렉산드르 2세가 러시아에 농노 해방령을 선포. 3월, 브뤼셀에서 프루동과 친교를 나눴다. 런던에서 찰스 디킨스의 낭독회에 참석. 4월, 러시아로 귀국. 5월, 잡지 《야스나야 폴랴나》를 발행하기 위해 인가를 받았다. 같은 날 크라피벤스키 군(郡) 4관구의 농지 조정인으로 임명되었다. 투르게네프의 스파스코예-루토비노보 영지를 방문하여 머물다가 투르게네프와 다툰 후 십칠 년 동안 교류를 끊었다.

1862년   2월, 교육 잡지 《야스나야 폴랴나》 첫 호 발행. 4월, 질병을 사유로 들며 농지 조정인 직무를 사임. 5월, V. 모조로프와 E. 체르노프라는 두 학생과 함께 사마라 초원으로 '마유 치료'를 하러 떠났다. 7월, 헌병대가 야스나야 폴랴나에서 가택 수사를 했다. 8월, 톨스토이가 알렉산드르 2세에게 가택 수사에 대해 항의하는 서한을 보냈다. 9월, 시의(侍醫)의 딸인 소피야 안드레예브

나 베르스(1844~1919)와 크렘린궁의 성모 승천 교회
에서 결혼하고, 다음 날 야스나야 폴랴나에 도착했다.
10월 1일, "학생들과 농민들과 결별했다."(일기) 10월
8일, "우리 관계에는 정신적인 면에서 우리를 서서히
갈라놓는 단순하지 않은 무언가가 있다."(소피야의 일
기) 12월 30일, "숱한 생각들, 그래서 쓰고 싶다."(일기)

1863년　1월부터 《야스나야 폴랴나》를 휴간. 장편 『전쟁과 평화
(Война и мир)』를 집필하기 시작.(1869년 완성.) 2월,
「폴리쿠시카(Поликушка)」를 발표. 2~5월, 꿀벌과 가
금과 양과 송아지와 새끼 돼지를 기르고, 사과나무가
6500그루에 달하는 거대한 과수원을 조성하고, 이웃
지주와 합작하여 양조장을 만들었다. 6월, 첫째 아들
세르게이 탄생.(1947년에 사망.)

1864년　8~9월, 톨스토이의 첫 번째 선집이 두 권짜리로 출간.
10월, 첫째 딸 타치야나 탄생.(1950년에 사망.)

1865년　2~3월, 모스크바의 미술 학교에서 조각을 공부. 이후
『전쟁과 평화』의 삽화를 맡게 될 화가 M. S. 바실로프
와 친분을 맺었다. 6~8월, 지휘관을 구타한 죄목으로
전시 군법 회의에 넘겨진 중대 서기 바실리 샤부닌의
문제에 개입. 톨스토이의 노력이 실패로 돌아가 샤부닌
이 8월 9일 처형되었다. 11월 27일, "시인은 자기 인생에
서 최고의 것을 떼어 내어 작품 속에 넣는다. 그 때문에
그의 작품은 아름답고 삶은 비루하다."(수첩) '1805년'
이라는 제목으로 『전쟁과 평화』 1부를 《루스키 베스트

니크(Русский вестник)》에 발표.

1866년　1월, 도스토옙스키의 『죄와 벌(Преступление и наказание)』이 《루스키 베스트니크》에 일 년 동안 연재. 톨스토이의 둘째 아들 일리야 탄생. 4월, 러시아 인민주의 혁명가 드미트리 카라코조프가 알렉산드르 2세를 암살하려다 실패. 11월, 《루스키 베스트니크》에 「1805년」 2부를 발표하면서 제목을 '전쟁과 평화'로 바꿨다.

1867년　3월, 야스나야 폴랴나에 화재 발생. 6월, 형 세르게이가 사실혼 관계인 집시 여인 마리야 시시키나와 정식으로 결혼. 9월, 『전쟁과 평화』를 위한 자료를 조사하기 위해 보로지노로 여행을 떠났다.

1868년　3월, 《루스키 아르히프》에 톨스토이가 쓴 「『전쟁과 평화』에 덧붙이는 말(Несколько слов по повод у книги 《Война и мир》)」 발표.

1869년　『전쟁과 평화』의 에필로그를 완결. 5월, 셋째 아들 레프 탄생.(1945년에 사망.) 5~8월, 독일 철학자 쇼펜하우어의 저작에 몰두. 9월 2일, '아르마자스의 공포'. 이 순간 중요하게 여겨지는 모든 것을 완전히 소멸시킬 죽음에 대해서 말로 표현하기 어렵고 딱히 이유도 없는 슬픔과 공포와 두려움이 발작처럼 엄습했다.

1870년　6월, "난 지금 벌써 엿새째 농부들과 함께 온종일 풀을 베고 있습니다. 말로 표현할 수 없군요. 내가 이 일을 할 때 느끼는 감정은 만족이 아니라 행복입니다."(우루

소프에게 보내는 편지) 12월, 페트에게 보내는 편지에서 크세노폰과 호메로스를 그리스어 원서로 읽고 있다고 전했다. 표트르 대제 시대에 대한 소설을 썼다.(1873년 까지 매달리지만 결국 완성하지 못함.) 『읽기 교재(Азбука)』를 저술했다.

1871년　2월, 둘째 딸 마리야 탄생. 6~8월, 사마라 초원에서 마 유 치료를 받았다. 9월, 사마라현의 광대한 대지를 헐 값에 구입하고 공증을 받았다. 러시아 철학자이자 비 평가인 스트라호프를 만남.

1872년　3월, 단편 「캅카스의 포로(Кавказкий пленник)」와 「하느님은 진실을 보지만 빨리 말하지는 않을 것이다 (Бог правду видит, да не скоро скажет)」를 탈고. 11월, 『읽기 교재』를 출간. 넷째 아들 표트르 탄생.

1873년　장편 『안나 카레니나(Анна Каренина)』를 집필하기 시 작.(1877년에 완성.) 8월, 《모스콥스키에 베도모스치 (Московские ведомости)》 207호에 톨스토이가 사마 라의 기근에 대해 쓴 편지 발표. 톨스토이의 발언 덕분 에 전국에서 기부가 이루어졌다. 4월, 다섯째 아들 니 콜라이 탄생. 9월, 화가 크람스코이가 야스나야 폴랴나 에서 톨스토이의 초상화를 그렸다. 넷째 아들 표트르 가 크루프에 걸려 사망. 『전쟁과 평화』 개정판을 포함 해 톨스토이 전집이 네 권으로 출간. 11월, 톨스토이의 저작집이 여덟 권으로 출간.

1874년　9월, 《오체체스트벤니에 자피스키(Отечественные

записки)》에 톨스토이가 쓴 「민중 교육에 관하여(О
народном образовании)」가 발표되어 큰 호응을 받았
다. 12월, 『새 읽기 교재(Новая Азбука)』를 집필.

1875년　『안나 카레니나』를 《루스키 베스트니크》에 발표하기
시작. 2월, 다섯째 아들 니콜라이가 뇌수종으로 사망.
6월, 『새 읽기 교재』를 출간. 10월, 셋째 딸 바르바라가
조산으로 태어나 생후 두 시간 만에 사망. 소피야의 건
강이 위독해졌다.

1877년　『안나 카레니나』를 탈고.《루스키 베스트니크》의 발행
인인 캇코프와의 불화 때문에 톨스토이가 『안나 카레
니나』의 마지막 장인 8장을 자비로 출간했다. 톨스토이
가 소설에서 세르비아 전쟁과 핀란드에 대해 드러낸 시
각에 캇코프가 반발한 것이 불화의 원인. 12월, 여섯째
아들 안드레이 탄생.

1878년　1월, 『안나 카레니나』를 책으로 출간. 4월, 파리에 있
는 투르게네프에게 편지를 보내 화해를 청했다. 5월, 투
르게네프가 톨스토이와 화해하고 우정을 회복하고 싶
다는 답장을 보냈다. 6~8월, 가족들과 함께 사마라 영
지에 머물렀다. 8월, 투르게네프가 야스나야 폴랴나를
방문.

1879년　3월, 바실리 셰골료프를 통해 많은 민담과 전설을 접
하게 되었다. 훗날 그가 들려준 이야기를 모태로 많은
단편을 썼다. 『고백록(Исповедь)』(1882년에 탈고하지
만 종교 검열관이 출판을 금지. 1884년 제네바에서 출

판.)과 『교조주의 신학에 대한 연구(Исследование догматического богословия)』를 썼다. 17세기 말부터 19세기 초를 배경으로 하는 장편을 구상하고 역사 자료를 연구. 11~12월, 논문 「교회와 국가(Церковь и государство)」, 「그리스도인이 해도 되는 일과 하지 말아야 할 일(Что можно и чего нельзя делать христанину)」, 「우리는 누구의 것인가, 하느님의 것인가 악마의 것인가?(Чьи мый? Боговы или дья-воловы?)」를 저술. 12월, 일곱째 아들 미하일 탄생. (1944년에 사망.)

1880년 3월, 러시아 작가 V. M. 가르신이 야스나야 폴랴나를 방문. 11월, 도스토옙스키가 『카라마조프가의 형제들(Братья Карамазовы)』을 완결.(두 해 동안 집필.)

1881년 2월, 도스토옙스키의 부고를 듣고 슬퍼했다. 3월, 알렉산드르 2세가 폭탄 테러로 암살을 당했다. 알렉산드르 3세의 즉위와 함께 러시아 정부가 반동 정책으로 돌아섰다. 톨스토이가 알렉산드르 3세에게 알렉산드르 2세를 암살한 테러리스트 혁명가들을 사형하지 말아 달라고 요구하는 서한을 보냈다. 알렉산드르 3세는 자신에게 범죄자들을 용서할 권리가 없다고 답변. 암살자들이 처형되었다. 7월, 투르게네프의 스파스코예-루토비노보 영지를 방문. 단편 「사람은 무엇으로 사는가(Чем люди живы)」를 탈고. 9월, 가족들과 함께 모스크바로 이주. 10월, 여덟 번째 아들 알렉세이 탄생.

1882년   1월, 모스크바 인구 조사에 참가. 2월, 논문 「그렇다면
우리는 무엇을 할 것인가(Так что же нам делать)」를
집필하기 시작.(1886년에 탈고.) 7월, 모스크바의 돌고
루키-하모브니키 골목에 위치한 저택을 구입.(현재 톨
스토이 박물관으로 운영 중.) 10~11월, 성경을 읽기 위
해 고대 히브리어를 공부. 12월, 크라피벤스키군의 귀
족 회장으로 선출되었으나 거절.

1883년   1월, 야스나야 폴랴나에 큰 화재 발생. 3월, 투르게네
프가 임종을 앞두고 쓴 편지에서 톨스토이에게 예술을
저버리지 말라고 부탁. 5월, 재산 문제를 소피야에게 완
전히 위임. 9월, 종교적 신념을 이유로 크라피벤스키군
지방 재판소에서 배심원 직무를 수행하기를 거부. 10월,
사상과 사회 활동 면에서 톨스토이와 깊은 유대 관계
를 맺게 될 블라지미르 체르트코프를 만남.

1884년   1월, 종교론 『나의 신앙은 무엇에 있는가(В чём моя
вера)』를 탈고하지만 출판이 금지되었다. 톨스토이가
이 책을 집필하는 동안 러시아 화가 니콜라이 게가 그
의 초상화를 그렸다. 6월, 넷째 딸 알렉산드라 탄생.
11월, 체르트코프가 민중에게 염가로 책을 보급하기
위해 모스크바에 '포스레드니크(Посредник)'('중개자'
를 뜻함.) 출판사를 설립.

1885년   1월, 아내 소피야가 톨스토이의 저작 출판과 관련된 모
든 업무를 도맡았다. 3월 '포스레드니크'에서 처음으로
책들이 출판되었다.

1886년   출판사 ‘포스레드니크’를 위해 민중을 위한 이야기들
         을 썼다. 「두 아들과 황금(Два брата и золото)」, 「사
         랑이 있는 곳에 신도 있다(Где любовь, там и бог)」,
         「두 노인(Два старика)」, 「세 노인(Три старца)」, 「바
         보 이반(Сказка об Иване-дураке)」, 「인간에게 많은
         땅이 필요한가(Много ли человеку земли нужно)」
         등이다. 1월, 여덟 번째 아들인 알렉세이가 크루프로
         사망했다. 2월, 러시아 작가인 V. G. 코롤렌코와 친분
         을 맺었다. 3월, 중편 「이반 일리이치의 죽음(Смерть
         Ивана Ильича)」을 탈고했다. 11월, 희곡 「계몽의 열매
         (Плоды просвещения)」 집필을 시작했다.(1890년에
         탈고.)

1887년   술과 담배를 끊기 위해 애썼다. 러시아 작가 N. S. 레스
         코프와 친분을 맺었다. 1월, 알렉산드르 3세와 그 가족
         이 참석한 가운데 희곡 「어둠의 힘(Власть тьмы)」 낭
         독. 3월, 《루스키에 베도모스치(Русские ведомости)》
         64호에서 ‘포스레드니크’의 편집자가 작가의 희망에 따
         라 그 잡지에 발표되는 톨스토이의 모든 저작에 대해
         저작권 사용료를 지불하지 않고 자유롭게 출판하기로
         했다고 발표. 8월, 「삶에 관하여(О жизни)」 탈고.

1888년   담배를 완전히 끊었다. 열세 번째이자 마지막 자식인
         이반 탄생. 첫 손주인 안나(아들 일리야의 딸) 탄생.

1889년   8월, 중편 「크로이체르 소나타(Крейцерова соната)」
         탈고. 장편 『부활(Воскресение)』을 집필하기 시

작.(1899년에 완성.) 검열관이 「크로이체르 소나타」의 출간을 허가하지 않았다. 11월, 중편 「악령(Дьявол)」을 기고.

1890년　1월, 러시아와 베를린에서 희곡 「어둠의 힘」 초연. 2월, 알렉산드르 3세와 황후가 「크로이체르 소나타」를 읽었다. 황제는 이 작품을 마음에 들어 했지만 황후가 못마땅하게 여겼다. 1891년 4월, 발행이 금지된 「크로이체르 소나타」의 출판 허가를 소피야가 알렉산드르 3세로부터 받아 냈다. 7월, 톨스토이가 1881년 이후의 모든 저작에 대한 권리를 포기하되 이전 작품들에 대한 저작권은 아내에게 넘기겠다고 발표하려 하자 소피야가 자살을 시도. 9월, 툴라현과 랴잔현의 기근을 돕기 위한 운동을 조직. 육식과 술을 끊었다. 《루스키 베스트니크》와 《노보예 브레먀》에 톨스토이가 1881년 이후의 저작에 대한 권리를 포기한다는 편지를 기고.

1892년　4월, 랴잔현의 네 개 군에 매일 9000명에게 식사를 제공하는 187개 식당이 문을 열었다. 7월, 톨스토이와 가족들 사이에 재산 문제로 다툼이 생긴 후 톨스토이가 모든 부동산 소유권을 아내와 자녀들에게 넘긴다는 내용의 문서에 서명.

1893년　1월, 희곡 「계몽의 열매」로 러시아 극작가상을 수상. 프랑스 작가 모파상의 에세이를 위해 서문을 썼다. 러시아 연극 연출가 콘스탄친 스타니슬랍스키를 만남.

1894년　러시아 작가 이반 부닌을 만남. 2월, 1881년 이후 저술한 저작에 대한 권리를 포기한다는 톨스토이의 예전 선언을 거듭 확인해 주는 편지가 외국 신문들에 개재되었다. 11월, 니콜라이 2세 즉위.

1895년 2월, 단편 「주인과 일꾼(Хозяин и работник)」을 탈고. 막내아들 이반 성홍열로 사망. 6월, 두호보르교 신자 4000명이 병역 거부 운동을 벌이자 당국이 톨스토이를 그 지도자로 지목하며 더욱 심하게 탄압. 8월, 러시아 작가 안톤 체호프를 만나 『부활』의 초고 일부를 건넸다. 「어둠의 힘」이 페테르부르크 말리 극장에서 상연. 농노들에 대한 체벌에 항의하는 「수치스럽다(Стыдно)」를 썼다.

1896년 중편 「하지-무라트(Хаджи-Мурат)」를 집필하기 시작.(1904년에 탈고했으나 작가의 생전에 발표되지 못했다.) 10월, 정부로부터 탄압을 받던 두호보르교 신자들에게 원조 자금을 보냈다.

1897년 2월, 페테르부르크에 가서 국외로 추방당하는 체르트코프를 배웅. 3월, 모스크바에서 병상에 누운 체호프를 방문. 8월, 병역을 거부하는 두호보르교 신자에게 노벨 평화상을 주자는 내용의 편지를 스위스 신문에 기고.

1898년 캐나다로 이민 가는 두호보르교 신자들을 재정적으로 돕기 위해 장편 『부활』과 중편 「신부 세르기이(Отец Сергий)」를 썼다. 논문 「예술이란 무엇인가(Что такое искусство)」를 탈고.

1899년   독일 시인 라이너 마리아 릴케를 만남. 『부활』 출간.

1900년   희곡 「산송장(Живой труп)」을 썼다.(사후에 출판.) 작
          가이자 혁명가인 막심 고리키를 만남. 니체를 읽은 후
          그의 도덕적 '야만성'을 비난. 11월, 공자를 연구.

1901년   2월, 러시아 정교회로부터 파면. 9월, 크림으로 요양을
          떠났다. 1회 노벨 문학상 후보로 당선이 유력했으나 결
          국 수상하지 못했다. 이 결과에 대해 많은 비판이 일
          자 스웨덴 학술원은 톨스토이의 아나키스트적 성향이
          노벨상 이념과 맞지 않아 수상자로 선정하지 않았다고
          공식 발표.

1902년   1월, 톨스토이의 병이 악화하자 고리키와 체호프가 방
          문. 2월, 톨스토이가 앓던 늑막염과 폐렴 증상이 한층
          심해졌다. 3월, 건강이 점차 호전. 5월, 톨스토이가 장
          티푸스를 앓았다. 6월, 톨스토이가 야스나야 폴랴나로
          돌아왔다. 도중에 하리코프와 쿠르스크의 기차역에서
          대중의 열렬한 환호를 받았다. 차르인 니콜라이 2세에
          게 전제 정치 폐기, 이주와 교육과 신앙의 자유, 토지
          사유제 폐지를 요구하는 서한을 보냈다.

1903년   1월, 비류코프(톨스토이의 첫 번째 전기 작가가 됨.)
          의 요청으로 『회상(Воспоминание)』을 집필하기 시
          작.(1906년에 탈고.) 키시뇨프에서 벌어진 유대인 학살
          에 항의. 8월, 단편 「무도회가 끝난 후(После бала)」를
          탈고. 9월, 논문 「셰익스피어와 연극에 관하여(О Ш-
          експире и о драме)」에서 셰익스피어를 신랄하게 비판.

1904년 중편 「하지-무라트」를 탈고했다. 2월, 러일 전쟁 발발. (1905년에 종식.) 7월, 체호프 사망. 8월, 형 세르게이 사망.

1905년 단편 「코르네이 바실리예프(Корней Васильев)」와 「기도(Молитва)」를 썼다.

1906년 11월, 딸 마리야(결혼 후 성이 오볼렌스카야로 바뀌었다.)가 폐렴으로 사망. 노벨상 수상자로 추천되었다는 소식을 듣고 거부의 뜻을 전했다.

1907년 러시아 화가 일리야 레핀이 톨스토이의 초상화를 그렸다. 단편 「교회 안의 노인(Старик в церкви)」을 썼다.

1908년 1월, 토머스 에디슨이 야스나야 폴랴나에 축음기를 선물. 5월, 사형에 반대하는 논문 「난 침묵할 수 없다(Не могу молчать)」를 써서 국내외에 발표. 7월, 톨스토이가 비밀 일기를 썼다(7월 18일까지). 평소에는 V. G. 체르트코프와 알렉산드라 리보브나(톨스토이의 딸)가 톨스토이의 허락 아래 그의 일기를 정서.

1909년 자신이 죽은 후 저작 전체에 대한 권리를 딸 알렉산드라에게 맡긴다는 유언을 작성. 7월 18일, 아내 소피야가 저작 전체에 대한 저작권을 넘기지 않으면 자살하겠다고 톨스토이를 협박. 7월 26일, 소피야가 톨스토이에게 스톡홀름에서 열리는 국제 평화 회의에 참가하면 모르핀을 복용하겠다고 위협하는 바람에 출석하지 않았다. 8월, 스톨리핀 수상에게 사형 제도와 사유 제도를 비판하는 편지를 보냈다. 비서 구세프가 혁명 선동과 판매 금지본 유포 혐의로 체포되어 추방. 9월, 구세 프를 추방한 문제로 현지사와 내무 대신에게 항의. 영 국의 지배를 받는 비참한 상태의 인도에 대해 간디로 부터 편지를 받았다. 11월, 1881년 이후의 저작권을 체 르트코프에게 넘긴다는 유언장에 서명.

1910년　6월 22일, 소피야가 히스테리 증상을 일으켰다. 톨스토 이가 가출하기까지 그 증상이 단발적으로 계속 이어졌 다. 6월 25일, 소피야가 아편 복용으로 자살을 시도한 척했다. 7월 10일, 소피야가 못에 뛰어들어 자살을 시 도. 7월 15일, 톨스토이가 은행 금고에 보관한 십 년 동 안의 일기를 내놓으라고 요구하며(남편의 일기를 저작 권을 주장할 수 있는 문학 작품으로 간주했다.) 소피야 가 자살 소동을 벌였다. 7월 21일, 톨스토이가 그루몬 트 숲에서 유서를 최종으로 정서하고 서명.(톨스토이의 사후에 모든 저작에 대한 권리를 딸 알렉산드라에게 물 려주고, 알렉산드라가 사망할 경우 다른 딸 타치야나에 게 그 권리를 이양한다는 내용. 톨스토이 사후에 그 저 작권의 효력을 중지시키는 것이 법적으로 불가능했기 때 문에 형식상 딸들을 저작권 상속자로 삼아 자신의 지적 유산을 민중에게 무상으로 제공하고자 했다.) 7월 28일, 저작에 대한 권리를 포기하겠다는 톨스토이의 유언을 무효화하기 위해 소피야가 아들인 안드레이와 레프와 함께 톨스토이를 정신병 환자로 공표할 계획을 논의. 9월 2일, 톨스토이가 없는 사이에 소피야가 그의 방들에서 '체르트코프의 혼을 몰아내기' 위해 기도식을 하고 그의 침실에서 체르트코프의 사진들을 전부 치웠다. 9월 6일, 소피야가 남편이 최근 들어 지력이 떨어졌다고 주장하며 아들들과 함께 톨스토이의 유언을 거부하겠다고, 차르에게 이 문제의 판단을 맡기겠다고 선언. 9월 23일, '프로스베셰니예' 출판사가 소피야에게 톨스토이의 저작 전체에 대한 사용료로 100만 루블을 제안. 10월 7일, 체르트코프가 톨스토이를 방문한 후 소피야가 히스테리를 일으켰다. 10월 28일, 톨스토이가 이른 새벽에 주치의 D. P. 마코비츠키와 함께 야스나야 폴랴나를 떠났다. 남편이 집을 나간 것을 안 소피야가 못에 몸을 던져 자살하려 했으나 사람들에게 구조. 10월 31일, 톨스토이가 병세를 나타내 아스타포보 기차역에서 내렸다. 역장이 자신의 숙사를 제공. 11월 7일 오전 6시 5분, 폐렴으로 임종. 11월 9일, 유언에 따라 야스나야 폴랴나의 오솔길 옆(니콜라이 형과 그가 모든 인간을 행복하게 만드는 비밀이 새겨진 녹색 지팡이가 묻혀 있다고 믿은 장소)에 영면했다.

세계문학전집 472

사람은 무엇으로 사는가

1판 1쇄 펴냄 2025년 10월 28일
1판 4쇄 펴냄 2026년 1월 12일

지은이 레프 톨스토이
옮긴이 연진희
발행인 박근섭, 박상준
펴낸곳 (주)민음사

출판등록 1966. 5. 19. (제 16-490호)
서울특별시 강남구 도산대로1길 62(신사동) 강남출판문화센터 5층 (우편번호 06027)
대표전화 02-515-2000 팩시밀리 02-515-2007
www.minumsa.com

© 연진희, 2025. Printed in Seoul, Korea

ISBN 978-89-374-6472-0 04800
ISBN 978-89-374-6000-5 (세트)

* 잘못 만들어진 책은 구입처에서 교환해 드립니다.